# a vingança de mara dyer

**Obras da autora publicadas pela Galera Record:**

*A desconstrução de Mara Dyer*
*A evolução de Mara Dyer*
*A vingança de Mara Dyer*

MICHELLE HODKIN

# a vingança de mara dyer

*Tradução de*
Glenda D'Oliveira

2ª edição

— Galera —
RIO DE JANEIRO
2016

CIP-BRASIL. CATALOGAÇÃO-NA-FONTE
SINDICATO NACIONAL DOS EDITORES DE LIVROS, RJ

Hodkin, Michelle
H629v A vingança de Mara Dyer / Michelle Hodkin; tradução Glenda
2ª ed. D'Oliveira. – 2. ed. – Rio de Janeiro: Galera Record, 2016.

Tradução de: The retribution of Mara Dyer
ISBN 978-85-01-10464-9

1. Ficção americana. I. D'Oliveira, Glenda. II. Título.

15-23336 CDD: 028.5
CDU: 087.5

Título original em inglês:
*The Retribution of Mara Dyer*



Publicado mediante acordo com Simon & Schuster Books for Young Readers, um selo de Simon & Schuster Children's Publishing Division.

Texto revisado segundo o novo Acordo Ortográfico da Língua Portuguesa.



Design de capa: Renata Vidal da Cunha
Composição de miolo: Abreu's System

Direitos exclusivos de publicação em língua portuguesa somente para o Brasil adquiridos pela
EDITORA RECORD LTDA.
Rua Argentina 171 – Rio de Janeiro, RJ – 20921-380 – Tel.: 2585-2000,
que se reserva a propriedade literária desta tradução.

Impresso no Brasil

ISBN 978-85-01-10464-9

EDITORA AFILIADA

Seja um leitor preferencial Record.
Cadastre-se e receba informações sobre nossos lançamentos e nossas promoções.

Atendimento e venda direta ao leitor:
mdireto@record.com.br ou (21) 2585-2002.

*Para as garotas más e os garotos que as adoram*

"Aquilo que se faz por amor está
sempre além do bem e do mal."

— Friedrich Nietzsche, *Além do bem e do mal*

# 1

O EXAME DE MARA DYER OCORREU EM [EDITADO], NO CENtro de Tratamento Residencial do Horizontes. 31821, No Name Island, Flórida. Horário da gravação transcrita: 14h13.

*Exame desempenhado por: Dra. Deborah Kells*
*Também presente: Sr. [omitido]*
KELLS: Olá, Mara. Me chamo Deborah Kells, e este é o Sr. _____. Estamos aqui porque sua família diz que você concordou em ser tratada no Centro de Tratamento Residencial do Horizontes, em No Name Island, na Flórida, perto de No Name Key. Correto?
[Silêncio]
KELLS: Quanto de amobarbital você deu a ela?
SR._____: Foram 40 ml.
KELLS: Anemosyne?
SR._____: Cem microgramas.
KELLS: E de midazolam?
SR._____: Cinquenta miligramas. A mesma dose dos outros. Ela não vai se lembrar de nada.
KELLS: Meu Deus, ela está igual a um zumbi. Mara, Mara... Está acordada? Está conseguindo me entender?

MARA: ... Estou.

KELLS: Ótimo. Obrigada. Está correto que você concordou em receber tratamento aqui?

MARA: Está.

KELLS: Obrigada. Agora, se você não estiver entendendo minhas perguntas, diga, que vou tentar ser mais clara, ok?

MARA: Ok.

KELLS: Você pode ver que tem uma câmera de vídeo na sala onde estamos. Queremos gravar tudo para termos um registro. Por você tudo bem?

MARA: Tudo.

KELLS: Excelente. Ok, Mara. Vamos começar pelo básico. Qual é seu nome completo?

MARA: Mara Amitra Dyer.

KELLS: E quantos anos tem?

MARA: 17.

KELLS: Onde você nasceu?

MARA: Laurelton.

KELLS: E onde fica?

MARA: Providence.

KELLS: Em Rhode Island?

MARA: É.

KELLS: Obrigada. Pode me contar um pouco sobre o motivo pelo qual está aqui?

[Silêncio]

KELLS: Ela está tendo dificuldades com as perguntas abertas. Há como combatermos o efeito do Anemosyne?

SR._____: Pode ser que ela não coopere muito.

KELLS: Bem, não é como se ela estivesse cooperando muito agora, é?

SR._____: Vou ter que aplicar intravenosamente...

KELLS: É claro. Só...

MARA: Machuco as pessoas.

SR._____: Você ainda quer que eu ajuste...

KELLS: Não, vamos ver o que mais ela diz. Mara, quem foi que você machucou?

MARA: Minha professora.

KELLS: Qual era o nome dela?

MARA: Morales.

SR._____: A ficha dela diz que a professora, Christina Morales sofreu choque anafilático e morreu em reação a mordidas de formigas lava-pés em [data omitida].

KELLS: Deixe-me ver.

MARA: Também teve... Um homem. Ele machucou uma cadela. Eu... Eu...

KELLS: Está tudo bem. Sem pressa. Só conte o que conseguir lembrar.

MARA: Rachel.

SR._____: Rachel Watson, falecida, morreu em uma quarta-feira, no dia [data omitida], em Laurelton. Cadáver descoberto às 18 horas, juntamente ao de...

MARA: Claire.

SR._____: Claire Lowe, isso, bem como o do irmão desta, Jude Lowe...

MARA: Noah.

SR._____: Noah Shaw? Não...

KELLS: Quieto.

SR._____: Desculpe... Uau. Viu isso? Ela...

KELLS: O que mais você deu a ela?

SR._____: Os 300 miligramas de Zyprexa, como receitado, anteriormente à ingestão. Não deve interferir em nada.

MARA: [fala ininteligível]

KELLS: O que foi que ela disse?

SR._____: Não sei. Cristo, olhe...

KELLS: Ela tomou algo mais?

SR._____: Eu não...

KELLS: Ela tomou algo mais?

SR._____: Não. Não.

KELLS: Ela tem histórico de epilepsia?

SR._____: Acho que não.

KELLS: Bem, você acha ou você sabe?

SR._____: Não... Deus do Céu. Isso é um ataque epilético? Ela está tendo um?

KELLS: Desligue a câmera.
MARA: [fala ininteligível]
KELLS: O que disse, Mara?
SR.____: Vou ligar para...
KELLS: Não ligue para ninguém. Desligue a câmera. O que foi, Mara?
MARA: [fala ininteligível]
SR.____: Foram nossos nomes que ela falou? Ela falou...
KELLS: DESLIGUE A CÂMERA.
SR.____: Ai, Deus...
[Término da gravação, 14h21]

# 2

O PRIMEIRO ROSTO QUE VI AO ABRIR OS OLHOS FOI O MEU próprio.

A parede em frente à cama de ferro era de espelhos. Assim como as paredes à direita e à esquerda — havia cinco espelhos, talvez seis. Não sentia cheiro algum, não ouvia nada, nem via qualquer coisa senão eu mesma.

Ao longo dos últimos muitos meses, não passei muito tempo olhando para espelhos, por vários motivos. Agora que estava sendo obrigada, não podia crer que a garota que via era mesmo eu. Meus grossos cabelos escuros estavam repartidos ao meio e caíam sem vida ou movimento sobre ombros magros. Os lábios eram quase da mesma cor da pele — "brancos", vale dizer. Havia formas angulosas em meu rosto que nunca notara antes. Ou talvez não existissem antes. Olhava para um fantasma, uma casca, uma estranha. Se meus pais me vissem, jamais saberiam que era eu.

Nunca me viam, no entanto. Isso era parte do problema. Era por esse motivo que eu estava ali.

— É, a gente está um bagaço — disse uma voz.

Disse *minha voz.*

Eu não tinha falado coisa alguma, porém. Meus lábios não tinham se movido.

Fiquei de pé em um pulo, olhando para meus reflexos infinitos. Encaravam-me de volta, parecendo em pânico e desconfiados ao mesmo tempo.

— Aqui em cima.

A voz estava acima de mim. Virei a cabeça: o teto também era espelhado. Via meu reflexo nele, mas aquele reflexo sorria para mim. Ainda que eu não estivesse sorrindo.

Era isso então. Enlouqueci de vez.

— Ainda não — disse a imagem refletida, parecendo estar se divertindo. — Mas está perto.

— O que... O que é isso? — Alucinação?

— Não é alucinação — garantiu ela. — Tente de novo.

Baixei os olhos por um instante, olhando ao redor do quarto. Todos os outros reflexos viraram-se comigo. Deus, torcia para estar sonhando.

Voltei os olhos para o espelho acima. A garota nele (eu, acho) inclinou a cabeça levemente para a esquerda.

— Não exatamente — falou. — Você está naquele entrelugar, meio-que-inconsciente-meio-que-não. O que deve te fazer se sentir melhor a respeito de sua sanidade.

Mas não muita coisa.

— Além disso, você precisa saber que há sensores monitorando nosso pulso e frequência cardíaca, então seria melhor para nós duas se você se deitasse.

Virei a cabeça, à procura de monitores, mas não encontrei. Obedeci, de qualquer forma.

— Valeu — agradeceu ela. — Aquele tal de Wayne entra aqui e examina a gente toda vez que a frequência cardíaca se acelera, e ele nos deixa bem assustadas.

Balancei a cabeça, a fronha plastificada fazendo ruídos como se estalasse com o movimento.

— Não fale "a gente". Isso, sim, *me* assusta.

— Desculpe, mas *é* "a gente". Eu sou você — retrucou o reflexo, erguendo uma sobrancelha. — Também não sou exatamente sua maior fã, sabe.

Já tive sonhos estranhos. Já tive alucinações estranhas. Mas "estranho" não chegava nem perto disso, o que quer que fosse.

— Então, você é o quê? — perguntei. — Meu... Meu subconsciente ou coisa do tipo?

— Não dá para falar com o subconsciente. Isso é burrice. Está mais para... Sou a parte que continua consciente mesmo quando você está inconsciente. Ela tem dado um monte de remédio para a gente... Um *monte*... E isso deixou nosso... Desculpe, *seu* estado de alerta menos sensível em alguns sentidos e mais aguçado em outros.

— E ela é...?

— A Dra. Kells.

A máquina ao meu lado soltou um bipe alto no instante em que minha frequência cardíaca se elevou. Fechei os olhos, e uma imagem da Dra. Kells avultou-se na escuridão, pairando acima de mim, tão perto que podia ver pequeninas falhas e linhas nas camadas grossas de seu batom. Abri os olhos para fazer com que desaparecesse, e me vi em seu lugar.

— Há quanto tempo estou aqui? — indaguei em voz alta.

— Treze dias — respondeu a menina no espelho.

Treze dias. Durante todo aquele tempo, estive prisioneira em meu próprio corpo, respondendo perguntas que não queria responder, e fazendo coisas que não queria fazer. Todos os pensamentos e lembranças eram confusos, como se envoltos por névoa; eu, trancada no que parecia um quarto de criança, desenhando imagem após imagem do que costumava ser meu rosto. Eu, esticando obedientemente o braço enquanto Wayne, o assistente de Kells para tortura terapêutica, colhia meu sangue. E eu, no primeiro dia em que acordei aqui, presa por remédios e forçada a ouvir palavras que mudariam minha vida.

— *Você participou de um estudo cego, Mara.*

Um experimento.

— *O motivo pelo qual foi selecionada para esse estudo é porque possui uma doença.*

Porque sou diferente.

— *Sua doença causou dor às pessoas que ama.*

Eu os matei.

— *Tentamos muito salvar todos os seus amigos... Só não conseguimos chegar a Noah Shaw.*

Mas não matei Noah. Não poderia ter matado.

— Onde é que eles estão? — perguntei ao reflexo. Ela parecia confusa, depois olhou para a parede à direita. Era apenas um espelho normal, pensei, mas foi então que o vidro ficou escuro.

A imagem de uma garota, ou algo que outrora fora uma garota, materializou-se da escuridão. Estava ajoelhada no carpete, os cabelos escuros caindo por sobre os ombros nus enquanto se debruçava sobre algo que eu não podia ver. A pele brilhava com um tom bronze, sombras dançavam em seu rosto. Estava borrada e fora de foco, como se alguém tivesse derramado um copo d'água sobre uma pintura da menina e as cores tivessem começado a escorrer. Ela levantou o queixo e olhou diretamente para mim.

Era Rachel.

— É só um jogo, Mara. — A voz era metálica. Distorcida. Quando voltou a abrir a boca, o único som que saiu foram ruídos de estática. O sorriso não passava de uma mancha branca.

— Qual é o problema com ela? — sussurrei, olhando para a imagem bruxuleante de Rachel.

— Não tem problema algum. Quero dizer, fora o fato de que está morta. Mas *tem* alguma coisa errada com sua lembrança dela. É isso que você está vendo: sua lembrança.

— Por que é que ela está... — Sequer sabia como descrevê-lo. — Assim?

— Está se referindo à tremulação? Acho que são as velas. Nós três acendemos antes de pegar o tabuleiro de Ouija. Não vai me dizer que você esqueceu?

— Não, quero dizer, ela está... está... distorcida. — Os braços de Rachel moviam-se diante dela, mas as mãos estavam envoltas em sombras, e eu não conseguia ver o que fazia. Foi então que ergueu um deles ao nível do nariz. O braço terminava no pulso.

A garota no espelho deu de ombros.

— Não sei. Nem todas as suas lembranças são assim. Olhe para a esquerda.

Olhei, esperando que o vidro que fitava ficasse escuro também. Não ficou; pelo menos não imediatamente. Observei minha imagem enquanto as pontas dos cabelos transformavam-se de castanho-escuro para vermelho, até ficarem ruivos até a raiz. Meu rosto se estufou e arredondou, e os olhos que me encararam do vidro eram os de Claire.

Ela se sentou, e sua imagem se separou, diferenciando-se da minha. Saiu do pijama cirúrgico que eu vestia, e fios negros serpentearam ao redor do corpo pálido e salpicado de sardas até estar vestida com as calças jeans escuras e o casaco fofo que usava na noite em que chegamos ao sanatório. A luz clara no quarto espelhado tremeluziu e se apagou. Raízes quebraram o chão de concreto sob minha cama. Cresceram para se tornarem árvores que alcançavam o céu.

Claire olhou para mim por cima do ombro.

— Ai, meu Deus. Ela já está apavorada.

Quando falou, a voz era normal. A menina não estava borrada, não oscilava, nem tremia. Estava inteira.

— Também não sei o que significa — disse a imagem acima de mim. — Jude está igual.

Minha boca ficou seca à menção do nome. Olhei para cima e segui seu olhar até a parede espelhada à direita; Jude surgiu nela. Vi-o no centro de um jardim meditativo bem cuidado, cercado de pessoas amontoadas e recurvadas como se fossem pedras. Jamie e Stella estavam entre elas. Ele segurava a menina pelos brilhosos cabelos pretos. Conseguia ver as veias em suas mãos, os poros na pele. Todas as feições, todos os detalhes eram claros. Nítidos. Senti uma onda de ira.

— Não — advertiu meu reflexo. — Você vai acordar a gente.

— E daí? — indaguei. — Não quero ver isso. — Não queria vê-lo nunca mais. Quando tornei a olhar, porém, havia uma imagem diferente no espelho. Estava preso contra uma parede branca, a mão de alguém agarrando seu pescoço. A mão pertencia a mim.

Olhei para o teto e para a menina nele. Não queria me lembrar do Horizontes, ou do que acontecera desde então. Fitei os pulsos e os tornozelos. Não estavam amarrados.

— Só me diz como saio daqui.

— Eles não precisam de amarras para nos manter presas — explicou. — Os remédios fazem isso. Eles nos deixam dóceis. Dispostas.

Mas estão mudando a gente também, acho. Ainda não sei como, mas tem que significar alguma coisa o fato de a lembrança de Rachel estar errada, mas as de Claire e de Jude, não.

— E meus irmãos? Meus pais? — *E Noah*, pensei, mas não disse.

Enquanto falava, imagens de cada um deles surgiam nos espelhos ao meu redor. Joseph vestia um terno com um lenço no bolso, revirando os olhos para alguém. Daniel ria no carro, fazendo uma careta para mim atrás do volante. Minha mãe foi retratada sentada na cama, com o laptop no colo, o rosto fechado e preocupado. Meu pai estava sentado na cama do hospital, comendo um pedaço de pizza contrabandeado. E Noah...

Seus olhos estavam fechados, mas ele respirava. Dormindo. Uma das mãos estava levemente cerrada em punho perto do rosto; e a camiseta, a esburacada, torcida, mostrando um pedacinho de pele acima da bermuda. Era como parecia na manhã seguinte ao dia em que lhe contei a respeito de meu problema. Depois de descobrirmos o que havia de errado com nós dois.

Não conseguia deixar de encará-los — as pessoas que amava, rindo e conversando e vivendo atrás de vidraças. Enquanto olhava, porém, notei que havia algo de errado. Fitei Noah atentamente. Ele dormia, sem se mover, o que finalmente me permitiu enxergar. As extremidades estavam esmaecidas. Borradas. Voltei os olhos para as imagens de meus pais e irmãos. Os limites de seus corpos também eram pouco nítidos.

— Estamos perdendo a memória deles, acho — disse a menina. — Não sei por que, mas acho que Kells sabe, e acho que está fazendo tudo de propósito.

Eu não prestava muita atenção. Não conseguia parar de encarar os espelhos.

— Nunca mais vou ver todo mundo de novo, vou? — Não era uma pergunta.

— Minhas fontes dizem que não.

— Sabe — falei a ela —, você é meio babaca, não é?

— Bem, isso explica por que somos tão populares. Falando nisso, Jamie e Stella também estão aqui. Caso esteja curiosa.

— Você os viu?

Balançou a cabeça e respondeu:

— Mas Wayne mencionou "Roth" uma vez e "Benicia" duas, para Kells. E falou deles no presente.

Inspirei, aliviada. Minha garganta estava apertada e doía, e senti que estava prestes a chorar, mas nenhuma lágrima subiu aos olhos.

— E Noah? — cuspi a pergunta antes que pudesse refletir se queria mesmo saber a resposta.

A garota sabia.

— Kells falou nele uma vez.

A pergunta, porém, não fora respondida. E agora tinha que saber.

— Me conte o que ela disse — pedi.

— Ela disse... — A menina não terminou a frase, algo sibilou e bateu atrás de mim, e ela ficou quieta.

— O quê? — indaguei. — O que foi que ela disse?

Não respondeu. Quando tornou a falar, a voz tremia:

— Estão aqui — avisou e desapareceu.

# 3

ATÉ ALI, NÃO SABIA AO CERTO SE ESTAVA DESPERTA OU TENDO uma alucinação. Os sons que ouvia naquele momento, porém, me pareciam muito reais. Reais demais. O barulho de saltos altos batendo no piso de linóleo. A rajada de ar quando uma porta foi aberta em algum canto atrás de minha cabeça. Olhei para o reflexo no teto. Abri a boca. A imagem fez o mesmo.

Então estava mesmo só, definitivamente. Podia não estar certa a respeito do que era real e do que não era, mas sabia que não queria que Kells descobrisse que estava acordada. Fechei os olhos com força.

— Bom dia, Mara — disse a mulher, com secura. — Abra os olhos.

E se abriram, assim, como mágica. Vi a Dra. Kells ao lado da cama e refletida à minha frente centenas de vezes no pequeno quarto espelhado. Wayne estava a seu lado: grande, inchado e desmazelado na mesma medida em que ela era esbelta, elegante e bem-arrumada.

— Já acordou há muito tempo? — indagou.

Minha cabeça balançou. De algum modo, não sei como, não sentia como se tivesse sido eu quem fizera o movimento.

— Sua frequência cardíaca sofreu um pico agora há pouco. Você teve um pesadelo?

Ela fala como se eu não estivesse *vivendo* um pesadelo naquele exato momento. Parecia genuinamente preocupada, e eu não sabia se já tinha sentido tamanha vontade de socar alguém em toda a minha vida.

O impulso era claro e violento, e o aproveitei enquanto durou. O que não foi muito tempo. Pois, no instante em que o senti, começou a esmorecer. Evaporou, me deixando fria e vazia.

— Me diga como você está se sentindo — pediu a mulher.

Obedeci. O fato de que não queria fazê-lo não importava. Não tinha escolha.

— Quero fazer alguns testes com você. Tudo bem?

Não.

— Sim — respondi.

Pegou um caderno de anotações. Minha letra estava na capa, meu nome. Era meu diário, aquele em que deveria escrever meus medos, no Horizontes. De dias trás. Ou semanas, se a informação que meu reflexo deu fosse verdade.

— Você se lembra disso, não é, Mara?

— Lembro.

— Excelente — disse, e sorriu com franqueza. Estava satisfeita por eu lembrar, o que me fez questionar o que teria esquecido.

— Vamos trabalhar juntas nos seus medos hoje. G1821, a doença genética que está afligindo você, lembra? Faz com que sua habilidade seja ativada. Fatores diferentes funcionam como estopim. Mas, ao mesmo tempo, faz com que uma parte diferente de você seja *desativada*. — Fez uma pausa, estudando meu rosto. — Ela remove a barreira que existe entre seus pensamentos conscientes e inconscientes. Então, para ajudá-la a melhorar, Mara, quero ter certeza de que posso prescrever a dosagem adequada da medicação, a variante de amobarbital que você está tomando... Anemosyne é o nome que damos. E, para sabermos se está funcionando, vamos provocar os medos que você descreveu aqui no diário. É meio que uma terapia de confronto combinada à farmacoterapia. Ok?

Vai se foder.

— Ok.

Wayne abriu uma lata que trazia nas mãos e arrumou o conteúdo sobre uma pequena bandeja ao lado da cama. Virei a cabeça para o lado e observei, mas logo em seguida desejei não tê-lo feito. Bisturis, seringas e agulhas de diferentes tamanhos reluziam contra o tecido negro.

— Hoje vamos medir a reação ao seu medo de agulhas — explicou ela, e, com aquela deixa, o assistente levantou um cilindro com tampa plástica.

Ele segurou o plástico entre os dedos e o girou. O lacre se quebrou com um ruído alto. Wayne ajeitou a agulha na seringa grossa.

— Você com certeza já viu muitas dessas, considerando o tempo que passou em hospitais, e, a julgar pelo seu histórico, seu instinto é lutar quando tocada sem consentimento por profissionais médicos — disse a Dra. Kells, erguendo de leve as sobrancelhas pintadas com lápis. — Socou uma enfermeira na primeira internação hospitalar em Providence depois do incidente no sanatório, reagindo após ter sido tocada e contida à força. — Olhou para o pequeno caderno. — Depois, bateu em uma enfermeira na unidade psiquiátrica do hospital quando foi internada após a tentativa de suicídio.

Naquele instante, duas imagens competiram por um espaço em minha mente. A primeira era nítida e clara: eu sozinha em uma doca, levando a lâmina reluzente de um estilete a meus pulsos brancos. Na outra, embaçada e indistinta, a silhueta de Jude atrás de mim, sussurrando ao pé de meu ouvido, ameaçando a mim e a minha família até o estilete entrar fundo na carne.

Minha mente se agarrou à segunda imagem, a de Jude. Não tentara cometer suicídio. Foi Jude quem tentou fazer parecer que o tinha. E Kells, de alguma forma, estava tentando me fazer esquecer.

Wayne curvou-se e retirou algo do espaço sob a cama, fora de meu campo de visão. Empertigou-se, segurando um sistema de aparência complicada de amarras de couro e metal. Eram algemas, na realidade. Eu ainda não sentia medo.

Foi então que Kells disse:

— Apenas relaxe.

As palavras ecoaram em minha cabeça, na voz de outra pessoa.

*Apenas relaxe.*

Senti algo se revirar de leve em meu peito, e o monitor ao lado da cama soltou um bipe. Não entendia. Foram as palavras? Uma gota de suor rolou da testa de Wayne. Secou-a com a manga, depois levou os dedos grossos à curva de meu braço. Minha mente vacilou, e meus músculos se retesaram.

Wayne pareceu senti-lo.

— Você tem certeza... Tem certeza de que ela está estável? — Soava nervoso. Ótimo.

A mulher olhou para meu braço.

— Mara, quero que seu corpo, seus braços e suas mãos fiquem relaxados.

Assim que as palavras saíram de sua boca, meu corpo obedeceu. Olhei para mim mesma no teto espelhado. Minha expressão era flácida.

— Quando você vê algo de que tem medo, sua mente diz ao corpo para reagir. Manda seus rins liberarem adrenalina, o que causa aceleração em sua frequência cardíaca, pulso e respiração. É para prepará-la para correr ou lutar contra aquilo que teme, independentemente de se o medo é irracional. No seu caso, o medo é o estopim para a anomalia. Então o que estamos fazendo é garantindo que o medicamento que desenvolvemos para ajudá-la está fazendo o que deve, que é separar suas reações mentais das físicas. O objetivo principal, claro, é o bloqueio total: impedir o processo que transforma seus — passou o polegar pelo lábio inferior enquanto buscava as palavras — pensamentos negativos — disse finalmente — em ação. O Anemosyne não *impede* os pensamentos, mas impede as consequências físicas destes, tornando você tão inofensiva quanto um não portador. Agora, vire-a — ordenou para Wayne.

Ele engoliu em seco, as mandíbulas tremendo com o movimento enquanto segurava meus ombros e começava a me virar. Em algum momento, um suporte tinha sido afixado à cama, permitindo que me deitasse de barriga para baixo sem virar o pescoço para o lado. Fitava o chão, grata por não ser espelhado. Ao menos não seria obrigada a assistir.

Meus tornozelos estavam presos. Ele posicionou cada braço de maneira que pendessem das laterais da cama, depois algemou os pulsos juntos, como se eu abraçasse a cama.

— Mostre a seringa a ela — mandou a Dra. Kells.

O assistente moveu a seringa na frente de meus olhos, deixando que a visse de todos os ângulos. A frequência cardíaca se acelerou e, com ela, o monitor.

— Era para o coração dela estar acelerado assim? — indagou o homem, com nervosismo.

— É só um reflexo — explicou a doutora. — O corpo dela ainda é capaz de reagir a reflexos, mas as emoções, o medo, não podem ativar a habilidade, independentemente do que pense — disse, com tom professoral. — Consciente ou subconscientemente.

Wayne ergueu as costas da camisola hospitalar que haviam colocado em mim. Eu não queria que ele me tocasse, mas não podia fazer nada a respeito.

Foi então que ouvi algo sendo arrastado pelo chão em minha direção. Um espelho. Mostrava meu rosto, pálido e sem sangue, e no teto eu via minhas costas expostas. Meu corpo parecia magro. Doente.

Não queria ver o que quer que fosse que fariam comigo, e, a respeito *disso*, eu podia tomar uma providência. Fechei os olhos com força.

— Abra os olhos — mandou a mulher, e obedeci. Tinha que fazê-lo, e odiava o fato.

Ela virou um pouco o espelho, e observei enquanto Wayne tirava um algodão de uma mesa de metal ao lado da cama e o encharcava de iodo. Encolhi-me quando passou a bolinha por minhas costas.

O assistente percebeu.

— O que isso quer dizer?

— Só reflexo — respondeu Kells, a voz fina. Exasperada. — Reação ao frio. — Depois virou-se para mim: — Se eu batesse em seu joelho com um martelo, Mara, sua perna chutaria. É só a sua reação ao medo que estamos tentando dessensibilizar. Se formos bem-sucedidos, você será capaz de viver uma vida normal, produtiva, sem ser atrapalhada pelos medos irracionais e sem precisar se preocupar, pensando se vai desejar não intencionalmente consequências que poderiam ser desastrosas, para as pessoas que você ama e os demais.

Recordava-me vagamente de que costumava ficar preocupada com isso.

— Vamos fazer uma punção e extrair um pouco de líquido cefalorraquidiano primeiro — avisou, e Wayne posicionou a agulha mais perto de minha pele. — Vai doer só um pouquinho.

Todos os movimentos daquele instante em diante se sucederam em câmera lenta. A agulha... enquanto Wayne a segurava apenas a milímetros de minhas costas. A sensação fria do metal perfurando a pele... a princípio apenas uma pressão, depois, enquanto se aprofundava, uma picada, uma dor, uma ardência; queria me debater, mas não me movi, não podia. Kells ordenou que encarasse meu rosto no espelho, e obedeci. Ainda não tinha expressão alguma. Uma máscara de pele escondendo todos os sentimentos. Minha mente gritava, mas a boca permanecia fechada.

Sentia pressão enquanto a seringa puxava o fluido da espinha.

— Você está se saindo muito bem — garantiu Kells, a voz sem entonação. — Não é melhor assim, Mara? Não precisa ter medo. É só uma agulha, e é só dor. Ela não passa de um sentimento, e sentimentos não são reais.

Depois do que pareceram horas, Wayne retirou a agulha, e a pressão parou, mas não a dor. Algo frio e molhado escorria devagar por minha pele antes de Wayne apertar um pedaço de gaze para absorvê-lo. Minha respiração era profunda e regular. Não arquejei, não vomitei. Pensei que eram reflexos. Pelo jeito, não.

O homem limpou minhas costas, tirou as algemas das mãos e as amarras dos tornozelos, depois, com delicadeza, de uma maneira que deixou minha cabeça nauseada, me virou de barriga para cima outra vez.

— Sei que não foi agradável para você, Mara — afirmou a Dra. Kells. — Mas, apesar do desconforto interno, foi um teste muito bem-sucedido. O que o medicamento está te permitindo fazer agora é separar as reações mentais das físicas. O efeito colateral, no entanto, também é muito animador.

Ela não parecia nem um pouco animada.

— Tenho certeza de que você queria reagir durante o procedimento — prosseguiu. — Sem dúvida queria gritar e provavelmente chorar. Contudo, graças ao remédio, seus reflexos físicos vão permanecer intactos, mas independentes de suas emoções. Em outras palavras, com o Anemosyne, se alguém for cortar cebolas perto de você, ou se um cílio entrar no seu olho, você ainda vai lacrimejar como reação aos estímulos. Seus olhos vão tentar eliminar o causador da irritação. Mas não vai mais chorar por conta do medo, ou por conta de tristeza ou frustração. Ele corta essa conexão para impedir que você perca o controle. — Ela se colocou ao meu lado. — Sei que é uma sensação estranha agora, mas você vai se adaptar. E o benefício para você, e para os outros, será enorme. Quando estabelecermos a dosagem adequada, teremos que fazer a aplicação apenas a cada poucos meses. Ao final do tratamento, você poderá voltar para casa, para sua família, fazer terapia comigo e ter a vida normal que sempre quis, pois o medicamento continua a funcionar. — Estendeu a mão para alisar meus cabelos no que suponho deveria ter sido um gesto maternal, e senti vontade de mordê-la.

— Vamos te dar outro remédio agora, para que nem se lembre das sensações desagradáveis de hoje. Não é bom? — Um sorriso serpenteou por seus lábios, mas em seguida a mulher franziu o cenho. — Wayne, qual é a temperatura do quarto agora?

Wayne caminhou para a esquerda, apertando um ponto da parede espelhada com o polegar. Números surgiram no vidro. Chique.

— 21ºC.

Kells pressionou as costas da mão sobre minha testa.

— Ela está quente. E suando. — Limpou a mão no lençol.

— Isso é... normal?

— É atípico — respondeu. — Nunca reagiu desta forma a nenhum dos testes anteriores.

Testes anteriores? Quantos teriam sido?

Kells tirou uma lanterna do bolso e ordenou:

— Não pisque.

Não pisquei. Mirou a luz para meus olhos; eu queria fechá-los, mas não podia.

— As pupilas estão dilatadas. Não entendo. O procedimento terminou. — A voz tremia muito ligeiramente. — Wayne, o Amylethe, por favor?

Ele tirou algo da caixa preta. Outra agulha. Devia estar suando também, pois se atrapalhou todo. Ela caiu e rolou no chão.

— Céus — resmungou Kells entre dentes.

— Desculpe, desculpe. — Foi pegar outra seringa, mas parou quando o monitor ao lado da cama soltou um bipe.

A doutora olhou para o assistente:

— A pressão sanguínea está caindo. É algum tipo de reação. Será que dá para você demorar um pouco mais com isso?

Jamais tinha ouvido sua voz soar qualquer coisa menos que completamente controlada. Olhando para ela agora, porém, vi seu corpo tenso. Os tendões no pescoço, visíveis. Devia ser provavelmente coisa da minha imaginação, mas podia quase farejar seu medo no ar.

Estava aterrorizada. Com medo de mim? Por mim? Não sabia, mas gostei.

Wayne trincou o maxilar e destampou a seringa. Pegou meu braço e furou o ombro com a agulha.

Minha visão flutuou, e a cabeça ficou pesada.

— Leve-a para a sala de exames. — Foi a última coisa que escutei antes de apagar.

# 4

## ANTES

*Índia, província desconhecida*

No dia em que Titia morreu, nossos vizinhos observaram, com desconfiança, enquanto saíamos da aldeia, levando o corpo. O ar parecia tão morto e parado quanto ela; a Doença do Rio a abatera poucos dias depois de o Tio ter me levado para casa. Titia era a única razão pela qual o toleravam, com suas roupas diferentes, sempre azuis, com suas palavras e aparência singulares. Ela era especial, o Tio me dissera. Quando ajudava em um parto, o bebê se apressava em sair do ventre da mãe a fim de conhecê-la. Sem ela, estávamos desprotegidos. Não soube o que o Tio queria dizer até o dia em que morreu.

A notícia se espalhou de aldeia em aldeia. Para onde quer que fôssemos, praga e morte já haviam assegurado seu domínio, e seguíamos seu rastro. O Tio fez o melhor que pôde pelas pessoas, compartilhando medicamentos, aplicando emplastros, mas os sussurros perseguiam nossos passos. *Mara*, eles nos chamavam. Demônios.

Uma noite, o Tio nos acordou e mandou que eu e a Irmã partíssemos imediatamente. Não podíamos fazer perguntas, apenas obedecer. Esgueiramo-nos para fora da tenda na escuridão e, quando entramos na floresta, ouvimos seu grito.

Uma coluna de fumaça subiu no ar, levando os berros com ela. Queria ir até onde estava, consertar as coisas, mas a Irmã lembrou que tínhamos prometido que não o faríamos e que teríamos o mesmo destino se voltássemos. Não levara nada senão minha boneca. Jamais a deixaria para trás.

Meus longos cabelos embaraçados aderiam ao pescoço e aos ombros no calor noturno úmido enquanto os gritos do Tio eram substituídos pelos sons da floresta, que subiam com a lua. Não dormimos aquela noite, e, quando o sol raiou por entre as nuvens, e a fome apertou minha barriga, pensei que teríamos que mendigar por um pedaço de pão, como os órfãos. Não tivemos. A Irmã pediu às árvores, e elas lhe deram seus frutos. O solo doou sua água. A terra nos nutriu, susteve, até alcançarmos a cidade.

A Irmã me levou direto ao edifício mais alto no porto, para ver o homem de óculos. Ele se autodenominava Sr. Barbary, e a Irmã caminhou diretamente até ele. Estávamos imundas e cansadas, e não parecíamos nos adequar ao cenário.

— Sim? — disse ele, quando paramos em frente à mesa. — O que é que vocês querem?

A Irmã disse quem era, quem tinha sido seu pai. Ele nos observou com novos olhos.

— Não a reconheci. Ela cresceu.

— É — respondi. — Cresci.

Jamais lhe dirigira a palavra antes, ou a ninguém salvo a Irmã e o Tio. Nunca tinha precisado. Mas sabia por que estávamos lá, e queria impressioná-lo.

Funcionou. Os olhos dele se esbugalharam, e seu sorriso se alargou sob o arco de pelo engraçado acima dos lábios.

— Ora, ela fala!

Podia fazer mais que isso.

Fez perguntas a respeito do que tinha nos acontecido e outras coisas também: o que eu aprendera desde a última vez em que tinha me visto, que talentos desenvolvi, se tinha ficado doente. Em seguida, mediu quanto cresci. Depois, entregou um saquinho à Irmã, que fez uma mesura em agradecimento.

— Tenho que avisar ao benfeitor acerca de sua nova circunstância, se me entende — explicou o homem.

A Irmã assentiu, mas seu rosto era uma máscara.

— Entendo. Mas a educação dela ainda não está completa. Por favor, informe a ele que vou tomar o lugar de meu pai se me permitir.

O Sr. Barbary assentiu e nos deu licença para sairmos, e a Irmã me levou pela mão para fora do edifício. Fiquei me perguntando como podia conhecer a cidade tão bem. Jamais fora até lá comigo e com o Tio.

Pagou um homem para nos arranjar acomodações, depois comprou roupas, vestimentas finas, do tipo que o tio costumava vestir. Comprou comida para comermos no quarto.

Nunca vira nada parecido, as camas altas esculpidas de árvores, com lençóis de tecidos tão macios quanto penas. A Irmã me deu um banho e vestiu, em seguida comemos.

— Vamos embora depois que tiver escurecido — explicou, usando um pedação de pão para levar o fragrante arroz amarelado de especiarias à boca.

À medida que minha barriga ficava cheia, começava a me sentir bem e sonolenta. Perguntei:

— Por que não ficamos? — O quarto era sólido, sem poeira ou correntes de ar, e as camas pareciam tão limpas. Ansiava por me afundar em uma delas.

— É melhor ficarmos fora de vista pelo maior tempo possível, até encontrarmos uma nova casa.

Não discuti. Confiava na Irmã. Tomara conta de mim quando era pequena, assim como continuaria fazendo até morrer.

Aconteceu muito depois de o Tio ser morto, embora eu não saiba quanto tempo depois. O tempo não significava coisa alguma para mim: era marcado apenas pelas visitas do Sr. Barbary para fins de inspeção. O Tio não usava calendários, tampouco a Irmã. Eu sequer sabia quantos anos tinha. Seguíamos pelos limites das aldeias como fantasmas, até sermos expulsas das periferias. Depois continuávamos para a seguinte.

— Por que é que a gente precisa continuar? — perguntei, enquanto andávamos. — Por que é que não deixam a gente ficar?

Era inveja, explicava a Irmã. As pessoas entre as quais vivíamos não tinham os mesmos dons que nós. Eram tão comuns quanto a grama, mas nós éramos como flores, belas e raras. Desconfiavam de nossas diferenças e nos odiavam por elas. Por isso tínhamos que fingir ser o que não éramos, para que não nos machucassem.

Machucavam-nos mesmo assim. Não importava o esforço que fizéssemos a fim de permanecermos fora de vista, alguém sempre nos reconhecia ou suspeitava de nós. No nosso terceiro dia na aldeia mais recente, pegaram a Irmã ao cair da noite, da mesma maneira como tinham levado o Tio. Da maneira como tentaram me levar.

Braços beliscaram minha carne, e fui arrancada da esteira onde dormia. A Irmã gritava, suplicando que não me machucassem, jurando nossa inocência, que éramos inofensivas, mas antes mesmo de eu conseguir acordar totalmente, suas palavras foram cortadas. Um homem acertara sua cabeça com uma pedra. Foi um golpe apenas, mas bastou.

Fiquei flácida nos braços de meus captores no instante em que o mesmo homem erguia a pedra para me acertar. Quis que morresse.

Seu corpo estremeceu, e algo se rasgou dentro dele, fazendo uma torrente de sangue jorrar de seu nariz. Largou a pedra e gemeu, recuando para longe de mim.

Os demais fizeram o mesmo. Não disse nada a eles. Não gritei. Olhei para a Irmã — a boca mole aberta, o corpo flácido, os cabelos brilhando com sangue — e desejei.

Desejei que sentissem o que ela sentiu. Queria que jamais tornassem a ver outro nascer do sol, uma vez que ela tampouco poderia.

Sentei-me ao lado da Irmã, aninhando o crânio esmagado no colo. Os outros fizeram um círculo ao nosso redor. Foi então que jogaram uma pedra.

Não me tocou. E acertou outra pessoa.

Gritos ecoaram, e o ar se encheu de medo. A aldeia foi se esvaziando naquela noite à medida que os homens — os assassinos — fugiam, levando esposas e filhos consigo.

Vi ferramentas, mas as ignorei. Comecei a escavar a terra com minhas próprias mãos, e enterrei a Irmã quando terminei de cavar sua cova rasa, no local onde tombara. Dormi ali até o dia seguinte. Nem os insetos me perturbaram. Quando acordei, comecei a caminhar em direção a Calcutá sozinha. Passei pelos corpos de aldeões espalhados no caminho. A pele acima de seus lábios estava manchada de sangue, mas as moscas não os tocavam. Não se atreviam.

Evitei as pessoas. Banhei-me com a camisola simples e ensanguentada. A floresta não me presenteava com seus frutos, portanto circundei aldeias e roubei o que comer de seus habitantes. Era alheia a tudo, salvo minha solidão. Sentia falta da Irmã e do Tio também, de meu jeito particular. Mas haviam partido, e tudo o que eu tinha deles e de nossa vida juntos eram as cinzas e a boneca que a Irmã fizera para mim, e as palavras que o tio me dissera, ensinara, de maneira que, um dia, pudesse falar com meu benfeitor na Inglaterra.

"Um dia" chegara.

Caminhei até o porto, até o Sr. Barbary, desacompanhada pela primeira vez desde que me lembrava. Ele me acolheu com minhas roupas manchadas e cabelos embaraçados. Parecia uma selvagem, mas falava de maneira tão limpa e clara quanto o homem, e na sua língua. Disse-lhe que minha educação estava completa. Ele me mandou para uma estalagem ali perto e afirmou que me pegaria quando estivesse com a passagem para a Inglaterra em mãos.

Tomei um banho de água limpa aquela noite e esfreguei o corpo com sabonete em barra suave, um luxo de que ouvira falar, mas jamais experimentara. Contemplei admirada a espuma na pele, nos cabelos, e, quando terminei, deitei nua na cama e deixei o ar secar meu corpo. Sentia-me como se tivesse trocado de pele como uma cobra, e esta nova pele me levaria para minha nova vida.

No dia seguinte, o Sr. Barbary surgiu à porta para me comunicar que meu benfeitor morrera na semana anterior, mas que não tinha por que me preocupar, uma vez que tomara as providências para que eu tivesse tudo de que precisasse na eventualidade de sua morte. A viúva havia sido informada a respeito de minha existência e concordara em me receber, como ele o teria feito um dia. O Sr. Barbary marcara a viagem no primeiro navio disponível. Partiria na semana seguinte, e eu devia me distrair até lá.

E foi o que fiz. Ele entregou um saquinho de moedas, e com elas comprei roupas novas e refeições que não tinha de preparar eu mesma. Meu corpo ficou mais mole depois de uma semana na cidade, depois de me empanturrar sempre que me dava vontade com comidas doces e apimentadas, que brilhavam e fumegavam.

Na noite anterior à partida, guardei meus novos pertences no pequeno baú novo com grande zelo. Tirei a boneca de seu esconderijo debaixo do travesseiro, onde a deixava durante o dia. Corri os dedos pelas costuras, toquei o lugar onde o sangue da Irmã marcara seu pulso, e me perguntei que forma minha vida tomaria sem ela.

— Por que o homem branco paga tudo para mim? — perguntei um dia ao Tio, depois de uma das viagens a Calcutá para inspeção. As moedas tilintavam com seus passos.

— Porque ele crê que você é valiosa. E, quando você for mandada para ele, será mesmo.

Absorvi aquilo.

— E quando é que vou ser mandada?

— Quando você se transformar — respondeu ele.

— Me transformar em quê?

— Em você mesma.

*Mas, se não sou eu mesma ainda, então quem sou?*, pensei.

# 5

A PRIMEIRA COISA QUE NOTEI AO ACORDAR ERA QUE ESTAVA coberta de sangue.

A segunda foi que aquilo não me perturbava da maneira como deveria.

Não senti o impulso de gritar ou falar, implorar por ajuda, nem mesmo imaginar onde estava. Aqueles instintos estavam mortos, e estava calma quando meus dedos molhados deslizaram pela parede de azulejos, tateando à procura de um interruptor. Encontrei sem nem precisar me levantar. Quatro lâmpadas se acenderam acima de mim, uma após a outra, iluminando o cadáver no chão a poucos centímetros de onde eu estava.

Minha mente processou os fatos primeiro. Homem. Gordo. Estava de barriga para baixo, jogado em uma grande poça vermelha que se espalhava sob ele. As pontas dos cabelos cacheados estavam molhadas dos fluidos. Havia algo em sua mão.

As luzes fluorescentes na sala branca tremeluziam, zumbiam e vibravam. Movi-me a fim de conseguir uma visão melhor do corpo. Os olhos estavam fechados. Poderia estar apenas dormindo, não fosse pelo sangue. Havia tanto. E, perto de uma das mãos, o sangue manchava o chão em um padrão estranho.

Não. Não era um padrão. Palavras.

*OUÇA-ME.*

Meu olhar recaiu sobre a mão. O punho estava fechado em volta de um pequeno gravador de fita cassete. Movi os dedos — ainda quentes — e apertei o play. Uma voz masculina começou a falar.

"Consegui sua atenção?", indagou a voz.

Conhecia aquela voz. Não podia, porém, acreditar que a estava ouvindo.

"Noah está vivo", disse Jude.

Aí, sim, conseguiu minha atenção.

"E você não tem muito tempo. Provavelmente reconhece o homem morto no chão como sendo Wayne Flowers. Fui eu quem o matou, caso você esteja se perguntando. A boa notícia é que ele é uma das duas pessoas que têm acesso ao escritório da Dra. Kells — sendo a própria Dra. Kells a outra pessoa. A má notícia é que, para você ter acesso e sair dessa sala, vai precisar arrancar o olho esquerdo dele."

O que *era* aquilo? Um truque? Uma armadilha?

"Eu mesmo teria feito o trabalho, mas não tive tempo. Troquei a seringa, a que usaram antes da punção lombar. Foi por isso que você teve uma... reação... quando te examinaram, que... Aquilo foi bem bizarro, aliás. De qualquer forma, que seja. Tem um escâner de leitura de retina acima da porta do escritório, no canto superior direito, exatamente igual ao que está acima da porta da sala onde você está. Todas as portas neste lugar têm tranca automática. Quando estiver com o olho, segure-o poucos centímetros acima dos seus. Ele era mais alto que você. Tem, *sim*, uma câmera de segurança — estão em todos os cantos, não dá para evitar, ela vai te ver, mas vai te ver onde quer que você esteja. Exceto aí na salinha. Nada do que acontece aqui dentro é gravado. Foi por isso que te droguei antes de vir para cá, e entrei de fininho antes de Wayne conseguir sair. Teria te levado também, mas você não me deixava nem chegar perto. De qualquer jeito, depois que tiver entrado no escritório de Kells, a porta vai se trancar. Você pode sair usando o olho de Wayne.

"Lá você deve encontrar tudo o que está procurando. Sua ficha: a verdadeira, não a falsa, que serve para tirar o deles da reta. Tem coisas a respeito dos seus amigos; eles estão aqui também, aliás. Estou soltando todo mundo enquanto você escuta isso. Depois que a fita terminar, vá até o escritório de Kells, pegue o que precisa e se mande. O mapa lá dentro vai mostrar como sair da ilha. Kells já vai ter ido embora, ou... Eu... Eu... tive que a deixar ir. Desculpe. Mas você deve ter tempo o suficiente para sair antes de ela ter a chance de acionar o bloqueio das saídas manualmente. Vou soltar seus amigos. Noah vai estar te esperando." Ele tossiu com força. "Também deixei meu relógio para você. Está na outra mão de Wayne. Pegue antes de... antes de sair.

"E sei que você não tem nenhum motivo para confiar em mim. O que eu fiz... Eu... Não dá para falar sobre isso. Muita merda doentia." Tossiu outra vez. A tosse era profunda e molhada, e Jude parecia estar com dificuldades para respirar quando tornou a falar. "Não dá para conversar sobre isso. Não sei quanto tempo vou continuar assim, sendo eu mesmo, nem sei mais se este sou eu de verdade, mas tanto faz. Posso até pedir... Quero dizer... Não vou pedir perdão... 'Perdão' não significa nada quando não dá para prometer que não vai fazer tudo de novo, e não posso prometer isso. Só... Vou te deixar em paz agora. Prometo."

A voz na gravação ficou muda. Fiquei muda. Fitei o gravador, com meus lábios abertos e o corpo imóvel.

"Desculpe pela parada toda da mensagem de sangue, aliás."

Sobressaltei-me ao ouvir o som da voz de Jude na fita outra vez.

"Não tinha outra coisa com que escrever."

Depois terminou.

Talvez estivesse em choque, porque não estava entrando em pânico, ou gritando, ou tremendo, sequer estava assustada. Minha mente continuava a repetir quatro palavras, uma e outra vez.

— Noah está vivo.

Mas fora Jude quem dissera.

Não sabia se devia acreditar, mas sabia que queria. Parte de mim estava aterrorizada por me permitir ter esperanças, mas outra parte não podia resistir. Minha mente se agarrou à possibilidade como um tubarão abocanhando uma foca, e rebobinei a fita para escutar as palavras de Jude outra vez.

*"Noah vai estar te esperando."*

Tudo o que tinha que fazer era sair daquela sala.

*"Você vai precisar arrancar o olho esquerdo dele."*

Tudo o que tinha que fazer era arrancar o olho esquerdo de Wayne.

Olhei para ele, um saco de carne ensanguentada no chão, os óculos de aros finos tortos no rosto. Os olhos se abriram por trás deles.

— *Porra!* — Meu coração explodiu, e cobri a boca para não gritar. Era a primeira reação normal que tinha desde que acordei. — Porra — praguejei outra vez.

Os pequeninos olhos suínos de Wayne seguiam cada movimento que eu fazia. Estava vivo. Consciente.

— Está de brincadeira? — sussurrei. Um gemido gorgolejante saiu da garganta do homem.

Estava paralisada, mas precisava me mexer. Estava presa em um quartinho com Wayne morto-vivo, e a única saída era usar seu olho para enganar a leitura de retina a fim de me libertar.

Entretanto, se ele continuava vivo, talvez eu não precisasse enganá-la? Talvez Wayne pudesse simplesmente abrir a porta para mim.

Para isso, porém, o homem precisaria ficar de pé. A piscina de sangue a seu redor aumentou. O cheiro preenchia meu nariz, de alguma forma metálico e selvagem ao mesmo tempo. Minhas narinas se arregaçaram.

— Wayne — chamei em voz alta. — Você consegue falar?

— Consigo — sussurrou.

Muito bom.

— Consegue ficar de pé?

— Acho... Acho que não... Não.

Nada bom.

— Você ouviu a gravação? — perguntei.

— Que... — Respirava com dificuldade. — Que gravação?

O ponteiro dos minutos do relógio se moveu. Ouvi-o, de alguma maneira. Kells estava em algum canto naquele prédio, e Noah também. Não podia esperar para encontrá-lo, ou então ela me encontraria primeiro. Teria que levantar Wayne eu mesma.

Quando me aproximei, meu estômago se contraiu — com náusea, acho —, e os olhos do homem se esbugalharam em alarme. Com delicadeza, virei-o até ele meio que ficar de barriga para cima. Foi nesse instante que um cheiro diferente me atingiu em cheio. Seus intestinos balançaram, úmidos, para fora da barriga dilacerada.

— Está de *brincadeira* — sibilei, por entre os dentes cerrados. Perguntei-me vagamente como conseguira não vomitar todo o conteúdo de meu próprio estômago sobre ele enquanto levava as mãos para baixo das axilas molhadas do assistente e tentava levantá-lo.

— Pare! — gemeu. — Por favor.

Parei. Meus olhos correram o espaço revestido de azulejos à procura de algo, qualquer coisa que me ajudasse, mas estava praticamente vazio. Havia uma mesa plástica e duas cadeiras derrubadas a um canto, e outra cadeira, de madeira, reduzida a pedaços perto da parede. Alguns azulejos tinham sido quebrados, presumivelmente pela cadeira. Algo metálico, porém, reluzia nas ruínas do que outrora fora um cômodo limpo e arrumado com aspirações à sala de exame.

Fui até o canto para dar uma olhada, chutando pedaços pontudos de madeira para o lado e afastando pedacinhos de cerâmica, e me dei conta do que tinha encontrado.

Era um bisturi. Peguei-o, passando a lâmina na camisola hospitalar imunda a fim de limpar a poeira. Apenas segurá-lo era estranho. Parecia conformar-se à forma da mão.

Wayne gemeu outra vez atrás de mim, um som triste, desesperado. Virei-me para ele. Estava morrendo. Estava praticamente morto, a bem da verdade. E o fato de que seu olho esquerdo continuava preso ao crânio era o único fator que me impedia de sair. De chegar até Noah.

Enquanto o olhava, tentei imaginar seus olhos se fechando — pensar nele morrendo pela perda de sangue ou coisa do tipo. Por que ainda não acontecera? Os olhos de Wayne, porém, não se fecharam. Apenas continuavam a me fitar.

Disse a mim mesma que, no estado em que se encontrava naquele momento, a morte seria um alívio, uma gentileza. O problema, entretanto, era que eu não queria matá-lo. Lembrei, com certo distanciamento médico, que ele desempenhara um papel no meu cativeiro ali, nas torturas que me impuseram, e aquela lembrança trouxe consigo a impressão de que ele tinha gostado de tudo. Entretanto, recordava-me daquilo da mesma forma como a gente se lembra do nome de nossa professora da segunda série (Sra. Fish-Robinson). Não me *importava* de fato que ele tivesse feito aquilo. No momento, não queria que morresse e realmente não queria que tivesse de ser eu a matá-lo.

O homem deve ter visto minha hesitação, pois sussurrou:

— Boa menina.

Inclinei a cabeça para o lado.

— Você não é tão ruim, não é mesmo?

Foram as últimas palavras que disse antes de eu lhe cortar a garganta.

# 6

SENTI-ME UM POUCO MAL POR TÊ-LO FEITO, FRANCAMENTE. NÃO foi um golpe preciso. Hesitação demais; mal podia olhar enquanto o fazia. Entretanto, certifiquei-me de que estava morto antes de arrancar seu olho. Será que isso valia de alguma coisa?

E guardei o bisturi comigo. Tinha a sensação de que precisaria dele novamente.

Até aí, um alarme baixo e intermitente havia sido acionado, mas, quando espiei para fora da porta da sala de exame, os corredores estavam desertos. Não me recordava de ver ninguém ali, salvo a Dra. Kells e Wayne, mas aquilo não queria dizer muita coisa. Havia tanto que não conseguia lembrar.

O olho de Wayne fazia ruídos pegajosos dentro de minha mão cerrada. Era maior do que achei que seria, mais redondo também. Parte do nervo ótico continuava preso a ele, saindo por entre meus dedos. A cada segundo que se passava, mais Kells poderia estar próxima, então corri para a esquerda, onde achei que seu escritório devia ficar. As luzes fluorescentes tremeluziam e zumbiam acima de minha cabeça, e as paredes brancas pareciam se curvar e retorcer ao redor. Não tinha como saber quanto já percorrera do caminho, nem se estava indo na direção certa.

Tentei organizar o emaranhado de lembranças que tinha do lugar, de maneira que pudesse escolher uma direção, qualquer que fosse, a seguir. Os corredores vazios, porém, acabavam em portas de aço trancadas ou que davam para salas onde não havia nada nem ninguém. E não existiam janelas, estátuas, obras de arte, nada que, mesmo remotamente, lembrasse a imagem borrada do Horizontes de que tinha lembrança.

Comecei a entrar em pânico, virando nos corredores e abrindo portas sem encontrar coisa alguma que não branco total e metal. Nada parecia familiar. Era um rato em um labirinto: podia não estar trancada em uma cela, mas continuava sendo prisioneira. Tentei acreditar que Jude libertaria Jamie e Stella, que Noah continuava vivo e estaria esperando por mim, mas todo beco sem saída matava uma ponta de esperança, até mal sobrar coisa alguma.

Foi aí que notei uma porta pequenina pintada de branco a fim de se confundir com as paredes. Abri-a e entrei, sorrateira. Encarava um lance estreito de escadas metálicas.

Claro que subi. Os degraus rangeram sob meus pés, e sentia-me como se o coração fosse explodir. Quando abri a porta no topo, as dobradiças chiaram e me encolhi.

Atrás da porta, algo de metal caiu com um baque no chão. Ouvi um xingamento sussurrado. *Conhecia* aquele sussurro.

— Jamie? — chamei, empurrando a porta.

— Mara? *Mara?* Está me zoando. — A voz de Jamie ecoou no cômodo majoritariamente metálico, que na verdade era uma cozinha industrial. Procurei-o, mas tudo o que enxergava eram reflexos brilhantes e distorcidos de mim mesma nos armários de aço circundando as paredes.

— Onde é que você está? — indaguei.

Abaixei-me sob um suporte de panelas suspenso e vislumbrei um reflexo diferente dos demais. Inclinei a cabeça para o lado enquanto a imagem mudava, distorcida, quando Jamie abriu a porta de um armário e saiu lá de dentro. Quase tropeçou nos utensílios de cozinha espalhados no chão ao correr até mim. Parou no meio do impulso de me abraçar.

— Meu Deus... Mara... Que porra te aconteceu?

Olhei adiante, fitando a mim mesma na parede de aço atrás de um fogão enorme. Foi isto que vi:

*Um bisturi (na mão)*
*Um gravador de fita cassete (na mão)*
*Um olho humano (castanho) (na mão)*
*Uma camisola hospitalar empapada de sangue (no corpo)*
*Um relógio Rolex de ouro (no pulso)*

Desejei de verdade que aquela camisola hospitalar idiota possuísse bolsos. Meu reflexo deu de ombros, embora eu não o tivesse feito.

— O sangue não é meu — expliquei.

— Estou até com medo de perguntar...

— Wayne — respondi.

— Bem, então nunca fiquei tão feliz de te ver coberta de sangue.

E eu jamais tinha ficado tão feliz em vê-lo. Sua aparência não estava péssima, não vestia pijama cirúrgico. Usava roupas que teriam sido normais — calças sociais, camisa polo, apenas meias, sem sapatos —, a não ser pelo fato de que não eram normais para os padrões *dele*. Tampouco eram de seu tamanho. A barra das calças chegava apenas aos tornozelos, e a camisa pendia larga em seu corpo. Os cabelos tinham sido raspados tão curtos que o couro cabeludo aparecia sob ele.

— A gente tem que encontrar Stella. Alguma ideia? — indaguei.

Jamie balançou a cabeça.

— Nem sei onde fica meu quarto.

— Como foi que você saiu? — Silenciosamente torcia para que Jude fosse a resposta.

— Estava jogando solitário quando ouvi a porta do quarto... Cela, o que for... Chiar e se destrancar. O corredor estava vazio, então me mandei. Só que não sabia para onde ir, e, em algum ponto, achei que tinha ouvido passos atrás de mim e não queria topar com ninguém, obviamente, então abri a primeira porta destrancada que encontrei... A daqui — explicou, abrindo a porta da cozinha —, e me escondi. Mas não sem antes ter feito uma barulheira do cacete, óbvio.

— E os passos eram meus.

— É, os passos eram seus. — Sua expressão se suavizou. — Que bom que eram seus.

— Também acho.

— Queria muito te abraçar, mas você está um nojo, sem ofensa.

Um sorriso fez o canto de minha boca subir, um sorriso verdadeiro. Falei:

— Por que será que toda vez que alguém diz algo ofensivo, sempre acrescentam um "sem ofensa" no final?

— Ofensivo ou não, você está de fato coberta de sangue — disse ele, me olhando de cima a baixo. Seu olhar parou no relógio de pulso. — E de ouro. Mas que porra?

— É de Jude. — Afastei-me de Jamie e meti a cabeça para fora da porta, para espiar o corredor, tentando decidir que caminho seguir.

— Você disse o que acho que disse?

— O relógio era de Jude — falei lentamente. — Ele me deixou uma fita cassete, disse como sair daqui — expliquei, erguendo a mão e abrindo os dedos devagar, de maneira que não deixasse o olho de Wayne escorregar deles.

— Ok... Em primeiro lugar: isso é loucura, Mara, e não estou entendendo nada, mas parece que isso é tema recorrente por aqui. E em segundo... Que fita?

Mostrei o gravador na outra mão.

— Vou te deixar ouvir, mas não agora. Mas foi Jude quem me deixou sair.

Os olhos de Jamie se arregalaram.

— E foi ele quem te deixou sair também, acho. Escute, vou te contar tudo, mas agora a gente precisa ir.

— Agradeço, Mara. E entendo nossa situação, mesmo. Mas ouve só o que você está dizendo. Está falando em confiar no cara que é o maior *responsável* pela nossa atual situação.

Respirei fundo. Jamie tinha razão. Ele não ouvira, porém, o que Jude dissera a respeito de Noah. E aquela não era a hora de contar.

— Não tive muita escolha. — Foi tudo o que falei. — Olhe, acordei em uma sala, e Wayne estava morto. — Bem, praticamente morto. — O gravador estava na mão dele, a porta estava trancada, e, na fita, Jude dizia que a única saída era usar o olho de Wayne para enganar o escâner de retina, o que me deixaria sair. É assim também que se abre a porta do escritório de Kells, que é aonde temos que ir agora. Mas, antes de tudo isso, pensei: "Bem, Mara, sua situação não pode piorar muito", então fiz o que Jude disse. E isso me trouxe até você. — Comecei a caminhar pelo corredor, tentando em vão ignorar os ruídos que o olho de Wayne fazia em minha mão cerrada.

Jamie não precisou fazer muito esforço para me acompanhar. Estava mais alto do que eu lembrava, mais alto que eu.

— E estou feliz com isso, de verdade, mas de qualquer forma questiono a veracidade de nosso suposto salvador.

Parei.

— Quer voltar?

Massageou a testa com as duas mãos e puxou o rosto para baixo até os olhos ficarem caídos.

— E aí?

— Não — falou a palavra de forma arrastada.

— Então gentilmente me faça o favor de calar a boca e me ajudar.

Entretanto, foi Stella quem nos encontrou primeiro. Tinha se valido do velho truque de se-esconder-no-armário-de-vassouras e, quando passamos por ele, estendeu a mão e segurou a manga de Jamie, fazendo-o gritar, o que, por sua vez, me fez gritar também.

— Qual é seu *problema?* — perguntou Jamie, batendo de leve no ombro da amiga.

— Desculpe! Queria chamar sua atenção sem ter que falar em voz alta.

— Deu supercerto para todo mundo — retrucou ele.

Stella estava praticamente a mesma de que me recordava, a não ser pelas calças jeans de mãe que usava, combinadas com uma blusa de seda estranhamente formal. Não podia imaginá-la escolhendo aquelas roupas para si mesma — não podia imaginar ninguém as escolhendo. Seu rosto, no entanto, era o mesmo: a pele morena saudável, os cabelos negros brilhosos e penteados. E não estava coberta de sangue ou qualquer outro fluido corporal. Dos três, era eu o bagaço.

— Meu Deus, Mara. É bom te ver, mas você está...

— Eu sei.

— Não, mas, tipo, de verdade...

— *Eu sei* — repeti. Virei em um canto, depois em outro, tentando seguir minhas lembranças esmaecidas, pouco confiáveis, mas não havia parte alguma de mim (consciente, ao menos) que reconhecesse onde estávamos. Jamie estava tão perdido quanto eu.

Stella, não. Não fosse por ela, talvez jamais tivéssemos encontrado.

— Ela me trouxe aqui uma vez, para algum tipo de teste escrito — explicou a garota, enquanto encarávamos uma porta simplória. Esta porém, tinha uma pequena câmera extra acima do canto superior direito. Usada para a leitura de retina. Exatamente onde Jude dissera que estaria.

— Então? — indagou Jamie. — Use logo o olho.

Estendi a mão para dá-lo a ele.

Ele recuou, balançando a cabeça.

— Não. Vomito fácil.

Olhei para Stella.

— Sem chance — respondeu ela.

— Preciso que um de vocês faça isso — expliquei. — Tem um mapa lá dentro, e as nossas fichas também.

— Então... Vem procurar com a gente?

Senti uma onda de raiva e tentei engoli-la. Disse:

— Vocês ainda não notaram que tem alguém faltando aqui?

Stella e Jamie entreolharam-se, desconfortáveis.

— Não posso ficar. Tenho que achar Noah.

— Mara — Stella começou a dizer —, Noah não está...

— *O quê?*

— Mais vivo — terminou Jamie.

Ignorei-os.

— Ele está vivo — afirmei, com uma intensidade que calou os dois. — Jude disse que está. Disse que ia achar Noah, e ele encontrou vocês dois e os deixou saírem, não foi? — Jamie abriu a boca para rebater, mas não esperei a resposta. — Era para eu vir aqui, pegar nossas fichas... As verdadeiras, para podermos finalmente entender que merda que está acontecendo e depois achar o mapa que vai mostrar como sair desse lugar. Mas antes preciso achar Noah. — Esforcei-me para explicar o que sentia, sabendo que estava vivo, sabendo que estava em algum lugar por ali, mas não comigo. Não consegui. — Então você pega as fichas — olhei para Stella —, você pega o mapa — disse para Jamie —, e encontro os dois de novo depois.

Jamie pousou uma mão hesitante em meu ombro, mas me contraí involuntariamente.

— Ok — concordou baixinho. — Escute. Sei que você quer encontrar Noah. Mas não faz sentido tentar sem nem saber primeiro aonde está indo. Então entre, a gente pega as fichas e o mapa, e depois sai. Todo mundo junto. Vamos fazer isso juntos. Ok?

Fitei meu amigo. Sempre estivera ao meu lado, mesmo quando não concordava comigo. Não acreditava que Noah pudesse estar vivo, mas, naquele momento, não importava. Tinha razão. Teria maiores chances de encontrá-lo se conseguisse o mapa primeiro.

Entreguei-lhe o gravador e abri o punho. O olho castanho de Wayne encarava o vazio. Peguei-o cuidadosamente entre os dedos polegar e indicador e o segurei pouco acima do nível de meus próprios olhos, exatamente como Jude instruíra.

A tranca da porta cedeu. Entramos.

# 7

Creio que todos nós meio que esperávamos encontrar uma unidade da SWAT armada e nos aguardando. Ou, quem sabe, ser atingidos por dardos venenosos ou algo do gênero. No entanto, quando entrei no escritório da Dra. Kells com Jamie e Stella um de cada lado, o cômodo estava escuro e silencioso.

Também estava praticamente vazio. Perturbadoramente deserto. Não havia papéis sobre a mesa de metal, que realmente não passava de uma superfície simples, mas debaixo dela estava um tapete persa desgastado, um tanto deslocado na sala estéril. Não havia cadernos, pastas, sequer uma cadeira: apenas um banquinho de metal. Não lembrava em nada um escritório, salvo pelos arquivos que cobriam as paredes, que eu rezava para não estarem vazios.

— Por onde é que a gente começa? — indagou Stella. — E o que é que estamos procurando? Alguém pode me inteirar?

Olhei as horas no relógio de Jude. Marcava 12h36. Da madrugada, presumi. Não passamos por janela alguma, e não havia como dizer se era dia ou noite, mas supus que fosse noite. Parecia mais apropriado.

Se o que Jude dissera era verdade, Kells sabia que estávamos aqui e estava provavelmente nos observando agora, por isso coloquei a fita para tocar. Ouvimos a mensagem de Jude juntos. De alguma forma, parecia ainda mais estranha no escritório de Kells que na sala com Wayne, e notei detalhes que tinham passado despercebidos por mim na primeira vez. A voz de Jude parecia mais suave do que me recordava. Mais sincera. Não havia ponta alguma de desafio, nenhum quê de sarcasmo ou impaciência. E parecia doente. Ouvi a respiração difícil e baixa entre as palavras, e um chiado quando tossia.

— Ele não falou onde a gente encontra o mapa — observou Stella, quando a gravação terminou. — Pode estar em qualquer lugar. E só existe uma porta de entrada e saída. — Lançou um olhar nervoso à porta.

— Até onde a gente sabe — acrescentou Jamie.

Estavam certos.

— Mas — comecei a dizer — por que é que Jude ia ajudar a gente a escapar só para depois trancar todo mundo junto aqui no escritório da Kells, quando nós três já estávamos cada um no lugar onde ela queria antes?

— Vai ver ele não quer mais o mesmo que ela — arriscou Stella. — Vai ver... — A voz se perdeu. — Quando ele pegou a gente antes, eu estava indo para meu quarto, e ele simplesmente me levou. Meteu uma agulha no meu braço, aí desmaiei e acordei no jardim zen, toda amarrada daquele jeito que você viu.

Jamie mordiscou o lábio.

— A mesma coisa comigo. E ele não disse *uma palavra* para a gente, só depois que você chegou. Ele estava todo... quieto. Focado.

Stella fechou os olhos, e as sobrancelhas grossas se juntaram quando franziu o cenho. Falou:

— Megan acordou e começou a implorar para ele não fazer nada com ela.

*Quem é Megan?*, perguntei a Jamie só movendo os lábios.

— Megan? Do Horizontes, lembra? A que tinha medo de tudo na terapia de grupo?

Não consegui identificá-la, e Jamie notou. Parecia preocupado.

— E aí Adam... — continuou Stella.

— O babacão que estava sempre enchendo meu saco — acrescentou Jamie, para me ajudar.

—... quis saber por que Jude estava fazendo aquilo com a gente. Jude só olhou para ele, depois para Megan e depois para Tara, que estava desmaiada. Cortou a garganta dela enquanto ainda estava inconsciente, assim mesmo. — Stella estalou os dedos.

— Não disse nada até o sangue dela ter sido absorvido pela areia — complementou Jamie. — E aí falou que se todo mundo não ficasse quieto, ia fazer a mesma coisa com o resto, um por um. Não teve monólogo diabólico. Nem explicação. Nada. — Fez uma pausa. — Isso tudo é só para dizer que... Ele é um doente fodido dos grandes.

— Sei disso. — Minha voz era firme e clara. — Conheço Jude há mais tempo do que conheço vocês.

Pensei em lhes contar sobre Laurelton, sobre o sanatório e as cicatrizes nos pulsos: as coisas que Jude me fizera, as coisas que me obrigara a fazer. Decidi que contaria, mas aquela não era a hora.

— Não estou dizendo que confio nele. Só que não temos muita opção. A gente não pode só procurar esse mapa de uma vez, por favor, e depois ir pegar Noah para se mandar daqui?

Sem outra palavra, Jamie e Stella começaram a busca. Abrimos gaveta após gaveta. Todas vazias.

Os minutos passavam, alimentando minha frustração e ira. Queria derrubar aqueles arquivos e gaveteiros, pegar a mesa e a jogar contra a parede. Queria fazer aquela sala desabar. O nervosismo de Stella foi crescendo visivelmente, cerrando os dentes, enrolando os cabelos nos dedos, até finalmente dizer:

— A gente tem que ir embora daqui.

— Ouviu alguma coisa? — indagou Jamie.

Balançou a cabeça.

— Não. Mas quero sair. — Tentou girar a maçaneta da porta. Tinha se trancado depois de fechar.

— Não dá para sair assim — expliquei, no instante em que Stella soltou uma lamúria. Eu estava abaixada, de joelhos no tapete, sob a mesa, tentando encontrar qualquer coisa que pudesse nos ajudar. — Você tem que usar o olho.

Eu o deixara sobre o tampo acima de mim, mas, quando fui levantar para pegá-lo, bati com a cabeça.

— *Ai.*

Jamie colocou o rosto sob a mesa.

— Tudo bem aí?

Lancei-lhe um olhar raivoso e rebati:

— Está *parecendo* que está tudo bem?

— *Touché* — disse ele, ajoelhando-se a meu lado. Alisou minha cabeça algumas vezes até eu ameaçar mordê-lo.

— Ei, Mara, viu isso? — indagou ele.

— O quê?

Fitava um ponto no tapete e esticou a mão para ele. Era uma chave. O rosto de Stella se abriu em um sorriso, mostrando os dentes.

— Tem que abrir alguma coisa!

— É o que as chaves fazem, geralmente — falei.

— E não é de gaveta nenhuma — continuou ela, me ignorando. — Nenhuma delas estava trancada.

— Então quem sabe não é de um cofre ou coisa do tipo? — Jamie cruzou o cômodo. Inclinou um dos arquivos para a frente, mas encontrou apenas parede nua atrás.

Girei nos calcanhares e tirei a chave dos dedos de Jamie. Perguntei:

— Onde foi que você encontrou?

— Estava bem ali. — Apontou para debaixo da mesa. — Pode ser que estivesse presa debaixo da mesa com fita, e aí caiu quando você bateu a cabeça.

Uma ideia tomou forma enquanto olhava o tapete gasto e estampado.

— Me ajude a tirar isso daqui — pedi, indicando a mesa. Stella parecia um pouco incerta e lançou um olhar à porta antes de se juntar a mim e Jamie. Ficamos todos de um lado do móvel.

Era insanamente pesada, de metal sólido, e precisamos de toda a força que tínhamos, que não era muita, para tirá-la de cima do tapete. Arquejando, fizemos uma pausa para recuperar o fôlego antes de Jamie e eu pegarmos e puxarmos o tapete ao mesmo tempo.

— Bem, quem diria — sussurrou Jamie.

Havia uma porta retangular no chão de linóleo. E, na extremidade inferior, exatamente no centro, estava um buraco de fechadura.

Antes que Jamie ou Stella pudessem dizer uma palavra, encaixei a chave nele. O silêncio na sala era tão absoluto, que nós três ouvimos o ruído da tranca. Não tinha notado até então que o alarme parara.

Puxei a chave, e o alçapão veio com ela, surpreendentemente leve. Espiamos lá dentro, mas não conseguimos enxergar coisa alguma, exceto os primeiros degraus de uma escada.

— Jamie, você fica com o olho. — Nunca se sabe, poderíamos precisar dele. Coloquei o pé no primeiro degrau. Stella segurou a manga de minha camisola.

— Onde é que você está indo?

— Para baixo. — Tirei seus dedos da roupa. Os degraus tinham pequenas elevações para não deixar os sapatos derraparem, e elas espetavam meus pés descalços. — Você está com a fita? — perguntei a Jamie. Ele assentiu. E eu ainda estava com o bisturi, guardado no elástico da cintura de minha calcinha. — Vocês dois podem ficar aí até eu voltar com o mapa, se quiserem.

— É, só que não — retrucou Jamie. — Vou estar bem na sua cola.

— Então te vejo lá embaixo — falei, e desapareci na escuridão.

# 8

ERA AQUILO QUE ESTÁVAMOS PROCURANDO.

O cômodo aonde chegamos era gigante, parecia quase um bunker. Na parede oposta, um mapa global se estendia de canto a canto. Estava salpicado por milhares de alfinetes de diversas cores, conectados uns aos outros por barbante, como se fosse uma teia. Ao lado de determinadas marcações havia retratos de pessoas — algumas sorriam, a maioria, não — ou post-its rabiscados, ou ainda recortes de jornal em línguas diferentes.

— É isso aí? — indagou Stella, quando pulava do último degrau. Aterrissou suavemente no chão com os pés calçados em meias. Jamie também estava sem sapatos.

— Não pode ser. — Jamie respondeu o que eu estava pensando. — É o mundo, não o Horizontes.

Foi então que vi algo familiar. Um quadro branco com algo escrito, algo que eu reconhecia. A tinta azul estava desbotada, mas legível.

*Estudo duplo-cego*

*S. Benicia, manifestou (portadora G1821 gem desconhecida).*
*Efeitos colaterais(?): anorexia, bulimia, autoagressão. Respon farmacêuticos administrados. Contraindicações suspei, mas desconhecidas.*

*T. Burrows, não portadora, mor*

*M. Ca no, não portadora, sed*

*M. Dyer, manifestando (portadora do G1821, original).*
*Efeitos colaterais: TEPT concorrente, alucinações, autoagressão, possível subtipo esquizofrê co/paranoi. Respon ao midazolam.*
*Contraindicações: suspeita-se que n.e.s.s.?*
*J. Roth, manifestando (portador do G1 21, suspe de ser original), induzido.*
*Efeitos colaterais: possível transtorno de personalidade limítrofe, possível transtorno comportamental. Contrain ções suspeitas, mas desconhecidas.*

*A. Kendall: não portador, mort*

*J.L.: artificialmen manifestado, protocolo Lenaurd, indução acelerada.*
*Efeitos colate : transtorno de personalidades múltiplas (não respon ); transtorno de personalidade antissocial (não ponsivo); enxaquecas, agressão extrema (não responsiva). Nenhuma contraindicação conhecida.*

*C.L.: artificialmente manifestada, protocolo Lenaurd, indução acelerada, morta.*

*P. Reynard: não portadora, morta.*

*N. Shaw: manifestado (portador original do G1821).*
*Efeitos colaterais(?): autoagressão, possível transtorno desafiador opositiv (não responsiv ), transtorno de conduta? (não responsivo); testados: barbitúric s classe a (não responsivo), classe b (não responsivo), classe c (não sponsivo); não responsivo a todas as classes; ~~(testar m.a.d.)~~, morto.*

*Efe os colaterais generalizad : náusea, temperatura elevada, insônia, terrores noturnos*

Antes que eu pudesse dizer qualquer coisa, Jamie começou a escrever letras gigantescas por cima das palavras com o dedo indicador.

*V-A-I-S-E-F-O-D-E-R.*

Precisamente o que eu sentia.

Virei minha atenção para os montes e pilhas de papéis, cadernos e arquivos espalhados ao redor do espaço. Livros haviam sido amontoados aleatoriamente sobre prateleiras metálicas, rolos de papel (mapas? Gráficos?) estavam apoiados contra a parede. Um globo de vidro balançava precariamente sobre uma mesinha, em cujo interior estava o que lembrava um grande grão de arroz metálico. O lugar estava um caos. Não era o que eu esperava da Dra. Kells.

Tinha um palpite a respeito da papelada enrolada e caminhei até ela, contornando a escrivaninha em formato de U no centro do cômodo. Um ruído, porém, como o de uma explosão de estática televisiva, fez com que virasse a cabeça.

Havia uma tela suspensa presa ao teto, e, com outra explosão de estática, esta ligou. A Dra. Kells dominou o espaço no monitor. Estava sentada a uma mesa em frente a uma parede listrada de verde-claro e creme. Os lábios moviam-se, mas não tinha som. Parecia falar com alguém, alguém fora da tela. Estava mais empolgada do que jamais a vira. As mangas do jaleco branco estavam enroladas até os cotovelos, e as mãos moviam-se enquanto falava. Finalmente, o som começou a funcionar.

— O G1821 se comporta, em muitos aspectos, como o câncer — disse. — Existem fatores ambientais e genéticos que podem estimulá-lo, e, quando estimulado, o gene é ligado, como um interruptor, ativando uma habilidade no portador. Mas, como você testemunhou, o gene também aparenta desligar outros dispositivos, como o instinto de autopreservação. Determinados pensamentos e comportamentos podem se tornar compulsivos, tais quais o impulso de autoagressão.

A estática distorceu a imagem, mas ouvimos Kells falando de forma entrecortada:

— Precisávamos de Jude para ativar Mara, para expô-la àquilo de que tinha mais medo, de modo que eu pudesse saber se e quando ela se manifestaria. Para que fosse possível estudar a habilidade desenvolvida, bem como suas consequências e limitações — disse, pegando um caderno. Escreveu três palavras, depois o ergueu no ar, mas a câmera estava longe demais para eu conseguir ler.

— Se o ego é a parte organizada da mente dela e o superego desempenha o papel moral, permitindo que ela possa distinguir o bem do mal, então o id é apenas um emaranhado de instintos. Serve ao propósito único de satisfazer as necessidades básicas, como fome e sexo. Não tem capacidade de julgamento e não faz distinção entre moralidade e amoralidade. Nas pessoas normais, não portadoras, o ego faz a mediação entre o id, ou seja, aquilo que a pessoa deseja, e a realidade. Satisfaz os instintos usando a razão. O superego atua como a consciência: pune através de sentimentos de remorso e culpa. Esses sentimentos são poderosos, e, nas pessoas comuns, ego e superego dominam o id. Como você viu — continuou a doutora —, Mara parece apresentar a habilidade de converter pensamentos em realidade, mas essa habilidade depende da presença do medo ou do estresse, da mesma forma como acredito que aconteça com os demais portadores. De qualquer forma, o G1821 faz com que o id de Mara funcione por reflexos; se está com medo, ou estressada, seus ego e superego não funcionam. E as consequências, como viu, podem ser desastrosas. Seus pensamentos mais sinistros, mais destrutivos, tornam-se realidade.

— Bem. Isso não é boa notícia — comentou Jamie, antes de Stella mandar que ficasse quieto.

— Não é sequer necessário que Mara esteja sempre *consciente* desses pensamentos, de sua intenção por trás deles. Se a mistura correta de medo e estresse estiver presente, seus impulsos instintivos assumem o controle. E existe uma teoria freudiana de que, junto ao instinto criativo, a libido, existe também um de morte, um impulso destrutivo dirigido contra o mundo e outros organismos. O medicamento que desenvolvemos vai, esperamos, reativar a barreira entre o id e os ego e superego dela; foi pensado para impedir qualquer intenção negativa de se tornar realidade. A dosagem precisa ser ajustada, entretanto, e não posso estudar Mara enquanto está dopada. E ela é instável demais para ser analisada sem elas. Doses altas de outro medicamento que desenvolvemos devem possibilitar a volta completa de sua memória, portanto, em algum momento, quando for mais seguro para nós, Mara deverá ser capaz de narrar exatamente o que aconteceu em qualquer incidente específico, e contar tudo o que estava sentindo naquele instante. Por sorte, ela responde ao midazolam, que estamos usando para ajudar a fazê-la esquecer, de modo que não precise reviver seus traumas diariamente.

A imagem na tela ficou retorcida e tremeluziu, e uma segunda voz surgiu, distorcida, que não consegui identificar. Em seguida, Kells voltou, tão clara quanto antes:

— Sim, tentei ao máximo usar os métodos menos invasivos ao estudá-la. Foi por isso que gravei seu comportamento antes de tomar qualquer medida específica. Instalamos fibras óticas na casa dela, para observar e gravar seu comportamento antes de ficar pior. Mas o fato é que não posso descobrir de que maneira ajudá-la até entender completamente o que há de *errado* com ela. As aplicações e os benefícios do que fazemos aqui sobrepujam os riscos. Os tratamentos que podemos desenvolver baseados no que você nos apresenta, as aplicações que podem ter — o tom de voz dela ficou mais passional — são extensos. Tão extensos que nem sei até que ponto chegam. Ninguém deveria ser sujeito aos sofrimentos que as pessoas vêm vivenciando por conta do G1821, especialmente os adolescentes.

Ela fez uma rápida pausa.

— Ouça — prosseguiu. — O Anemosyne e o Amylethe corrompem os dados. Modificam os resultados dos estudos que temos que conduzir para nos certificar de que Mara e os outros podem ser liberados de forma segura. Preciso poder estudar alguém *sem* esses fármacos, mapear um cérebro que tenha manifestado os efeitos usando ressonâncias magnéticas e tomografias computadorizadas, descobrir como ele responde a estímulos, medo e estresse. A resposta não está no sangue, está no cérebro. Portanto, exames de sangue, testes de laboratório... não vão me dar o que preciso. Preciso estudar os pacientes enquanto estão acordados e conscientes.

A Dra. Kells inclinou-se para a frente e passou a mão pelos cabelos.

— Preciso estudar *você*.

— O que é que você quer que eu faça? — Ouvi Noah perguntar antes de a tela ficar escura.

# 9

FITEI O MONITOR APAGADO, COMO SE, APENAS DE OLHAR PARA ele, pudesse fazer Noah se materializar. Não fez. Nada poderia.

— Vocês viram alguma data na gravação? — indagou Stella, virando-se para nós dois. Jamie meneou a cabeça. — Mara?

Não tinha visto. Ainda encarava a tela. Era a voz de Noah. Ele *estava* vivo. E estava aqui.

— Ok — disse Stella. Apertou o botão de ligar, mas nada aconteceu. — Não acho que dê para ligar ou desligar daqui, o que quer dizer que tem alguém em algum lugar fazendo isso.

— Então vamos descobrir onde é esse "algum lugar" — sugeriu Jamie.

Era onde Noah estaria. Tudo em meu ser sabia.

— Jude falou que tinha um mapa aqui. — Olhei ao redor, para a bagunça de papéis, pastas e cadernos, e me lembrei dos rolos.

Apontei para eles.

— Gente, ajuda? — Começamos a desenrolar um depois do outro. Havia mapas e gráficos, como suspeitara, mas não encontramos o que estávamos procurando até termos passado por quase todos.

— Vamos abrir isso ali — pedi, indicando a escrivaninha com a cabeça. Stella empilhou cadernos sobre as pontas, para mantê-lo na posição.

Olhávamos para a planta detalhada do Centro de Tratamento Residencial do Horizontes.

Só que não era apenas um centro de tratamento. Era um complexo. O centro era apenas a parte visível. Sob ele, no subsolo, estava uma estrutura extensa, sem janelas, segmentada em diferentes áreas que, juntas, formavam o "Centro de Testes".

— Cacete — murmurou Jamie.

Stella examinou o mapa e explicou o que era aquilo que encarávamos.

— Então, acho que estamos no subsolo de novo, no ponto mais baixo do centro de testes. Estão vendo aqui? — Apontou para algumas formas pequenas dentro do contorno maior. — Parece que era nesses quartinhos que estavam deixando a gente preso. Você encontrou Jamie no nível dois. — Levou o dedo à área rotulada COZINHA, não muito distante de onde Jamie disse que entramos no escritório de Kells, o de fachada.

— O nível três é onde estamos agora, não muito longe de onde começamos, na verdade. E ainda estamos em No Name Island, ao que parece.

Semicerrei os olhos.

— Onde mais a gente podia estar? — falei.

Stella passou o dedo por uma linha longa que corria a extensão do que parecia um túnel.

— Há mais três estruturas dessas. Em uma ilha totalmente diferente.

Espiei por sobre o ombro dela e li as legendas: MANUTENÇÃO, CONTENÇÃO, DEPÓSITO.

— Isso é uma linha de transmissão de alta potência, acho. E ali — indicou ela, espremendo os olhos por sobre a planta — está a rede de energia. Fica na área de manutenção. É onde Kells está, provavelmente.

E Noah também.

— Uma entrada, uma saída — disse Jamie, apontando para o túnel. Não ficava longe de onde estávamos agora, mas teríamos que subir até o escritório falso para chegar lá. Já me dirigia para a escada.

— Mara, espere... — começou Stella.

— O quê? — falei sem me virar.

— O que é que a gente vai fazer lá, chegar entrando? — indagou Jamie.

— E daí?

Stella fez uma careta. Disse:

— A gente não devia, tipo, pensar em um plano ou coisa assim antes?

Parei.

— Não importa qual for o plano — respondi. — Kells sabe que estamos indo. Ela provavelmente está observando a gente agora mesmo.

Olhei para trás e sondei o cômodo à procura de uma câmera. Stella seguiu meus olhos, parou e apontou para um pequeno globo suspenso no teto, no canto direito do lugar. Fitei-o um instante, depois ergui a mão e mostrei o dedo do meio.

— Achei que você fosse fazer a saudação do Distrito Doze para ele — brincou Jamie.

Stella bufou.

— Olhe, quem sabe a gente não devesse pelo menos arranjar uma arma?

Levantei a barra da camisola do hospital e peguei o bisturi.

— Já tenho uma.

— Você está meio limitada com isso, não acha, não?

Não foi o que Wayne achou.

— Kells não ia deixar nada que a gente pudesse usar contra ela aqui — retruquei.

Stella mostrou nossas fichas.

— Ela deixou isso — disse. Alguns papéis voejaram para o chão como plumas. Ela se abaixou e ficou muito quieta. — Mara — chamou, enquanto os recolhia. — Acho que são seus.

Peguei-os das mãos dela. Eram desenhos, alguns lembrando pessoas sem braços ou pernas, outros que pareciam rostos, com os olhos rabiscados e escuros. Enquanto os fitava, as linhas no papel começaram a se mover, organizando-se de maneira a insinuar os contornos de meu rosto. Desviei o olhar.

— Ela provavelmente deixou isso aqui de propósito. — Para que eu visse. Para que ficasse transtornada. — Olhe, vocês não precisam ir comigo — falei, em voz baixa. — Na verdade, nem deviam, provavelmente. — Amassei os desenhos e os mirei na lata de lixo. Errei.

Jamie e Stella entreolharam-se antes de Jamie revirar os olhos.

— É claro que a gente vai contigo — afirmou, enquanto a menina colocava algumas fichas e cadernos sob o braço. Lancei-lhe um rápido sorriso antes de subir os degraus.

— Isso não está parecendo nada com o que estava na planta — disse Jamie.

— Não está parecendo nada com coisa alguma.

Tentamos seguir o que Stella recordava do mapa, guiados apenas por lâmpadas auxiliares fracas, o que tornava a estrutura subterrânea sinuosa e serpenteante do lugar ainda mais desorientadora. Nenhum de nós conseguia identificar exatamente o momento em que a eletricidade tinha sido cortada. O ar parecia parado e rançoso à medida que avançávamos.

— Para mim, é como se a qualquer segundo pudesse surgir alguém apontando mil armas para nossas cabeças — comentou Stella.

— E podem. — Tateei o caminho escuridão adentro. Nossos passos ecoavam na passagem de metal. — Bem, provavelmente não vão ser mil.

Ao final do corredor, ele se trifurcou. Poderíamos ir para a esquerda, para a direita, ou então descer um pequeno lance de escadas. Decidi descer. Quando chegamos ao fim dos degraus, paramos de frente para uma parede de metal. Havia uma porta nela, de cantos arredondados e um símbolo de risco biológico no centro. CONTENÇÃO, segundo indicava a planta. Não havia aonde ir senão para dentro.

— Não — recusou-se Jamie, balançando a cabeça. — De jeito nenhum.

Pressionei a orelha contra a porta.

— Ela já chegou?

Dei um pulo para trás ao ouvir aquelas palavras. Foi *Noah* quem as dissera. Estava atrás da porta. Estendi a mão para pegar a maçaneta, mas Jamie me impediu.

— Mara — disse devagar. — Você sabe o que esse símbolo aí quer dizer?

— Sei.

— Então será que você pode fazer a gentileza de dividir com a gente por que está ignorando o fato?

— Noah está aí dentro. Acabei de ouvir.

Jamie parecia cético.

— Escute — pedi. Pressionou a orelha contra a porta também.

— Roth também está aqui, pelo que parece.

Jamie parecia ter levado um choque.

— Meu Deus — murmurou. — Com quem é que ele está falando?

— Provavelmente com a Dra. Kells — respondeu Stella em voz alta o que eu pensava em silêncio.

Encarei os dois. Stella estava com o rosto pálido e assustado. Jamie parecia determinado. Resoluto.

Era hora. Hora de nos separarmos. Respirei fundo.

— Não sei o que aquele vídeo queria dizer, nem por que Kells queria que a gente assistisse. Não sei por que Jude nos ajudou a sair daqui, nem se ele estava realmente ajudando. Não sei de nada, mas sei que tenho que abrir a porta. Preciso. E, se não quiserem estar aqui quando eu fizer isso, vocês precisam ir.

— Mara, espere...

— Tinha uma escotilha em algum lugar naquele projeto, não é? — perguntei, e Stella assentiu. — Perto da Área de Manutenção. Vocês precisam ir. Juntos. Vão para No Name Key do jeito que conseguirem. Alcanço vocês lá, ou não.

— Acho que você está cometendo um erro — disse Jamie lentamente.

Stella ergueu a mão.

— Eu também, se minha opinião importa.

Sorri sem alegria alguma.

— Anotado — respondi.

Jamie passou a mão pela cabeça, coçando.

— Não quero te deixar aqui sozinha.

— Então não deixe.

Stella olhou de mim para ele diversas vezes, claramente sem saber o que fazer. Estendi a mão para a maçaneta outra vez.

— Pare! — gritou Jamie.

— Jamie...

— Mara, eu te amo... Não me olhe assim, não é *desse* jeito... Mas, se você chegou ao ponto de ignorar um símbolo ENORME E VERMELHO DE RISCO BIOLÓGICO, não vai ajudar nada eu ir contigo. Quero manter minhas entranhas aqui dentro.

— Tudo bem — falei gentilmente. — De verdade. — Não estava ofendida, tampouco magoada. Estava aliviada. Não queria me sentir responsável por Jamie e Stella. Já era demais me responsabilizar por mim mesma.

— Merda — resmungou Jamie. — Merda.

— Vá, Jamie.

Segurou meu rosto entre as mãos, com força, e apertou minhas bochechas.

— Se for ebola, você está fodida. Mas se não for... Só tente prender a respiração pelo maior tempo que conseguir, ok?

Assenti.

— Vá — falei novamente. — Vou te dar um tempo de vantagem.

Jamie me deu um beijo na bochecha.

— Boa sorte — sussurrou, e Stella e ele começaram a subir a escada. Esperei até o som de seus passos abafados ter desaparecido, depois pressionei a orelha contra a porta.

— Por que é que ela não entra?

Noah outra vez. Fechei os olhos. Algo não se encaixava. Estava vivo, obviamente, mas, se estava bem, por que não abria ele mesmo a porta para *me* encontrar?

Todos os instintos me diziam para correr, mas girei a maçaneta ainda assim. A porta se abriu devagar.

O cômodo era branco e azulejado, como a sala de exames em que eu acordara. Não havia mobília lá tampouco, salvo uma pequena mesa baixa e duas cadeiras. A Dra. Kells estava sentada em uma. A segunda estava vazia.

— Onde é que está Noah? — indaguei, com voz metálica. Meus olhos fizeram uma busca pelo espaço, mas não havia coisa alguma a ser encontrada. — Por que é que você me disse que ele tinha morrido?

A mulher levou a mão à caixa de papelão a seus pés enquanto falava:

— Porque ele está.

Levantou algo no ar, acima da cabeça. Uma máscara de gás.

— Desculpe. — Ouvi-a dizer antes de encaixá-la sobre o rosto. Um ruído sibilante encheu o lugar, e, quando notei as grades de ventilação perto do teto, já tinha caído no chão.

# 10

## ANTES

*Oceano Atlântico*

DESCANSEI A FACE NA BALAUSTRADA DO NAVIO, RESPIRANDO O ar que cheirava a sal e chuva. Era noite; o deque estava quase vazio. Dois rapazes implicavam e faziam piadas um com o outro enquanto amarravam cabos, ajeitavam velas. Marinheiros — era isso. Não prestavam qualquer atenção a mim, e observei-os com o rabo do olho. Moviam-se e trabalhavam em conjunto da maneira como a Irmã e eu costumávamos cozinhar. Entretanto, eu e ela nunca fomos realmente irmãs, e esse era o motivo pelo qual eu estava ali, e ela, morta.

Passei todas as noites me perguntando o porquê: por que estava lá para fitar o oceano escuro que não parecia ter fim, enquanto a Irmã, o Tio e tantos outros apodreciam sob a terra a uma distância de meio mundo de onde me encontrava. Perguntava-me por que meu benfeitor, como era chamado por todos que já conheci, me queria o suficiente para garantir meu sustento mesmo após sua morte. Questionava-me que valor teria para ele.

Era minha última noite em alto-mar, e estava inquieta demais para ficar nos conveses inferiores. Quase não passava tempo algum em meus aposentos, preferindo observar enquanto os marinheiros amarravam os cabos dos mastros, formando teias de aranha gigantes, ou fitar as velas respirarem com o vento. Nas noites anteriores, quando notavam minha presença e eu era afugentada e obrigada a descer por um homem de óculos como os do Sr. Barbary e botões dourados reluzentes no casaco, eu percorria os corredores, me escondia atrás de portas e escutava conversas que ninguém suspeitaria que pudesse entender.

Naquela manhã, porém, vi o nascer do sol, forte e claro no horizonte, antes de uma nuvem escura nos envolver quando o mar se estreitou, transformando-se em rio. Fumaça da cor de ferro engoliu cada pontinha do azul do céu, e, quando o navio chegou ao porto, fui empurrada para um canto enquanto o deque se enchia de gente da mesma forma como as águas sob nós fervilhavam com peixes.

O rio estava infestado de outras embarcações, as margens apinhadas de docas e prédios com cúpulas, arcos e pináculos que arranhavam o céu. Canos cuspiam fumaça negra no ar, e meus ouvidos se enchiam com os sons da cidade, com gritos, assovios, badaladas, chiados e outros ruídos tão estranhos que não podia sequer nomeá-los.

Voltei à cabine a fim de pegar minhas coisas, e encontrei alguém à espera.

O homem estava todo vestido do mesmo preto de seus olhos, que tinham rugas nos cantos. O rosto era gentil, a voz, rica e profunda.

— Sou o Sr. Grimsby — apresentou-se. — Creio que temos uma conexão mútua através do Sr. Barbary?

Não respondi.

— Ele disse a minha senhora que eu deveria escoltá-la até sua casa em Londres. Está pronta, senhorita?

Estava.

Pegou o baú do chão, e meu corpo se retesou. Ele notou.

— Posso levar suas coisas?

*Não*, era o que queria dizer. Assenti em vez disso.

Segui o Sr. Grimsby até deixarmos o navio, observando a maneira como meu baú movia-se para cima e para baixo com seus passos. Em meio ao som de cascos, rodas, bengalas e pés, identifiquei o *tec, tec* de meus novos sapatos batendo na rua de pedra. Contei os passos a fim de me acalmar.

O ar apertava suas garras no vestido fino demais que vestia, e o apertei mais junto ao corpo à medida que o Sr. Grimsby seguia seu caminho até uma grande carruagem que nos aguardava. O cavalo negro como tinta recuou quando me aproximei.

— Opa, garota — disse o cocheiro, dando palmadinhas gentis no pescoço do animal.

Dei um passo cauteloso à frente, e a égua resfolegou e bateu com o casco no chão. Eu não entendia. Tinha jeito com animais: minha mente estava repleta de lembranças em que dava de comer com a palma da mão a macacos, cavalgava em elefantes com a Irmã enquanto cruzavam o rio a nado.

A égua pareceu relinchar e fez força para a frente, puxando os arreios que prendiam a cabeça e o corpo dela à carruagem.

O cocheiro pediu desculpas ao Sr. Grimsby:

— Não sei o que foi que deu na bicha, senhor.

Estendi a mão para acalmá-la.

No mesmo instante, recuou. As íris como líquido negro rolaram para cima, mostrando o branco dos olhos, e, sem aviso prévio, deu uma arrancada e correu.

O Sr. Grimsby olhou incrédulo para a carruagem que agora avançava desenfreada pela rua apinhada, arrancando gritos e berros em seu rastro. Ouvimos a batida antes de vê-la.

Meu acompanhante quase me esqueceu e começou a correr. Segui-o com tanta rapidez quanto minhas pernas permitiam, mas desejei não tê-lo feito.

O carro capotara, as rodas giravam no ar. A égua tentara pular por sobre um portão de ferro que terminava em pontas afiadas.

Não conseguira.

Minha garganta se fechou com uma dor que ameaçou se transformar em grito. Jamais tinha chorado. Nem mesmo quando o Tio tinha sido queimado vivo, nem quando a Irmã fora apedrejada. No entanto, quando vi o outrora perfeito corpo negro do cavalo todo desconjuntado, o pelo pegajoso de sangue, e ouvi o tiro que deu cabo de sua dor e miséria, meus olhos arderam ao se encherem de lágrimas. Limpei-as antes que alguém pudesse notá-las.

# 11

MEUS OLHOS SE ABRIRAM COM DIFICULDADE. PARECIA QUE alguém me ninava, como se me balançasse no ar.

— Me desculpe, mesmo, Mara. — A voz era abafada, distorcida. Vinha de uma criatura com enormes olhos escuros e vazios, e um focinho com buracos. *Bafejava* enquanto se debruçava sobre mim, abrindo minha boca à força. Queria gritar, mas meus lábios e dentes estavam anestesiados.

Quando voltei a abrir os olhos, o mundo era branco, e a criatura não estava mais lá. Minhas narinas doíam com a invasão de odores químicos, e o chão sob mim era duro e inflexível.

Porque não era o chão, dei-me conta quando o cômodo entrou em foco. Era uma mesa. Uma maca. Estava com frio, tanto frio, e não sentia meus braços e pernas.

— Queria ter conseguido evitar isso. — A voz pertencia à Dra. Kells, que captei em minha visão periférica. Jamais a vira sem maquiagem antes. Parecia assombrosamente jovem, a não ser pelas linhas profundas que marcavam a pele ao redor da boca. Fios de cabelo escapavam do coque frouxo na nuca. A mulher cheirava a suor e alvejante.

— Queria consertar você. Achei que podia te *salvar*. — Balançou a cabeça, como se não pudesse acreditar como fora estúpida. — Achei que, fazendo as aplicações regulares de Anemosyne e Amylethe, seríamos capazes de finalmente liberá-la para voltar para sua família. Cheguei até a pensar que poderia voltar para a escola!

Deu uma risada, o som agudo e cheio de pânico. Não estava me olhando. Não tinha sequer certeza de que *falava* comigo. E... ela estava *chorando?*

— Desculpe ter feito você acreditar que Noah estava vivo. Sinto muito por isso. Sei como deve ter sido difícil ouvir gravações da voz dele. Mas Jude não me deu escolha, entende? Ele... Não está bem. Não tinha ideia de que levaria as coisas tão longe em Tamerlane. Não tinha ideia. Às vezes nem eu consigo prever o que vai fazer. — Riu outra vez. — Claire era a única que podia. E ninguém pode trazê-la de volta.

Kells passou as costas da mão pelos olhos vermelhos.

— Quando ele te deixou sair, e você... O que é que aconteceu na sala de exames, com Wayne? Meu Deus, Mara. E se alguma coisa assim acontecer de novo? Sei que acha que sou a vilã aqui. Não tenho dúvidas de que você me matou mil vezes dentro de sua cabeça desde que recobrou a consciência, e quem sabe quantas vezes quando ainda estava inconsciente. Mas pense no que fez hoje. No que já fez antes. As pessoas que machucou? As vidas que tirou? — Fitava o vazio, os olhos arregalados e amedrontados. — Tentei tanto, mas você é simplesmente perigosa demais.

Foi até uma fileira de armários de metal e tirou algo dali. Ouvi o clique plástico quando encaixou a agulha em uma seringa.

— Vou te dar uma injeção que vai fazer seu coração parar. Prometo, Mara, que você não vai sentir nada.

Eu *podia*, porém, sentir algo. Sentia meus dedos, e a maneira como o tecido rígido da camisola hospitalar se conformava e esticava sobre meu peito. Devia estar mais assustada do que estava de fato. Devia estar aterrorizada. No entanto, tinha a impressão de que assistia a tudo aquilo enquanto acontecia a outra pessoa.

— Vou comunicar aos seus pais, depois, o que você fez com Phoebe.

Mas eu não fizera nada a Phoebe.

— E com Tara.

E tampouco a Tara.

— Você tem um histórico sólido de violência sob sedação — disse Kells, suas bochechas molhadas, o nariz escorrendo. — E um diagnóstico documentado de esquizofrenia paranoica. Será extremamente difícil para sua família aceitar a perda, mas com o tempo vão se apaziguar. Terão que. — Pousou a seringa na mesinha de metal ao lado da maca. Olhei para baixo e vi um ralo no chão. Tornei a olhar para cima, para os armários metálicos de aparência estranha atrás dela. Demorei alguns segundos para me dar conta do que eram e de onde eu estava.

O lugar era um necrotério.

— Tudo o que fiz foi passar anos de minha vida tentando ajudar adolescentes como você, e você em particular. Mas não posso continuar me enganando. — A voz dela falhou. — Você não tem conserto. Não tem salvação. — Puxou a manga da minha camisola manchada para cima até expor meu ombro. Senti os dedos roçarem minha pele. Uma onda de sensações seguiu no encalço do toque.

Meu corpo estava anestesiado antes, mas a onda se agigantou e deixou braços, mãos e partes das costas formigando. Ainda nada nas pernas ou pés.

Senti o bisturi, preso no elástico da cintura de minha calcinha, o metal quente contra minha pele. Ou a Dra. Kells não sabia a respeito dele, ou se esquecera, pois ficou bastante surpresa quando o enterrei em seu pescoço.

Golpeei com tanta força, que caí da mesa e bati no chão, derrubando a mesinha de metal onde estavam as seringas. A Dra. Kells não havia me amarrado. Por que se daria ao trabalho se eu estava paralisada? A dor atravessou meu ombro esquerdo, e lutei contra o instinto de agarrá-lo: precisava manter o bisturi seguro na mão direita. Kells recuou até a parede, depois afundou no chão. Pressionava as mãos no pescoço, os olhos esbugalhados, sangue fluindo livremente por entre os dedos.

Mandei minhas pernas se moverem, mas não obedeciam. Teria que me arrastar. Olhei de relance para a saída do necrotério. Podia provavelmente alcançar a maçaneta, mas a porta em si parecia pesada. Podia não ser capaz de abri-la.

*Mara.*

Ergui o rosto quando ouvi sua voz, a voz de Noah. E, naquele momento, vi seu rosto. De ossatura fina e elegante e pálido, com a curva sarcástica da boca que eu amava tanto, e uma sombra de barba por fazer no maxilar. Era ele. Exatamente como me lembrava.

E, no mesmo instante, um talho apareceu em sua garganta, como se alguém a tivesse cortado com uma faca de serra. Não houve sangue nem som enquanto a ferida criava um sorriso dentado na base de seu pescoço.

Não era real. Sabia que não era real. Eu o estava vendo por uma razão.

Aproximei-me da Dra. Kells. Estava lívida, mas ainda consciente, ainda capaz de se mover, e saiu de perto da parede. O chão estava escorregadio com seu sangue.

— Onde é que está Noah? — perguntei. Minha voz era grossa e sem vida.

— Morto — sussurrou ela. Puxou o canto do jaleco, tentando usá-lo para estancar o sangue.

— Mentira.

— Você o matou.

— Jude me disse que ele está vivo.

— Jude é *doente* — disse Kells, com a voz rouca.

Nisso, eu acreditava. Também acreditava, porém, que Noah continuava vivo. Teria sentido se não estivesse, e não sentia nada.

— Me diz onde ele está — ordenei, a língua pesada dentro da boca. Tentei pensar no que poderia dizer ou fazer para obrigá-la a me contar, *forçá-la* a contar, depois lembrei o que ela própria tinha dito a Jude.

Disse que eu podia trazer Claire de volta. Jude acreditara naquilo. Talvez tivesse razão.

— Me diz onde ele está para eu poder trazê-lo de volta.

— Ele não vai voltar nunca.

— Você falou para Jude... Claire...

— Menti.

Até eu achei aquilo cruel. Estava prestes a dizê-lo quando a peguei tateando em busca da seringa. A ira me lançou à frente, e consegui jogá-la para longe com a mão. Depois me levantei com a ajuda dos braços.

A Dra. Kells tinha razão. Eu a tinha matado mil vezes dentro de minha cabeça, mas ela continuava ali. Quaisquer que fossem os medicamentos que me dera, estavam surtindo efeito, tornando impossível para mim matá-la com a mente. Ainda podia fazê-lo com as mãos, no entanto.

Kells desfizera-se do jaleco, e o sangramento diminuíra até se tornar um filete.

Ela vai morrer de qualquer maneira, parte de mim sussurrou.

— Mas ela pode te matar antes disso.

Virei a cabeça na direção de minha voz. Fitei o reflexo em um dos armários de aço. Ela — eu — dava de ombros, como se dissesse: *o que é que se pode fazer?*

Meus braços tremeram com o esforço de me sustentar, mas não desistiria até conseguir uma resposta.

— Como é que acho Noah? — indaguei.

Kells se arrastava para longe da porta e de mim, mas continuava derrapando no próprio sangue. Puxei suas pernas, e a pele pareceu sair sob a pressão dos dedos. Não. Não era pele, eram meias.

— O que foi que você fez com ele? Me diz.

Não respondeu. Encarou-me e, em seguida, sem aviso, mergulhou na direção da seringa outra vez.

Deslizei junto a ela e, com uma explosão de força, coloquei-me sobre ela e empurrei seu peito e pescoço contra o chão. Arquejou procurando ar enquanto eu lutava para tirar a seringa do punho cerrado.

Não podia deixá-la viva. Não depois de tudo. Não podia me arriscar assim. Segurando a seringa, porém, me dei conta de que poderia lhe dar uma morte sem dor, exatamente como tinha dito que faria por mim.

Mas o que, entre tudo o que fizera a mim, não causara dor? Tinha me machucado antes naquela mesma noite, e várias vezes antes daquele dia. Tinha me torturado. Disse que tinha suas razões, mas, olhando por esse lado, não é assim que funciona para todo mundo? Ter suas "razões" muda alguma coisa?

Mexia os lábios para dizer algo, sem falar em voz alta. Uma oração, talvez? Eu não previra aquilo.

Sempre que pensava na morte, antes daquele momento, era tão abstrato. Pensara nas coisas, mas jamais as *sentira*. Aquilo, porém, era real. Meu rosto estava a apenas centímetros do dela. Podia ouvir o coração batendo fraco no peito com o esforço de bombear o sangue que ainda restava em seu corpo. Podia sentir o cheiro do suor na pele e quase sentir o gosto de seu sangue em minha boca, quente e metálico.

A verdade era que soube desde o primeiro segundo em que despertei no Horizontes, desde o instante em que ela confessara para mim o que tinha feito, desde que me mostrou aquela lista, que, se tivesse a chance, eu a mataria.

— Não se preocupe — falei à Dra. Kells. — Vai doer só um pouquinho.

# 12

FUI MEIO QUE TROPEÇANDO, MEIO QUE ME ARRASTANDO PELO corredor de metal enquanto começava a sentir minhas pernas outra vez. As palmas das mãos ficaram marcadas de tanto me puxarem ao longo do chão gradeado da passarela. Quando cheguei a uma bifurcação no caminho, olhei para a esquerda, depois para a direita, e vi Jamie e Stella a cerca de 30 metros.

Não precisei dizer uma única palavra antes de começarem a correr em minha direção. Stella escorregou com as meias e segurou o corrimão para se equilibrar, deixando cair algumas pastas que levava debaixo do braço, mas em pouco tempo estavam ao meu lado. Não perguntaram o que tinha acontecido. Não disseram coisa alguma. Ofereceram os ombros para me apoiar, e me levantaram. Conseguiram meio que me carregar para fora do corredor que levava a um lance de escadas brutal e estreito e depois, finalmente, para fora daquele lugar.

— A gente ficou preocupado que você não saía — explicou Jamie, quando nós três desabamos, arfando, encostados no prédio de concreto de que tínhamos acabado de escapar.

— E aquela história do ebola? — indaguei sem ar.

Jamie tossiu, respirando com dificuldade, depois respondeu:

— O que é uma febrinha hemorrágica entre amigos?

Sorri, apesar de tudo.

— Galera? — chamou Stella. — A gente provavelmente não devia ficar de bobeira aqui.

Provavelmente não.

— A gente precisa se esconder — complementou Jamie. — Até você conseguir andar de novo.

Estava certo, claro, mas não tínhamos muitas opções. O edifício do qual praticamente saí me arrastando tinha que ser o nível mais alto da estrutura da manutenção. Era em grande parte escondido por árvores, mas o dia estava para amanhecer, e a vegetação não era tão densa. Podíamos até ver o Horizontes — parte do centro de tratamento, de qualquer forma — a distância, em No Name Island. Infelizmente, aquilo queria dizer que alguém do lado de lá também poderia nos ver.

Olhei para minhas pernas inúteis, sujas de sangue e terra. Senti uma pontada de pânico.

— E se eu não conseguir mais andar? — Engoli em seco. — E se... E se...

Stella ajoelhou-se para deixar nivelar nossos olhos.

— O que é que você está sentindo? — indagou, com gentileza.

— Como se partes dos meus pés e pernas estivessem mortos, mas outras... outras estão pinicando.

— Me lembro de ter sentido isso uma vez, lá dentro — disse Jamie, lançando um olhar à porta fechada. — Acordei e não conseguia sentir as pernas.

— O que é que ela fez contigo? — indaguei, com medo de ouvir a resposta. Por que teria desejado que não conseguíssemos mais andar? O que tinha *feito* conosco?

— Não foi Kells, foi Wayne — respondeu ele. — E o cara não era exatamente um livro aberto.

Não foi nenhum alento. Jamie, no entanto, estava andando normalmente. O que significava que eu também recuperaria a capacidade de fazê-lo. Assim esperava.

— Quanto tempo demorou para passar?

Ele deu de ombros.

— Não havia relógio lá dentro, não que eu tivesse visto pelo menos, então não tenho certeza, mas acho que uma hora ou duas quem sabe? Me senti estranho depois... Como se meus membros estivessem flutuando para longe... Como se fossem nuvens.

— Um bloqueio espinhal? — sugeriu Stella. — Para você não conseguir sentir o que estavam fazendo contigo, provavelmente.

— E como é que você sabe dessas coisas? — indaguei.

— Minha mãe é enfermeira.

— Posso interromper só um segundo aqui para dizer que estou *tão feliz* por eles estarem mortos — comentou Jamie, passando a mão pela cabeça, depois pelo rosto. Olhou para mim por entre dois dedos. — Ela está morta, não está?

Ah, se estava.

— Sim.

— O que é que aconteceu lá dentro? — indagou ele.

— Não era Noah de verdade. Era só a voz dele. Kells gravou e deixou tocar, me enganou.

— Então era uma armadilha?

— É — respondi. — Você estava certo.

Senti a mão de Jamie em meu ombro.

— Sinto muito mesmo, Mara — disse.

— Tudo bem.

— Não, era por... por Noah que estava falando.

— Ele não morreu. — Jamie não respondeu. Empertiguei-me até a coluna ficar reta. — Não sei como tenho certeza disso, mas tenho. Ele está por aí, em algum lugar.

— Então por que é que não está aqui?

Era uma ótima pergunta. Uma que eu faria de tudo para responder.

— Kells disse que o prédio desabou — começou meu amigo.

— Ela me disse isso também. Mas isso não significa que seja verdade.

Não havia como saber sem voltar. Ainda que *tivesse* desabado, havia mais no Horizontes do que apenas o centro de tratamento, sabíamos disso. E se Jamie sobrevivera, e Stella sobrevivera, eu tinha que acreditar que também era o caso de Noah. Era o único entre nós que tinha habilidade de cura. Tinha que estar vivo.

— Você ainda está com a fita? — indaguei. Jamie franziu o cenho. — A fita que Jude gravou para mim.

— Acho que era Stella quem tinha ficado com ela.

Virei.

— Aonde é que ela foi?

Naquele exato instante, uma dobradiça enferrujada rangeu. Levantamos a cabeça, sobressaltados, mas era apenas Stella, saindo do edifício com três malas. Uma devia ser de Jamie, a outra dela própria, e a última... A última pertencia a Noah.

Uma imagem surgiu em minha mente: Noah parado, carregando a mala no ombro, o *case* da guitarra na mão, ensopado pela chuva, esperando para entrar no Centro de Tratamento do Horizontes para me salvar. Meu coração deu um salto.

— Onde é que você achou isso?

— Ela deixava as nossas coisas... caixas cheias... em um quartinho perto do necrotério — respondeu Stella, entregando as bolsas para mim e Jamie. — Acho que se a gente morresse ou coisa do tipo, ela queria garantir que estivéssemos vestindo nossas próprias roupas, e não as camisolas ou coisa do gênero. Encenar a coisa toda.

Perguntava-me o que teria feito com meus pertences. Como tinha planejado encenar *aquilo*.

Segurei a mala de Noah com o que provavelmente era força excessiva.

— Como é que você sabia que essas eram... — Não, "eram" não. São. — Como é que você sabia que essas são as coisas dele?

— Tinha escaninhos etiquetados com nossos nomes. E a guitarra dele estava do lado.

A guitarra dele. Noah não a deixaria para trás. Senti uma dor subir à garganta, mas a engoli.

— Você olhou *dentro* do necrotério? — perguntou Jamie a Stella.

— Hum... — Lançou-me um olhar nervoso. Eu queria e não queria saber a resposta.

— Não — respondeu finalmente.

— Alguém aqui devia. — A voz de Jamie era suave.

Meneei a cabeça.

— Noah não está lá.

— Se você não quer ir, eu vou — afirmou Jamie.

Pensei no que encontraria lá se fosse: o sangue, o corpo de Kells. Achei que deveria ir junto, para explicar.

Stella decidiu ir conosco, e os dois me ajudaram a levantar e me deixaram usá-los como muletas enquanto abríamos a porta e começávamos o caminho até lá embaixo.

Apesar da falta de sapatos, nossos passos ecoavam sonoramente na grade de metal sob os pés, e eu sabia que não era a única me perguntando se o que estávamos fazendo era aconselhável. Se não estivéssemos sozinhos, alguém conseguiria facilmente nos ouvir. Continuamos andando (me arrastando, no meu caso) de qualquer forma. Tínhamos que ver o que havia lá... Ou o que não havia.

A porta para o necrotério estava ligeiramente aberta, e a impressão ensanguentada e borrada da mão de alguém era visível no canto, logo abaixo da maçaneta. Era minha a mão. Jamie e Stella fitaram a marca. Empurrei a porta de aço com as pontas dos dedos para abri-la.

A Dra. Kells estava onde a deixei, os olhos sem vida fixos no nada. O queixo de Stella tremeu enquanto observava o cenário.

— O que aconteceu? — sussurrou.

Mas Jamie falou antes que eu pudesse responder:

— Vou olhar dentro das gavetas — disse, mas não fez menção de entrar no cômodo. Impeli-os para a frente, quebrando o feitiço. Encaramos as fileiras de grandes armários metálicos, querendo e não querendo saber o que havia lá dentro.

No fim, foi Stella quem abriu a primeira gaveta. Apoiei-me em Jamie enquanto ela a destravava. Juntos, prendemos a respiração quando ela puxou e, juntos, respiramos aliviados quando se provou estar vazia. Todos os nervos em meu corpo pareciam em carne viva e expostos à medida que a menina ia abrindo gaveta após gaveta, todas vazias, até chegar a uma que não estava.

Um lençol cobria uma massa amorfa. Não, amorfa, não. Tinha os contornos de um corpo. Humano.

Stella não fez menção de tirar a coberta, por isso me desvencilhei de Jamie, usando a parede como apoio. Tirei o tecido de cima e encontrei Adam. Adam-Babaca. Que eu poderia ter salvo, quem sabe, mas escolhera não fazê-lo. E agora estava lá, e morto, como Kells, Wayne e todos que odiava.

Mas não era Noah. Não era Noah.

# 13

DORMIMOS PERTO D'ÁGUA. A PRAIA ERA METADE AREIA, METAde lama, e estava emporcalhada com conchas quebradas e raízes de árvores, mas eu me sentia mais morta que cansada, então usei a mala de Noah como travesseiro e dormi mesmo assim.

A sensibilidade voltou as minhas pernas em gotas, não ondas. Quando acordei, os músculos doíam, a boca tinha gosto de podre e o estômago incomodava. Sentia coceira e estava imunda e infeliz, mas, quando o sol despontou por entre as árvores e me dei conta de que estava livre para vê-lo, me banhar em sua luz, adorá-lo se quisesse, minha boca se curvou para formar um sorriso. Estava livre.

Jamie e Stella ainda dormiam. Névoa avançava do oceano cinzento até a praia, aproximando-se dos pés deles, colando-se na grama alta. Fiquei de pé sem fazer barulho, com pouca firmeza nas pernas, mas capaz de andar sozinha. Gaivotas ciscavam na margem. Dispersaram-se quando me aproximei.

O tecido áspero de meus trajes hospitalares estava duro de sangue e areia e sujeira. Não tinha roupas, então levei a mala de Noah comigo, planejando me lavar no mar e vestir algo dele. Minha mão, porém, congelou ao tocar o zíper.

Não sabia se conseguiria me manter controlada se abrisse aquela bolsa e sentisse seu cheiro e o tecido que tocara sua pele. Sabia que estava vivo — sabia —, mas ele não estava *comigo*.

Voltei no instante em que Jamie acordava, espreguiçando-se e esticando os braços para cima a fim de tocar um galho.

— Estou me sentindo uma bosta — disse.

Stella bocejou alto e respondeu:

— Sua cara está uma bosta também.

— Bem, o que é que tem de café da manhã? — indagou ele.

Stella revirou os olhos.

— Gracinha.

— Os sucos gástricos aqui dentro estão dissolvendo meu estômago — dramatizou Jamie. Stella fez uma careta enojada. — Está se autodigerindo. E nunca me senti tão doído assim na vida.

Ela ergueu o tronco, apoiando-se nos cotovelos.

— Será que não tem coco ou coisa do tipo?

— Não vamos sair procurando coco nenhum — retruquei. — A gente tem que ir embora dessa ilha.

A garota concordou.

— Peguei alguns documentos lá do escritório de Kells, mas não os olhei. A gente podia voltar... Ela precisava de algum meio para ir e vir. Quem sabe a gente não consegue encontrar?

— E aí fazemos o quê? — indagou Jamie.

— Tem um resort em No Name Island — falei. — Se a gente voltar, pode ser que encontre um telefone...

Minha voz se perdeu enquanto seguia aquela linha de pensamento. Para quem ligaríamos?

— E o que é que a gente ia dizer? — acrescentou Jamie, percebendo aonde eu chegaria com aquilo.

— Kells mencionou Phoebe e Tara antes... — Antes de eu a assassinar. — Disse que ia fazer parecer que tinha sido eu quem matou as duas.

— Mas foi Jude — redarguiu Stella.

— Bem na nossa frente — complementou Jamie.

— Quanto à Dra. Kells... Aquilo foi legítima defesa — disse Stella. — A gente vai te apoiar.

Inspirei fundo, me centrando. Respondi:

— Não vai adiantar. Já está tudo aí na ficha. Não dá para contar que alguém — nem mesmo meus pais, pensei — vá acreditar em qualquer um de nós.

Nem meus irmãos.

— Se ela contou para alguém antes de morrer, se mostrou a ficha — continuei —, aí, dependendo do que tinha escrito nela, as pessoas — minha família — vão pensar que somos loucos e ainda estamos sob os cuidados dela, ou então loucos e desaparecidos, ou loucos e mortos. Mas, independentemente, as pessoas — minha família — vão achar que somos — que eu sou — malucos.

— E perigosos — acrescentou Jamie, dando uma olhada em minhas vestes hospitalares ensanguentadas.

— E perigosos. — Realmente precisava me trocar.

— Então ok — disse Stella. — Não vamos ligar para ninguém conhecido para pedir ajuda para ir embora. Tem a barca, não é? E ela?

Olhei para mim mesma.

— A gente parece um pouco...

— Suspeito. — Jamie terminou de dizer.

— Exato.

— Tem alguma roupa de Noah que você possa vestir? — indagou ela.

— Eu... Ainda não olhei.

Os dois se calaram. Em seguida:

— Aqui, tome — disse Jamie, pegando algo de dentro da mochila. Entregou-me uma camiseta preta com a palavra CLICHÊ escrita em branco, de cabeça para baixo, e shorts largos.

Stella franziu o cenho.

— Não saquei — disse.

— Clichê subvertido — respondeu Jamie.

— Isso aí não seria *invertido*?

— Você é tão literal. Credo. — Caminhou para longe para me deixar trocar de roupa.

O vento do oceano deixava minha pele fria enquanto me desnudava e mergulhava n'água, a areia pegajosa entre os dedos dos pés. Parecia um lago, não o mar. Não dava para ver o chão, mesmo no raso. Lavei braços e pernas, fazendo arrepios pipocarem. Uma lembrança do sangue quente de Kells me arrebatou involuntariamente, arrancando uma agulhada de prazer consigo. Sentia-me nauseada e satisfeita ao mesmo tempo.

— Ah, não. Não, não, não, *não*!

Era Stella. Vesti atabalhoadamente os shorts que Jamie me dera e corri para ver o que estava acontecendo. Ela e Jamie olhavam para a água.

Não. Não era para a água. Para uma coluna de fumaça gigantesca, subindo de No Name Island em direção ao céu.

Entreolhamo-nos, pensando exatamente a mesma coisa.

— Certo. Vamos votar — sugeriu Jamie. — Jude... Mocinho mal compreendido ou vilão com razões desconhecidas? Meu voto vai para vilão.

— Vilão — concordou Stella.

Fiz uma pausa antes de falar.

— Não decidi ainda — respondi enfim. — Você acha que foi ele?

— Que diabos, Mara? É claro que foi ele.

— Ele ajudou a gente a sair daqui.

— É, mas...

— E falou que Noah está vivo. — Também havia dito que Noah estaria esperando por mim, e não estava. Sacudi a cabeça para clarear os pensamentos. Precisava acreditar que dizia a verdade. Não o tinha perdoado. Longe disso. Olhei para os pulsos, para as cicatrizes onde Jude me fizera cortá-los, apagadas, mas ainda presentes, depois de Noah as ter curado. Jamais perdoaria Jude pelo que fez a mim, a Joseph, mas, naquele momento, precisava acreditar nele, pois tinha que acreditar que Noah estava vivo.

— Ei — chamou Jamie baixinho.

Stella o ignorou.

— Nesse momento, não importa *o que* ele é. Como é que a gente vai dar o fora daqui se não dá para voltar e descobrir como Kells entrava e saía?

— Ei! — repetiu o menino, estalando os dedos na frente do rosto da amiga para chamar sua atenção. Apontou para o mar. — Aquilo ali não é um barco?

Segui seu olhar, cobrindo os olhos.

— Que conveniente — falei.

— Demais — concordou ele. — E se mandaram alguém para pegar a gente? Tipo alguém do Horizontes ou coisa do gênero?

— Tipo um dos conselheiros? — indagou Stella. — Duvido. Quem sabe a polícia?

— Será que podem nos levar para algum lugar pior que o inferno de onde acabamos de sair? — indaguei.

Jamie fingiu refletir um momento.

— Hum, cadeia?

Lancei-lhe um olhar.

— E isso seria pior? — falei.

Deu de ombros.

— Prefiro não descobrir. Tenho planos.

Stella cobriu os olhos para protegê-los do sol, e perscrutou as águas.

— É um barco de pescador, acho. — Mordeu o lábio, pensando. — A gente podia pedir para ele nos levar até No Name Key, ou para Marathon — sugeriu. — Mas de lá...?

— Pegar uma carona? — sugeri. Jamie olhou para mim como se fosse louca. — Sei lá! Essa coisa toda de ser fugitiva é nova para mim.

Stella virou-se para nós:

— Um de nós vai ter que nadar até lá. Alguém se habilita?

Jamie balançou a cabeça.

— Não. Tubarões, em primeiro lugar, e, em segundo lugar, tubarões.

Stella já abria o zíper das calças jeans e as abaixava.

— Fui do time de natação, um dia, há muito tempo atrás.

— Você não devia ir sozinha — falei.

— Por quê? Você acha que o pescador pode ser um psicopata?

— Todo mundo tem um pouco de louco. Só que algumas pessoas escondem melhor que outras. — Olhei de soslaio para Jamie, que sorriu, antes de me oferecer para acompanhá-la. Sinceramente, achava que devíamos ir todos juntos. Não gostava da ideia de nos separarmos.

Ela balançou a cabeça.

— Você já fez mais do que precisava. Tranquilo, vou ficar bem. Só fique escondida atrás das árvores com Jamie, falou? — Acenou e caminhou para dentro d'água. Enquanto se distanciava, gritou: — Já volto.

# 14

— QUERIA TANTO, MAS TANTO, QUE ELA NÃO TIvesse dito isso — falou Jamie.

— O quê?

— "Já volto". Agora é que ela não volta logo mesmo.

— Do que é que você está falando?

— São as regras. — Jamie espiava por trás do manguezal enquanto nossa amiga nadava até o barco.

— Ela é rápida — comentei.

— É — concordou ele. — Mas uma barbatana de tubarão enorme vai aparecer atrás dela a qualquer segundo.

— Não diz isso! — Dei um soco não tão leve em seu braço. — Babaca.

Ficou em silêncio alguns minutos e depois bateu em meu braço.

— Ai.

— Tinha um mosquito aí.

— Tinha nada.

— Ei, olhe lá. — Enquanto conversávamos, o barco se aproximara, o motor alto o suficiente para encobrir nossos esforços de conversar discretamente. Um senhor grisalho, os cabelos bem cinzentos, estava ao volante, ou leme, na proa ou sei lá como se chama. Os cabelos passavam bastante da altura dos ombros, e um punhado de dentes de animais indeterminados balançava em um colar de couro que usava. Parou o barco muito mais perto da areia do que eu esperara, e Stella pulou para a água, caminhando até a praia. Dois homens de camisa polo e shorts claros a seguiram. Um deles usava uma viseira de plástico. Os dois lhe encaravam a bunda sem qualquer vergonha.

Stella acenou para nós dois. Saímos sob a luz do sol.

— Que amigos, esses de vocês — disse o Homem Grisalho.

— É — respondeu Jamie lentamente. — Que amigos, não é mesmo...?

— Contei para ele da brincadeirinha sem graça — explicou Stella, com a maior naturalidade. — Sobre Wayne e Deborah, que deixaram a gente aqui, enquanto todo mundo acampava na noite passada, e foram embora levando quase todas as nossas coisas.

Ah. Saquei.

— Uns sacanas de verdade — respondi. — Estou com *tanta* raiva.

— A gente pode, ahn, ir logo de uma vez? — perguntou o Cara da Viseira. — A gente só tem mais, o que, seis horas de aluguel?

— Calma aí — retrucou o Grisalho. — Vou deixar todo mundo depois que a gente levar esse pessoal para a ilha.

— A gente só fica até amanhã na cidade — lamuriou-se o Cara da Viseira, parecendo irritado pela aventura. — A gente não tem tempo para voltar.

— Devolvo seu dinheiro — rebateu o Grisalho. O Cara da Viseira ficou visivelmente mais animado com a perspectiva. — Querem alguma coisa para beber, moçada?

Deus do céu, sim. Assenti intensamente. Jamie também assentia. O Grisalho olhou-o mais longamente que a mim.

— Vocês não têm 21 anos, têm?

Nós dois demos de ombro ao mesmo tempo.

— Bem, a gente só tem cerveja. Não contem para ninguém.

Sorri.

— Nosso segredinho.

Grisalho me entregou uma lata de cerveja suada. Estava morrendo de sede, então abri e engoli — em seguida engasguei. Quem ia *querer* beber uma coisa daquelas? Olhei para Stella. Eu devia estar fazendo uma careta, porque ela ria de mim.

Demoramos apenas uns 20 minutos para chegar a No Name Key. Jamie ficou conversando com o Grisalho, cujo nome verdadeiro era Leonard, surpreendentemente, enquanto os homens de polo tentavam dar em cima de mim e da Stella. Ela até conseguiu ser simpática. Não cheguei nem perto.

O barco parou em uma pequena doca, e Leonard-Grisalho saltou para fora conosco. Stella vestira as calças e blusa outra vez, e olhei o que eu estava vestindo. As roupas de Jamie serviriam por enquanto, mas não por muito tempo. Estavam cheias de areia e um tanto úmidas. E eu precisava terrivelmente de um banho, um de verdade.

— Tem algum lugar para comer por aqui? — indaguei.

— O No Name Pub — respondeu Leonard-Grisalho, apontando para uma pequena construção em um tom vivo de amarelo diante de nós, sob as sombras de palmeiras, com uma placa antiquada na frente. — Eles abrem às 11 horas. A pizza de camarão é campeã.

— E tem algum caixa eletrônico? — indagou Stella.

Leonard-Grisalho riu da pergunta.

— A eletricidade do pub vem de um gerador — respondeu. — Não tem rede elétrica na cidade... Os moradores não querem.

Perfeito.

— Vocês não têm nenhum dinheiro?

Stella meneou a cabeça e disse:

— Estava tudo com nossas coisas.

— Que seus amigos levaram.

— Exato — confirmou Jamie.

— Com amigos assim, quem é que precisa de inimigos? — Depois, Leonard-Grisalho gritou para o fim da doca, para uma mulher que eu não notara até então: — A pizza é por minha conta, Charlotte...

— Não — falei. — Não podemos pedir isso de...

— Não tem problema — retrucou ele, sorrindo. Faltavam alguns dentes.

— A gente quer mesmo voltar para a água — disse o Cara da Viseira. O outro ainda olhava para Stella. Nojento.

— Segure a onda — repreendeu Leonard-Grisalho. — Vocês vão ficar bem? — perguntou para mim.

Respondemos que sim e agradecemos, e ele levou seu carregamento de meia-idade inútil de volta ao barco para darem cabo de alguns troféus. Minha barriga roncou.

— Que horas são? — indagou Jamie.

Tirei o Rolex de Jude do bolso da frente da mala de Noah, onde o tinha escondido.

— São 10h30.

— Pelo menos quando a gente chegar a uma cidade de verdade, vai poder penhorar essa coisa aí — comentou Stella.

Jamie balançou a cabeça.

— Nada de loja de penhores. Nem cartão de crédito. Nem caixa eletrônico. A gente vai ter que achar uma alternativa. Mas vamos esperar até entrarmos.

Ficamos basicamente observando o ponteiro dos minutos andar enquanto aguardávamos a abertura do pub. Meu estômago estava furioso. Quando deram 11 horas, praticamente mergulhei para dentro do estabelecimento, que era inteiramente decorado por notas de dólar. Pendiam do teto, faziam as vezes de papel de parede: cada centímetro de todas as superfícies disponíveis estava recoberto por elas, à exceção das mesas. A mulher da doca nos levou a uma, perto dos fundos.

— Do que vocês gostariam? — Entregou-nos três cardápios. — Alguma bebida?

— Água — dissemos eu e Jamie ao mesmo tempo. Minha boca estava com um gosto ruim depois da cerveja. Stella também pediu um copo, e a garçonete desapareceu.

Jamie olhou o cardápio.

— Estou morto de fome. Quero tudo.

— De acordo — disse Stella. — Quem sabe a pizza de camarão?

— É treif — retrucou Jamie, sem olhar para cima.

Stella ergueu uma sobrancelha.

— *Gesundheit?*

— Quis dizer que não é kosher. Nada de camarão.

— Ah — respondeu ela. — A pizza havaiana, então?

Jamie balançou a cabeça, ainda olhando o menu.

— Não. Tem presunto.

— Pepperoni?

— Mesma coisa.

— Ok, você é impossível mesmo.

— Vegetariana e muçarela simples. É o que posso comer.

A garçonete retornou, e pedimos duas pizzas com queijo extra. Antes de deixá-la ir, Jamie perguntou:

— Tem algum jeito de, tipo, pegar um táxi ou coisa assim aqui?

Ela riu com vontade. Supomos que aquilo queria dizer não.

— Não dá para voltar da maneira como vocês chegaram?

— Não exatamente — murmurou ele.

— Como é que vocês chegaram?

— A gente veio com uns... amigos. Em um... barco. Fizemos um passeio até a ilha para... — Estava se enrolando.

— Acampar sob as estrelas — cortou Stella. Era boa naquele jogo. Isso seria útil.

Charlotte pegou o lápis preso atrás da orelha.

— Que romântico.

— Era para ser — falei, mentindo com facilidade —, mas aí fugiram no meio da noite com as nossas coisas.

— Brincadeira idiota — acrescentou Stella.

— Que brincadeira. — A mulher balançou a cabeça. — Tenho um telefone aqui. Podem ligar para seus pais virem buscar vocês, e também são bem-vindos para ficar aqui pelo tempo que precisarem. Os refrigerantes são por conta da casa.

— Aí é que está... Não somos daqui — disse Stella.

— E de onde é que vocês são?

— Nova York — respondeu Jamie. Ergui uma sobrancelha para ele. Como é?

— Bem, vocês estão bem longe de casa — comentou Charlotte.

Não tinha nem ideia do quanto.

A garçonete nos deixou sozinhos, e achei que poderíamos devorar uns aos outros no tempo que demorou a trazer nosso pedido. Todos nos jogamos nas pizzas ao mesmo tempo; a fatia na minha mão soltava vapor, mas estava tão faminta, que não me importava. Não conseguia nem me lembrar da última vez em que sentira o gosto da comida. Não tinha lembrança alguma de comer no Horizontes, e não sabia se era porque os medicamentos estavam confundindo minha memória, ou se *realmente* não tinha comido.

Jamie estava com um pedaço em cada mão e olhava de um para o outro repetidamente.

— Quero meter esses dois pedaços na boca ao mesmo tempo e me acabar de comer essa pizza.

Stella parou de soprar sua fatia um instante.

— Não vai dar tão certo quanto você está pensando.

Sequer me dei ao trabalho de soprar a minha. Apenas dei uma mordida enorme, queimando língua e garganta no processo. Não foi isso, porém, que me fez engasgar.

— Mara? — Stella parecia preocupada.

— Tudo bem — falei, depois de recuperar o fôlego. O retrogosto era como o de cimento. — Não... Não estou sentindo o gosto ou coisa do tipo? Parece estranho. Não parece estranho?

Dois pares de olhos me fitaram.

— Não está com um gosto estranho para vocês?

Balançaram a cabeça.

— Você devia tentar comer — disse Stella, com delicadeza.

— É, você está com uma cara péssima — acrescentou Jamie, sem delicadeza alguma.

Os olhos castanhos de minha amiga eram calorosos.

— Você passou por muita coisa. Mais que a gente, provavelmente.

Jamie alternava dentadas entre as fatias de pizza.

— Estou aguardando a deliberação para depois de ouvir a história — rebateu.

Achei que era hora de contar.

Olhei para trás, observando as demais pessoas no lugar. Havia uma mulher usando uma pochete estranha, e seu marido vestia uma camiseta polo. Um homem de bigode e camisa havaiana estava sentado no bar, assistindo ao canal de pesca com interesse anormalmente grande. Não pareciam estar interessados em ouvir nossa conversa, mas, mesmo que estivessem, ninguém em sã consciência acreditaria no que eu estava prestes a dizer.

# 15

Contei tudo a Jamie e Stella, desde o tabuleiro de Ouija até o sanatório, de Rachel a Jude e Claire. Da porcaria do dono de Mabel até Morales. Jamie franziu o cenho quando as palavras saíram de minha boca.

Foi aí que contei sobre Noah. O motivo pelo qual não poderia estar morto.

— Porque ele pode se curar — repetiu Jamie.

— Só ele mesmo ou outras pessoas? — inquiriu Stella.

— Os dois. — Falei a respeito de Joseph, e como tinha sido levado por Jude e resgatado por Noah, sobre meu pai e como tinha levado um tiro, mas sobrevivido graças a Noah. Não mencionei todo o vaticínio de "você o amará até a ruína". Não seria exatamente de grande ajuda para mim. E era íntimo demais para compartilhar.

— Mas você não está dizendo que ele ia conseguir sobreviver a um tiro na cabeça, não é? — indagou Jamie.

A amiga lhe deu uma cotovelada forte.

— *Jamie.*

— Não estou querendo ser insensível...

— Não, imagine — retruquei.

— Só estou dizendo...

Inclinei-me para a frente, os cotovelos sobre a mesa, as mãos no tampo.

— Sei o que você está querendo dizer. Eu sei. Mas tem muita coisa que a gente *não* sabe para simplesmente decidir que ele está... — Não queria dizer a palavra. — Vocês já viram alguma prova de que o Horizontes desabou mesmo?

Menearam as cabeças.

— Mas teve o incêndio de qualquer forma — ponderou Jamie.

Trinquei o maxilar. Falei:

— Ele não estava lá quando isso aconteceu.

— Então onde ele *está*?

Era o que eu ia descobrir.

Stella foi a próxima a desfiar seu rosário. Um dia, muito tempo atrás, foi ginasta e nadadora. A puberdade chegou, seus quadris e seios cresceram, e, quando fez 16 anos, parou de comer — por causa de sua treinadora e da mãe, os psicólogos disseram. Não sabiam, porém, das vozes.

Para ela, pareciam os pensamentos de outras pessoas. Entretanto, aquilo era impossível, obviamente. Seu pânico foi crescendo cada vez mais, e as vozes ficaram mais e mais altas em resposta — não permitindo que dormisse à noite e a distraindo de dia. Não conseguia nadar, treinar ou comer, mas então notou algo curioso. Quanto mais tempo ficava sem comer, mais fracas as vozes se tornavam. Estava com 40 quilos e perdendo os cabelos quando seu pai finalmente passou por cima da mãe (que insistia que a menina estava apenas "de olho nas calorias") e obrigou Stella a procurar ajuda. E ela procurou. Depois de meses de terapia e vários períodos passados em clínicas de tratamento, os médicos finalmente decidiram usar um medicamento estupendo que a ajudou... até a FDA fazer um recall. A recaída foi rápida, mas a Dra. Kells contatou seus pais bem a tempo.

— Que sorte a minha. — Deu uma mordida na pizza. — Mas eu soube que tinha alguma coisa de diferente com vocês dois no segundo em que entraram para o programa. Tipo, quando todo mundo se juntava para as atividades em grupo e tal, não conseguia escutar vocês, mesmo quando ouvia o resto das pessoas normalmente... Mas os remédios deixavam as coisas meio confusas. Calavam quase todas as vozes a maior parte do tempo, mas, quando eu ficava estressada ou ansiosa, piorava.

— Ou com raiva? — indagou Jamie.

— É isso que acontece com você? — perguntei a ele.

Meu amigo deu de ombros e evitou meu olhar.

— Antes de ser expulso e mandado para a Malucolândia, notava que, às vezes, quando dizia para as pessoas fazerem alguma coisa, elas realmente faziam. Mas não era tipo "ei, cara, me empreste a chave de sua Maserati?". Era mais tipo "me conte aquele segredo", ou "me leve ali". Era tudo tão *aleatório*, e as coisas que eu pedia para fazerem não eram nenhuma loucura. Tipo, podia ser tudo coincidência — disse ele —, mas não era isso que *parecia*. Às vezes, parecia real. — Nossos olhos se encontraram, e soube que falava sobre Anna.

Anna, nossa ex-colega de turma, que o maltratava desde a quarta série e a quem ele tinha mandado jogar o carro de um penhasco. Depois disso, caiu de um viaduto enquanto dirigia bêbada.

— E achei que era maluco de pensar aquilo — confessou Jamie.

Olhei para ele.

— Todos nós temos isso em comum.

— O que em comum? — indagou Stella.

Jamie entendeu. Disse:

— Que esse nosso problema, a coisa do gene, G1821 ou o que for... Os sintomas fazem a gente parecer um bando de loucos.

Ou talvez nos tornasse loucos *de verdade*. Pensei em meu reflexo. A maneira como conversara comigo.

— Isso explica por que ninguém descobriu o gene — ponderou Jamie, voltando a chamar minha atenção. — Se alguém parece estar tendo alucinações, ou se está delirando, parando de comer, ou se machucando, a explicação mais óbvia seria doença mental, não alguma mutação genética bizarra...

— Mutação? — indaguei. — Somos mutantes agora?

Ele deu um sorrisinho.

— Não conte para a Marvel. Vão processar a gente. Mas escute só. Os genes não aparecem simplesmente do nada em poucas pessoas. Não acontece assim, do nada. Eles mudam ao longo dos séculos. Degradam, se alteram...

— Evoluem — falei.

— Exato. Então o que a gente tem... O que a gente é, seja lá o que for, a gente evoluiu até chegar aqui.

— Super-Homem ou Homem-Aranha — falei, baixinho.

Stella olhava de mim para Jamie.

— Expliquem, por favor?

Lembrei-me da conversa que tivera com meu irmão, quando menti dizendo que precisava transformar meus problemas em ficção para uma tarefa do Horizontes, de modo a fazê-lo me ajudar sem saber que estava ajudando.

"*Então ela poderia ser uma super-heroína ou uma supervilã*", dissera ele. "*É uma situação Peter Parker ou Clark Kent?*"

"*O que quer dizer?*"

"*Tipo, sua personagem nasceu com essa coisa, a la Super-Homem, ou adquiriu, como o Homem-Aranha?*"

Não sabia a resposta na época, mas agora, sim.

— O Homem-Aranha adquiriu a habilidade dele com a mordida da aranha radioativa — falei. — O Super-Homem nasceu com ela...

— Porque na verdade ele é Kal-El, um alienígena — complementou Jamie.

Eu era o Super-Homem. Exatamente como pensara.

Quando contei a Noah a respeito da teoria de Daniel, porém, ele ficou convencido de que só podíamos ter adquirido o que estava errado conosco.

"*Quantas vezes já desejou que alguém morresse, Mara? Alguém que a corta na estrada e coisas assim?*"

— Provavelmente desejei a morte de um monte de gente em várias situações — falei, e repeti as palavras de Noah.

— Todo mundo faz isso — garantiu-me Stella.

— E os pais de Noah teriam notado que ele se curava anormalmente rápido quando o levavam ao médico para tomar vacina, não é? Então por que é que isso tudo está acontecendo *agora* se é uma coisa com que nascemos?

Jamie bateu no tampo da mesa.

— Tem um *estopim* — exclamou. — É que nem câncer. Podem fazer exames em você para ver se existe risco de desenvolver a doença, porque existem indícios. Mas só porque alguém corre o risco...

— Não significa que vá realmente ter câncer — completei, como se a peça que faltava no quebra-cabeça tivesse sido colocada no lugar.

— Isso aí. Só significa que essa pessoa tem mais chances de isso acontecer do que outra... E os fatores de risco são biológicos e ambientais.

— Ou químicos — complementei, lembrando as palavras de minha mãe.

"*Você já passou por tanta coisa, e sei que não entendemos. E quero que saiba que isso*", e ela indicara o quarto, "*não é você. Pode ser químico, comportamental ou até mesmo genético...*"

Uma imagem surgira em meio à água turva que era minha mente. Uma foto. Preto. Branco. Embaçada. "*O que foi?*", perguntei rapidamente.

"*O modo como está se sentindo. Tudo o que tem acontecido com você. Não é sua culpa. O TEPT e tudo o que aconteceu... O que está passando*", disse mamãe, claramente evitando o termo "doença mental", "*pode ser causado por fatores biológicos e genéticos*".

— Mas então qual é o estopim? — indaguei.

Stella olhou para mim.

— Quantos anos você tem?

— 17.

— Jamie?

— 16.

— Também tenho 17 — disse, virada para mim. — Mas faço 18 daqui a alguns meses. Você lembra o que Kells falou naquele vídeo? Estava falando da puberdade ou coisa assim, e a maneira como o cérebro de um adolescente se desenvolve, acho.

— Faz sentido que a idade seja um estopim — concordei. Stella começara a ouvir vozes aos 16 anos. Eu tinha a mesma idade à época do incidente com o tabuleiro de Ouija. Rachel e Claire morreram seis meses depois. — Faz sentido que as progressões de nossas habilidades estejam em estágios diferentes, porque...

— Porque temos idades *divergentes* — disse Jamie. — Rimou: diferentes, divergentes. — acrescentou desnecessariamente.

Aquilo explicava parte da situação. Não tudo, porém. Contei aos dois a respeito dos flashbacks que tive, de eventos que não poderia ter vivido.

— Achei que pudesse ser memória genética — falei, e lhes contei sobre o livro que Noah encontrara em um de seus voos transatlânticos, aquele que nós dois tentáramos ler e falhamos, aparentemente a respeito de memória genética.

— Como era o nome do livro? — indagou Jamie.

— *Novas teorias em genética*, de... Cacete.

— Isso é um pseudônimo?

— Armin Lenaurd — continuei. — O protocolo Lenaurd. — Não tive que me esforçar muito para me lembrar de onde reconhecia o nome. A lista estava gravada em minha memória. Acabáramos de ler aquilo.

*J.L.: artificialmente manifestado, protocolo Lenaurd, indução acelerada.*

— Quero me matar — falei calmamente. — Tipo, quero morrer de verdade.

— Perdi alguma coisa? — disse Stella.

— Vocês viram a lista... Aquela com nossos nomes escritos, o que tinha de errado com cada um. — Ambos assentiram. — Se "J.L." e "C.L." são Jude e Claire Lowe — expliquei —, significa que tinha algum protocolo, escrito pelo autor daquele livro obscenamente chato, que basicamente explica o que fizeram com eles.

— "Manifestado artificialmente" — disse Jamie em tom baixo. — "Indução acelerada..." O que é que isso quer dizer? Que os médicos estavam tentando causar os efeitos da coisa que a gente tem... em pessoas normais, talvez?

— Jude dificilmente pode ser considerado normal — retruquei.

— Vai ver que é por isso — respondeu Stella, com um fio de voz.

— Por isso o quê?

— Que ele é do jeito que é — completou ela. — Mas espere. Se existe um livro inteiro sobre esse nosso problema, pode ser que a gente consiga acabar com ele. — A voz cresceu em um agudo. — Pode haver uma cura. Pode estar naquele livro! — Virou-se para mim. — Mara, onde ele está?

— Dei para Daniel.

— Quem?

— Meu irmão mais velho.

— Então, se a gente encontrar Daniel, encontra o livro também, com a cura...

— Opa, opa, opa. Segura o entusiasmo aí um segundo, apressadinha — interrompeu Jamie. — Isso *se existe* uma cura nesse tal livro, o que é um grande, monumental "se". Quero dizer, o protocolo Lenaurd, seja lá o que for, foi usado em Jude, certo? E eu diria que as coisas não estão muito boas para o lado dele. Então será que queremos seja lá o que esteja naquele livro? Tipo, Kells não parava de falar em como estava tentando "curar" e "salvar" a gente e essa merda toda, e não sei... Terminar do lado dela não me parece uma boa. — Stella abriu a boca para falar, mas Jamie a cortou antes. — E também, agora que sei o que tem de *errado* de verdade comigo, não tenho nem certeza de que quero consertar. — Fez uma pausa. — Isso é maluquice?

Ninguém respondeu.

— Bem, dane-se. Não tem como saber se o que queremos está no livro, mas ainda tem outro problema.

— Jude? — arrisquei.

— Não. Quero dizer, sim, ele é um problema, mas é outra coisa.

— Como a gente vai sobreviver sem dinheiro?

— Não, outra coisa. Escutem — pediu, exasperado. — Kells fazia pesquisa médica. Mas manter aquele tipo de centro funcionando requer dinheiro. Quem é que estava financiando tudo? E quantas pessoas sabiam, ou sabem, a respeito dele? De nós? E será que algum deles vai ficar levemente aborrecido porque a equipe inteira foi trucidada e porque perderam a pesquisa? — continuou. — E, falando em pesquisa, quantos portadores existem? Não podemos ser os únicos, o que significa que, em algum lugar por aí, tem mais gente como nós. Tentamos encontrar essas pessoas? E se elas nos encontrarem?

— Isso aí é bem mais do que um problema — comentou Stella.

Jamie queria respostas. Stella, uma cura. Eu queria Noah. E punir quem quer que tivesse sido o responsável por tirá-lo de mim.

Jamie mordeu o lábio.

— Então é isso — disse. — Por onde a gente começa?

# 16

NÃO CONSEGUÍAMOS ENTRAR EM ACORDO A RESPEITO DE QUE problema solucionar primeiro, então começamos por identificar o que nossos problemas pessoais tinham em comum: o Horizontes. Stella pegou os documentos que levara do escritório de Kells, e os colocou sobre a mesa. Foi isto que tinha recuperado:

*Sete páginas de registros de pacientes para alguém de quem jamais ouvíramos falar.*

*Vinte e três imagens do que pareciam ser nossas gargantas e outras partes do corpo, e resultados de laboratório de amostras de nossos cabelos, saliva e urina.*

*Um desenho meu, feito por mim, com os olhos rabiscados.*

*E páginas demais para contar de declarações fiscais do Grupo Horizontes, pedidas por Ira Ginsberg, contador. O endereço era de Nova York.*

Com o pouco que tínhamos (Stella não parava de se desculpar), Jamie sugeriu que seguíssemos o rastro do dinheiro. Stella e eu concordamos. Todos precisávamos, porém, visitar nossos pais antes.

Não sabíamos como era séria a situação dos pais, que era, em si e por si só, *parte* do problema. Onde pensavam que estávamos? O que sabiam? Todas as três famílias acreditaram na Dra. Kells e a deixaram responsável por nosso bem-estar — por ignorância, não maldade, mas ainda assim. Não podíamos simplesmente surgir à porta e explicar o cenário no formato de boas e más notícias: *Ei, mamãe, me torturaram e fizeram experiências comigo, mas não se preocupe, porque meus algozes morreram. Porque, P.S., eu os matei.* Não podia falar por Stella e Jamie, mas, por experiência própria, sabia que dizer a verdade levava apenas ao descrédito.

Jamie, porém, tinha bastante certeza ("Só 'bastante' certeza?") de que seu poder de convencimento seria o suficiente para assegurar nossos pais de que estávamos seguros e bem, e assim evitar alertas estatuais de busca a menores desaparecidos, além de também descobrir onde achavam que estávamos e com quem. Talvez tivessem sido contatados por outra pessoa que não Kells. Talvez algum dos outros funcionários no Horizontes estivesse no esquema (embora Stella não acreditasse nisso). Precisávamos falar com eles para descobrir.

E havia uma quarta casa que precisávamos visitar, ainda que meus amigos não soubessem disso. Eu tinha que saber no que os pais de Noah acreditavam. Saber se tinha havido um funeral. Apenas pensar na possibilidade me deixava nauseada.

Saímos do No Name Pub de barriga cheia, mas nada mais. Charlotte, a dona, tentou nos ajudar a encontrar carona, mas ninguém estava indo para Miami naquele dia. Ofereceu-nos abrigo para passarmos a noite, mas não havia garantias de que alguém fosse viajar para Miami no dia seguinte tampouco, e nenhum de nós queria esperar. Assim, Charlotte, a boa alma que era, ofereceu-se para lavar nossas roupas e nos indicou uma pequena loja turística ali perto, cujos donos eram ela e o marido, onde poderíamos escolher uma entre a meia dúzia de variações das blusas que vendiam com a temática "EU AMO A FLÓRIDA" enquanto esperávamos. Jamie e Stella tinham sapatos nas malas, mas eu, não tendo bolsa, tampouco tinha sapatos, por isso Charlotte me cedeu um par de sandálias de borracha. Depois de tudo pelo que tinha passado, não pensei que pudesse me surpreender mais com as pessoas. A mulher, porém, me provou que poderia.

Stella já tinha trocado sua antiga por uma camiseta extra de Jamie (a amarela, com as palavras SOU UM CLICHÊ estampadas), assim, Jamie e eu fomos deixados para nos decidirmos entre seis e meia dúzia, por assim dizer. Ele acabou optando pela estampa EU ♥ FLÓRIDA. Escolhi a BEM-VINDO AO ESTADO SOLAR. Não havia muitas opções.

Estava vestindo a nova camiseta (e shorts combinando! Que sorte a minha, não?) no banheiro da lojinha quando ouvi uma voz dizer:

— Você está parecendo uma retardada.

Olhei para o espelho. Meu reflexo estava ridículo.

— É. Bem. Você também não está exatamente uma gata — retruquei.

Foi assim que nós três, vestidos como turistas, começamos a bater perna pela estrada, sentindo o vento nos açoitar a cada vez que um carro passava por nós, o que aconteceu muitas vezes. Entre o calor escaldante e o ar cheio de insetos, achei que não pudesse piorar, mas em seguida começou a chover.

O céu desabou, e ficamos encharcados instantaneamente; a água era quente, e parecia que as nuvens suavam em cima de nós. Nossos rostos eram a própria imagem da infelicidade quando nos abrigamos, ao lado da estrada, sob uma árvore que não era grande o suficiente.

— Meus pés estão queimando — disse Jamie, tirando os sapatos. A pele sob os dedos estava rachada e sangrando. — Alguém aí sabe fazer fogo?

Expressões vazias.

— Então não sabemos fazer fogo — concluiu ele. — Não sabemos voar. Não sabemos criar um campo de força. Que grande merda de super-heróis nós somos.

Tirei os cabelos sem vida e encharcados do rosto.

— Premissa falaciosa. — Sabia o que ele queria dizer com aquilo, mas ainda assim. — Mas Stella não está tão mal.

Ela ergueu a sobrancelha.

— Isso quer dizer muita coisa, vindo de você — declarou.

Fiz bico.

— Assim você me magoa.

— Mas Jamie está certo — disse ela. — E a lista de coisas que não podemos fazer é ainda maior... Não podemos usar cartão de crédito, não podemos ligar para nossos pais, não podemos alugar um carro...

— Mas pode ser que a gente possa roubar um — comentou Jamie.

Eu e Stella viramos para ele ao mesmo tempo.

— Não estava falando em usar ligação direta nem nada. Não faço a menor ideia de como se faz isso. O que quis dizer é... Talvez eu consiga convencer alguém a dar o carro para a gente?

— Emprestar — corrigi, como se fosse de grande ajuda.

Jamie assentiu com entusiasmo.

— Emprestar. Exato. Se forem com a gente.

— Você por acaso tem carteira de habilitação, Jamie? — indagou Stella.

Ele fingiu surpresa.

— Foi uma piada com minha altura, Stella? Nossa situação deprimente fez com que você desenvolvesse o senso de humor?

— Foi uma piada com sua idade, na verdade. E com sua aparência. Você tem carinha de bebê.

Nossas circunstâncias *eram* deprimentes, entretanto. Não tínhamos carro, dinheiro, comida ou roupas secas. As horas passavam, a chuva continuava seu assalto, e ficamos mais e mais molhados, famintos e com frio, mas não tínhamos escolha senão continuar andando — e eu de sandálias de borracha que destruíam meus pés.

A chuva finalmente parou à medida que o dia minguava e se transformava em crepúsculo. O sol lançava seus raios sangrentos nas nuvens, tingindo-as de rosa, laranja e vermelho. Voltamos para a estrada, que era margeada por árvores densas e heras-japonesas. Depois de uma eternidade, chegamos a um posto de gasolina; se é que se podia chamá-lo assim. Havia uma bomba de abastecimento, e a pequena construção de madeira atrás dela pendia lateralmente, de maneira precária. Um pequeno ferro-velho ficava escondido ao seu lado, nas sombras. Uma cabeça de boneca com apenas um olho estava fincada na cerca de madeira quebrada.

Jamie chegou mais perto de mim.

— Isso aqui é território de serial killer. — Enganchou os braços no meu e de Stella. — Amigos unidos jamais serão vencidos — sussurrou. — Eles sentem o cheiro de nosso medo.

Gostaria de fingir que não estava tão nervosa quanto ele, mas...

Coloquei a mão dentro da cintura dos shorts para me certificar de que o bisturi continuava descansando contra a pele. Estava lá. O aço quente sob a ponta dos meus dedos fez com que me sentisse melhor.

Entramos enfim. O lugar era mal iluminado, naturalmente. Vislumbramos um bar de tampo de metal, e três homens consideravelmente grandes sentados ali. Um deles usava uma regata preta e óculos escuros equilibrados na testa com entradas e tendência à calvície. O segundo vestia uma improvável camisa de flanela de mangas longas e chapéu de caubói, entre todas as opções possíveis. O terceiro tinha cabelos e barba brancos, a última manchada pelo cigarro. Tinha apenas um olho.

Alguém mais surgiu das sombras, limpando um copo com um pano em trapos sujo.

— Vocês estão um pouco com cara de perdidos — disse para nós.

Esperava que Jamie falasse primeiro, mas Stella me surpreendeu. Contou nossa falsa história triste aos homens, sobre termos sido abandonados no passeio de acampamento, blá-blá-blá, e depois disse que precisávamos de uma carona. Fiquei incrivelmente impressionada. Jamie parecia prestes a fazer xixi nas calças.

— Para onde é que vocês estão indo? — indagou o Caubói.

— Miami — respondeu Stella.

— Vocês estão indo para o norte. Vou para o sul. — Cruzou os braços para indicar direções opostas, como se precisássemos de explicação. Os outros continuaram calados.

Jamie assentiu uma vez e limpou a garganta.

— Bem. Obrigado de qualquer forma, cavalheiros. Pelo seu tempo.

Rejeitados, saímos do posto ou bar ou encontro de serial killers ou o que quer que fosse, e seguimos para fora. Já era quase noite. Insetos zumbiam ao nosso redor e em nós. O ar estava cheio do barulho que faziam enquanto seguíamos pela estrada.

Foi então que ouvimos algo mais: uma caminhonete cuspindo cascalho e rugindo ao sair do lugar. Parou ao nosso lado.

— Fiquei mal com a história de vocês — disse o Caubói. — Andem. Sobe todo mundo aí.

* * *

Minhas pernas doíam com alívio ao sentar-me no banco da frente. Jamie negara discretamente com a cabeça quando o homem ofereceu o banco do carona, e Stella já tinha se sentado no de trás.

O caubói estava nos fazendo um favor, e dos grandes, então decidi jogar conversa fora, ser educada:

— Então, de onde você é? — Seu nome, como ficamos sabendo, era Sr. Ernst.

— Nascido e criado em Canton, Ohio. E vocês três?

— Nova York — respondemos eu, Jamie e Stella ao mesmo tempo, atendo-nos ao script. Nada suspeito, imagine.

— E seus amigos abandonaram vocês assim, do nada? — indagou ele, balançando a cabeça, incrédulo.

Stella mudou de assunto:

— Mas, então, o que é que te trouxe até aqui?

— Ah, só estou levando a garota aqui para passear — disse, batendo no painel do carro. — Só eu e ela na estrada.

Quando se inclinou para a frente, porém, vislumbrei uma arma guardada em um coldre em seu quadril. Retesei-me.

Jamie viu também. Fingiu estar interessado nela e perguntou a respeito ao Sr. Ernst, que animadamente respondeu com tipo e modelo e seja lá o que for que as pessoas dizem quando conversam sobre armas. Não estava prestando atenção de verdade. Sentia-me fora dos eixos, estranha, e a sensação me deixava nervosa.

— Nunca se sabe quem você vai encontrar na estrada — disse o homem. — Tem que ter cuidado. Deus abençoe a Segunda Emenda. — Deu palmadinhas no coldre e piscou para mim.

A rua se estendia até a eternidade, e não víamos um único par de faróis passar por nós. Repentinamente, depois de não sabia nem quanto tempo, senti a caminhonete desacelerar.

Stella também sentiu. Esfregou os olhos vermelhos. Jamie não parava de passar a mão pela cabeça. Estavam preocupados também.

— Onde a gente está? — perguntou Stella em um pio.

— Hum, bem dentro de Keys — respondeu o Sr. Ernst evasivamente. — Ainda temos umas boas horas pela frente antes de chegarmos a Miami. — Passamos uma placa que anunciava uma parada para descanso 400 metros à frente. — Vai demorar um pouco até encontrarmos outro banheiro — avisou. — Não vai aparecer mais nada por aqui em quilômetros, então pensei em dar uma parada e tirar a água do joelho.

Jamie expirou um pouco sonoramente demais. Lancei-lhe um olhar.

— Eu quero ir — disse Stella.

— Eu também — admitiu Jamie.

— Você tem um mapa? — indaguei ao Sr. Ernst.

Ele ergueu as sobrancelhas.

— Gatinha, eu já dirigia antes de sua mãe pensar em ter você. O único mapa que preciso está aqui — respondeu, apontando para a cabeça.

— Certo — disse Stella, olhando para a estrada. Todos nós estávamos com a mesma sensação, porém: havia algo de errado.

# 17

O Sr. Ernst puxou conversa fiada até estacionarmos em um estacionamento na parada, se é que se podia chamar assim. O edifício nanico estava enfiado ao lado da estrada, quase completamente obscurecido por um emaranhado de hera que se agarrava às paredes de tinta esmaecida, manchadas de ferrugem. Havia uma pequena clareira não cimentada ao redor dele. E nem sinal de outros carros ou caminhonetes.

O Sr. Ernst desligou o motor e guardou as chaves no bolso.

— Vou lá tirar a água do joelho — disse. — Você vem? — perguntou a Jamie.

O menino ergueu a sobrancelha para Stella.

— Vou... — Não queria ir sozinho, e tampouco queria que Stella fosse obrigada a ir sem acompanhante.

O Sr. Ernst piscou para mim.

— Não vai se meter em encrenca agora — aconselhou ele, e caminhou em direção à construção.

Stella e Jamie desceram do carro, ela quase correndo. Estava realmente apertada. Sentia-me mal por Jamie, seguindo mais atrás, então pulei do automóvel também. Ao me aproximar do edifício, o odor inconfundível de serragem atacou minhas narinas. Stella já entrara, mas alcancei Jamie com rapidez, e ficamos parados encarando a estrutura.

Uma grossa camada de sujeira cobria o desenho em estêncil azul na placa que indicava o banheiro feminino, e moscas apinhavam a entrada. Jamie agitou o ar à frente de seu rosto. O banheiro masculino ficava do outro lado.

— Que dureza — disse Jamie para mim.

— O quê?

— Não ter pênis.

— Meu Deus, eu que sei.

— Estamos enrolando.

— Estamos.

— Não sei, não, Mara. Não sei se consigo. Não quero entrar lá e ver nosso não tão ilustre motorista no mictório. Pode ser esquisito. Acho que vou é fazer nos arbustos ali.

— Acho que vou pegar hepatite só de ficar aqui.

— Se você quiser fazer nos arbustos ou coisa do tipo, posso ficar vigiando para garantir que ninguém chegue perto.

Esfreguei o nariz.

— Acho que vou lá dentro — falei. — Por Stella. Solidariedade, sabe?

— Você é melhor que eu. — Jamie estendeu o punho. Bati no dele com o meu. Seus passos faziam barulho ao esmagarem o cascalho, e então desapareceram ao entrar na mata.

Levei alguns segundos para me preparar, tampei o nariz e abri a porta com o pé.

Não era tão ruim quanto estava esperando. Era pior. Havia algumas cabines. Uma estava aberta, e o vaso sanitário estava tão terrivelmente entupido que tudo o que podia fazer era não vomitar. O espelho atrás da pia estava quebrado e sujo. O piso de azulejos, que um dia talvez tivesse sido branco, estava manchado de marrom e amarelo.

Não. Não tinha como.

Girei para sair, mas, naquele instante, ouvi um ruído atrás de mim.

Stella estava presa contra a parede, o corpo quase totalmente oculto pelo Sr. Ernst, que cobria sua boca com a mão. Ele percebeu que o vi e apontou a arma para mim.

— Vai lá para os fundos — mandou. — Ou você é a próxima.

Minhas veias se encheram de chumbo. Não iria a lugar algum. Já imaginava o homem morto no chão, a garganta talhada, a boca como um buraco sangrento.

— Ele já fez isso antes — gemeu Stella, quando o atacante descobriu sua boca. — Vai matar a gente. — As palavras mal conseguiram escapar de sua boca. Podia ouvir o que ele pensava.

Ele meneou a cabeça.

— O garoto de cor, não. Não é meu tipo.

Parte de mim continuava lá, presa ao chão. Outra parte dilacerava sua garganta. Apenas em minha mente, no entanto. Na realidade, nada acontecia. Nos segundos que se seguiram, imaginei uma centena de mortes diferentes para o homem. Nenhuma funcionou.

O que havia de errado comigo? O efeito dos remédios já tinha passado havia muito. Por que não conseguia fazê-lo?

E o que aconteceria a mim e a Stella se não conseguisse?

— Solte ela — ordenei, com calma assustadora. Não sei de onde veio isso.

— Se *você* não sair daí, atiro nas duas agora mesmo.

Dei um passo em sua direção.

— Você está me deixando com ciúmes — falei, com a mesma voz fria que era e não era a minha.

— Para trás.

Não obedeci. Cheguei mais perto.

— Esse tempo todo, achei que você estava de olho em mim. Foi por isso que *eu* escolhi sentar na frente.

Ele me olhou de cima a baixo.

— Você vai ter sua vez.

— Eu primeiro — retruquei. — Ela não sabe fazer as coisas que eu sei.

Foram as primeiras palavras que lhe disse que pareceram surtir algum efeito. Olhou de mim para Stella e finalmente afastou-se dela. Apontou a arma para mim.

— Você — disse para Stella. — Você fica ali e assiste.

Stella recuou pela parede até ficar encostada contra a pia. Meus pés me levaram até o Sr. Ernst sem que eu sequer precisasse comandá-los.

— Não grite — mandou. Premiu a arma na lateral de meu corpo, me virou e empurrou contra a parede, prendendo minhas mãos atrás de mim com um movimento bem treinado. O chapéu de caubói caiu no chão.

Esperava sentir meu coração disparar, a pele começar a suar. Esperava chorar e gritar.

Nada disso aconteceu.

— Não me toque — falei em vez disso.

Ele riu. Era a risada de um garotinho, um riso abafado.

— Não te tocar? Se não quisesse ser tocada, não estaria vestindo esses shorts! Ora, é um verdadeiro convite! Você fica aí, se exibindo toda. Aberta para negócios.

Fez um movimento lascivo com a língua. Imaginei cortá-la fora.

— Tire — mandou, indicando os shorts estúpidos com a cabeça.

— Não dá — falei simplesmente. — Não sem usar as mãos. — Mexi o braço preso atrás das costas. Toquei a cintura dos shorts e senti o bisturi, quente pelo calor de minha pele. Meu ombro doía, retorcido para trás e forçado contra a parede pela pressão do corpo do Sr. Ernst. Sua respiração era um rugido em minhas orelhas, tabaco podre misturando-se ao fedor de dejetos humanos.

Enquanto isso, o homem parecia estar tendo dificuldades com as próprias calças. Retorci o braço atrás das costas, o que infelizmente fez meu corpo arquear em direção ao dele. O caubói entendeu aquilo como encorajamento.

— Sabia que você queria — sussurrou no meu ouvido. Depois lambeu minha bochecha.

— Essa língua tem mesmo que ser cortada fora — disse alguém com minha voz.

Olhei para o espelho quebrado atrás dele e de Stella. Meu reflexo me encarava. Balançou a cabeça, enojada. Nem Stella, nem o Sr. Ernst pareceram notá-lo.

Com um pequeno movimento, o bisturi estava em minha mão. Escondi-o contra o antebraço, segurando-o com firmeza ali. Era afiado o bastante para me cortar.

Engoli em seco e disse:

— Preciso das mãos. Não dá para fazer nada sem elas.

Mudou a arma de lugar, apertando-a contra minhas costelas, depois assentiu uma vez, rápido.

Trouxe minhas mãos para a frente, descendo a cintura dos shorts BEM-VINDO AO ESTADO SOLAR com os polegares. O homem me observava, mas não com atenção suficiente. Stella fugiu. E, antes mesmo que pudesse se dar conta do movimento, apunhalei-o no olho. Gritou até eu ter cortado sua garganta.

Peguei as chaves e a arma quando terminei. Antes de sair, olhei de relance o reflexo no espelho turvo e sujo. A camiseta BEM-VINDO AO ESTADO SOLAR palerma estava manchada e empapada do sangue do sujeito, assim como minha pele. Havia sangue sob as unhas e nos cabelos. Salpicara meu rosto, criando sardas.

Encarei minha imagem, esperando uma onda de nojo, terror ou arrependimento — qualquer coisa. Nada veio.

# 18

SABIA QUAL ERA MINHA APARÊNCIA QUANDO VOLTEI CALMAMENTE para a caminhonete. Jamie e Stella já corriam para me encontrar.

— Puta merda — exclamou meu amigo, quando me viu. Aquilo resumia tudo.

— Está tudo bem. Vamos entrar no carro.

— Ele está...

Sim. Sim, está.

— Estou com as chaves — falei. — A gente tem que ir.

Stella estendeu a mão. Tremia.

— Chaves? — pediu, enquanto Jamie me puxava para o banco. Peguei o chaveiro no bolso e joguei para ela.

— O que... O que é que aconteceu? — indagou Jamie.

Olhei para a janela e vi meu reflexo no espelho retrovisor lateral. Dava de ombros.

— Ele cometeu um erro — falei em voz baixa. Comecei a notar o sangue secando na pele. Parecia pegajoso. Sujo. Prendi os cabelos para fazer um nó com ele. Estava duro dos respingos.

— O Sr. Ernst? — indagou Jamie. — Ele tocou em você?

— Tentou — respondi entre dentes.

— Mara.

Engoli com dificuldade.

— Está tudo bem. — Era uma afirmação bastante verdadeira. Não estava machucada. — Ele achou que eu era outra pessoa.

O cenho de Jamie ficou franzido em sinal de confusão.

— Quem?

— Alguém que não ia resistir e lutar. Escute, a gente precisa sair daqui. — Tirei a arma do homem de trás dos shorts e escondi no porta-luvas. O queixo de Jamie caiu, incrédulo.

— Você atirou nele? — Stella olhava para o chão da caminhonete. A voz parecia vazia, como se não estivesse de fato lá.

Balancei a cabeça.

— Ele tinha a arma. Estava apontando para mim. Eu o acertei com o bisturi enquanto ele tentava... tirar a roupa.

— Devia ter ficado com vocês — disse Jamie. — Porra. *Porra.*

O peito de Stella subiu e desceu rapidamente. Seu rosto estava pálido, sem sangue.

— Mara me ajudou — falou, como se fosse para si mesma. — E aí teve que se ajudar. Foi legítima defesa. — Começou a balançar a cabeça afirmativamente. — Vi tudo, quase tudo, antes de correr para te chamar, Jamie. A gente pode chamar a polícia e dizer que...

— A gente não pode chamar a polícia — cortou Jamie. A voz estava abafada. Colocara a cabeça entre os joelhos. — Você sabe que não.

Stella fechou os olhos e os apertou com força.

— Verdade. Verdade. Ok, então, Mara não teria feito nada disso se não tivesse sido obrigada... E ela foi.

Fui mesmo.

— Mas agora temos um problema. — Olhou para minhas mãos. — O DNA dele está debaixo de suas unhas. O seu também deve estar no corpo dele todo. Isso aqui não é que nem o Horizontes. Estamos com a caminhonete *dele*. Se deixarmos o carro aqui, não temos como ir embora. Se continuarmos com ele, vai ser fácil nos rastrear.

— Vai ser rastreado de qualquer forma, mesmo se a gente deixar o carro aqui. Mas Mara tem razão, não dá para ficar parado — ponderou Jamie. — Voto para a gente abandonar a caminhonete em algum lugar absurdo e depois dar um jeito de resolver essa merda.

— A gente queima as roupas ou coisa assim — disse Stella, olhando para minha camiseta. — Dá um jeito de te limpar. Vai dar tudo certo. — Parecia mais estar tentando convencer a si mesma que a mim.

— Então, a única saída é seguir em frente — disse Jamie, e Stella deu a partida.

# 19

— Isso aqui é tipo o alinhamento perfeito dos astros na forma de decisões ruins — comentou Jamie, enquanto nos aproximávamos de uma pequena pousada em Key Largo. Estava escuro. Tínhamos abandonado o automóvel a cerca de 11 quilômetros dali; minutos depois, começara a chover. Não o suficiente para limpar o sangue de minha camiseta ou pele, mas mais que o bastante para tornar a infeliz caminhada de 11 quilômetros ainda mais infeliz. Stella coçava mil mordidas de mosquito, e Jamie ficou resmungando o caminho inteiro a respeito de lembas, o pão élfico de *O Senhor dos Anéis*.

— Ótimo. Vamos jogar a merda no ventilador — avisei, enquanto encarávamos uma charmosa casa vitoriana antiga bem-iluminada, pintada de verde, com venezianas amarelas e telhado cheio de detalhes. As telhas estavam desgastadas pelas intempéries, e hera serpenteava pelas laterais, do chão até a altura das janelas. — Mara, é melhor você ficar aqui fora enquanto eu...

— O quê? — Olhei para cima. Estava concentrada em tirar uma mancha de sangue seco entre meus dedos polegar e indicador, não estava prestando atenção.

— Você não está exatamente discreta — ponderou ele. — E nunca tentei encarnar o Jedi para foder a mente de ninguém dessa maneira. — Sua voz tremia um pouco.

Arqueei a sobrancelha.

— Você não quis dizer "enganar a mente"?

— Não é isso que faço — retrucou.

— Vai dar tudo certo — garanti. — É só pedir três quartos.

Jamais o vira tão nervoso. Acabou pegando minha mão e entrando comigo, imunda e ensanguentada como estava. A água em nossas roupas pingava no tapete marrom quase vinho que levava ao balcão da recepção. A madeira tinha sido pintada de verde-escuro, e o balcão em si parecia estar coberto por uma toalha gigante. As pás de ventilador giravam preguiçosamente acima de nossas cabeças, e o vento me fez tremer um pouco.

Não tinha ninguém lá na frente, claro. Havia um pequeno sino de prata, sim, um *sino* de verdade, não campainha, junto a um cartão que dizia *Toque para chamar* em caligrafia.

— E aí? — Stella olhou para Jamie.

O garoto titubeou.

— Não sei se consigo...

— Consegue sim — falei gentilmente.

— Não, mas e se não conseguir... Quero dizer, se eu ferrar tudo, e se ela chamar a polícia?

— Melhor você não ferrar tudo então. — Sorri.

— Para de ser babaca — rebateu, mas sorria também. Tocou o sino. Parecia pronto para fugir a qualquer segundo.

— Um minutinho! — Ouvimos movimento, e um par de portas se abriu. Uma senhora de óculos surgiu, sorrindo radiante para nós. Bem, não para todos.

— Minha nossa! — exclamou ao me dar uma boa olhada. — Ah, querida, está tudo bem com você?

Evoquei meu melhor sorriso. Não surtiu o efeito desejado.

— Hum, a gente queria um quarto — disse Jamie, com rapidez, quando a senhora levou a mão ao peito. Stella lhe deu uma cotovelada. — Dois quartos. Três quartos — corrigiu.

— Querida, o que foi que *aconteceu*? — indagou a mim. — Você precisa de um médico?

— Hum, não... A gente está só... Jamie — falei entre dentes, ainda sorrindo sem jeito. — Faz alguma coisa.

Pude ver a confusão da senhora transformar-se em nervosismo e depois medo ao olhar de mim para os outros.

— Três quartos, você disse? — A voz estava um pouco tremida. — Sabe de uma coisa, acho que tenho as acomodações perfeitas para vocês. Vou só dar uma subidinha e checar se está tudo direitinho e pronto. Já faz um tempo desde que tive hóspedes. Não demoro um minuto.

— Não precisa checar — retrucou Jamie repentinamente. Seu tom não era alto, mas parecia ser o único som no cômodo. — Está perfeito assim. Em que andar ficam?

— Terceiro — respondeu a mulher, piscando repetidamente para ele. — Terceiro andar, quartos 311, 312 e 313.

— Perfeito.

A senhora assentiu, com a expressão um pouco atordoada.

— Sim. Perfeito. Só preciso dos nomes de vocês? — Pegou um livro de hóspedes e uma caneta, olhando para Jamie cheia de expectativa.

Algo se apoderou dele. Ergueu o queixo enquanto dizia:

— Barney. — Inclinei a cabeça para o lado enquanto ele dizia: — Barney Rubble.

Stella escondeu o rosto nas mãos.

— E esta aqui — disse ele, um sorriso se abrindo nos lábios enquanto se aproximava de Stella — é Betty. — Colocou a mão no ombro dela. A menina sorriu com fraqueza. — E ela é nossa filha. — Jamie pousou a mão em minha cabeça. — Bam-Bam. — Pisei em seu pé.

— Ai — reclamou, sem desfazer o sorriso.

A senhora bateu as mãos, claramente satisfeita.

— Mas que família *adorável* a sua, Sr. Rubble. — Os olhos verdes brilharam ao escrever nossos nomes no livro. — Agora só preciso de um cartão de crédito e algum documento de identidade?

— Já demos à senhora — respondeu ele.

— Ah, sim! — disse ela, sacudindo a cabeça. — Já deram. Claro que sim. Me perdoe. O cérebro na velhice não é mais o que costumava ser. E por quanto tempo pretendem ficar?

Jamie olhou para mim. Dei de ombros.

— Indefinidamente — respondeu, abrindo um sorriso estonteante para ela.

A senhora entregou-lhe três chaves. Ele deu uma a Stella, uma a mim e a terceira guardou no bolso.

— Uma última coisa, Sra. ...?

— Beaufain — respondeu ela.

— Sra. Beaufain, tem alguma câmera de segurança na pousada?

— Receio que não — disse. — Tínhamos algumas, ali na entrada, mas quebraram, e meu filho não costuma vir muito aqui para me ajudar a consertar, então desisti. A vida é curta demais.

— É uma verdade incontestável. — Ele agradeceu.

Stella e eu começamos a subir as escadas.

— Já alcanço vocês — disse Jamie, parecendo trêmulo e um pouco cinza.

— Tudo bem aí?

— Eu... Não sei. Sra. Beaufain, tem algum banheiro aqui... Aqui embaixo?

Balançou a cabeça.

— Só nos quartos, Sr. Rubble. — O fato de a senhora tê-lo dito com a expressão impassível era testemunho da habilidade incrivelmente irada de nosso amigo.

Ele assentiu e girou nos calcanhares. Observamos Jamie abrir a porta de vidro e vomitar em uma cerca do lado de fora.

— Eca — exclamou Stella. — Você acha que está tudo bem com ele?

— A gente espera? — indaguei. Quando proferi as palavras, senti uma pontada, como se tivesse sentindo intuitivamente que estava sendo observada. Olhei para Stella.

— O quê? — perguntou.

— Nada. — Espiei atrás de nós. Minha pele ainda estava arrepiada; parecia tesa, esticada por cima dos ossos. Mesmo quando Jamie reapareceu, com aparência normal e saudável para as circunstâncias presentes, não podia me livrar da sensação de que havia algo profundamente errado.

— Você está estranha — disse ele, enquanto subíamos. — Tudo bem?

Fiz que sim com a cabeça, mas não disse coisa alguma. Não havia o que ser dito.

Destrancamos as portas, mas nos reunimos para discutir o que acabara de acontecer. Jamie e Stella falaram a maior parte do tempo. Minha língua parecia pesada na cabeça, mesmo que meus pensamentos corressem soltos. Não conseguia me concentrar nos eventos recentes — pensava no que teria que acontecer em seguida.

Atravessei o quarto e olhei para a mala de Noah. Meus dedos abriram o zíper antes que eu tivesse consciência do que faziam. Minhas mãos tocaram uma forma familiar. A capa texturizada, a espiral... Tirei meu caderninho de esboços dali. Não me lembrava da última vez em que o vira.

Ouvi Jamie chamar meu nome, mas o ignorei enquanto abria o caderno. Senti o coração virar-se do avesso quando vi os desenhos que fiz de Noah em Croyden. Em cada traço do lápis, cada esfumaçado do carvão, havia um sentido de felicidade cautelosa, de empolgação contida. Para mim, era como se fossem o trabalho de outra pessoa. Como se fosse outra vida.

Folheei-os rapidamente sem saber por quê, mas, quando virei uma página, parei.

Encarava um desenho feito em espaço negativo. A página inteira era preta, salvo pela figura no centro. Era Noah, inquestionavelmente, gravado em branco; os cabelos bagunçados, o rosto sonolento. Os olhos estavam fechados, e achei que o tivesse retratado dormindo, até olhar para seu peito.

As costelas estavam quebradas, abertas, projetando-se para fora. Perfuravam sua pele e deixavam o coração exposto.

O tempo se estendia e flutuava ao meu redor. O mundo zunia por mim, mas eu continuava parada. Não sabia se estava acordada ou sonhando até Noah surgir e tomar minha mão.

Levou-me para fora do quarto, para fora da pousada. Quando abiu a porta para sairmos, estávamos em Nova York. Andamos de mãos dadas pela rua apinhada no meio do dia. Eu não tinha pressa — poderia caminhar com ele para sempre —, mas Noah tinha. Puxou-me para perto, forte, determinado e sério, sem sorrir. Não hoje.

Passamos por entre as pessoas, conseguindo de alguma forma não tocar em nenhuma delas. As copas das árvores eram verdes, mas algumas continuavam floridas. Era primavera, quase verão. Um vento forte soprou algumas das flores para fora dos galhos, colocando-as no nosso caminho. Nós a ignoramos.

Noah guiou-me até o Central Park, que fervilhava com vida. Toalhas de cores vibrantes pipocavam pelo gramado, com formas humanas pálidas, estendidas, retorcendo-se ao redor delas como minhocas em frutas. Passamos pelo lago, o sol brilhante refletido na superfície salpicada de barcos, e foi então que Noah estendeu a mão para dentro da mochila. Tirou de lá a pequena boneca de pano, a de minha avó. A que tínhamos queimado. Ofereceu-a a mim.

Peguei.

— Desculpe — pediu, quando meus dedos se fecharam ao redor dela. Então, cortou minha garganta.

Acordei arquejando. E molhada. Água quente espirrou ao meu redor. Ainda vestia as roupas, já encharcadas, e a água estava tingida de um rosa escuro profundo. Meus dedos agarraram a beirada fria da banheira de ferro fundido, e senti mãos se fecharem ao redor de meu pulso.

— Tudo bem — disse Stella, ajoelhada ao lado da banheira. Também estava vestida e encharcada. Não fazia ideia do que eu ou ela estávamos fazendo ali.

Virei-me, ou tentei.

— O quê... O que é que está acontecendo?

— Você estava... — Mediu as palavras. — Um horror. — Olhou para minha camiseta, a que pegáramos da lojinha turística. Disso me lembrava. — O sangue... parecia que estava te deixando perturbada, mas você não conseguia... não conseguia entrar no chuveiro.

— Do que é que você está falando?

Seus cabelos cacheavam pelo vapor e calor, e a pele estava pálida.

— Qual é a última coisa de que você se lembra? — perguntou.

Fechei os olhos.

— A gente pediu os quartos. Me lembro disso. Viemos aqui para cima... E encontrei meu caderno de desenho nas coisas de Noah.

O que quer que tivesse ocorrido em seguida, tinha deslizado para fora do alcance de minha memória; quanto mais pensava a respeito, mais nebuloso ficava.

Stella inspirou lentamente.

— Em um segundo você estava bem. Depois, você simplesmente... ficou toda mole.

— Desmaiei?

A garota balançou a cabeça em negativa.

— Não. Não imediatamente. Seus olhos estavam abertos, mas perdidos no vazio. E você ficava tentando tirar a roupa.

Aquilo, mais que qualquer outra coisa que havia dito, me deixou assustada.

— Tentei me comunicar. Você estava *consciente*, aí é que está. Seus olhos me seguiam quando eu falava. Quando Jamie falava. Era como se... como se você estivesse ouvindo, mas não respondia. Carregamos você para cá, e pensei que, talvez, se conseguisse limpar esse sangue todo, você voltasse. Aí te colocamos na banheira, mas você desmaiou.

— Isso é — nem sabia o que dizer, a não ser: — Tão ferrado.

— Está tudo bem — assegurou Stella, apertando minha mão.

Não, não estava. Olhei para mim mesma. Estava mesmo um caco, por dentro e por fora.

— Obrigada — agradeci. — Por tudo.

Franziu o cenho.

— Eu é que *te* agradeço. Sei que surtei no carro depois... depois. Mas ouvi o que ele estava pensando. Ele teria assassinado a gente. Se você não tivesse...

Se não o tivesse matado. Trucidado.

— Eu não estaria aqui agora — finalizou Stella.

Queria dizer que não precisava agradecer, mas as palavras se embaralhavam em minha língua.

— Você me... Você me dá um segundo? — pedi, com dificuldade. — Não consigo mais aguentar essas roupas.

Apoiou-se na banheira e levantou com rapidez.

— Claro. Quer que eu fique lá fora? Para o caso de precisar de mim?

Se eu precisasse dela. Se precisasse dela para me ajudar a tomar *banho*. Mal nos conhecíamos, mas sem sua ajuda, quem sabe quanto tempo teria ficado desmaiada?

— Acho que estou bem. Mas obrigada. Mesmo. — Ouvi a porta se fechar quando saiu.

Encarei a parede de lambris sem prestar atenção, encolhida na banheira. A água começara a esfriar. Puxei a tampa do ralo com o dedo do pé e deixei que o líquido escoasse, tirei as roupas e tomei um banho de verdade. Sem ajuda.

Quando terminei, olhei-me no espelho, trêmula, perguntando-me quem me fitaria de volta. Mas era apenas eu. Meus olhos estavam grandes e redondos na face pálida, e as clavículas, mais expostas do que me recordava. Calor e vapor deram alguma cor a meus lábios e bochechas, e minha aparência estava melhor que no Horizontes, mas ainda assim. Não estava realmente parecendo eu mesma. Não me *sentia* eu mesma. Dei-me conta de que era a primeira vez que ficava só desde a internação.

Enrolada na toalha branca, saí do banheiro de azulejos e entrei no quarto propriamente dito, o antigo piso de madeira rangendo sob meus pés. A mala de Noah, ainda aberta, repousava sobre a cama de dossel. O caderno estava ao lado dela. Fechado.

Aproximei-me com cautela, fitando-a como se pudesse precipitar-se e me morder. Sentei-me na cama e corri os dedos pelo tecido de náilon preto. Precisava olhar o que tinha lá dentro. Poderia encontrar algo que nos ajudasse a descobrir onde estava Noah, por que não estava conosco, se estava de fato...

Fechei os olhos por um instante e mordi o lábio a fim de não me deixar pensar na possibilidade. Não os abri; apenas deixei as mãos viajarem por sobre as coisas, sentindo suas roupas, laptop...

Ele o teria levado se pudesse, não teria? O que queria dizer que não pôde, o que significava que talvez estivesse...

Pare. Pare. Soltei o laptop, mas meus dedos esbarraram em algo mais enquanto os removia. Era sua camiseta, a branca esburacada. Tomei a peça nas mãos e a levei ao rosto.

Senti seu cheiro, bem de longe, mal perceptível, sabonete e sândalo e fumaça, e, naquele momento, não senti perda, mas *urgência*. Noah estivera junto de mim quando não tinha ninguém mais. Acreditara em mim quando ninguém mais o fizera. Não podia ter morrido, pensei, mas senti minha garganta começar a doer, e o peito, a ficar apertado, e me encolhi na cama, os joelhos apertados contra o tronco, a cabeça enterrada nos joelhos, esperando as lágrimas que nunca vieram e o sono que se seguiu.

# 20

## ANTES

*Londres, Inglaterra*

O Sr. Grimsby viu-se forçado a alugar uma carruagem mal-ajambrada e gasta, levada por duas mulas velhas e um cocheiro velho para combinar, depois de uma variedade de cavalos terem se recusado a nos levar. Bufou ao subir e estendeu a mão para me ajudar. Quando a segurei, ele estremeceu.

Não falamos uma palavra enquanto o carro seguia pelas ruas. Mordi o lábio para impedi-lo de tremer, e o cheiro de podre invadiu minhas narinas até nos distanciarmos das docas, quando foi substituído pela ferroada pungente da fumaça. Tossi várias vezes.

— É o resultado da combustão do carvão — explicou o Sr. Grimsby. — Leva um tempo para se acostumar.

Olhei para fora da janela e observei meu novo mundo revelar-se diante de mim, o passo lento das mulas permitindo que absorvesse tudo. Todas as pessoas por que passamos eram brancas, com a pele da cor de barriga de peixe. Os homens trajavam casacos e calças apertadas, enquanto as mulheres eram engolidas por tecidos volumosos de todas as cores. Tinha que ser a maneira encontrada para se manterem aquecidos. Cruzei os braços contra o peito.

Dentro de pouco tempo, fedor e multidão deram lugar a jardins sapecados de árvores e a filas de construções grandiosas feitas de pedra e tijolo, que se avultavam acima de nossas cabeças. A carruagem vergonhosa parou na frente de uma das mais imponentes.

O Sr. Grimsby saiu e, com moedas, pagou o cocheiro, que ficou nos fitando boquiaberto enquanto caminhávamos para o portão. Um homem uniformizado cumprimentou o Sr. Grimsby com a cabeça e abriu o portão sem olhar para mim, e meu acompanhante me guiou até a casa.

Era da cor de pedra, e a frente parecia ser sustentada por colunas brancas. Elevava-se vários andares no ar. O Sr. Grimsby galgou os degraus graciosamente e parou diante de uma porta de madeira lustrosa. Abriu-se imediatamente, assim como o portão.

Estendeu a mão.

— Depois da senhorita.

Entrei. As luzes estavam acesas, embora estivéssemos no meio do dia. O homem me guiou por um corredor escuro e me indicou um quarto espaçoso.

Luz cinza-escuro entrava pelas janelas, que eram decoradas por cortinas pesadas da cor de creme. Um lustre magnífico pendia do teto, com gotas de cristais e velas acesas. Ornamentos floreados retorciam-se na parede ao redor, e uma lareira de pedra branca, grande o bastante para que eu entrasse nela, dominava a porção central do quarto.

Uma mulher com uma vela na mão surgiu aparentemente de lugar nenhum. Estava vestida de marrom, os cabelos grisalhos presos em um coque frouxo na altura do pescoço. Um pedaço de pano preto circundava a parte superior da manga de um braço.

— Ah, Sra. Dover. — O Sr. Grimsby a cumprimentou com a cabeça.

— Sr. Grimsby — respondeu. — Retornou com a carga do navio, pelo que vejo.

Ele limpou a garganta.

— Milady está?

— Não retornou da igreja ainda — respondeu a Sra. Dover, me examinando. — Deixe-me dar uma boa olhada nela. Venha cá, menina.

Olhei para o homem. Assentiu. Dei um passo na direção dela.

— Bonita — elogiou ela, com tom de aprovação. — Embora requeira com urgência roupas novas e um bom banho.

— Por favor, prepare a jovem senhorita para a chegada de milady.

— Sim, Sr. Grimsby — respondeu, e acenou para mim. — Qual é seu nome, menina?

Hesitei.

— Ela é um pouco tímida — explicou o homem.

— Claro — concordou a Sr. Dover. — Vou pedir que uma das empregadas arrume suas coisas no quarto. Venha comigo. Vamos lhe dar um banho.

Meus sapatos batiam pesadamente no piso de madeira. Ela me levou até os fundos da casa, onde um cão de alguma raça estava de guarda aos pés da escada, mostrando os dentes para mim.

— *Dash* — repreendeu a Sra. Dover. — Sai. — Sacudiu a mão para o cachorro. Não se moveu.

A mulher me olhou com estranheza, depois chamou:

— Srta. Smith! — Uma jovem de aparência cansada com fuligem nas bochechas surgiu, espalmando as mãos na saia.

— Sim, Sra. Dover?

— Leve Dash para fora, por favor.

— Sim, Sra. Dover. — A moça estendeu a mão para a coleira do animal. Ele bateu os dentes, mas ela não se encolheu. Apenas pegou-o pelo cangote, e ele latiu enquanto era levado para longe das escadas. A Sra. Dover subiu, e a segui. Olhei para trás. O cão me observava enquanto eu galgava os degraus.

No terceiro piso, a mulher me levou por um corredor cheio de suportes de madeira.

— Cada quarto recebe o nome de uma cor: quarto azul, quarto vermelho, quarto lavanda, quarto cinza e assim por diante. O verde pertence à milady. O seu será o azul, acredito — indicou-o a mim. Era precisamente a mesma cor das roupas que o Tio usava sempre. Quase me engasguei com a familiaridade. Uma grande bacia de cobre me aguardava a um canto. Vapor saía pelas beiradas.

Deixei a Sra. Dover me despir e esfregar meu corpo sem misericórdia com a água escaldante. Cerrei os dentes e não emiti som algum, nem mesmo quando passou um pente pelos cabelos cheios de nós.

Ao terminar, vestiu-me e abriu meu baú.

— Hum. — Fez ela em tom de desaprovação enquanto vasculhava as roupas que comprara para mim mesma na Índia. Em seguida, ergueu minha boneca entre os dedos polegar e indicador. — O que é isto?

— É minha — respondi.

— Então ela fala, ora, veja só. — A Sra. Dover parecia achar graça. — Bem, podemos lavá-la, mas receio que não tenha salvação.

Tomei a boneca de sua mão.

— Sra. Dover — chamou uma voz severa e afiada atrás de mim. — Algum problema?

Uma expressão de surpresa transformou o rosto da Sra. Dover.

— Não, é claro que não, milady.

Virei-me para fitar uma figura envolta em preto. O rosto estava escondido sob um véu negro que não refletia a luz, o mesmo tecido de seu vestido. Farfalhava com cada passo pequenino e delicado que dava em minha direção. Parecia flutuar, deslizando acima do chão.

— Devo dar uma olhada na menina que meu marido trouxe do outro lado do mundo — disse ela, e tirou o véu do rosto.

Minhas lembranças de seu marido o retratavam como velho e frágil, mas esta mulher não era nem uma coisa, nem outra. Tinha cabelos louros acinzentados, trançados no topo da cabeça, como uma coroa. Brincos negros balançavam das orelhas. As pedras reluziam na luz fraca.

— É mais velha do que achei que seria — disse. — Quantos anos você tem, menina?

Baixei os olhos para o chão.

— Não sei, milady.

A mulher bateu palmas.

— Que graça! Você fala como se tivesse sido nascida e criada no Ocidente, e não nas florestas da Índia. Meu marido lhe proporcionou uma boa educação, parece.

Pensei no Tio e na Irmã.

— Sim, milady.

— Se ao menos tivesse vivido para ver... — disse, com tom estranho. — Escreveu muito a seu respeito nos relatórios dele.

Não sabia o que responder, de modo que permaneci calada.

— Bem, você está sob meus cuidados agora, e vou tratá-la como se fosse minha própria filha. Já teria insistido para que o Sr. Bray providenciasse a papelada para me tornar oficialmente sua guardiã, como era o desejo de meu marido, mas neste caso seria esperado que você também ficasse de luto por ele, e eu não contaminaria sua chegada com tal escuridão.

Baixei a cabeça.

Ela olhou para o quarto em que estávamos.

— Meu marido me deu instruções claras para instalá-la no quarto azul, mas creio que outro seria mais adequado. Venha, menina.

Segui a mulher de preto, que me levou até um quarto ainda maior. As paredes eram de um tom verde-menta, decoradas com castiçais dourados que lembravam flores. Havia uma cama cor de creme com um grande dossel no centro do cômodo. Não era de se espantar que tivessem me esfregado com tanta força.

— Sim — disse, olhando em volta. — Este quarto é muito mais adequado a uma jovem. Tão mais leve! Sra. Dover, as cortinas?

A Sra. Dover pôs-se ao trabalho, puxando o tecido para os lados. Dúzias de janelas com topo de arco surgiram, as vidraças um pouco turvas. A dona da residência sorriu.

— Você pode ver os jardins daqui. Venha, querida, dê uma olhada!

Segui-a e espiei a paisagem lá fora. Os jardins estavam marrons pela estação, e uma das árvores nuas de folhas parecia apinhada de melros.

— Antes da ceia vou apresentá-la a todos na casa. Os meninos, Elliot e Simon, estão com a babá no momento, mas vou mandar a Sra. Dover avisar à cozinheira que devem jantar conosco hoje para vê-la.

A Sra. Dover inclinou a cabeça.

— Sim, milady — anuiu, e se foi.

A senhora da casa aproximou-se de mim e sorriu.

— E amanhã seu novo tutor vai chegar, segundo as ordens de meu marido. Admito que, se não tivesse me pedido ao leito de morte, eu não teria sequer considerado isso, mas honrarei seus desejos, não importa o quão pouco ortodoxos sejam. Mas ninguém pode saber. Você entende?

Assenti.

— Boa menina. Já foi tudo arranjado, e o tutor está ansioso para conhecê-la.

— Sim, milady.

Sorriu.

— Gostaria que me chamasse de tia Sarah. Seremos da mesma família, afinal.

— Sim, tia Sarah.

— Menina inteligente — elogiou ela. — E, no entanto, ainda não sei como chamá-la. Estranhamente, meu marido jamais mencionou seu nome.

Pois quando me conheceu, não tinha escolhido um ainda.

— Tampouco o Sr. Barbary — completou. — Diga-me, querida, como devo chamá-la?

Antes de poder responder, o bando de melros dispersou-se, gritando, subindo no ar, desviando a atenção de tia Sarah.

Levei um momento refletindo.

"*Há poder em um nome*", dissera a Irmã. Não queria lhe dar aquele que dividira apenas com ela e o Tio, portanto teria informado a qualquer um que perguntasse um diferente. O nome com que batizara a boneca, antes de saber o que significava. Decidi dizer o mesmo à tia Sarah.

— Mara — respondi, enquanto observávamos os pássaros desaparecerem no céu.

# 21

ACORDEI ENQUANTO AINDA ESTAVA ESCURO. USAVA AS ROUPAS de Noah: sua camiseta, que pendia larga sobre meus ombros, e o jeans cuja bainha tive que enrolar de modo que pudesse caminhar. Não me importava com a aparência; vestir aquelas roupas me dava a impressão de estar mais próxima dele, e precisava daquilo para fazer o que seria necessário naquele dia.

Meu coração pulsava forte contra as costelas ao abrir o laptop e ligá-lo. Talvez houvesse algo ali que pudesse nos dar alguma pista, alguma indicação que me ajudaria a encontrá-lo, e não importava o que mais visse, precisava descobrir *aquilo*. Precisava saber se estava bem.

O computador pediu uma senha, arrisquei um palpite errado, duas, quatro vezes, depois oito. Nada que tentasse funcionava; nenhuma variação de seu nome, dos animais de estimação, aniversário, nem mesmo o meu. Fechei o laptop com força, joguei-o na mala e bati à porta de Stella quando o sol nasceu. Respondeu com a voz exausta:

— Tudo bem?

Não mesmo.

— Quero ir embora assim que a gente puder.

Ficou lá parada um minuto, como se estivesse tentando traduzir o que eu dissera, mas finalmente assentiu.

— Dez minutos.

Jamie não respondeu à primeira ou segunda batida; esperei pelo que pareceram horas antes de ele finalmente acordar.

— Que foi?

— Arrume suas coisas. Quero ir embora.

— Por quê?

— Porque a gente tem que achar Noah.

Jamie piscou, e pensei que começaria a discutir, mas disse apenas:

— Cinco minutos. — E fechou a porta, me trancando do lado de fora.

Saímos da pousada sem tomar café da manhã e, como Stella reclamou, sem muitas horas de sono tampouco, mas levaríamos um tempo para chegar a Miami. Stella poderia dormir no carro. Graças a Jamie, na saída conseguimos furtar — desculpe, pegar "emprestado" — um carro pertencente a um hóspede que acordara cedo. Era confortável e espaçoso, mas Jamie nos advertiu a não nos apegarmos muito: nós o abandonaríamos assim que chegássemos a Miami. Depois disso, pegaríamos outro e faríamos uma visita aos pais de Noah e, depois, aos nossos próprios.

O queixo de Stella caiu quando atravessamos a ponte que levava aos portões da ilha onde Noah vivia. Quanto mais dirigíamos por ela, mais extravagantes ficavam as casas. A casa (mansão) dos pais dele assomava-se no centro de um extenso gramado salpicado de fontes gregas. Palmeiras margeavam o caminho até a construção, que era bloqueada por um portão de ferro.

A câmera de vídeo girou em nossa direção. Já instruíra Jamie a respeito do que dizer.

— Oi — cumprimentou ele, como se lesse um roteiro. — Posso ver Noah? Sou um amigo da escola.

Ouvimos um clique, e uma voz saiu do interfone:

— Receio que visitantes não sejam permitidos no momento.

Conhecia aquela voz.

— Albert? — O mordomo dos Shaw. Já o tinha conhecido. Rezei para que se lembrasse. — É Mara Dyer... Estou com umas coisas de Noah...

— Ele não está podendo atender, senhorita.

Não podia atender. Do tipo morto que não pode atender, ou vivo que não pode atender?

— Onde é que ele está? — perguntei.

Uma pausa. Então a voz respondeu:

— Receio que... — Meu coração se alojou na garganta. — Receio que não tenha permissão para dizer.

Tentei permanecer calma. Precisava, ou seríamos chutados de lá com mais perguntas e menos respostas do que quando chegamos.

— Você pode entregar uma coisa para ele por mim?

Não respondeu, mas o portão se abriu. Encostei a cabeça no banco, aliviada, enquanto Jamie dirigia para dentro.

— Não sei se consigo fazer isso — disse Jamie. Já o dissera antes. O tempo todo, na verdade.

Observá-lo enquanto exercitava sua habilidade era um tanto fascinante. Ficava cheio de ansiedade, em frenesi nervoso, questionando-se em voz alta se conseguiria fazer algo, resmungando para si mesmo a respeito das consequências. Aquilo me fazia lembrar algo que li um dia, a respeito de mergulhadores forçando a hiperventilação antes do mergulho, a fim de mandarem mais oxigênio para dentro dos pulmões ou coisa do gênero. Como éramos estimulados pelo estresse, medo e possivelmente dor, o fato de Jamie surtar pensando se seria capaz de fazer sua mágica tornava seu sucesso mais do que provável.

Albert já nos esperava à porta da frente quando chegamos. Suas mãos estavam entrelaçadas nas costas. Vagamente me perguntei como reagiria à hipótese de Jamie vomitar em um dos vasos de buxinho monumentais quando tivesse terminado.

— Você consegue — sussurrei.

E conseguiu.

— Oi, Albert — cumprimentou com voz calma, confiante e cristalina. — O meu nome é Jamie Roth, embora você não vá se lembrar disso, ou do fato de que tivemos essa conversa, depois de acabarmos.

— Claro, senhor.

— Então, é assim que vai ser: vou te fazer umas perguntas, e você vai me dar respostas honestas, tudo bem?

— Tudo.

— Ok, qual é seu nome do meio?

Stella e eu nos entreolhamos.

— Eugene.

— Você tem carteira de habilitação?

— Tenho.

— Me dê sua carteira, por favor.

O mordomo obedeceu. Jamie verificou.

— O nome dele é Eugene mesmo. Ótimo. Ok, Albert. Agora as coisas vão ficar um pouco esquisitas. Está pronto?

— Estou pronto para as coisas esquisitas, senhor.

— Noah Shaw está vivo?

Albert demorou um segundo eterno e agonizante para responder:

— Sim, está.

Eu queria dar estrelinhas pelo gramado. Queria voar. Queria me lançar como um foguete até o sol.

— Onde é que ele está?

— No Centro de Tratamento Residencial do Horizontes, senhor.

Não. *Não.*

— Tem certeza, Albert?

— Tenho, senhor. Fui eu mesmo quem o levou até lá.

— Quando?

— Há três semanas.

Pouco depois de eu mesma ter ido para lá.

— Sabe se ele estava lá só para um retiro, ou se foi admitido para estada de longo termo?

— Não tenho certeza, senhor.

— Os pais dele não estão preocupados?

— Não muito, não.

Não era nenhuma surpresa.

— Estão em casa? — indagou Jamie. — Podemos falar com eles?

— Receio que estejam na Europa no momento.

— E Katie? — indaguei. Jamie repetiu.

— Ela também — respondeu o mordomo.

Meu amigo olhou para mim e deu de ombros.

— E agora?

Não sabia. Ao menos obtivemos uma resposta a mais do que as que tínhamos quando chegamos: não houvera funeral. O que significava que a família acreditava que estava vivo. Também pensava, porém, que Noah estava no Horizontes. Ele se enfiara lá dentro por mim. Para ficar comigo. E agora...

Não estava em lugar algum. Por minha causa.

# 22

Jamie e Stella tentaram me animar quando voltamos ao carro.

— Ainda há esperança — disseram. — Vamos achar Noah.

Mas *eu* começava a perder as esperanças e a duvidar que o encontraríamos. Não tinha a que me apegar, então me apeguei a mim mesma. Cruzei os braços sobre a barriga, pressionando suas roupas contra a pele enquanto tentava adivinhar o que teria dito se estivesse ali. Fechei os olhos e tentei imaginá-lo, como estaria sua aparência, voz, caso estivesse ao meu lado no banco.

Imaginei seu rosto, sem problemas ou preocupações, os cabelos um caos despenteado enquanto me lembrava de que os pais eram dois idiotas. Que nunca sabiam por onde ele andava, mesmo quando estava em casa. Diria que não acreditasse em nada a menos que fosse comprovado. Antigamente, eu retrucaria que, só porque não se podia provar algo, não significava que não era real. Não diria isso hoje, porém. Hoje, precisava acreditar que Noah tinha razão.

Foi Jamie quem inventou a explicação implausível que daríamos para cada uma de nossas famílias quando surgíssemos à porta. *Continuamos no Horizontes. Está tudo bem. Vamos fazer um retiro no campo por um período extenso, mais ao norte, onde poderemos cantar com as vozes das montanhas e com todas as cores do vento colorir.* Já vira Jamie realizar milagres, mas a pessoa que eu precisava convencer tratava-se de minha mãe. Não tinha grandes esperanças.

Acabamos não visitando minha casa primeiro. Meus pais estariam trabalhando, e Joseph, na escola. A mãe de Stella trabalhava à noite, e seu pai deixara a família quando era pequena, então eram apenas as duas. Jamie falou com ela, o que pareceu correr bem, e depois fomos para a casa dele. Não faço ideia de como foi, pois não fomos convidadas a entrar. Voltou trazendo uma grande mala de lona com "provisões". Para que, não perguntei. No caminho de volta até o automóvel (a terceira vez), limpou a boca e fez sinal de positivo. Dei a partida.

— Vou na frente — avisou para Stella.

— Mas eu já estou sentada aqui.

— Mas fui eu quem conseguiu o carro. E quem está embaralhando as memórias de nossos pais. Ande — choramingou. — Lá atrás é quente, e não estou me sentindo legal.

— Como é que foi? — perguntei.

Jamie deu de ombros.

— Tudo bem, acho. Ficaram surpresos de me ver, claro, mas contei toda aquela balela para eles, e engoliram a história. — Estalou os dedos. — Assim mesmo.

— Assim mesmo — repeti. — Você está se revelando uma ferramenta útil e tanto.

— É, estou mesmo. E você é a próxima.

Era a próxima, finalmente. A luz da tarde passava por entre as palmeiras e carvalhos que salpicavam o *cul-de-sac* onde morávamos, e fiz uma rápida contagem de carros quando chegamos à casa. Os carros da mamãe, do papai e de Daniel estavam lá, o que significava que Joseph estaria também. Jamie disse que aquilo deixaria tudo mais fácil — dizer o mesmo texto ensaiado de uma só vez, o que diminuiria as chances de uma incoerência surgir mais tarde, entrando em conflito com o que lembravam.

Para aquela visita, porém, tanto Jamie quanto Stella precisariam ir comigo. Pois não era apenas o problema com meus pais que precisávamos resolver; tínhamos que pegar o *Novas teorias em genética* com

Daniel também. Enquanto Jamie falava, Stella distrairia meu irmão, e eu buscaria o volume. Fácil como tirar doce da boca de uma criança.

Dei-me conta ao andar até a porta que não estava com as chaves, e meus pais não deixavam extras em nenhum lugar óbvio, como debaixo do capacho, de uma pedra decorativa ou coisa do gênero.

Olhei para meus amigos.

— O que é que eu faço agora, bato?

— Era minha sugestão — respondeu Jamie.

— E depois?

— Depois vou dizer para a sua família o que falei para a minha e para a mãe da Stella.

A menina colocou a mão em meu ombro.

— Vai dar tudo certo. Não se preocupe.

Parecia razoavelmente fácil. Minha mão, porém, tremia quando a ergui para bater.

Mamãe atendeu. Os olhos se arregalaram quando me viu.

— Mara! O que você está fazendo aqui?

Não sabia por quê, mas meus olhos começaram a ficar marejados no segundo em que a vi. Queria me jogar em seus braços e ouvi-la dizer que me amava. Que tudo ficaria bem. Mas não conseguia me mover e não disse coisa alguma.

Jamie disse, no entanto:

— Está tudo bem — afirmou tranquilamente, enquanto minha mãe nos chamava para entrar. Observei o rosto dela enquanto ele falava, contava a história falsa do que nos acontecera, por que estávamos ali e por que partiríamos em breve outra vez. Mamãe parecia completamente apaziguada. Relaxada, até. Pediu a Jamie e Stella para se sentarem à mesa da cozinha enquanto preparava algo para comermos e meu amigo continuava a falar. Parecia tudo tão *normal*, a não ser pelo fato de que não era, absolutamente. Sabia que precisávamos fazê-lo, mas ainda sentia o ímpeto de agarrar minha mãe pelos ombros e gritar que nada estava bem, que *eu* não estava bem e que provavelmente jamais voltaria a estar.

Quando Joseph e papai entraram na cozinha, Jamie começou o trabalho de convencimento com eles também, repetindo a história palavra por palavra. Fez o Horizontes parecer um acampamento. Deixou de fora o fato de que eu tinha matado os conselheiros.

Preparei-me para a reação cheia de suspeitas e questionamentos de mamãe, mas ela não viu estranheza alguma na explicação de Jamie. Suas palavras atravessaram qualquer resistência que meus pais poderiam ter tido, apagando minha futura ausência de sua memória futura como se fosse nada. Mais do que qualquer coisa que tinha visto, aquilo me perturbou.

Jamie pediu licença dois minutos depois. Era a vez de Stella agora.

— Então, onde está Daniel? — Ouvi-a perguntar. Dei-me conta de que não estava mais olhando para minha família. Estaria fitando o nada por nem sei quanto tempo.

— Nova York — respondeu papai.

Aquilo chamou minha atenção.

— Foi visitar uns colegas — acrescentou mamãe, pegando itens da geladeira para preparar um sanduíche. — Acho que está indeciso entre Columbia e Princeton?

— Pensei que fosse Columbia e Yale? — ofereceu meu pai.

— Quando ele volta? — indaguei, tentando não soar ansiosa demais.

Papai deu de ombros.

— Semana que vem, talvez? Ou a semana depois?

Mamãe parecia tentar lembrar.

— Ele disse que talvez fosse visitar Harvard e Brown também...

— E Dartmouth, acho — adicionou papai. — Me lembro de ouvir alguma coisa sobre Dartmouth. — Não era do feitio de meus pais não saber onde estavam os filhos. De mamãe especialmente. Tinha algo de errado. Jamie retornou e pegou um sanduíche.

Será que a história que ele contava estava mexendo com as demais memórias deles? Senti um chute sob a mesa. Jamie tentava, pifiamente, indicar com os olhos que tínhamos que conversar a sós.

— A gente já volta — falei aos meus pais. — Stella?

— Ainda estou comendo — disse, jogando batatas chips na boca. Tinha se sentado ao lado de Joseph no chão e o assistia enquanto jogava videogame. Levei Jamie até meu quarto e fechei a porta. Assim que o fiz, começou a falar:

— Então, a gente tem um problema. Não tenho muita prática com isso, mas sei que Daniel vai notar que tem alguma coisa errada quando seus pais contarem para ele essa baboseira toda sobre você e a razão por que não estão preocupados.

— Como assim?

— Você acha que seus pais cairiam na história de você sair para um retiro no campo, sem nem verificar antes, se eu não estivesse aqui para fazer os dois acreditarem nisso?

Bom argumento.

— Tem alguma coisa que você possa fazer? — perguntei.

Parecia em dúvida.

— Duvido. Pensei em falar com ele por telefone, quem sabe, mas não sei se a parada mental funciona assim. Especialmente porque nunca nem falei com ele antes. Pode ficar estranho... E, se ele não acreditar, pode ser que consiga fazer buracos no que acabei de dizer para o resto de sua família também.

— Então a gente precisa ir e torcer para ele estar ocupado, e para meus pais não falarem nada estranho.

— Acho que é isso.

— Não é o ideal — falei.

— Não é.

Naquele mesmo instante, a porta se abriu, Stella atrás dela.

— Temos um problema.

— A gente sabe — respondi. — Daniel não está em casa.

— É. Daniel não está. Nem o livro.

# 23

— Me diz que você está de brincadeira — pediu Jamie.

— Me diz que você estava sendo retórico. — O olhar de Stella encontrou o meu. — Pedi para Joseph fazer um tour pela casa comigo, e ele começou pelo quarto dele mesmo, naturalmente, e depois passou para o de Daniel. Olhei na estante e em todos os cantos em que consegui pensar. Não está aqui.

Não acreditei em Stella: ela não conhecia Daniel e jamais estivera em seu quarto antes, de modo que fui eu mesma verificar. Os dois me seguiram. Olhei em todos os lugares possíveis, mas, no final, pude chegar apenas a uma conclusão.

— Porra! — exclamei.

Jamie, examinando uma das gavetas, acrescentou:

— Mas seu irmão tem uma coleção de pornografia e tanto.

— Que nojo — falei. — E que mentira também.

Jamie deu uma risadinha falsa.

— Brincadeirinha. Sou muito brincalhão.

Fui até ele e lhe dei um soco no braço.

— Ai.

— Brincadeirinha. Sou muito brincalhona.

— Não é a mesma coisa — retrucou Jamie, massageando a área.

— Odeio ter que acabar com esse momento — disse Stella —, mas se o livro não está aqui, e seu irmão não está aqui, meu palpite brilhante é que deve estar com ele.

Apenas meu irmão levaria seiscentas páginas de não ficção com ele em uma viagem. Típico de Daniel.

— E por que é que ele ia fazer isso? — indagou Jamie. — Ele não sabe sobre você, sabe?

Fiz que não com a cabeça.

— E ele acha que a premissa do livro é uma porcaria.

— E a premissa é...

— Eu estava lendo... ou tentando... para descobrir o que o autor dizia sobre memória genética, por causa de meus sonhos ou lembranças, ou sei lá o que são, sobre aquela boneca e a Índia. Daniel falou que memória genética não existia, que não era real. — Fiz uma pausa. — Noah também. Mas...

— O nome do autor apareceu naquela lista que Kells fez no Horizontes, e o que ela estava fazendo com a gente era bem real. — Stella verbalizara o que eu estava pensando. — Então seu irmão estava errado.

— *Pode ser* que ele estivesse errado — redarguiu Jamie. — A gente não leu o que tem lá. Não dá para saber até a gente ler.

— Você não está dizendo que acha mesmo que é coincidência, não é? — indagou Stella.

— Só estou dizendo... Quer saber de uma coisa? É o Google que vai resolver isso — falou Jamie. — Mara, cadê o computador?

— Pede o laptop para minha mãe. Vou fazer as malas. — Não tinha energia para discutir sobre o livro naquele momento. Estava ansiosa demais, a respeito dele, de Daniel, de Noah, tudo. Precisava sair dali. Continuar em frente.

Deixei que Stella e Jamie continuassem com a discussão, e voltei ao meu quarto para pegar os itens de que poderia precisar durante a jornada. Jamie e Stella levaram coisas de suas casas também, mas eu, tolamente, não perguntara o que, ou quanto tempo achavam que passaríamos fora. Olhei em volta, tentando descobrir por onde começar.

*Meu* quarto. Perguntei-me quando tinha começado a pensar nele como tal. Tínhamos nos mudado para Miami apenas meses antes; em dezembro, ainda estava em Laurelton. Rachel estava viva. Jude era meu namorado. Deus, não parecia possível.

Peguei roupas normais e íntimas o suficiente para duas semanas e as guardei em uma mala de lona cinza que mamãe me emprestara uma vez, para uma viagem da escola. Ela me deixara ficar com a bolsa mesmo depois de ter voltado, porque gostei demais dela. Minha garganta se fechou. Tentei dizer a mim mesma que não era permanente — que encontraríamos respostas, uma cura e Noah também, e que eu retornaria para casa e as coisas voltariam ao normal, mas não consegui acreditar de fato. Sequer lembrava o que "o normal" era.

Passei pelo longo corredor, dando o que me parecia uma última olhada nos retratos de minha família pendurados na parede. Não me demorei na fotografia de minha avó. Já a vira bastante.

Em vez disso, tentei agir normalmente ao dar um abraço em meus pais e irmão mais novo antes de sair. Podia mentir para eles, mas não para mim mesma. Sentia como se aquele fosse um adeus.

Era a vez de Stella de dirigir, mas não ligou o carro imediatamente.

— A gente não achou o livro na internet — revelou.

— O que significa que as edições estão provavelmente esgotadas — complementou Jamie. — Mas tem essa livraria em Coral Gables... E eles têm de tudo, então se não tiverem lá na loja, podem conseguir para a gente.

— Então vamos até lá — disse Stella, e fez uma pausa. — Mara? O que foi?

Não queria falar a respeito.

— Só vamos logo.

— Mara...

— *Vamos.*

Começou a dirigir. Depois de quase uma hora no trânsito, estacionamos do outro lado da rua da livraria e seguimos para a loja. Jamie pediu uma limonada em um café do lado de fora antes de entrarmos.

Se meu humor estivesse melhor, pensaria que estava no paraíso. O lugar era lindo, com paredes de madeira lustrosa e estantes de livros que iam do chão ao teto.

— Como é que nunca vim aqui antes? — indaguei.

— Não é? — indagou Jamie. — É o máximo.

— Posso ajudar vocês? — Havia uma mulher atrás de nós; as mangas da camiseta Books & Books estavam enroladas até em cima, deixando expostas tatuagens coloridas de ilustrações de livros infantis. Os cabelos escuros estavam presos em um coque alto e frouxo.

— Bem, pode — disse Jamie, e fez um barulho alto quando sugou a bebida pelo canudo. — Pode, sim.

Ele lhe disse o que estava procurando, e a moça se dirigiu ao balcão para tentar nos ajudar.

— Como é que o livro era? — perguntou ele a mim.

Fechei os olhos e tentei visualizá-lo.

— Capa preta — falei. — De tecido. O título estava escrito em dourado.

A mulher digitou algo no computador.

— O nome do autor era Lenaurd?

— Isso — confirmou Stella. Estava praticamente se balançando para a frente e para trás de nervosismo.

— Hum — disse a assistente. Mordeu o polegar. — Deixe eu tentar outra coisa.

Digitou e procurou e digitou e procurou, mas, no fim, soltou um suspiro frustrado.

— Que estranho — comentou.

— O quê? — indagou Jamie.

— Não tem praticamente nada em nenhum dos bancos de dados. Até procurei pelos artigos, achando que talvez tivesse sido publicado em algum periódico acadêmico e depois sido impresso como livro, mas não aparece nada. Nem para o título, nem para o autor. Posso tentar ligar para alguns revendedores de livros raros e dar uma resposta para vocês depois se quiserem.

Stella ficou visivelmente desmotivada. Jamie agradeceu, e saímos. Ele pediu três sanduíches para a viagem. Sequer toquei no meu.

— Então. — Colocou as mãos nos quadris. — Para Nova York, certo?

Certo.

* * *

Stella queria pegar um avião até lá. Estava apostando todas as fichas no *Novas teorias* e mal podia esperar pela hora de receber seu prêmio. Se Daniel estivesse em Nova York, argumentou, o livro estaria também. Jamie queria chegar logo também, por outras razões. Queria seguir o rastro do dinheiro, e para isso tínhamos que seguir o contador, que estava em Nova York. Pegar um voo, entretanto, pressupunha passar pelo sistema de segurança do aeroporto, que, por sua vez, pressupunha câmeras e agentes da TSA descontentes e muitas pessoas ao redor. Com nosso status de semifugitivos, Jamie achou que seria desaconselhável. Concordei.

Assim, continuamos dirigindo. Por horas. Trocamos de carro outra vez quando passamos por West Palm Beach, substituindo um carro meio-que-roubado-mas-meio-que-não por outro, caso nossa ausência no Horizontes tivesse sido notada por qualquer um que pudesse estar prestando atenção.

O verde das árvores e o cinza do céu se misturavam em uma sopa de aparência úmida. Em algum ponto, o ar se adensou com neblina e chuva enquanto seguíamos pela rodovia interestadual 95 para sair da cidade e entrar no meio de Lugar Nenhum, Flórida. Quando acordei do cochilo espontâneo, olhei adiante e vi que mal conseguia enxergar a estrada. Burramente, Stella não tinha desacelerado. Surtei com ela, que me ignorou.

Jamie, do banco traseiro, colocou-se entre nós para ligar o rádio, mas as únicas estações sem estática transmitiam pastores evangélicos.

— A gente já chegou? — gemeu.

— Não fique aí choramingando — falei. — Não te cai bem.

— Estamos um pouco mal-humoradas, hein? — provocou Stella. — Achei que tirar um cochilo ia te deixar menos ranzinza.

— Vê se morre queimada, vai.

— Vai ver ela está menstruada — disse Jamie.

Girei no assento.

— *Sério?*

— Você *está* sendo atipicamente mal-humorada.

— Atipicamente? — intrometeu-se Stella.

— Odeio vocês dois — resmunguei, e encostei a bochecha no vidro gelado. Estava sentindo tanto calor. E estava *mesmo* de mau-humor. E dolorida. Talvez estivesse *realmente* para ficar menstruada.

— Que dia é hoje?

— Dia 21 — respondeu Stella.

Fiz as contas. Hum. Estranho. Minha menstruação não vinha desde... desde antes do Horizontes. Fazia mais de um mês.

Ou, espere, não podia me *lembrar* da última vez que viera. Não significava que não tivesse vindo.

E se... E se não tivesse, entretanto?

O pensamento me deixou perturbada. Nunca ficava atrasada. Entretanto, até então jamais tinham feito experimentos em mim. Primeira vez para tudo?

Fitei a estrada adiante e perguntei a Stella:

— Quando foi que você ficou menstruada pela última vez?

Jamie cruzou os braços, convencido, e falou:

— Acertei. — Dei um tapa em sua orelha.

— Hum, três semanas atrás? Eu acho. — Lançou-me um olhar. — E você?

— Há um mês — menti. Ela me olhou de soslaio. — O que foi?

— Nada, não. — Voltou os olhos para a estrada, depois soltou um xingamento. — Acho que não trouxe absorvente. Você trouxe?

Balancei a cabeça.

— Esqueci.

— Por mais encantadora que essa conversa seja — cortou Jamie —, posso perguntar por que é que estamos falando nisso?

Não tinha uma boa resposta, mas, enquanto me esforçava para inventar alguma desculpa, percebi que Stella desacelerava em direção a uma saída da estrada.

— A gente não ia parar em Savannah? — indagou Jamie. — Ainda temos uma hora de viagem.

— E apenas um quarto de tanque — explicou. — Preciso ir ao banheiro.

A mentirosa. Ela achava que *eu* precisava ir ao banheiro e que estava envergonhada, então me dava um pretexto para podermos parar. O que na verdade era extremamente amável.

*Valeu*, fiz o movimento com os lábios sem dizê-lo em voz alta. E estava *mesmo* grata. Quando parássemos, poderia perguntar a Stella o que queria perguntar, mas não na frente de Jamie.

No posto de gasolina, Stella decidiu que realmente precisava ir ao banheiro, ainda bem, então nós duas entramos enquanto Jamie enchia o tanque. Comprei absorventes de que infelizmente não precisava e segui Stella ao toalete. Ela estava prestes a entrar em uma cabine quando a impedi.

— Você tem certeza de que foi três semanas atrás?

— Tenho. Lembro de ter que pedir absorvente a Wayne. A cara dele ficou tão vermelha que até pensei que ia começar a sair fumaça pelas orelhas. — Deu um pequeno sorriso, que rapidamente desapareceu. — Por quê? O que é que foi?

Mordi o lábio.

— Estou atrasada.

— Atrasada quanto?

— Não... Não sei exatamente. O tempo está meio esquisito para mim... Talvez, talvez duas semanas? — Ou três.

— Isso é bastante coisa — disse Stella baixinho.

Não respondi.

— Nunca fiquei tão atrasada assim.

Continuei sem falar. Aparentemente, o que quer que estivesse acontecendo comigo, não estava acontecendo com ela.

A expressão de Stella mudou com rapidez de uma de curiosidade para outra de preocupação.

— Está tudo bem contigo?

— Está, sim. — Mas não estava. Estava muitas coisas, mas definitivamente "bem" não era uma delas.

— Você está... estranha — falou.

Olhei-me no espelho do banheiro. Parecia horrível, isso sim. O rosto estava quase branco, os lábios, cinzentos, e as sombras de minhas olheiras mais lembravam machucados.

A aparência de Stella não era como a minha. Parecia saudável. Normal. Se era diferente, da mesma maneira que eu, por que meu aspecto não era mais como o *dela*?

— Parece que você vai desmaiar. — Olhou para a porta. — É melhor eu chamar Jamie? Sim, vou lá chamar.

Tentei protestar, mas o lugar começou a girar, e não conseguia falar e ficar de pé ao mesmo tempo. Segurei a pia, mas meus joelhos tremiam, e desabei no chão.

# 24

## ANTES

*Londres, Inglaterra*

Tia Sarah cumpriu a promessa. Tratou-me como se fosse sua filha. Melhor até, talvez. Sempre tivera o desejo secreto de ter uma menina, disse, que fosse dócil e gentil, diferente de Elliot e Simon, jovens selvagens, sempre rolando no chão sujo e lutando um com o outro com gravetos.

Fazia quase todas as refeições em sua companhia. Ela penteava e trançava meus cabelos, embora tivesse uma criada para fazê-lo por mim. Era sua princesa indiana, afirmou, um presente que o marido não sabia que havia lhe dado, para lhe fazer companhia depois de sua morte. Passava praticamente todos os momentos com ela enquanto me ensinava cada uma das regras.

Regras de etiqueta respeitando a que, quando e como comer. Que roupas vestir e de que maneira. Como me comportar. Como me dirigir a mulheres, como me dirigir a homens, como me dirigir a homens de poder, as diferenças entre os serviçais, entre mordomo, pajem e os diferentes tipos de criadas. Ensinou-me com quem poderia ser vista e o que poderia ser vista fazendo.

Comíamos juntas pelas manhãs, recebíamos visitas juntas à tarde, e ela me ensinava a dançar e jogar cartas à noite, antes de retirar-se para o quarto. Jamais poderia ter imaginado uma vida assim. Acostumei-me ao gosto de comidas finas preparadas com todo o esmero, a roupas limpas que não tinha eu mesma que lavar. Fazia longos passeios com tia Sarah. Passava o tempo com os meninos. E, três vezes por semana, em segredo, o professor me visitava durante o dia.

A primeira vez em que o vi, fiquei abismada ao constatar como me era familiar. Tinha a pele escura e beleza notável, e poderia jurar que já vislumbrara seu rosto antes, mas ele não mencionou o fato, e seria rude se eu o fizesse.

O Sr. Grimsby o levou para dentro da casa sem cerimônia, e o homem fez uma reverência quando entrei. Respondi com uma mesura atabalhoada, e ele sorriu. Devíamos estudar na biblioteca, disse o Sr. Grimsby, e mostrou o caminho ao professor.

Era meu cômodo favorito da casa. Amava o cheiro, o silêncio e a maneira como raios de luz encurralavam partículas diminutas de poeira. Era como estar em outro mundo.

Sentamo-nos.

— Bem, Mara — disse para mim em inglês, com apenas o mais esmaecido dos sotaques estrangeiros. — Diga-me tudo o que sabe.

— Como sabe meu nome?

— Faça as perguntas erradas e receberá as respostas erradas. Deixarei que faça três antes de começarmos nossas lições.

Jamais fora desafiada tão diretamente, não desde minha chegada a Londres, ao menos, e aquilo me perturbou.

— Quem é você? — indaguei, com cautela.

O professor sorriu, mostrando todos os dentes brancos.

— Sou uma pessoa. Um ser humano. Um homem. Fui pai e filho, marido e irmão, e agora sou seu professor. É realmente isso que deseja me perguntar?

Frustrada, falei impulsivamente:

— Por que é que me parece tão familiar?

— Porque já nos conhecemos antes. Essa foi a terceira. Agora...

— Espere! Você não respondeu à primeira pergunta — retruquei, enquanto cruzava os braços.

O homem sorriu outra vez.

— Sei seu nome — respondeu — porque o Sr. Grimsby a anunciou antes de entrar.

Semicerrei os olhos para ele.

— Qual é o seu nome?

— Há poder em um nome. Com essa, foram quatro perguntas, e nosso acordo eram três, mas, para fins práticos, responderei. Você pode me chamar de Professor. Agora, comecemos.

A maior parte dos dias, o professor versava sobre o mundo e seus povos. Que países estavam em paz, e que cidades, em guerra. Ensinou-me a história do mundo e do universo, matemática e ciências. De vez em quando, porém, fazíamos algo diferente. Jogava cartas comigo, e não da maneira como tia Sarah fazia. Nunca entendia as regras do jogo. Pedia que eu cortasse o deque e, em seguida, abria as cartas, que mostravam números e desenhos estranhos. Ocasionalmente, me dava objetos, tais quais penas de pássaros ou pedras ou, uma vez, até uma espada que tirou da bengala, e me mandava escrever histórias sobre eles. Outras vezes, me dava problemas inventados e pedia que os resolvesse. Nunca respondia meus questionamentos acerca dos objetos ou cartas e seus propósitos. Disse que tinha feito minhas três perguntas e que as desperdiçara. No futuro, seria mais cuidadosa. Naqueles dias, eu o odiava.

Nos demais dias, eu era a bonequinha de tia Sarah, a quem ela vestia, entretinha e com quem brincava. Minha própria boneca estava enterrada, mas não esquecida, no fundo do baú que ainda mantinha sob as saias de minha cama. Mal me lembrava dos *antes* — os dias passados com a Irmã sob o sol quente, ou as noites com o Tio enquanto me mostrava as estrelas. Transformei-me em uma criatura doméstica, como Dash, o foxhound do falecido mestre Shaw, que havia sido despachado para os aposentos dos serviçais por ter desgostado de mim de imediato.

Observei meu reflexo mudar no espelho acima da lareira de mármore à medida que as estações mudavam lá fora. O jardim floresceu cheio de rosas, e eu floresci para me tornar uma mulher. Depois de tia Sarah completar um ano inteiro de luto, começou a falar em me apresentar à corte, de maneira que pudesse começar a procurar um pretendente adequado para mim.

Ela refutava o fato de que eu poderia não ser aceita pelas famílias mais importantes de Londres por conta de minha pele, ou da falta de origens nobres e propriedade.

— Você é clara o bastante, e seu rosto é tão encantador! Com esses seus lábios grossos, cabelos negros... e olhos tão exóticos! Tem uma beleza rara, Mara, e me certificarei de que tenha o dote mais espetacular... Qualquer homem teria sorte de tê-la como esposa. — Tocou o medalhão que guardava uma mecha de cabelo do marido e que pendia do pescoço.

O professor, entretanto, desencorajava a ideia. Na verdade, desencorajava qualquer menção ou proposta que visasse a me inserir na sociedade. Tia Sarah não era uma mulher amestrada, mas o sujeito era persuasivo e encasquetou com ela durante um período. Não conseguiu, porém, convencê-la a desistir do casamento.

Disse a ele que não me importava. Via senhoras e cavalheiros juntos, sentados ternamente em Hyde Park. Por que não eu? Não me atrevia a dizê-lo ao professor, claro. Ele próprio não era casado. Não considerava natural permanecer a vida inteira com um companheiro só. "*Os animais não ficam juntos a vida toda, e somos animais, não importa o que os outros finjam*", argumentou mais que algumas vezes.

Ainda assim, fui apresentada à corte de qualquer forma e fiquei noiva seis meses depois. Meu noivo era doce e tímido, e me amava. O noivado durou três meses. Ele morreu na noite do casamento, pouco antes do amanhecer.

# 25

Os olhos de Jamie se esbugalharam quando viu que nos aproximávamos. Eu estava trêmula demais para ficar de pé sozinha. Stella o cortou antes que pudesse fazer qualquer pergunta.

— Mara está se sentindo mal — disse —, e é você quem vai dirigir. — Jogou as chaves para o garoto e me ajudou a sentar no banco traseiro.

Estava grata pela ajuda, mas odiava precisar de assistência. Sequer conseguia evocar a quantidade adequada de ódio por mim mesma, no entanto. Estava cansada demais e assustada demais e mal disposta demais para fazer qualquer coisa que não fosse me recostar e fechar os olhos enquanto Jamie dirigia.

Era princípio de tarde quando chegamos a Savannah, cerca de uma hora depois. Paramos no estacionamento de um hotel não muito distante da estrada.

Depois de pegarmos nossas chaves, Stella disse a Jamie:

— Preciso conversar com Mara. Pode ir na frente.

— Não dá para esperar? — indaguei. — Preciso ir ao banheiro. — Era mentira, mas não estava com vontade alguma de falar a respeito do que ela queria conversar. Desejava apenas dormir. Dormir de verdade. Em uma cama de verdade.

— Você não acabou de ir? — perguntou Jamie.

Lancei-lhe um olhar, e ele me entregou uma das chaves.

Stella me seguiu, mas escapuli para dentro do banheiro imediatamente e liguei a torneira para esconder o fato de que não estava fazendo xixi. Logo ouvi vozes do lado de fora: Jamie também estava em nosso quarto, por alguma razão. Droga.

Quando já não tinha mais como justificar minha ausência, lavei o rosto, inspirei fundo algumas vezes e abri a porta.

— Minha chave não está funcionando — explicou meu amigo. Olhava de mim para Stella. — Hum, estou interrompendo alguma coisa?

— Está — respondeu a garota ao mesmo tempo em que eu dizia:

— Não.

— A gente tem que falar sobre isso, Mara — insistiu ela.

Naquele instante fiquei com raiva.

— Não tem nada para falar.

— A menstruação da Mara está três semanas atrasada — disse Stella a Jamie.

— Situação esquisita — murmurou ele, enquanto recuava em direção à porta. — Vou, er, para... algum outro lugar.

— Não podemos ignorar isso, especialmente se...

— Não estou grávida — garanti, respondendo à pergunta que ela faria em algum momento.

Ergueu a sobrancelha.

— Você está tendo tonturas. Está emotiva. — Enumerou cada palavra com um dedo. — Enjoada...

— Jamie está enjoado. Todo mundo aqui está enjoado. E também está todo mundo emotivo, porra.

— Não igual a você — retrucou Stella. — Quando fiquei... Quando percebi o que estava acontecendo comigo, quando comecei a ouvir vozes, achei que estava ficando maluca. Não sabia o que estava acontecendo, mas sabia que tinha alguma coisa errada. Fiquei toda confusa, meu corpo era estranho para mim, como se fosse de outra pessoa. Parei de comer porque era a única coisa que ajudava. Mas aí comecei a tomar os remédios. E eles ajudaram *mesmo*. Parei de ouvir vozes. Voltei a comer. E mesmo nos piores momentos, que eram bem ruins, não fiquei como você está agora.

Ela não disse, mas sabia que estava pensando a respeito do que fizera à Dra. Kells. Ou a Wayne. Ou ao Sr. Ernst.

Não tinha o que dizer sobre aquilo, por isso, tudo o que disse foi:

— Não estou grávida, Stella. Ainda sou virgem! Meu Deus.

— Até onde você sabe — murmurou.

— Como é, Stella? — indaguei, com agressividade.

— Até onde você sabe — repetiu, mais alto. — Você estava fora do ar no Horizontes. Todo mundo estava. Faziam todos os tipos de teste naquele lugar. E se...

Não.

— Não, Stella.

— Mas *e se*...

— Noah não estava lá — interrompeu Jamie.

— Estava, sim, por um tempo — contra-argumentou a menina. — Mas e se...

*Não.*

Stella engoliu em seco antes de continuar:

— E se não for de Noah?

Minha sensação era de que aquelas palavras tinham sugado todo o oxigênio do cômodo. Um olhar para Jamie me informou que se sentia exatamente da mesma maneira.

Eu não conseguia falar, mas podia balançar a cabeça.

— Você não vai saber até fazer um teste — desafiou ela.

Não conseguia sequer acreditar que aquela conversa estivesse acontecendo. Como cheguei àquele ponto? Vasculhei meu cérebro danificado, procurando desesperadamente uma lembrança, qualquer uma, que pudesse me ajudar a responder à pergunta. Obriguei-me a pensar no Horizontes. Tinham feito todo tipo de coisa comigo. Mas que coisas?

Stella não podia ter razão. Estava me sentindo mal. Ia passar mal *para valer*. Cobri a boca com a mão e corri para o banheiro, quase não chegando ao vaso sanitário a tempo antes de vomitar.

Fiquei ajoelhada no chão de azulejos, tremendo e suando. Senti a pressão da mão da menina na cabeça enquanto puxava meus cabelos úmidos para trás.

— Ainda está cedo — disse, com gentileza. — Você pode abortar.

Vomitei outra vez.

— Você precisa saber, Mara. De um jeito ou de outro.

— Ai, meu Deus — gemi.

Quando não restava mais coisa alguma no estômago, me levantei e lavei o rosto. Escovei os dentes. Desejei boa noite a Jamie e Stella. Minha voz soava robótica. Estranha. Sequer parecia que estava saindo de mim, o que já não era mais surpresa. Meu corpo não parecia mais pertencer a *mim*. Às vezes fazia coisas que não queria fazer, dizia coisas que não queria dizer. Às vezes sentia vontade de chorar sem motivo, ou surtava com as pessoas de quem mais gostava por muito pouco ou nada. Tinha passado tanto tempo preocupada que pudesse estar perdendo a cabeça, mas agora sentia que estava perdendo meu corpo. Sentia-me uma estranha.

E se estivesse gerando uma?

# 26

NOSSA PARADA SEGUINTE DEVERIA TER SIDO WASHINGTON D.C., mas dificultei as coisas.

Não suportava ficar no carro. Suava e molhava as roupas, ainda que Jamie tivesse colocado o ar na temperatura mais fria possível. Passava mal de uma em uma hora, e nem sempre tinha controle sobre os enjoos. Stella e Jamie se revezavam na direção, de maneira que um deles pudesse ficar comigo no banco de trás.

Foi uma viagem silenciosa — ninguém disse palavra a respeito da noite anterior, eu menos ainda, mas, por algum acordo tácito, Jamie parou na metade do trajeto de oito horas para trocar de carro e dormir em algum hotel, por consideração a mim, sem dúvida.

Jamie persuadiu o dono de um conversível a emprestá-lo a nós, calculando que o ar poderia me ajudar a sentir menos enjoos. Depois de o homem ter jogado as chaves para ele, o menino vomitou em um arbusto.

Estava ganhando cada vez mais confiança em sua habilidade, mas eu ainda o pegava enterrando as unhas nas palmas das mãos algumas vezes, ou mordendo o lábio até sangrar. Perversamente, me deixava um pouco melhor vê-lo com dificuldades também. Como se eu fosse menos esquisita entre os esquisitos. Talvez o que tivéssemos fosse *de fato* uma doença, como dissera Kells. Às vezes surpreendia Stella me observando com nervosismo, como se pudesse passar algo contagioso para ela.

Jamie, porém, jamais se comportava dessa forma. Conversamos a respeito mais tarde naquela noite, no meu quarto em um dos hotéis que encontramos amontoados na saída da estrada, enquanto Stella estava fora procurando algo mais palatável que comida de fast food.

— Acho que Stella está um pouco assustada contigo — disse ele, enquanto eu vestia o pijama no banheiro.

— E você não está? — gritei.

— Assustado com você? Você tem a alma de um filhotinho.

Coloquei a cabeça para fora.

— Um filhotinho.

— Um filhotinho assassino.

Ri pela primeira vez em nem lembrava quanto tempo. O curioso a respeito de Jamie era que, às vezes, não parecia ficar perturbado o bastante por tudo o que fiz. Dizia que éramos totalmente ferrados, da maneira óbvia como constataria que o céu era azul. Era apenas um fato, nada mais. Mas tudo o que fiz nunca parecia deixá-lo alterado. *Eu* não parecia deixá-lo alterado. Em certos aspectos, fazia com que fosse mais fácil conversar com ele que com o próprio Noah.

— Então o que é que a gente vai fazer contigo? — indagou.

— Em que sentido?

— No sentido de que você passa do zero para homicida em questão de um minuto.

— Sou passional.

— Você é maníaca — retrucou.

— Promete que acaba com meu sofrimento antes de um alien sair explodindo de minha barriga?

— Sem zoar, acho que a Stella acha que isso pode acontecer de verdade. Você deixa até os pelos do dedinho do pé dela arrepiados.

— *Não* estou grávida. Nem de alien, nem de coisa nenhuma.

Meu amigo mudou rapidamente de assunto:

— Sabe, estava pensando...

— Que novidade.

— Sobre sua habilidade — continuou, me ignorando. — Alguma vez você já chegou a tentar, tipo, fazer alguma parada boa acontecer?

— Claro.

— E?

— Nada. — Fiz uma pausa, indagando se deveria fazer a pergunta que vinha considerando havia um tempo. Ah, por que não? — Você pensa em Anna?

— Não — negou, sem hesitação, e assim eu soube que estava mentindo. Entendia o porquê, no entanto. Às vezes as mentiras são mais críveis.

Mudou de assunto outra vez.

— Que droga que você não consegue, sei lá, desejar e conseguir se eleger presidente.

— Aos 17 anos?

— Tanto faz. Quero dizer... Se as coisas que você imagina pudessem acontecer de verdade, você poderia mudar o mundo.

— Não achei que fosse querer ser presidente.

— Sério? — Parecia incrédulo. — Meu deus, eu ia adorar.

— Por quê?

— Alguém tem que ser o líder do mundo livre. Poderia muito bem ser eu.

— E o que é que você faria com seu grande poder? Vem com grandes responsabilidades, você sabe.

— Uma nova ordem mundial — respondeu ele, com um sorrisinho. — As aberrações serão as donas do mundo.

— Acho que não é assim que a democracia funciona.

— A democracia é superestimada.

— Falou como um verdadeiro ditador. Se desse para a gente trocar de habilidade...

— Fico inadequadamente entusiasmado pensando nisso.

— Essa conversa toda é inadequada. — O que era provavelmente a razão pela qual estava me divertindo tanto com ela.

Ele fez uma careta.

— A gente precisa de uma música nesse buraco. — Olhou em volta. — Aquilo ali é o laptop de Noah?

Eu tinha aberto a mala dele, bem como a minha própria, e o computador projetava-se para fora.

— É.

— Você... Olhou o que tinha nele?

Balancei a cabeça.

— Tem senha.

— Você não conseguiu descobrir qual era?

— Não.

— Posso tentar?

Dei de ombros. Se eu não tinha tido sorte, ele provavelmente também não teria.

Menos de cinco minutos depois, semicerrou os olhos e fechou o cenho. Como eu previra.

— Nada?

— Não, consegui — respondeu. Sua expressão estava estranha.

— Sério? — Senti empolgação nervosa na barriga. — O que era?

Jamie hesitou antes de falar. Depois respondeu:

— Marashaw.

Não conseguia respirar. Enterrei a cabeça entre os joelhos, mas, quando Jamie me envolveu com o braço, me encolhi.

Não estava esperando. Era muito doce, doce demais para Noah. Se estivesse ali, teria rido dele, provocado por ter usado meu futuro nome de casada como senha.

Não estava, porém. Não podia fazer graça dele. De repente, foi demais. Peguei o computador.

— Quer que eu vá embora? — indagou Jamie. Assenti, sem olhar para ele. Ouvi quando saiu.

Meus dedos tremiam enquanto bisbilhotava os arquivos de Noah, buscando algo, qualquer coisa que pudesse nos dizer onde encontrá-lo, mas nada se destacou como pista possível. No fim, comecei a simplesmente abrir coisas aleatoriamente. O que encontrei me fez desejar que não o tivesse feito.

Estava em uma pasta intitulada *LOUCURA*:

*Junte minhas folhas,*
*Molde-as como coroas*
*Deixe-me ser o rei de sua floresta*
*Escale meus galhos,*
*Buscarei seu esconderijo*
*Enquanto dorme sob a sombra*
*De minha árvore generosa*

Segurei a respiração enquanto lia poema por poema que Noah escrevera para mim — o velho *Velveteen Rabbit*, um novo *Lolita*, e até mesmo aquele terrivelmente sujo que foi inspirado em Dr. Seuss. Minhas mãos tremiam, e a garganta doía, mas não conseguia chorar. Não podia. Senti raiva em vez disso. Se ele pudesse estar comigo, estaria agora, o que significava que não podia. Faria quem quer que tivesse sido o responsável por mantê-lo longe de mim pagar.

Abri a torneira da banheira e fechei a porta, inspirando o vapor enquanto o nível da água subia, tentando me acalmar. Permiti-me imaginar Noah no banheiro comigo enquanto me despia.

Pensei nele tirando a blusa por cima da cabeça, a maneira como os músculos se retesariam sob a pele. Como teria entrado na banheira primeiro, com nada senão um sorriso sarcástico no rosto enquanto aguardava que me juntasse a ele. Fechei os olhos e sorri, mas, quando os abri, mordi a boca para impedir que um grito saísse.

Noah estava lá, na banheira. A água estava vermelha com seu sangue. As veias estavam abertas nos pulsos.

Saí do banheiro como um raio, me vesti. Agarrei seu laptop e o levei até o quarto de Jamie. Esmurrei a porta.

— Coloque uma música aí — pedi no segundo em que abriu, jogando o computador em suas mãos.

— Mara...

— Faz logo, Jamie. — Pensamentos rugiam em meu cérebro, nenhum deles era bom. Precisava sufocá-los.

— Você acha que ele não ia se importar?

Balancei a cabeça sem olhar para cima.

Ouvi Jamie passar pelas músicas.

— Você está a fim de ouvir o quê?

Fechei os olhos.

— Alguma coisa que dê para dançar — respondi.

Cinco minutos depois, escutei a introdução de "Sympathy for the Devil". Jamie subiu na cama e estendeu a mão. Aceitei e estampei no rosto um sorriso, que não alcançava meus olhos. Ele tirou os sapatos aos chutes, e o imitei.

Quando a porta se abriu, sequer a ouvimos: gritávamos a plenos pulmões com Mick Jagger. Foi bom.

— Odeio interromper — disse Stella, nos fitando —, mas o jantar chegou.

— Ah, graças a Deus. — Jamie pulou da cama. — Estou morto de fome.

O cheiro do que havia nas sacolas de plástico que trouxera fez meu estômago roncar.

— Eu também. — Espiei o saco que ela segurava. — O que foi que você trouxe?

— Comida mexicana — respondeu.

— Perfeito. — Tirei um burrito envolto em alumínio da bolsa. Comemos juntos enquanto a playlist de Noah tocava. Conversamos e rimos sobre nada, porque, se não o tivéssemos feito, desistiríamos. Antes de eu e ela sairmos do quarto, Stella me entregou outra sacola. — Comprei isso para você — disse ao abrir a porta.

— Hum, valeu?

Já estava seguindo seu caminho e acenou para mim sem se virar. Olhei o que havia lá dentro.

Era um teste de gravidez.

# 27

OLHEI PARA O TESTE, ANINHADO NA SACOLA QUE "ME DESEjava um bom dia!", mas sequer tinha coragem de tirá-lo de lá para ler as instruções. Vi a cena se desenrolar em minha mente: eu no banheiro, abrindo o pacote, atrapalhada, e derrubando as instruções no chão de azulejos encharcado. Pegando o papel e tentando ler as letras borradas. Sentando no vaso sanitário, praticamente me forçando a urinar na haste. E, depois, esperando o destino revelar minha sentença. Simplesmente não conseguia fazê-lo.

Stella e Jamie sabiam que não tinha feito o teste, e a atmosfera no milésimo carro roubado/emprestado era sombria e desconfortável. Sempre que eu tinha ânsia de vômito, Stella e Jamie se entreolhavam como se soubessem de tudo, o que me fazia querer matar os dois, o que, por sua vez, me deixava ainda mais enjoada. Vislumbrei meu reflexo na entrada espelhada do hotel de Georgetown em que nos hospedamos. Parecia uma morta-viva. Estava levemente surpresa por ninguém ter tentado me decapitar.

— Espere só para ver — disse a menina no espelho.

— Cale a boca.

Jamie e Stella viraram-se para me olhar. Aparentemente, tinha falado em voz alta.

* * *

Assim que deixei as coisas no quarto, Jamie bateu à porta. Passou por mim e se jogou na cama.

— Mara, queridinha, me passe aquele cardápio?

— Sinta-se em casa — falei, jogando o menu para ele.

— Vou pedir serviço de quarto.

Desmoronei em uma poltrona.

— Não deram nem 6 horas ainda.

— Estou em fase de crescimento. Me deixe em paz. — Jamie mudou o canal de TV. — Ah, uma maratona de filmes do Tarantino!

Olhei para a televisão.

— *Pulp Fiction?* Não é meu favorito.

— Blasfêmia.

— Prefiro *Kill Bill.*

— Hum. Aceitável. — Jamie fez que sim com a cabeça. — Argh, não posso pedir o que quero até 7 horas. Filhos da mãe. — Jogou o controle remoto, que quicou para fora do colchão.

— Olha a manha...

— Roto, conheça o esfarrapado. Onde é que fica o minibar?

Apontei para o outro lado do quarto.

— Pegue alguma coisa para mim?

— Pegue você.

Samuel L. Jackson recitava a parte final de seu monólogo, o versículo Ezequiel 25:17, na televisão de tela plana: "E atacarei com grande vingança e ira furiosa aqueles que tentarem envenenar e destruir meus irmãos."

Jamie bloqueou minha visão.

— Quer dizer que você não fez mesmo?

— Fiz o quê? — indaguei, vendo John Travolta e Sammy descarregarem as armas no homem infeliz.

— O, hum, teste.

— O... Ah. — O teste de gravidez. Antes mesmo que pudesse responder, a atenção dele foi desviada.

— Ah, *olá.* — Jamie jogou uma pequena caixa de papelão preto para mim no instante em que Samuel dizia: "E saberás que sou o Senhor quando minha vingança se abater sobre ti."

Peguei-a no ar ainda que não estivesse olhando, e virei a caixa.

— O que é que é isso?

— É tipo um kit sexo. — Ele abriu um pacote de Skittles e lançou um punhado dentro da boca.

Joguei a caixa de volta.

— Mais provável que você precise disso do que eu.

— Porque o que está incubando na sua barriga é um feto alienígena, você quer dizer?

— Não... tem... feto... nenhum. E sou virgem. Ainda. O que acredito que já tenha dito antes. Várias vezes.

— Acho que Stella não acredita em você — disse Jamie. — E não dá para culpá-la totalmente. É forçar a barra e os limites da credulidade imaginar que Noah conseguiria evitar uma tentação assim.

— Você não é nada engraçado.

— Sou, sim. Só que você tem um senso de humor de bosta. Meu Deus, só *você* mesmo para conseguir ficar grávida sem nem fazer sexo antes.

— Parece que minha vida está mesmo sendo uma merda fora do normal ultimamente.

— Vou ter que concordar — disse Jamie. — Mas, agora sério... Por que é que você ainda *não transou*?

A melhor defesa é um bom ataque.

— Por que *você* ainda não transou? — rebati.

— Estou me guardando para o casamento — respondeu, mastigando de boca aberta.

— Mesmo?

— É. Provavelmente. Talvez. Não sei. Não estamos falando de mim. Você quis... Quero dizer, você quer? Transar com Noah? Circunstâncias atuais colocadas de lado?

Notei que Jamie substituíra o passado pelo presente, mas ignorei.

— Claro — falei, baixinho.

— Então o que é que te impediu? Circunstâncias atuais colocadas de lado.

Contemplei como poderia explicar o que nos mantivera separados antes mesmo do Horizontes. O que temia que pudesse ter feito a ele. O que a vidente havia dito e que parte de mim ainda acreditava.

— Estava com medo... de machucá-lo.

Jamie ergueu uma sobrancelha.

— Tenho bastante certeza de que não é assim que funciona.

— Há-há, hilário.

— Sério agora. Você pode me contar.

Estava envergonhada de colocar o enigma dos beijos em palavras, preocupada com a possibilidade de Jamie pensar que era mais maluca do que era de fato, o que, dadas as circunstâncias... Mas ele ouviu com atenção e não zombou de mim quando terminei.

— Você acha que é só com os beijos?

— Não sei. Quero dizer, já beijei Noah antes, óbvio...

— *Óbvio*. Nunca que ele ia conseguir ser *tão* santo assim.

Ignorei e prossegui:

— E a gente notou que alguma coisa... aconteceu. Acho que talvez esteja conectado ao meu estado emocional ou o que for... Tipo, não sei se ia acontecer com um beijinho na bochecha, porque...

— Porque não tem intensidade.

— Isso.

— Então provavelmente poderia me beijar, ou Stella, e nada ia acontecer.

— Stella ia achar que eu estava tentando mordê-la. Ia espirrar spray de pimenta na minha cara.

Jamie abriu um sorriso.

— Meu Deus, isso é tão verdade. Mas faz sentido, não é, a parada do beijo? Tipo, se você sai de seu equilíbrio emocional, algo muda em sua habilidade. Excesso de energia ou coisa do tipo.

— Então um beijinho na bochecha não faria nada — concordei.

— Provavelmente não.

Dei-lhe um beijo camicase furtivo na bochecha.

— PORRA — gritou, limpando o rosto. — E se você tivesse me matado?! — Jogou uma balinha em meu rosto. Acertou a testa.

— Ai!

— Sente o sabor do arco-íris, vaca.

— Não seja criança.

— Vou ser criança, sim. Vou me trancar no banheiro e chorar agora, na verdade. — Foi mesmo ao banheiro e realmente trancou a porta. Se chorou ou não, ninguém sabe.

Ouvi o som da descarga e da água correndo, e, quando abriu a porta, ele falou:

— Deixei uma coisa para você na pia.

— Tenho... até medo de perguntar.

— Você devia mesmo fazer.

— Estamos falando do teste de novo? Porque a resposta é não.

— Qualquer que seja o resultado, você precisa saber. A gente vai dar um jeito nisso, mas não dá para fingir que não está acontecendo.

— Admito que tiro algum benefício psicológico positivo do uso do termo "a gente".

— Benefício psicológico positivo intencional.

Queria discutir, mas não tinha forças. Jamie estava certo. Se desse negativo, eu ficara daquele jeito por algum outro motivo e nada mudava. Se desse positivo, porém...

Se fosse esse o resultado, tudo mudava.

— Nem pense — aconselhou Jamie, colocando outra bala na boca. — Se pensar, muda de ideia. Como você mesma disse, provavelmente não está... Você sabe. Mas não vai ser um alívio descobrir?

Sim. Seria.

Virou-se e me empurrou não muito gentilmente para dentro do banheiro.

— É que nem arrancar Band-Aid — afirmou, fechando a porta atrás de mim. — Só faz esse xixi logo.

Olhei para a caixa. Jamie já a abrira, e as instruções estavam logo ao lado, perto da pia. Li. Sinal de mais para positivo e de menos para negativo. Fácil o bastante. Abri o pacote e sentei-me no vaso sanitário. Podia praticamente ouvi-lo no quarto, respirando.

Sentia-me como uma ré, esperando o júri dar seu veredito. Segundos se passaram, talvez minutos, antes de baterem à porta.

— Não estou ouvindo xixi nenhum — zombou o menino.

— Vai comer bosta — resmunguei.

— O que foi?

— Vai embora — disse mais alto. A voz estava rouca, e a bexiga, tímida. Ou algo assim. Não conseguia urinar, não com ele lá fora ouvindo. Disse isso e pedi que saísse. Para minha surpresa, concedeu.

E consegui. Rapidamente pousei o teste na pia. Sentia-me nauseada só de olhar para ele, queria correr. *Poderia* correr. Correr para fora do quarto, do hotel, mentir para Stella, Jamie e para mim mesma, jamais voltar a tocar no assunto.

Minha mãe, entretanto, costumava dizer que a verdade alcança a gente no fim. Sempre alcança.

Fechei os olhos com força e peguei a haste. Depois de contar até três, jurei a mim mesma que olharia.

Um.

Dois.

Abri os olhos.

Tinha dado negativo.

# 28

CONTEI NO CAMINHO PARA A ESTAÇÃO DE TREM DE WASHINGTON. Stella, que estivera me ignorando quase toda a viagem de táxi, chegou até a abrir um sorriso.

— Você não está se sentindo muito melhor agora?

Estava e não estava. Minha mente podia finalmente se libertar da possibilidade mais hedionda, mais assustadora, de que algo pudesse ter sido feito a mim enquanto estava no Horizontes e acabado por me engravidar. Eu me esquivava da palavra "estupro", mas não sabia o que mais poderia ter sido. Já não importava mais. Podia finalmente me permitir ficar aliviada.

Durou pouco, porém. Fiquei enjoada no carro e tive que abrir a porta em um sinal vermelho para vomitar na rua. O motorista surtou.

Podia não estar grávida, mas *estava* doente. O que era, não sabia. Ou talvez soubesse — podia ser apenas o gene. Talvez fosse algo que me tornava diferente de Stella e Jamie, e que simplesmente precisaria seguir seu curso.

Não era nada agradável, entretanto, e estava trêmula enquanto seguíamos Jamie até o balcão de venda de passagens. O que quer que estivesse acontecendo comigo estava acontecendo com agilidade, e precisávamos chegar a Nova York mais rápido do que seria possível de automóvel.

— Três passagens para Nova York — pediu o menino. — Só de ida.

O trem estava apinhado, e tivemos que passar por centenas de vagões antes de encontrarmos assentos remotamente próximos uns dos outros. Tropecei duas vezes. Jamie me segurou em ambas as ocasiões.

Quando finalmente encontramos poltronas, praticamente desabei na minha. Estava tremendo. Cruzei os braços a fim de esconder isso. Não deu certo.

— Está com frio? — indagou Jamie do outro lado do corredor.

Não estava, mas disse que sim de qualquer forma, pois fazia mais sentido do que a verdade.

— Já volto — falou, e se levantou. — Olhe minhas coisas?

Assenti e encostei a cabeça no vidro. As pessoas enxameavam a plataforma, tentando embarcar antes do trem sair. Observava-as, hipnotizada, deixando a visão se embotar e sair de foco, até que algo a forçou a se fixar.

Não. Não era "algo". Alguém.

Um homem se destacava na multidão. Não por sua aparência, ou pelo que vestia, mas porque eu o conhecia.

Abel Lukumi fitava o trem que deixava a estação; vestia o mesmo terno escuro com que o vira no hospital, depois de Jude ter me forçado a cortar os pulsos. O mesmo terno que usava em Little Havana quando matou uma galinha e me fez beber seu sangue. Meus lábios se separaram para falar ou gritar, mas, quando Jamie voltou, o homem tinha desaparecido.

Encarei a janela por alguns segundos, quem sabe até horas, enquanto os passageiros se levantavam, sentavam, andavam pelo vagão. O que ele *queria*? Por que estava me seguindo?

Não sabia o que fazer ou dizer a Jamie e Stella. Não sabiam a respeito de Lukumi; não entenderiam. Noah teria compreendido, mas não estava ali.

— Você está suando — constatou Stella ao se sentar na poltrona atrás de mim.

Estava. E tremendo também.

— Está com febre?

Dei de ombros.

Sua expressão se suavizou.

— Tenta descansar se puder?

Não conseguia.

— Estou com medo — falei, embora não pretendesse dizê-lo em voz alta.

— Eu sei — apaziguou-me Stella.

Queria berrar que não sabia, que jamais saberia, pois aquilo não estava acontecendo com ela, mas só comigo. Queria gritar que não estava tudo bem, e que jamais estaria outra vez, porque tinha matado pessoas e aquilo não era o tipo de coisa que se pode resolver ou consertar. Mas estava cansada e meus amigos estavam cansados, e, mesmo que não entendessem totalmente, entendiam o que aquele estado estava fazendo comigo. Podiam mentir para mim e fingir que daria tudo certo, mas eu lia a verdade em seus olhos. Eu piorava. Muito. E o tempo estava se esgotando.

Estava empapada de suor quando acordei uma hora mais tarde. Levantei a cabeça do encosto, e o movimento agitou e trouxe de volta imagens de meus sonhos. Lukumi em um lado da plataforma, uma pena preta na mão. Eu do outro lado, segurando um coração. Os trilhos do trem entre nós estavam cheios de corpos intocados, salvo por uma mancha de sangue sob os narizes de cada um. Bile subiu por minha garganta. Fiquei de pé, segurando o assento à procura de apoio. Stella não acordou, mas Jamie virou-se quando entrei no corredor. Tirou os fones de ouvido.

— Aonde é que você vai?

— Banheiro — respondi. Não sabia se estava para passar mal, mas melhor prevenir que remediar, e, de qualquer forma, tinha de trocar a blusa, que estava grudada à pele. Caminhei claudicante, pegando a mala enquanto seguia para o diminuto toalete.

Tinha pegado a de Noah, porém só notei quando já estava trancada lá dentro. A dele era preta, a minha, cinza. Pisquei. A visão estava embaçada, de modo que *tudo* parecia cinza. Abaixei a tampa do vaso sanitário e me sentei, segurando a cabeça entre as mãos, piscando outra vez. A camiseta estava colada ao corpo; coçava.

Dane-se. Não importava que fosse a mala errada. Usaria uma das roupas de Noah. Não se incomodaria.

Vasculhei o interior, mas mal conseguia distinguir uma peça da outra. Mordi o lábio, trinquei o maxilar para impedir que perdesse a cabeça, para continuar presente. Quando o fiz, meus dedos se fecharam ao redor de algo que não era roupa. Tirei-o de lá.

A mão voltou a entrar em foco, e a coisa dentro dela. Uma navalha. A navalha de Noah. Recordava-me de perguntar a ele por que a usava. Disse que era a ferramenta mais afiada.

Reluzia sob a luz fluorescente. Seu peso era sólido e tranquilizador, de alguma forma. Parei de tremer. Consegui ficar de pé.

Olhei para a lâmina, depois para mim mesma no espelho. Senti uma onda de dor correr o estômago; em um arco, parecia. Da esquerda para a direita.

Ninguém mais se sentia assim. Ninguém mais se comportava assim. Nem Stella, tampouco Jamie. Algo dentro de mim estava diferente.

Algo dentro de mim.

Algo *dentro* de mim.

— Alguma coisa dentro de você *está* diferente — afirmou meu reflexo.

A navalha pairava a pouquíssimos centímetros de meu ventre. Um ruído sussurrante encheu meus ouvidos, como se fosse o som de mil vozes respirando: *Sim*. Havia tanta pressão, mas meus dedos não vacilavam. Olhei para mim mesma novamente.

— Tire daí — mandou a imagem.

O tempo avançou, como se saltasse. Um segundo estava ali, encarando meu reflexo, escutando o que dizia. No seguinte, minha mão já tinha corrido a navalha sobre a barriga.

Foi apenas uma linha fina. De 2,5 centímetros, não mais que isso. Gotículas de sangue saíram da ferida, como joias, brilhando. Vívidas, intensas. Tudo ficou assim, na verdade. A bruma que vinha anuviando minha visão se dissipara. Não sentia enjoo, ou calor. A única coisa estranha era a pressão em meus dedos, levando a lâmina à pele outra vez.

Uma batida à porta me sobressaltou antes que pudesse traçar a linha outra vez.

— Mara? — A voz de Jamie estava abafada atrás da porta. — A gente está aqui.

Com movimentos mecânicos, limpei o metal com a bainha da blusa e guardei na mala de Noah. Sequei a pele com papel e troquei a camiseta que vestia por uma preta limpa. Saí do banheiro com os pés firmes, sentindo-me incrivelmente leve. Quase nas nuvens.

— Está melhor? — indagou ele.

— Estou — respondi, com vivacidade, enquanto um fio de sangue escorria pela barriga. — Muito melhor.

# 29

NÃO VISITAVA NOVA YORK DESDE QUE ERA PEQUENA, E NÃO ME lembrava da cidade daquela forma.

Éramos praticamente as únicas pessoas que não vestiam terno no trem, mas, quando saímos e subimos as escadas, nos misturamos de imediato. A Penn Station estava tumultuada — um homem de dreadlocks que lhe batiam na cintura esbarrou no meu quadril com a maleta e se desculpou, mas, quando dei um passo para o lado, fui atingida por um carrinho de bebê guiado por uma mãe de olhos anuviados e sem vida. Saímos de lá o mais rápido possível.

A fila para o táxi não se provou grande melhora. Estávamos prensados entre um casal de pré-adolescentes, com marcas de espinhas iguais, que se agarravam em alto e bom som, e um casal de senhores, com sapatênis idênticos, que discutiam em alto e bom som, em uma língua que eu não entendia, enquanto olhavam um mapa.

— Ai! — exclamou Jamie.

— Tudo bem? — perguntou Stella.

— Ah, comigo, tudo — falou baixinho. — Mas a esposa daquele cara acabou de dizer para ele: "Se tivessem colocado seu cérebro em uma galinha, ela correria direto para o açougueiro."

— Você entende o que estão dizendo?

— Hebraico — explicou o menino, e, de repente, já era nossa vez de pegar um carro. — Qual é a primeira parada, senhoritas?

— Preciso de um banho — disse Stella.

— Hotel? — indaguei.

Stella puxou uma mecha de cabelo.

— Acho que sim. Se for a única solução. Mas não gosto de te usar para fazer aquelas coisas, Jamie.

— Balela. Mas minha tia tem uma casa no Upper West Side. A gente pode ir para lá.

— Mas sua tia não vai perguntar o que o sobrinho e duas amigas estão fazendo à porta dela em uma noite de escola aleatória?

— Ela não está lá. Vai ficar no condomínio na Flórida até o verão.

— Como é que a gente vai entrar? — indagou Stella.

— Tenho certeza de que a gente consegue dar um jeito — garantiu Jamie. — E ela nem é minha tia de verdade. É a melhor amiga de minha mãe. Mesmo que estejam procurando a gente, nunca fariam a conexão entre nós e ela.

Era bom o bastante para mim. Stella concordou, e Jamie disse que caminho seguir ao motorista. Eu não estava prestando muita atenção. Meus olhos continuavam vagando até a barriga. Ainda sangrava um pouco — havia um pequeno ponto molhado na blusa, que, por sorte, era preta. Ninguém notaria.

Meu polegar insista em passar por sobre a linha fina, e me dei conta de que estava coçando a ferida, sem deixá-la cicatrizar. Não conseguia parar. Continuava pensando a respeito do trem, o fio da navalha de Noah e o alívio — a libertação — quando a pressionei contra a pele. Uma voz sussurrou em minha mente:

*Alguma coisa dentro de nós.*

*Tire daí.*

Lancei um olhar nervoso a Stella. Não estava me fitando; encarava a rua através da janela à esquerda, e Jamie olhava para a direita. Corri as pontas dos dedos pela barriga, pressionando-a. Não senti coisa alguma — não, espere. Deslizei a mão para a esquerda, em direção ao quadril, apertando. Algo pareceu... *mudar* de posição, como um músculo tenso sendo deslocado, mas era pequeno. O que *era* aquilo?

— Dor de barriga? — indagou Stella.

Pega no flagra.

— Uhum. — Cruzei os braços e me inclinei levemente para a frente.

— A gente vai chegar daqui a pouco — garantiu Jamie.

Vergonha misturava-se à necessidade. Não podia deixá-los verem que tinha me cortado. Tinha que conseguir uma maneira de ficar 10, talvez 20 minutos sozinha.

O táxi parou no meio-fio, e Jamie falou com aquela voz:

— Você não viu a gente.

— Não vi vocês — repetiu o motorista, soando atordoado e confuso.

— Você pegou naquele ponto um modelo de roupa íntima incrivelmente gostoso do Texas. Queria lamber a barriga tanquinho dele.

— Queria lamber a barriga tanquinho dele.

— Você é um babaca tão grande — murmurou Stella ao sair do carro.

— Me divirto como posso.

Enquanto esperávamos o trânsito parar, Jamie aproveitou para vomitar em uma lata de lixo.

— Ai, que *nojo* — disse uma garota de minissaia e saltos altos ao passar.

Com a cabeça ainda abaixada, Jamie lhe mostrou o dedo do meio, depois cuspiu no lixo e limpou a boca com a manga.

— Ai. Que nojo — disse. — Jamais vou me acostumar com isso.

— Não é para se acostumar — redarguiu Stella. — É para não fazer.

A casa da tia de Jamie fazia parte na verdade de um conjunto de construções coladas parede com parede em uma rua arborizada relativamente silenciosa. Subimos os degraus da frente, e Jamie espiou pela porta de vidro. Tudo escuro.

— Como é mesmo que a gente vai entrar? — indagou Stella.

— Teve uma vez que minha prima me contou alguma história sobre entrar de fininho depois do toque de recolher usando uma chave extra escondida debaixo de uma pedra falsa ou coisa assim. Talvez...

Jamie pulou os degraus e passou por baixo de um pequeno portão na frente da edificação. Havia algumas plantas murchas, um pacote com a palavra "perecível" na lateral e...

— Pedra falsa! — exclamou Jamie, se abaixando. — Bingo. — Ergueu a chave, subiu os degraus outra vez e abriu a porta da frente. Stella e eu o seguimos.

A casa era linda. A sala de estar ainda mantinha os detalhes originais: um medalhão de gesso decorativo no centro do teto, trabalho em madeira entre a sala e a cozinha e uma lareira monumental com um espelho no lugar da cornija. Stella soltou um assovio.

— Né? — disse Jamie. — Os quartos e banheiros ficam no andar de cima. Podem escolher o que quiserem. Tem um pacote lá fora para minha tia. Vou trazer aqui para dentro. Podemos estipular o prazo de uma hora para discutirmos os planos para jantar?

Stella assentiu. Eu também, mesmo não estando com fome. Já estava no meio da escada.

— Como é que você se sente? — indagou minha amiga. Estava logo atrás de mim.

— Um pouco melhor — menti. Depois franzi o nariz. — Você está com um cheirinho... — Precisava me livrar dela.

— É, estou nojenta. Precisando desesperadamente de um banho.

— Detesto ter que dizer isso — menti —, mas está mesmo.

Pegamos um quarto cada uma, mas, exatamente como esperava, Stella não esperou nem um segundo antes de entrar no banheiro, com a mala em mãos. Quando nuvens de vapor começaram a escapar pelo vão da porta, coloquei a bolsa de Noah sobre a cama no quarto que escolhera. Continuava com a navalha no bolso de trás, mas não sabia se era aquilo de que precisava. Que queria.

Depois de um ou dois minutos, minha mão se fechou em volta de uma camiseta que enrolara com cuidado e enterrara no fundo de suas coisas. Tirei-a de lá e a desenrolei, encontrando o bisturi que tinha escondido ali. Era *daquilo* que precisava.

As pontas dos dedos pareciam formigar quando segurei o metal. Sabia, objetivamente, que o que estava prestes a fazer era loucura, mas, de alguma forma, meus pés me levaram ao quarto de hóspedes, e minha mão trancou a porta de maneira que ninguém pudesse me impedir. Levantei a blusa e comecei a fazer os cortes.

# 30

— Ai, meu Deus, ai, meu Deus. Stella, vem cá!

Meus olhos se abriram, apenas o suficiente para enxergar os contornos embaçados de Jamie debruçando-se sobre mim.

— O que foi? — Era a voz de Stella, distante.

— É a... Mara fez alguma coisa!

Pegou uma toalha, e senti pressão sobre a barriga.

*Consegui tirar consegui tirar?*

— Nem se atreve a tentar falar, sua idiota — mandou Jamie. Levou minhas mãos sem força para cima da barriga, por sobre a toalha, depois ficou de pé em um pulo para abrir a porta.

— O que é que aconteceu? — indagou Stella ao surgir na minha visão periférica. — Ah... Ai, meu...

— Queria usar o laptop de Noah para fazer uma coisa — explicou Jamie —, e bati para pegar emprestado, mas ela não atendeu. Então bati de novo, mais alto, e nada. Estava com essa sensação ruim, então usei uma agulha do kit de costura para abrir a tranca, entrei, e ela estava...

— Ai, meu Deus — sussurrou Stella.

— Assim.

— Meu Deus, Mara, o que você fez?

*Tem alguma coisa dentro de mim*, tentei dizer.

— Não tem nada dentro de você, Mara. — Lágrimas marejavam os olhos dela. — Está na sua cabeça. Na sua cabeça.

Mais pressão sobre o estômago. Minha visão escureceu.

— Ligue para a emergência, Jamie.

*Tire daqui*

— Mas e o... — começou ele.

— Não dá para saber se os cortes são profundos. Ela não para de mexer as mãos para cobrir, mas tem muito sangue, e está pálida e tremendo.

— Acredite em mim — sussurrei.

— O que foi que... Ai, meu Deus. — Os olhos de Jamie se esbugalharam.

— Não fale nada, Mara. — Uma das mãos em minha nuca, apoiando a cabeça. — Jamie?

— Tem uma coisa aqui — disse ele, recuando.

— O quê? Jamie, estou precisando de sua ajuda. Ela está muito...

— Estava ali do lado de fora — continuou ele. — Tinha "perecível" escrito do lado, então abri, mas era só uma maleta de couro com um papel dentro.

— Do que é que você está *falando*? — A voz de Stella era um pio agudo.

— Achei que era para minha tia, mas o papel dizia... O papel dizia...

— *O quê?*

— "Acredite nela".

Stella olhou para mim, depois para Jamie.

— Do que é que...

— Alguém sabe que a gente está aqui — interrompeu ele. — Aquela mensagem, aquela maleta, é para a gente.

— Você olhou lá dentro?

— Achei que era para minha tia. Vou lá pegar.

— Não, Jamie. Preciso que você fique... *Merda.*

Senti parte do peso sobre a barriga desaparecer. Minhas pálpebras tremelicavam, e ouvi passos seguindo para longe. Depois voltaram. Algo caiu no chão.

*Tire daqui*

— Ela não para de dizer... Não para de dizer isso — falou Jamie.

— Ela nem sabe o que está dizendo.

— Mas a mensagem. Diz para acreditar nela. Stella. O que isso significa?

— Não sei! Não sei de porra nenhuma. Estou tão perdida quanto você.

— E se... E se tiver *mesmo* alguma coisa dentro dela? — Ouvi algo se abrir, e depois: — Meu Deus. Stella. Stella, olhe.

— O quê...

— É um monte de... coisa de médico. Luva, linha, gaze, bisturi. Meu Deus, quem foi que deixou isso *aqui*?

— Tem algum remédio? — Senti a pressão no estômago outra vez. Stella tentava tirar minhas mãos à força.

— Não. Espere, talvez... Tem.

— Pode pegar outra toalha? — pediu Stella. — O sangue está encharcando esta.

Alguns segundos se passaram antes de Jamie dizer:

— Aqui.

A pressão diminuiu um instante, e engasguei.

— Pressione com força — sugeriu Stella.

— Já estou.

— Mais força.

— Você vai ligar para a emergência? — perguntou ele.

Stella fez uma pausa antes de responder:

— Talvez não precise.

— E isso quer dizer...?

— Me deixe olhar isso um segundo.

A pressão parou.

— Ainda está sangrando, mas não tanto, e não é muito profundo. Pode ser que eu consiga fechar sozinha, mas...

— Ela está dizendo que tem alguma coisa aí dentro — completou meu amigo.

*Tem tem*

— Você pode... Pode segurar as mãos dela para eu conseguir olhar de verdade?

Senti pressão ao redor dos pulsos, espalhando-se pelos braços e ombros.

— Mara. — A voz de Jamie. — Você tem que deixar a gente olhar, ok?

Ele me segurou, me imobilizou, enquanto Stella mexia na carne com algo afiado. Meu corpo inteiro se retraiu.

— O quê...?

— Ela tem razão! — exclamou Stella. — Porra, ela tem razão.

— Como ela sabia?

— *Como* sabia?

Outra pontada de dor. Gritei, acho, pois um deles cobriu minha boca com algo.

— Mara, você tem que ficar quieta. Jamie, o que é que tem de remédio na maleta?

— Não consigo olhar enquanto a seguro.

A sombra de Stella se levantou, e ouvi o tilintar de metal contra metal enquanto procurava.

— Vou dar isso a ela para parar de se mover.

— Sem hospital?

— Os cortes não são muito profundos. Acho que consigo. Ok, Mara... Mara? Está me ouvindo?

*Estou*

— Vou fechar essa... Ahn, incisão. A sensação pode ser a de que você não está conseguindo respirar, mas está, certo? E vai ficar tudo bem.

*Tire daí*

— A gente vai tirar — garantiu, e senti a espetada de uma agulha no ombro enquanto afundava a seringa em meu braço.

# 31

## ANTES

*Londres, Inglaterra*

A PRIMEIRA COISA QUE NOTEI, QUANDO ACORDEI, FOI QUE nossa cama estava encharcada de sangue.

Acendi uma vela, e fumaça e enxofre tomaram minhas narinas enquanto um fio de luz me mostrava Charles, meu marido. Estava tingido de sombras; a linha de suas costas, exposta até a cintura, era macia e inerte. Não subia ou descia com a respiração, pois não estava respirando. Estava deitado de barriga para baixo, a cabeça virada para o lado, uma piscina de sangue sob o rosto. Os olhos estavam abertos, mas não viam.

Não escutei coisa alguma exceto o ribombar do sangue em minhas orelhas, a dificuldade com que minha própria respiração errática saía. Tirei os lençóis que o cobriam, e ele não se moveu. Observei uma gota de sangue pingar do nariz, e ele não a limpou. Engasguei um soluço, cobri-o novamente, enrolei uma mecha de cabelo no dedo e puxei a fim de tentar me obrigar a acordar. Não funcionou, porque não estava dormindo.

Aquilo, porém, me aterrou em mim mesma o suficiente para conseguir ouvir um novo som: algo batendo contra a janela do quarto. Levantei a cabeça, mas meus olhos não viram coisa alguma.

Com dedos trêmulos, peguei o castiçal que ficava ao lado da cama. Um pingo de cera quente acertou meus dedos, e me retraí com dor, que depois recebi de braços abertos. Desviou minha atenção do horror por um momento, permitindo que pensasse em outra coisa. Fui como que anestesiada até a janela e espiei por ela, a luz refletindo-se no vidro distorcido.

O professor estava do lado de fora da casa de Charles — da *nossa* casa —, apenas a silhueta delineada por um lampião a gás do outro lado da rua. Ergueu um braço e apontou para mim, em acusação.

Que loucura de se pensar! Um riso agudo escapou de minha garganta, e a risada apagou a chama da vela. Não o via fazia seis meses, desde que ficara noiva, e sua presença ali, naquele momento, era tão sem sentido quanto os eventos que se passaram.

Algo pequeno bateu na janela outra vez. Inclinei a cabeça para o professor e vi que apontava não para mim, mas para o lado esquerdo da casa, para a entrada que levava aos estábulos atrás dela. Queria que eu abrisse o portão.

Mas os serviçais — ah, Deus, os serviçais. O que diria a eles? Como explicaria?

Puxando os cabelos novamente, tentei pensar. Poderia evitar a ala dos criados se usasse a escada principal, saísse pela porta da frente em vez da dos fundos. A chave do portão ficava na cozinha. Se fosse cuidadosa, e silenciosa, poderia pegá-la sem alertar ninguém.

Quase saí do quarto com a camisola manchada do sangue de meu marido, mas pisei na bainha, encharcando-me em novo horror. Sentia-me enjoada; mas, tonta, consegui encontrar roupas limpas e as vesti atabalhoadamente. Tinha passado tanto tempo sem fazê-lo eu mesma, que quase esquecera como era.

Desci as escadas descalça, meus cabelos longos e soltos velando o rosto, a camisola longa ondeando ao redor dos tornozelos. Todas as preocupações acerca de decência haviam sido banidas pela lembrança da poça de sangue de meu marido formando-se sob seu rosto. Trêmula de pânico, me encolhia a cada rangido do piso, prendia a respiração a cada som. Meus dedos tateavam a parede a fim de me ajudar a encontrar o caminho no escuro.

Finalmente, cheguei à cozinha e peguei a chave, esgueirei-me silenciosamente pela porta lateral e destranquei o portão que levava aos estábulos. O professor me aguardava.

O céu da cor de carvão engolira as estrelas, mas abocanhara apenas um pedaço da lua, deixando luz o suficiente para que conseguisse vê-lo. Estava lá, vestido de colete preto com camisa de manga por baixo. Guiou-me em silêncio para dentro dos estábulos. Desde que Charles começara a me cortejar, não tinha mais podido manter cavalos ali. Machucavam-se, escoiceando as portas por medo ou fúria a fim de escapar de algum destino desconhecido, e precisaram ser levados para um estábulo nas proximidades.

Fantasmas de teias de aranha pendiam dos cantos do espaço silencioso, e uma leve brisa jogava as folhas nos degraus de pedra. Elas dançavam aos pés do professor, e tremi de frio.

— Temos que partir esta noite — disse ele.

Abri a boca, mas as únicas palavras que saíram foram:

— Meu marido... Meu marido...

— Onde ele está?

Não conseguia dizer nada além das duas palavras. Repeti-as várias e várias vezes, como se pudessem fazê-lo voltar.

O professor apertou meus ombros. Não me lembrava de outra ocasião em que tivesse me tocado. Encolhi-me quando afirmou: — Seu marido está morto.

Ele sabia. Ele *sabia*.

— Seu marido está morto. — Voltou a dizer. — Você deve deixar esta casa, deixar Londres.

Eu não conseguia falar, então continuou:

— A vida que viveu não está mais ao seu alcance. Tudo o que teve um dia desaparecerá. Você será rechaçada, considerada uma pária. Se não for tratada como criminosa, enfrentará destituição e pobreza. Uma mulher sem posses e viúva, com a maldição da morte de um marido pairando sobre ela...

Suas palavras me trouxeram de volta ao presente.

— Mas minha família...

— Eles não são sua família. Esqueceu-se de onde veio?

A pergunta me assustou.

— Como sabe de onde vim?

Não respondeu, mas não estivera errado em perguntar. Eu *tinha* me esquecido. Entre jantares, bailes, cortejos e meu casamento, esquecera muitas coisas. Tinha se passado tanto tempo desde que fizera qualquer tarefa por mim mesma; passei anos aprendendo como deixar que me vestissem, alimentassem, ensinassem, tudo sob a tutela cuidadosa de tia Sarah, e, agora, estava desamparada, impotente.

— Não posso... Não posso ir.

Ele falou com firmeza:

— Pode e vai. — Inclinou a cabeça para o lado, como se ouvisse algo. — Temos que...

— Temos? — indaguei, com aspereza. Suas palavras tinham aberto uma veia de raiva que sequer percebera que existia. — Onde você estava? Partiu sem dizer uma palavra, e agora...

— Parti, pois tinha feito tudo o que podia por você na época, e estou fazendo tudo o que posso agora. Você não é minha única aluna — rebateu um pouco exasperado. — Estava ensinando outra pessoa na Christ's College em Cambridge, e voltei o mais depressa possível. Agora se recomponha. Temos uma longa noite à frente.

— Isto é *loucura* — falei. — Meu marido...

— Seu marido está morto porque você o matou — revelou, silenciando-me. — Você não é o que Simon Shaw pensou que fosse — acrescentou suavemente.

Meus olhos encheram-se de lágrimas.

— E o que ele pensava que eu era?

— Uma cura.

— Então o que sou?

Seu olhar caiu.

— Uma doença. — Hesitou e olhou ao redor do estábulo vazio. — Os cavalos sabiam.

O material grosseiro da porta de uma baia pressionou a curva de minha espinha. Tinha recuado até encostar nela sem me dar conta.

— Como você sabe?

— Eu vi.

— Onde?

— Em seu futuro.

Suas palavras gelaram meu coração.

— Quem é você? — perguntei.

— Você sabe quem sou.

Engoli em seco.

— *O que* é você?

— Seu professor — disse simplesmente. — Agora me obedeça. Vista-se, de cores escuras preferivelmente. Não leve nada da casa. Nada desta vida. — Olhou para o céu, que ameaçava clarear. — Temos que começar antes do nascer do dia.

— Começar o quê? — sussurrei.

— Sua verdadeira educação. — Colocou a mão dentro do colete e retirou algo que não consegui ver. Saiu sob o luar fraco, e o segui enquanto abria a palma. Algo prateado cintilou. Um pendente, uma metade moldada no formato de uma pena, a outra, no de uma espada.

# 32

— CERTO, ELA APAGOU.

*Não apaguei*

— O que é que você deu a ela?

— Morfina, acho.

— Você acha?

— Sei lá! O troço que estava naquele frasco.

— Como é que você sabe o que precisa fazer?

— Vídeos do YouTube.

— Há.

— Ok, hum, tem tipo... tecido ao redor da coisa...

*Ao redor de quê*

— Acho que vou vomitar.

— Me passe um bisturi primeiro?

— Qual?

— Sei lá. Não, esse, não, um diferente. É, esse aí, acho.

— Você acha? E se você cortar, sei lá, uma artéria ou coisa do tipo?

— Pare de me deixar nervosa.

— Foi mal!

— A gente não devia levá-la logo para o hospital?

— Acho... Não sei. Acho que talvez. Sim.

Algo bateu contra a parede.

— Ok. Ok. Vá lá ligar.

*Não não não tire daí*

— Ai, merda, Jamie. Ela está se movendo. Segure...

— Não dá!

— Está tentando arrancar. Meu Deus. Ela está tipo *cavando*...

— Dê mais morfina ou sei lá o quê para ela. Meu Deus!

— Não quero que tenha uma overdose!

— Bem, ela está colocando o intestino para fora!

— Está nada. Pare de ser tão dramático.

Suas vozes se misturaram e silenciaram, e minhas mãos desapareceram em meio ao calor. Via vermelho e sentia dor, mas as mãos continuavam a se mover, empurrando, pressionando, até que senti...

— Isso é... Que porra é essa?

*O que são o que são*

— Tem dois. Meu Deus.

— Ela estava certa. Ela estava certa.

— É isso que... Será que é isso que a está deixando doente?

— Não sei. Acho... Acho que consigo fechar.

— Como é que você consegue enxergar?

— Aqui, me passe aquela toalha.

*Dói dói para por favor*

— Stella, a boca dela está branca.

— Faz pressão aqui, talvez?

— Ela devia estar tremendo assim?

— Ah, não. Está tendo uma *convulsão*...

— Mara? Mara, olhe para a gente, ok? Só foque na gente.

Mas não podia. Suas palavras desapareceram, engolidas pela escuridão, e eu também.

# 33

## ANTES

*Londres, Inglaterra*

DESOBEDECI UMA DAS ORDENS DO PROFESSOR QUANDO FUGImos de Londres, antes do amanhecer. Levei nas mãos trêmulas a boneca que a Irmã fizera para mim. Nada mais. Nada menos. Fitei com desconfiança e olhos embaçados de lágrimas o carro de aluguel que o professor pedira. Os cavalos estavam inquietos, mas ele lhes deu algo para acalmá-los, assegurou-me, antes de perceber o que eu tinha na mão.

— Mara...

— Não é esse o meu nome — falei, com aspereza. Queria mudar de assunto, de modo que não fosse forçada a deixar a boneca para trás.

O homem me estudou.

— Você o escolheu?

Assenti.

— Então é assim que a chamarei.

— Qual é o *seu* nome? — indaguei, enquanto a carruagem seguia pelas ruas de pedra, em direção à alvorada enfumaçada.

O professor ergueu uma sobrancelha.

— Já tive muitos.

— Qual escolheu para se chamar?

Sorriu à pergunta.

— Escolhi muitos. Abraham, Alexander, Alim, Abel, Arthur, Armin, Abdul, Aldis, Alton, Alonzo, Aloysius...

— Todos começam com *A*? Por quê?

— Você continua tão curiosa quanto era quando parti. Quando se vive da forma que vivi, deve encontrar maneiras de se entreter.

Não via como aquilo podia entretê-lo, mas não falei coisa alguma. Minha cabeça estava cheia demais. O que aconteceria quando o dia raiasse, quando os serviçais acordassem e encontrassem meu marido — o que tia Sarah diria, faria, quando soubesse que eu tinha ido embora? Senti a garganta se fechar e apertei a boneca até os nós dos dedos ficarem brancos.

— Como foi que me encontrou?

— Na Inglaterra ou na Índia?

Meus olhos se arregalaram com choque.

— Na Índia?

— Perto do poço — disse casualmente. — Você era mais nova na época.

Voltei no tempo, buscando na memória alguma nota de reconhecimento. Lembrava-me de uma mulher apontando para mim, sussurrando algo. Havia um homem com ela, mas não me recordava de seu rosto.

— Era você? — E antes que ele pudesse responder: — Como sabia onde me encontrar?

— Fui contratado por Simon Shaw para desvendar o que ele acreditava ser o segredo para a imortalidade. — Deu um leve sorriso.

— Ele pensava que eu fosse...

Um breve aceno de cabeça.

— Eu conhecia o homem que você chamava de Tio, e sugeri que o Sr. Shaw tomasse as medidas necessárias para que cuidasse de você até crescer, uma vez que ninguém poderia ter certeza do que se tornaria até lá.

— Mas achei que você tivesse visto meu futuro?

— Posso ver sombras dele, sob... circunstâncias particulares. Mas muitas coisas permanecem escondidas, até para mim.

— Como conheceu o Tio?

O professor torceu os lábios.

— Não existem muitos de nós, e somos... — procurou a palavra — ... atraídos uns pelos outros. — A carruagem desacelerou até parar. Saiu do carro e estendeu a mão para mim. Segurei-a, agarrando a boneca na outra.

— Professor?

— Sim?

— O que sou?

O olhar que me lançou era tingido de tristeza, mas também esperança. Jamais o esqueceria.

— Uma menina, Mara. Uma menina abençoada e amaldiçoada.

# 34

A LUZ MUDOU DO PRETO PARA O VERMELHO VIVO. ESPREMI OS olhos para protegê-los.

— Está se movendo. Olhe.

— Oi para você.

A voz de Jamie. Tentei responder, engolir, mas a garganta estava cheia de areia. Forcei as pálpebras a se abrirem — a luz no cômodo era ofuscante. Uma sombra iluminada por trás moveu-se até o meu lado.

— Stella... Um pouco de água, será?

Em poucos segundos, outra sombra juntou-se à de Jamie, entregando-lhe algo. Pressionou algo gelado e duro contra meus lábios: um copo. Estava fraca e não conseguia pegá-lo, mas tomei goles vorazes. A água gelada escorreu pelo pescoço, e, quando o fez, percebi que eu também estava congelando.

— Frio — disse entre goladas. Minha voz continuava áspera, rouca, mas ao menos tinha uma. O quarto começava a entrar em foco. Quanto mais consciente ficava de tudo ao redor, mais consciente de mim mesma me tornava. Estava congelando de frio e nauseada, mas não me sentia doente.

— O que aconteceu? — indaguei.

Jamie e Stella entreolharam-se.

— Do que é que você se lembra? — perguntou ela, com cautela.

Tentei me recordar, repassando as lembranças anuviadas dos últimos dias... Viagem de carro, enjoos, trem, navalha...

Ah, Deus.

— Me... Me cortei — admiti. As bochechas arderam de vergonha.

Então Jamie disse:

— A gente tirou tudo.

Pisquei.

— Tinha mesmo alguma coisa dentro de você, Mara. Estava certa.

Horror.

— Ai, meu Deus. O que *era*?

— Eram tipo cápsulas, acho? — falou Stella.

— Ainda estão com vocês? — indaguei.

— Estão. Jamie?

— Estão lá no quarto. Espere aí. — Jamie saiu e, quando voltou, estendeu a mão.

Havia duas delas, ligeiramente maiores que grãos de arroz e transparentes. Tinha algo acobreado e preto dentro de uma delas, e acobreado e vermelho na outra.

— Como é que você sabia que estavam aí? — indagou Stella.

Vasculhei a memória, lembrei meu rosto no espelho e os sussurros:

*Tire daí.*

*Por favor, pare.*

Abri a boca para contar, mas engoli as palavras.

— Tive a sensação. — Foi tudo o que falei enquanto estremecia. Stella ajeitou um lençol ao redor de meus ombros.

— Você quase matou a gente de susto, sabia?

Sabia. Não tive escolha, porém. Ou ao menos achava que não tinha. Lembrei da sensação no trem, que me acompanhara desde que acordei no Horizontes, na ilha. Tinha desaparecido. Sentia-me... *Eu mesma*.

— Você está com uma cara melhor — afirmou Jamie, me examinando. — Como é que está se sentindo?

— Melhor. — Estava sedenta, exausta, nauseada e faminta ao mesmo tempo. Mas me sentia normal. Normal para mim, ao menos.

— Escute — começou ele. — Tem uma coisa que precisa saber.

Ergui as sobrancelhas.

— Quando você... Quando te achamos daquele jeito, descobrimos outra coisa.

Meu amigo olhou para Stella, que pegou algo do bolso.

— Alguém deixou um bilhete do lado de fora. — Entregou o papel para mim.

*Acredite nela.*

Não reconheci a letra.

— Esse "nela" sou eu?

Jamie fez que sim.

— Veio com um kit de materiais médicos ou coisa do gênero. Uma maleta com uma porrada de coisa para cirurgia.

Senti frio outra vez.

— Alguém sabia o que tinha dentro de mim.

— E sabe que estamos aqui.

— O que quer dizer que temos que ir embora — interrompeu Stella. — Tipo, para ontem.

— Mas, quem quer que tenha sido que deixou isso aqui, ele disse para acreditarem em mim. E estava certo.

— Mas essa pessoa sabe o que tem de errado com a gente. Por que simplesmente não chegou e disse se queria mesmo ajudar?

Minha mente se apegou à imagem do homem que conhecia como Abel Lukumi. Se Noah estivesse ali, diria que estava me agarrando a coincidências e tentando forçá-las a se tornarem fatos. Não estava, porém. Éramos apenas eu, Stella e Jamie e uma trilha de migalhas que levava a ninguém e nada além do sacerdote.

Por isso lhes contei. Sobre a botânica em Little Havana, onde ele me vira, reconhecera e tentara me mandar embora antes de me dar alguma preparação estranha para beber, que me fez finalmente lembrar o que fizera a Rachel e Claire. Falei a respeito da tentativa de encontrá-lo outra vez, depois de ter matado tudo na casa de insetos do zoológico de Miami. Expliquei como tinha sido seu rosto que vira no hospital depois de Jude me obrigar a cortar os pulsos, também ele na plataforma enquanto o trem deixava Washington. Quando terminei, Jamie tinha recuado para sentar-se na cama, a cabeça sustentada pelas mãos.

— Então o que você está me dizendo é que — estendeu a mão — algum praticante de vodu da *santería* do sul da Flórida te seguiu...

*nos* seguiu... Até Washington, sabe que estamos em Nova York e quem somos, mas não aparece para nós?

— Isso — afirmei.

— Mas por quê? O que é que ele ganharia com isso?

Recordei as palavras que foram um dia de Noah, mas que eram minhas agora:

— Nunca se sabe o que uma pessoa tem a ganhar ou perder com alguma coisa.

— Mas também não entendo — disse Stella. — Por que ia simplesmente deixar a maleta? Se quer ajudar, então devia ajudar de verdade, porra.

— Vai ver não pode — arriscou Jamie.

— Ou não quer — falei, o pensamento se formando enquanto as palavras saíam de minha boca. — Vai ver ele é... o responsável.

— Responsável como?

— Tipo, vai ver que é ele por trás de tudo. Tudo isso — expliquei. — Se for... Se *nós* somos mesmo algum tipo de experiência ou coisa do tipo, ele estar nos seguindo faria parte do plano. Vigiando o que fazemos, como reagimos, o que acontece *quando* reagimos. — Pensei em tudo o que tinha visto no Horizontes, tudo o que Kells nos dissera. — Vai ver é ele... Vai ver é ele quem financiou a Dra. Kells.

— Mas aí por que deixaria aquela maleta para a gente? Por que ia querer ajudar a tirar aquelas... sei lá o quê... de você? — inquiriu Stella.

— Talvez Kells as tenha colocado sem permissão — sugeriu Jamie. — Aliás. — Olhou para mim. — Você acha que a gente também tem essas coisas no corpo?

— Não sinto nada de diferente — disse Stella. — E você?

Ele engoliu em seco.

— Nem sei mais o que "diferente" significa. Acordei um dia na ilha sem conseguir andar, que nem você — disse, me fitando. — Mas aí por que não estou doente?

— Você está — afirmou Stella, com cuidado. — Mas é um ano mais novo que a gente. Pode ser que esteja só no primeiro estágio do que quer que esteja acontecendo...

Lembrei-me das palavras escritas no quadro quando acordei pela primeira vez no Horizontes.

*J. Roth, manifestando.*

— Manifestação — declarei, em voz alta. — Aquela lista, lembram? Dizia que Stella e Noah já haviam manifestado. Kells escreveu isso nas anotações dela.

— Mas o que isso quer dizer? — indagou Jamie.

— Que você vai ficar pior — disse Stella. — Quando aconteceu comigo... Piorei antes de melhorar.

— O que, você está falando de quando estava...

— Manifestando ou sei lá. As vozes não eram sempre altas. No começo, conseguia meio que ignorar. Às vezes até prestava atenção a elas — disse, baixinho. — Ouvia coisas que não devia, e outras vezes em que eu... fazia coisas — continuou. — Usava o que sabia, mesmo que parte de mim tivesse consciência de que era errado. Colei em um teste. Teve essa menina que estava me enchendo o saco, e expus os segredos dela para todo mundo. E sempre que fazia algo, as vozes ficavam mais altas. Mais fortes. Aumentavam em quantidade. Ficou tão forte que eu não conseguia mais identificar quais pensamentos eram meus e quais eram de outras pessoas. Achei que estava ficando louca. *Estava* ficando louca. — Voltou-se para Jamie. — Usar sua habilidade... Não vem de graça, mesmo que pareça assim agora. Está tudo indo muito bem por enquanto, e por isso você tem sorte... Mas vai voltar para puxar seu pé alguma hora.

Jamie não pareceu reagir ao discurso.

— E se tiver alguma coisa dentro de você — prosseguiu Stella —, tipo o que tinha dentro de Mara? Vai ser ativado em algum momento, do mesmo jeito que aconteceu com ela, e você vai passar pela mesma merda.

Jamie revirou os olhos, mas estava perturbado. Eu podia notar.

— Está bem — disse ele. — E o que a gente faz agora?

Interrompi-os.

— Quase morri hoje — falei. — Amanhã a gente descobre quem foi que quase me matou.

# 35

ERAM QUASE 11 HORAS QUANDO FINALMENTE NOS ARRASTAMOS para fora da cama na manhã seguinte. Podia andar sozinha, mas doía. Muito. Estava, portanto, lenta. Nossa única pista real, porém, eram os documentos de declaração fiscal que Stella pegara do escritório de Kells com o endereço do contador, e ele não iria a lugar algum. Provavelmente.

O carro nos vomitou para dentro das entranhas do centro da cidade. Nós três fitamos o edifício atarracado e feio, encurralado entre uma lavanderia e uma agência dos correios, um prédio que abrigava o endereço onde Ira Ginsberg, contador certificado, pretensamente cuidava das declarações fiscais para corporações malignas tais quais a Horizontes Ltda.

— Então, qual é o plano, exatamente? — inquiriu Stella.

— Vamos perguntar para quem ele trabalha — falei.

Stella coçou o nariz.

— E se ele simplesmente não... oferecer a informação voluntariamente?

— Aí Jamie vai estimulá-lo a oferecer. — E, se aquilo falhasse, eu mesma o estimularia. Sentia-me estranhamente bem e estranhamente confiante. O que quer que a Dra. Kells tentara fazer comigo falhou. Eu continuava ali, e aquelas coisas que estavam dentro de mim, fossem o que fossem, haviam saído. Tínhamos o endereço do homem que permitira que ela fizesse tudo o que tinha feito. Estávamos nos aproximando do fundo da história. De Noah. Podia senti-lo.

Jamie limpou a garganta.

— Vamos?

Vamos. Uma recepcionista nos deu etiquetas de visitantes, que colamos (no meu peito, no quadril de Stella e na nádega esquerda de Jamie). Subimos de elevador até a sala em questão. A recepção parecia um consultório médico perfeitamente clichê, até mesmo com a presença de uma secretária de rabo de cavalo e chiclete na boca. Stella olhou para Jamie e indicou Chicle de Bola.

— Você já está me devendo tanto que não consigo nem contar quanto — resmungou.

— Nomes? — perguntou a moça.

— Jesus — respondeu ele.

— Maria — disse Stella.

— Satanás — falei, enquanto passava por ela e abria a porta para o escritório de Ira Ginsberg.

O cômodo era dolorosamente insosso, assim como Ira. Este tinha um rosto ligeiramente bolachudo, que emergia da gola engravatada da camisa social um tanto apertada demais. Levantou-se no instante em que entramos, seguidos pela secretária.

— Está tudo bem, Jeanine — disse ele. — Diga ao cliente na linha 1 que terei que retornar a ligação.

— Sim, Sr. Ginsberg — disse ela, lançando um olhar para nós ao sair.

— Como posso ajudá-los? — indagou o contador.

Jamie sentou-se na cadeira em frente à mesa.

— Que bom que perguntou. — Entregou o documento que Stella furtara do escritório de Kells. — Quem foi que contratou você para fazer isso?

— Receio que não possa divulgar informações de clientes, senhor...

— Jesus — respondeu. Bufei.

— Sr. Jesus — repetiu Ira, sem humor.

Jamie assentiu, pensativo.

— Entendo. Vou reformular a pergunta. Quem o contratou para preparar isso? — Quando falou pela segunda vez, sua voz era incisiva e persuasiva, e o Sr. Ginsberg olhou para o papel apenas um segundo antes de responder. O interrogatório começara.

— A Horizontes Ltda. é uma subsidiária. Um representante da *holding* me contatou e perguntou se poderia constituir a sociedade aqui em Nova York e cuidar das finanças. Por quê?

— Você sabe o que eles fazem?

— Não — respondeu o homem alegremente.

— Alguém da companhia, da Horizontes, tem que ter assinado isso, não é?

— Creio que havia um agente encarregado, sim.

— Quem?

O contador massageou o queixo.

— Não me recordo do nome. Era muito genérico.

— Mas está nos documentos que preparou para eles?

— Certamente.

— Então entregue os papéis para nós — ordenou Jamie, a voz cortando o ar como se fosse vidro.

— Ah, eu entregaria, sim, mas acontece que não os tenho comigo. Tudo o que está relacionado a EIC, a *holding*, é guardado nos arquivos, não no escritório.

— Arquivos?

— Um depósito de documentos ligados à corporação e suas subsidiárias. Mas os arquivos estão todos codificados. Vocês vão passar poucas e boas para encontrar qualquer coisa sem a chave de acesso.

Jamie olhou o Sr. Ginsberg com aspereza e uma sobrancelha elevada.

— Então nos dê a chave.

Os olhos do homem pareciam fora de foco.

— Não posso — respondeu. — Não está mais comigo.

Meu olhar cruzou-se com o de Stella.

— O que você fez com ela? — indagou Jamie.

— Esses documentos específicos foram requisitados há poucos dias, assim como a chave. Fui instruído a mandá-la a uma caixa postal na Universidade de Nova York.

— Por quem?

— Não sei — respondeu ele. — Você precisa entender, são esses os procedimentos da corporação. Uma pessoa autorizada me dá o *código* de acesso, e eu lhe dou a *chave* de acesso a fim de facilitar a organização dos documentos nos arquivos. Muito útil nos casos de litígio.

Jamie inclinou-se para a frente no assento. Pediu:

— Explique.

— Sem a chave, a corporação pode apresentar provas e soterrar os oponentes com papelada, e eles não teriam ideia do que nenhum dos papéis significa — elucidou o contador, com um sorriso astuto. — Levariam anos para organizar tudo, e teriam que pagar os advogados por hora trabalhada enquanto isso.

Eu não podia aceitar que tínhamos chegado até ali e passado por tudo o que passamos para encontrar outro beco sem saída.

— Então conte para quem você mandou os documentos — falei, minha paciência se esgotando. — E dê o endereço dos arquivos.

O homem agiu como se não tivesse me ouvido. Jamie repetiu meus pedidos.

O Sr. Ginsberg suspirou.

— Não havia nome acompanhando o endereço na universidade, apenas um departamento.

— Qual? — indagou Jamie.

— Literatura Comparada.

Eu já saía pela porta.

# 36

DEIXAMOS O ESCRITÓRIO COM DOIS ENDEREÇOS NAS MÃOS: UM era dos arquivos; o outro, do departamento de Literatura Comparada da Universidade de Nova York.

— Então, para onde vamos? — indagou Jamie, quando saímos. — Arquivos primeiro, certo? — perguntou, ao mesmo tempo em que Stella dizia:

— Universidade primeiro.

A garota balançou a cabeça e completou:

— Se a gente descobrir quem foi que recebeu a chave de acesso, isso nos dá pelo menos um nome para seguir mais rápido que ficar folheando milhões de páginas de documentos possivelmente inúteis.

— Mas não tem nome algum junto ao endereço — retrucou Jamie. — A pessoa que deu o código a Ginsberg pode ter simplesmente pedido que mandasse a chave para lá a fim de pegá-la, sem ter relação com a universidade, e só quero achar alguma coisa, *qualquer* coisa, de uma vez, mesmo que seja tudo papelada inútil em um armazém gigantesco em algum canto da cidade. O que você acha, M?

— Na verdade, estou com Stella. — Dei de ombros. — Ir até a universidade vai ser mais fácil e simples que encontrar nossa agulha nesse palheiro de arquivos.

Jamie ergueu as mãos, derrotado, e pegamos o metrô para Greenwich Village. Ele precisou persuadir o segurança a nos deixar entrar sem mostrar identidade. Em seguida, subimos até o andar onde literaturas eram comparadas, e perguntamos à estagiária de olhar vazio na recepção onde e como a correspondência era recebida e distribuída. Indicou um caixote recheado de pilhas de envelopes.

— Entrego a correspondência aos professores nos horários de atendimento. Tudo o que não é endereçado a algum deles vai para o diretor do departamento, Peter McCarthy.

Stella e eu erguemos as sobrancelhas.

— E onde é a sala do professor McCarthy?

— Última porta à esquerda.

Quando chegamos a ela, estava trancada.

— Claro que está trancada — disse Stella, depois de tentar abri-la. — Claro.

— Espere — pediu Jamie, e tirou algo do bolso. Enfiou uma coisa que parecia um grampo de cabelo no buraco da fechadura e o girou resolutamente como quem sabe o que faz. Praticamente prendemos a respiração até ouvirmos o mecanismo fazer um clique. — Depois de vocês — disse ele, empurrando a porta.

Entrei primeiro.

Fileiras de estantes transbordando de livros ocupavam o cômodo, com papéis, cadernos e objetos aleatórios espalhados em todas as superfícies disponíveis — e em muitas das que não estavam disponíveis também. Uma planta de aspecto úmido pendia de um vaso suspenso do teto. Jamie abaixou-se sobre ele e começou a explorar.

— O que é que estamos procurando, exatamente? — indagou.

— A chave de acesso, acho — respondeu Stella, erguendo cuidadosamente alguns dos papéis sobre a mesa.

Jamie estreitou os olhos.

— Você sabe que pode ser só um código, não uma chave de verdade, não é?

Segui direto para a caixa onde a correspondência era guardada, precariamente equilibrada em uma prateleira, e comecei a olhar o que havia ali.

— Ginsberg disse que tinha mandado o código de acesso para cá. O que significa que só pode ter enviado pelo correio. — Peguei um bocado de envelopes e os distribuí entre Jamie e Stella. — Divirtam-se.

— Tenho quase certeza de que abrir a correspondência alheia é crime — ponderou ela.

— Tenho quase certeza de que ser cúmplice de assassinato também — rebateu Jamie. — E aqui estamos nós. — Pegou um envelope pardo e ergueu as sobrancelhas. — Sem endereço de devolução...

— Abre — mandei.

Cuidadosamente, deslizou o dedo sob a aba e espiou lá dentro, depois retirou um catálogo grosso e brilhante da IKEA.

Próximo. Trabalhamos todos em silêncio. Passei pelos pacotes em minha pilha, procurando algo que tivesse o nome de Ginsberg, ou até mesmo apenas um endereço. Mas nada se destacou.

— Não pode ser outro beco sem saída — gemeu Stella.

Sabia como se sentia. Frustração e raiva borbulhavam dentro de mim, e acabei abandonando o montinho de envelopes vistos apressadamente e me jogando no chão para examinar os papéis, cadernos e pastas empilhados por todo o escritório apertado e abarrotado. A situação nos arquivos seria mil vezes pior que aquilo. Como encontraríamos o que procurávamos se sequer sabíamos onde procurar?

Stella e Jamie haviam abandonado seus postos e agora seguiam meu exemplo, examinando a papelada no chão.

— Isso aqui é tudo tipo leitura de nível da quarta série. Que aula será que esse cara dá?

— "Estudos de gênero de habitantes do Pacífico de 1750 a 1825" — disse Jamie, lendo um papel sem olhar para cima.

— Isso aqui é inútil — falei, enquanto me levantava. — Se a chave tiver sido mandada para cá, a pessoa que fez Ginsberg enviá-la pode muito bem já a ter pego. A gente pode estar procurando uma coisa que nem está aqui.

— Então o quê, a gente vai embora assim? — indagou Stella.

— A gente tem mais chances de encontrar o que está procurando nos arquivos — argumentou Jamie. — Que nem eu já tinha dito, só para constar. Olhe, vai ter uma tonelada de coisa lá, obviamente, mas com certeza vamos dar de cara com algo que podemos usar para descobrir quem é a pessoa por trás dessa história toda. Alguma hora. — acrescentou.

Detestava ter que admitir, mas aquela busca estava realmente se revelando outro beco sem saída.

— Vamos colocar tudo de volta no lugar onde achamos antes que alguém nos pegue aqui mexendo nessa merda toda — falei.

Stella parecia arrasada. Jamie estava ansioso para partir e começou a arrumar papéis e envelopes com tanta agilidade quanto suas pequeninas mãos eram capazes. Recoloquei a pilha de cadernos que estava segurando no canto da mesa e me virei, mas, naquele instante, tropecei em uma pequena estátua de madeira que colocara no chão anteriormente. Apoiei as mãos em uma estante a fim de aparar a queda, o que funcionou, mas o movimento fez com que algo caísse do topo dela e acertasse minha cabeça.

Xinguei e levei as mãos ao crânio enquanto fingia que ia chutar o móvel idiota. Jamie pegou o objeto que caíra.

— Achei que sua cabeça fosse dura o bastante para quebrar o vidro — disse ele, segurando o porta-retratos.

— Você vai se sentir muito mal por estar me sacaneando se eu tiver uma concussão depois.

— Vai ter concussão nada — retrucou Jamie. Virou o retrato. — Alguém lembra onde é que estava?

— Acho que lá no alto da estante? — arrisquei.

Meu amigo se esticou para colocá-lo de volta no lugar. A fotografia estava virada para a frente: era alguém discursando no que parecia uma formatura. McCarthy, supus, era o homem grisalho no palanque. Não foi isso, porém, que chamou minha atenção. No fundo, à esquerda do palco, na frente de dúzias de formandos de beca e em um aglomerado de acadêmicos formalmente trajados, estava alguém que eu conhecia. Tirei o porta-retratos da mão de Jamie.

— O que foi? — indagou ele.

— Não o quê — respondi. — Quem. — Apontava para Abel Lukumi.

# 37

STELLA EVITOU PISAR EM UMA PILHA DE PERIÓDICOS ACADÊMICOS no chão e se colocou ao nosso lado.

— O que é que estamos olhando? — perguntou ela.

— A pessoa responsável por tudo isso — falei, sem hesitar. Não havia outra explicação. — Esse aí é Lukumi.

— Espere... O cara de Miami? De Little Havana?

— Por quê? Tinha outro na Suécia?

— Cale a boca. — Deu um soco no braço de Jamie.

Ele tirou uma foto da fotografia de Lukumi e McCarthy, e apressadamente arrumamos o escritório do professor para deixá-lo da maneira como o encontramos. Ou quase.

— Mas quais são as chances de ser só coincidência? — indagou Jamie, enquanto andávamos.

Dei de ombros.

— Quem se importa quanto? Ele estava na foto com o professor, o diretor do departamento para quem Ginsberg enviou a chave. E na plataforma de trem em Washington. E também no hospital depois de Jude ter cortado meus pulsos. Está seguindo a gente esse tempo todo.

— A gente, não — retrucou Jamie baixinho.

Tinha totalmente razão.

— Me seguindo. Está me seguindo esse tempo todo. Desde o dia em que o conheci. — Meus pensamentos corriam com mais velocidade do que eu era capaz de falar. — Tem que ter sido ele quem mandou o bilhete com a maleta de couro, quando fiquei mal. O que significa que sabia o que estava acontecendo comigo, o que tinha dentro de mim, o que significa que...

Saberia onde estava Noah também. Talvez fosse ele quem o estava mantendo cativo.

— Mas aí por que ele ia precisar da chave de acesso? — Jamie coçou o nariz. — Se é ele o homem por trás do homem ou sei lá, se foi ele quem orquestrou tudo isso, financiou tudo e está nos seguindo também, não sei, monitorando o que acontece, ele já não teria acesso aos arquivos? Por que precisaria da chave?

— Vai ver não é assim que funciona — falei. — Talvez, para continuar anônimo, tenha organizado a corporação que financia o Horizontes de forma que só uma pessoa por vez tenha acesso aos arquivos... Então precisava da chave antes de poder checar o que quer que fosse, e, como mesmo as pessoas que trabalham para ele não sabem sua identidade, ele pediu para mandarem a chave para o amigo dele da universidade.

— Teoria um pouco viajante — comentou Jamie.

Stella enrolava uma mecha de cabelo no dedo.

— Já ouvi bem piores. Mas espere aí... Isso significa que ele está com a chave agora? Se só uma pessoa por vez tem acesso, pode ser que...

— Que já esteja lá — terminei por ela. — Pode ser que esteja lá agora.

Entreolhamo-nos. Já passava muito da hora de finalizarmos aquilo.

— Vamos.

Entramos no vagão pouco antes de as portas se fecharem, e Stella e eu nos esprememos entre uma senhora de cabelos roxos, que apertava uma sacola da Bloomingdales contra o peito, e um adolescente judeu ortodoxo, que se debruçava sobre uma cópia de *O apanhador no campo de centeio*. Jamie zombou de um homem de terno acompanhando audivelmente a música em seus fones de ouvido, mas, fora isso, ficamos calados até descermos. Quando saímos do metrô, o sol já se punha. Qualquer que fosse aquele bairro, o aspecto era bastante industrial. Praticamente não havia pessoas andando por ali. Parecia quase deserto.

— Ok — disse Jamie. — Duas quadras para esquerda, três para cima e chegamos.

O sol deslizou pelo céu e se escondeu atrás do horizonte entrecortado da cidade enquanto caminhávamos. Estava quase escuro quando paramos.

— É aqui — declarou Jamie, olhando para um armazém gigantesco e todo fechado. Havia dúzias de janelas que se estendiam por vários andares. A maioria tinha tábuas de madeira as fechando, e outras eram apenas escuras. Uma onda de adrenalina correu por minhas veias. Era *ali* que devíamos estar. Podia senti-lo.

— Como é que a gente entra? — Stella chutou a grande porta de metal que bloqueava o que devia ser a entrada.

— Seu Tûk tolo! — sibilou Jamie entre dentes. — Se tiver alguém aí dentro, com certeza ouviu isso — exclamou, e se abaixou. — Olhe só. Não está com cadeado.

— Então *tem* alguém aí — disse Stella. — Lukumi?

— Talvez — falei. Ou talvez Noah.

Jamie olhou para mim.

— Você tem certeza de que a gente devia mesmo fazer isso?

— Não — respondi com sinceridade, fitando o edifício. — Lukumi está milhares de passos à frente esse tempo todo. Sabe tudo o que vamos fazer antes de fazermos. Ele provavelmente já está nos esperando.

Stella mexeu nos cabelos.

— Não estou gostando muito dessa ideia — comentou ela.

— Nem eu, mas a alternativa é virar e voltar para casa — falei. — E não posso fazer isso.

Jamie olhou para mim, agachou-se e subiu a porta com os dois braços. Até em Miami deve ter sido possível escutar o rugido metálico. Encarávamos uma porta de tom marrom-escuro, ou talvez vermelho enferrujado, com uma janela recoberta por jornal.

— Bem — disse Stella —, se não sabia que estávamos aqui antes, agora com certeza já sabe.

Coloquei a mão sobre a maçaneta. Girou sem dificuldades, e guiei o caminho. A escuridão lá fora não era nada comparada à de dentro. Parecia sólida, quase. Como se pudesse a sentir e tocar se tentasse.

— Procuramos um interruptor? — sussurrou Stella.

— Você tem medo do escuro? — indagou Jamie.

— Prefiro não quebrar meu pescoço tropeçando em você.

— E tenho quase certeza de que já anunciamos nossa presença não intencionalmente mesmo — falei. — Voto a favor da luz. — Em grande parte porque, subitamente, estava com *muito* medo do escuro.

Jamie virou-se e procurou um interruptor pela parede. Demorou um tempo, mas logo...

— Bingo! — comemorou, e o pressionou.

Fileiras e fileiras de lâmpadas se acenderam, iluminando o vasto espaço que era coberto por prateleiras até quase ao teto. Ouvimos algo bater no chão.

— Ai!

Jamie e Stella se entreolharam. Nenhum dos dois falara.

Não me voltei para eles. Apenas olhei para a frente, de queixo caído. *Conhecia* aquele "ai".

— *Daniel?*

# 38

— O QUÊ... *MARA?* — CHAMOU ELE, QUASE GRItando. Depois tirou a cabeça de onde estava, atrás de uma estante que chegava à altura da cintura.

Corri tão rápido quanto pude. Meu irmão estava ajoelhado no chão, massageando um joelho, e me abaixei e lhe dei o abraço de uma vida.

— O que é que você está *fazendo* aqui? — indaguei, a voz abafada contra seu ombro. Fechei os olhos. Não conseguia acreditar como era bom ser abraçada por meu irmão mais velho. Ou, na verdade, abraçada, ponto.

— Ouvi a porta abrindo, desliguei as luzes e meio que me escondi. Aí você acendeu e tropecei em um banquinho.

— Você é *mesmo* um gênio — falei, sorrindo.

— Mas o que é que *você* está fazendo aqui?

Recuei, e as palavras jorraram de mim: o que acontecera no Horizontes, o que acontecera *antes* do Horizontes, tudo. A represa ruíra, e não havia como consertá-la. A expressão de Daniel passou de confusão ao choque ao horror à resignação e novamente à confusão enquanto eu falava, sem fôlego e corada quando cheguei ao fim da narrativa.

— Então você está me dizendo... — começou ele. — Está dizendo que era tudo real. — Uma risada nervosa escapou da garganta. — Tudo o que... Você disse que estava escrevendo para uma tarefa no Horizontes, aquela história fictícia? Não era ficção. Não tinha protagonista. Estava falando de você mesma.

Sorri, pensando no que Noah diria se estivesse comigo. Tinha achado que estava sendo óbvia demais sobre meu probleminha quando disse a Daniel que era uma "tarefa". Queria que estivesse lá, só para eu poder dizer: *não falei?*

Em vez disso, disse a meu irmão:

— Sabia que não ia acreditar em mim.

— Porque é... Como é que pode ser possível?

— A gente não sabe — intrometeu-se Jamie. — Estamos aqui para tentar descobrir.

Daniel fechou os olhos.

— Preciso de um minuto. — Esfregou os olhos com as mãos. — Você não está dizendo... Você não consegue voar nem nada do tipo, não, não é?

— Não — respondi.

— E não consegue, sei lá, escalar prédios e lançar teias de aranha pelos dedos?

Balancei a cabeça.

— Ok — disse ele. — Ok. — Olhou ao redor, o cenho franzido, e pareceu notar Jamie e Stella pela primeira vez. — Não te conheço — falou para Stella. — Mas você, sim. — Seus olhos pousaram sobre Jamie. — O garoto do ebola, não é?

— *Daniel.*

— É — confirmou Jamie, um sorriso fazendo os lábios se curvarem. — Jamie Roth — disse, estendendo a mão para Daniel. Ele a apertou devagar, ainda atordoado.

— Stella Benicia — apresentou-se ela em seguida. — E agora que já sabe quem somos, e sabemos quem você é, se importa de dizer o que está fazendo aqui?

Meu irmão pareceu um pouco surpreso.

Suspirei.

— A gente estava esperando...

— Um sacerdote da *santería* — interrompeu Jamie. — Você não chegou a ver ninguém aqui quando entrou?

Daniel fez que não com a cabeça, parecendo ainda mais confuso, se é que era possível.

— Só eu mesmo.

— Como é que você entrou? — indagou meu amigo.

— É meio que uma longa história — respondeu.

— Que sorte a nossa — falei — termos um tempinho sobrando.

Semicerrou os olhos.

— Aposto que têm. Vem comigo, maninha.

Daniel nos levou por uma escada em espiral de aparência frágil e velha, depois por uma passagem estreita que dava para os fundos do prédio. Abriu a porta de um cômodo de tijolos onde havia uma lâmpada solitária e uma mesa de desenho. Diversos livros e arquivos descansavam ordenadamente sobre e ao redor dela.

— Acho que foi uma fábrica de roupas um dia — revelou, pegando uma banqueta.

Havia algumas mesas para máquinas de costura e caixotes encostados nas paredes da pequena sala. Pegamos as caixas e sentamos nelas enquanto Daniel começava a falar:

— Comecei a desconfiar de que tinha alguma coisa errada depois do retiro no Horizontes. — Olhava para mim. — Quando Noah não voltou.

Senti o coração pular quando meu irmão disse o nome. Todos na escola sabiam do incidente com Lolita, disse Daniel. E o fato de que Noah tinha sido mandado para um centro de tratamento residencial por jogar um homem dentro do tanque de uma baleia assassina causou um grande rebuliço. Daniel suspeitara que tivesse sido mandado para o Horizontes — eu estava lá, para começo de conversa —, mas não tinha podido confirmar: as leis protegendo o direito à privacidade do paciente impediam a equipe de contar. Por isso, arriscou seu melhor palpite: os pais de Noah. Fora até a casa, e o Sr. Shaw o recebera.

— Espere, você conheceu o pai dele? — indaguei, inclinando-me para a frente, cotovelos sobre os joelhos.

Assentiu.

— Ele falou que Noah ficaria no Horizontes até estar "bem" outra vez, e depois pediu educadamente para me retirar. Por que Noah não está com vocês, aliás?

Abri a boca, mas não sabia o que dizer, ou por onde começar.

— Ele estava no Horizontes com a gente — interveio Jamie. — Aí, a coisa toda com Jude aconteceu, e eu não fiquei lá para ver o final da história... Estava ajudando Stella, porque tinha sido ferida por ele, e Noah mandou a gente correr. Nunca mais o vi depois disso.

— Kells disse que ele morreu — continuou Stella. — No desabamento do Horizontes.

— Mas ela é uma mentirosa — interrompi. — Mentia o tempo todo, sobre tudo.

— Então onde ele está? — Daniel olhou para cada um de nós.

— Não sabemos — admiti. — Mas vamos descobrir.

Os olhos de meu irmão se estreitaram.

— O pai dele me deixa desconfiado — falou Daniel. — Tipo, sei que Noah não se dá bem com ele, mas despachar o cara por causa da história da Lolita me pareceu um pouco radical.

— Nossos pais me mandaram para lá — lembrei.

— Eu sei. Mas, Mara, você tem...

— O quê?

— Um histórico — respondeu ele, com cuidado.

Noah também.

— De qualquer forma, comecei a pesquisar sobre o Sr. Shaw.

— E aí? — perguntou Jamie.

— Todos os documentos públicos pareciam legítimos. E não existia conexão nenhuma com o centro de tratamento, óbvia ou não. Então decidi ir até o Horizontes de qualquer jeito...

— Espere, você foi até lá? — inquiri. — Quando?

— Umas duas semanas depois que você foi internada. Dei uma bronca na mamãe e no papai pela questão do Horizontes, e por você estar lá, mas estavam tão sensíveis... Mamãe especialmente. Mal conseguia falar sobre você... Sobre o que pensou que tivesse feito consigo mesma — acrescentou ele, olhando para meus pulsos. — Então, no fim, falei que ia passar o dia fora com Sofia, sair com o barco do pai dela, e fui até o Horizontes em vez disso.

Daniel nos contou que, quando chegou à ilha, os seguranças não o deixaram entrar para me ver, o que o deixou tão frustrado que começou a faltar às monitorias que fazia à tarde para vasculhar os últimos cinco anos de documentos corporativos arquivados da Horizontes Ltda.

— E foi essa minha primeira pista — disse ele. — Lembrei que mamãe tinha dito que o Horizontes estava aberto há um ano apenas, mas que havia anos de registros para organizar... Arquivos fiscais, relatórios anuais, dinheiro que entrava, dinheiro que saía. E um deles me levou até esse contador de Nova York...

— É, a gente encontrou com ele também — falou Jamie. — Mas e aí, o que é que você fez?

— Liguei para ele.

— Assim, simplesmente ligou?

— Dei o nome de um dos empregados de Kells e disse que tinham pedido para resgatar documentos relacionados a um dos "programas".

Meus olhos se arregalaram.

— E funcionou?

— Não.

Ah.

— Disse que eu precisava dar algum tipo de código de acesso e seguir os procedimentos corretos, seja lá quais fossem, mesmo ligando a pedido de Kells. Sabia que teria que vir a Nova York para encontrar alguma coisa, mas não queria vir antes de ter certeza de que conseguiria o que precisava, e não fazia a menor ideia de como, obviamente. Então continuei fuçando os documentos que estavam disponíveis ao público, mas nenhum deles me dizia nada. Aí, um dia, voltei para casa exausto e fui para o quarto tocar um pouco de piano, e isto estava em cima dele.

Daniel tirou algo de um dos caixotes atrás dele. Uma cópia do *Novas teorias em genética*.

— Tinha me esquecido dele depois que você foi embora, e, quando o vi lá, abri e comecei a ler. A premissa era uma porcaria, mas era tão bem fundamentado com pesquisas que não consegui largar.

Fiz uma careta.

— Só você mesmo para achar aquele livro interessante — comentei.

— É, mas que bom que achei, porque foi por causa deste carinha aqui que consegui entrar.

Daniel nos contou a respeito de seu palpite de que uma série de números que não parava de aparecer no livro poderia ser a chave de acesso que o contador mencionara. O palpite se provou correto. Começou a falar mais, atirando jargões incompreensíveis para todos os lados, e precisei lutar para me manter desperta, mas finalmente o ouvi dizer:

— ...1821.

Levantei a cabeça, alerta.

— O que é que você acabou de dizer?

Daniel me olhou com expressão curiosa e respondeu:

— Aqueles números de que estava falando? A sequência? Lenaurd, o autor, referia-se a eles como marcadores genéticos: os números dos genes que contêm anomalias que tornam as pessoas diferentes. Um dos estudos que ele mesmo publicou determinava que as pessoas com a anomalia veem esses números em todos os lugares. A sequência se destaca para elas. Sempre que veem um aglomerado, qualquer conjunto com um, oito, dois ou três, elas notam. É que nem um pensamento obsessivo, ou um TOC em contar. Começam a ver padrões onde não existem, mas podem nem perceber que é isso que estão fazendo. É um dos primeiros sintomas.

Perguntei-me se o teria feito. Se sim, não notara.

— Ele fala da degradação e evolução desses marcadores em particular, alegando que investigou a ascendência de alguns dos participantes da pesquisa, voltando até épocas anteriores à existência da tecnologia de sequenciamento de DNA. É ciência barata, que nem aquelas coisas sobre memória genética...

— Tipo o quê? — indagou Stella.

— Às vezes, uma proteína adicional se liga ao gene. Ele chamou os sujeitos que apresentavam essa característica de G1821-3 e afirmou que a terceira proteína permitia que retivessem lembranças dos ancestrais, o que é ridículo.

— Não é, não — neguei baixinho. — É verdade.

— O quê?

Contei a ele sobre os sonhos, as lembranças, o que quer que fossem... A respeito da Índia e da boneca de nossa avó.

— Não sei o que isso quer dizer — confessou Daniel ao terminar de ouvir.

— Quer dizer que o que Lenaurd escreveu aí está correto — falei. Os olhos de Stella se acenderam com esperança.

— Ele também defende que as pessoas portadoras da anomalia tinham "grandes habilidades adicionais" — disse meu irmão, olhando para nós. — À la super-heróis.

Ficamos em silêncio, até Jamie dizer:

— Não é bem "super-heroico" exatamente.

Chutei seu caixote.

— Mas vocês podem... — Daniel deixou a voz desaparecer, esperando que falássemos. Ninguém disse palavra. — Fazer coisas?

Jamie assentiu lentamente.

— Aham.

— Só... Me corrijam se estiver errado, por favor... Então o que vocês estão dizendo é que podem...

— Ouvir seus pensamentos — disse Stella.

— Persuadi-lo a fazer o que eu quiser — disse Jamie.

— E Noah tem poder de cura — falei, observando as engrenagens funcionarem no cérebro de Daniel. Sabia o que me perguntaria a seguir, e não estava pronta. Não tinha escolha, porém.

— E você?

Meu olhar viajou até Jamie, depois Stella. Evitaram meus olhos.

— Consigo fazer coisas — respondi pateticamente. — Com a mente.

Daniel inclinou a cabeça para o lado.

— Coisas? Tipo... Coisas no nível *Carrie, a estranha*?

De certa forma.

— Você sabe o que Jude fez comigo — falei —, na noite em que Tamerlane desabou?

Daniel fez que sim com a cabeça. O pomo de Adão subiu e desceu em sua garganta.

— Sei.

— Foi por isso que fiz aquilo — confessei, baixinho, enquanto ele franzia o cenho. — Estava com medo. E com raiva. O asilo desabou porque desejei isso.

Daniel sacudiu a cabeça, confuso.

— Você está querendo dizer...

— Fui eu que matei Rachel e Claire. — Daniel já abria a boca para discutir, mas falei antes que pudesse. — E a Sra. Morales? Morreu porque fiquei com raiva por ela ter me reprovado.

— Mara, ela morreu por choque anafilático.

— Porque desejei que ela sufocasse com a própria língua.

Daniel não tinha como responder àquilo. Não havia o que dizer.

Foi Stella quem me resgatou do silêncio constrangedor e doloroso que se seguiu à confissão:

— Você leu em algum lugar se tem como consertar a gente? Tipo uma cura?

Daniel balançou a cabeça.

— Não funciona assim... O gene anômalo é tipo... tipo um cromossomo X ou Y. — Encontrou meus olhos. — Ele faz... parte de vocês.

"*Você não está quebrada*", Noah me dissera quando pedi que me consertasse havia muito tempo.

Talvez tivesse razão.

# 39

STELLA TEVE DIFICULDADES PARA ENGOLIR O QUE DANIEL ACABAra de dizer, e pediu para dar uma olhada no livro.

— Todos vocês deviam ler — aconselhou ele ao entregá-lo. — Talvez pensem em alguma coisa que passou despercebida por mim.

Jamie desdobrou as pernas e se levantou do caixote.

— O que mais você achou até agora?

— Nada que confirme o que está no livro — confessou Daniel —, mas muita coisa sobre uma tal de Deborah Susan Kells. — Pegou uma pilha de pastas que estava atrás de uma das caixas. Era uma pilha entre muitas. — Não sabia de nada sobre nada até chegar aqui, então não tinha nem ideia de por onde começar. O nome de Kells era minha única pista, então usei o código de acesso para entender o sistema de arquivamento e encontrei a ficha dela.

— Há quanto tempo você está aqui? — indaguei, olhando ao redor do pequeno cômodo, para os pequenos montinhos de conhecimento que Daniel conseguira juntar e organizar em ordem meticulosa.

— *Aqui*-aqui? Ou em Nova York?

— Nos dois.

— Quando cheguei à cidade, fiz o contador enviar o código de acesso para um professor da Universidade de Nova York com quem tinha me correspondido.

— Mas espere aí — pediu Jamie, erguendo a mão. — Então você está dizendo que é coincidência Lukumi estar naquela foto?

Balancei a cabeça.

— Coincidências não existem — respondi.

Daniel nos encarou.

— Deixa eu pegar esse bonde... Quem é Lukumi?

— A gente explica depois — falei. — Agora continue.

— Certo... Bem, então, marquei um encontro com ele para me mostrar o departamento e tentar me fisgar para a faculdade, mas consegui surrupiar isso da caixa de correspondência sem ele nem perceber.

— Que safadeza e coragem de sua parte. Isso tudo e você ainda mentiu para nossos pais sobre o verdadeiro motivo da visita a Nova York? Estou impressionada.

— Bem, eu *fui* visitar uma faculdade daqui. — Sorriu. — Então não é totalmente mentira.

Jamie ergueu o rosto. Falou:

— Uma meia-verdade é uma mentira inteira, segundo minha mãe.

— Ele tem razão, sabe — provoquei.

— Acho que sou um rebelde, então.

— Mas espere — disse Stella. — E se o código de acesso mudar?

— Aí estou ferrado.

— *Estamos* ferrados — falei. — Não dá para sair daqui sem isso. Pode ter alguma coisa que ajude a encontrar Noah.

Daniel assentiu.

— A gente devia procurar pelo que já encontrei até agora, aí alguém devia começar uma lista do que ainda precisamos. Não vai dar para ver tudo, mas, se a gente estiver fazendo as perguntas certas, talvez alguma hora consiga as respostas certas também.

— Você pode ser nosso Gandalf — falei, lembrando-me de nossa conversa de semanas atrás e sorrindo.

— Só sou um ano mais velho que você. Mas vou considerar como um elogio se você me deixar ser Dumbledore.

— Se você insiste. — Dei de ombros. — Mas Dumbledore está mais morto.

— Bom argumento — admitiu Daniel.

— Você não vai ser nenhum dos dois, na verdade. — Jamie levantou os olhos de um documento que estava lendo. — Você é um trouxa...

— Ei, calma aí.

— O que faz de você Giles.

Daniel considerou a proposta.

— Aceito — respondeu.

— Ótimo. Agora, Mara? — Bateu as pestanas e me entregou uma pilha de papéis. — Comece a ler.

Stella e Daniel rumaram pelos arquivos e fizeram a lista, retornando periodicamente para deixar pastas transbordando de papéis sobre a mesinha. Jamie e eu ficamos na salinha escura, debruçados sobre centenas, milhares de páginas de registros, e-mails, transcrições, tudo. Absorvi as informações até estar saturada, até meus dedos doerem de tantos cortes de papel e meu cérebro ficar embriagado de detalhes em sua maioria irrelevantes. Parecia que sobrara para mim a pilha de porcaria que continha as partes mais mundanas da juventude de Kells: anotações da professora do jardim de infância, o projeto de ciências da quarta série e por aí vai. Perguntei-me vagamente por que teriam — quem quer que fossem — se dado ao trabalho de reunir aquela merda, mas a verdade era que não me importava realmente. Tinha fome de respostas, estava faminta, e elas estavam ali, em algum lugar sob aquele teto, e eu as encontraria.

— Mara — chamou Jamie, baixo. — Vem cá dar uma olhada nisso.

Ou elas me encontrariam.

Jamie me entregou uma pasta grossa, já aberta.

— Não desmarca a página.

Olhei para o que estava guardado ali. Arquivos médicos, era o que pareciam. Havia registros de internações no hospital, altas, receitas e mais registros de visitas ao...

— Departamento de Obstetrícia e Ginecologia. — Li em voz alta e voltei a verificar o nome no topo da página.

Kells, Deborah S.

— "Paciente engravidou. Paciente abortou espontaneamente. Aborto necessário."

— Já contei seis abortos aí — disse Jamie. — Depois, pulei mais para a frente. Ela foi diagnosticada com infertilidade idiopática: não sabiam explicar as causas.

— Então...

Deu de ombros.

— Não sei o que significa. Precisamos de mais informação.

Olhei as datas dos relatórios: 1991, 1992, 1993. E tudo apenas naquela pasta.

— Será que a gente deve pular mais para a frente? — indagou Jamie.

— Para quando?

— Quero saber como é que ela foi trabalhar no Horizontes.

Tinha razão. Sem nos darmos conta, estivéramos lendo seu histórico a fim de responder apenas uma pergunta: Por quê? Por que tinha nos levado para lá? Por que nos torturara? Se havia uma razão, não estaria nos registros do jardim de infância. Precisávamos descobrir como tinha encontrado o Horizontes em primeiro lugar. E quem a tinha contratado.

Jamie passou por algumas das outras pastas e tirou pequenos envelopes que protegiam discos.

— CDs? — Virou-os. — Não. DVDs, "Entrevistas DSK 03/11/1999, 02/10/1999, 02/09/1999"... Mas o quê...?

— DSK — falei. — Deborah Susan Kells.

Jamie ergueu uma sobrancelha.

— Certo. Acha que as datas param onde?

Mergulhei as mãos na pasta onde Jamie os encontrara. Havia dúzias deles.

— Até 1998, acho.

Meu amigo se levantou e olhou em outra pasta.

— Tem de 1996 e 1997 aqui.

Continuamos a procurar pasta após pasta e finalmente descobrimos que os primeiros DVDs eram de 1994, começando pouco depois dos registros médicos terminarem.

— Estou meio que morrendo de curiosidade para assistir isso — falei.

— Eu também.

— Foram arranjadas para acontecerem mais ou menos no mesmo horário todos os meses... Vai ver é algum tipo de experimento? — Aquilo se encaixaria no que sabíamos a respeito dela. Talvez a Dra. Kells tenha sido o primeiro rato de laboratório.

— Talvez.

— A gente devia levar tudo.

— Tudo?

Gesticulei para a sala.

— Bem, a gente não pode assistir nada aqui.

Jamie ficou de pé e abriu a porta, depois virou-se para mim.

— Será que a gente devia procurar mais coisa? — perguntou ele.

Devíamos. Falei:

— Quero saber quantos são. E se tem algum deste ano. — Kells poderia ter falado sobre nós. Poderia ter falado sobre mim.

No instante em que juntávamos as pastas e deixávamos o pequeno quarto abarrotado, topamos com Daniel e Stella.

Daniel deu um passo dramático para trás.

— O que foi?

— Encontramos uma coisa — revelei, e Jamie começou a falar.

# 40

— Uau! — exclamou Daniel ao entrar na casa. — O que sua tia faz?

— É professora — respondeu Jamie. — Fez decisões inteligentes no mercado imobiliário.

— Pelo visto, sim.

— Estou com fome — anunciou Stella. — Alguém mais?

— Morrendo — falei, percebendo apenas naquele momento. Não tínhamos comido o dia inteiro.

— Pedimos comida? — indagou ela.

Daniel balançou a cabeça.

— Quanto menos atenção atrairmos, melhor.

Estava certo, então conseguimos preparar uma refeição usando todas as porcarias que tínhamos comprado na mercearia da rua. Daniel dividiu as pastas entre nós, como grande gerenciador de tarefas que era, e nos disse para começarmos a ler. Eu, no entanto, queria assistir aos DVDs primeiro.

Daniel bateu o pé.

— Vamos conseguir fazer mais coisa se dividirmos o trabalho.

— Pode dividir da maneira que quiser — falei. — Mas vou assistir às entrevistas.

— Quero ver também — protestou Jamie.

Daniel olhou para Stella, que levantou as mãos em sinal de rendição.

— A gente comprou pipoca — disse ela. — Coloco para fazer?

— Isso aqui não é cinema — resmungou Daniel.

Não pude deixar de sorrir.

— Sim — respondi a ela. E para deixar a cena completa, Jamie pegou cobertores e jogou-os para nós.

— Por onde você quer começar? — perguntou ele no instante em que Stella entrava com uma tigela de pipoca.

— Qual é o primeiro?

Jamie procurou nos pequeninos envelopes de DVD e anunciou:

— Oito de janeiro de 1994.

— Por esse, então.

Obedientemente, colocou o DVD no Xbox da tia (queria muito conhecer essa mulher), apagou as luzes e se jogou em uma poltrona.

A gravação começou com estática, que depois se transformou em uma Dra. Kells de aparência muito jovem, sentada a uma mesa pequena em frente a uma parede listrada nos tons verde-claro e creme. Parecia familiar. Depois de um momento, me dei conta do porquê.

Era o mesmo cômodo do vídeo que tínhamos visto no Centro de Testes do Horizontes, o que usara para me enganar e fazer procurá-la, de modo que pudesse me atrair àquela sala de contenção. Existia desde 1994.

— Diga seu nome para fins de registro — instruiu uma voz masculina. Não a reconheci.

— É um depoimento? — indagou Daniel. Mandei que se calasse.

— Deborah Susan Kells.

— Já usou outro nome?

— O de solteira — respondeu.

— Que é?

— Lowe.

— Cacete — sussurrei.

— Não mesmo — exclamou Jamie.

Não era possível. Conheci os pais de Jude e Claire. Eu os vira no funeral e na homenagem. Tinha...

— Qual sua data de nascimento?

— Espere, alguém pausa o DVD, a gente *precisa* falar sobre isso — pediu Jamie, enquanto a Dra. Kells começava a recitar o que parecia um endereço.

— Onde está o controle? Merda!

— Diplomas?

— Tenho PhD em genética pela Universidade Harvard, e minha primeira ocupação pós-doutorado foi...

A Dra. Kells parou no meio da frase. Jamie deixou o braço esquerdo esticado, apontando para a televisão.

— Certo — disse. — Deborah Susan Lowe. Tipo...

— Jude Lowe — completou Daniel.

— Que porra é essa, gente — falei. — Que. Porra. É. Essa?

Jamie parecia estupefato.

— Quem é que ia querer se casar com aquela vaca? — perguntou.

— Mas conheci a mãe de Jude e Claire — falei, com um fio de voz. — Conheci a mãe e o pai. E fui à casa deles. — Foi quando me lembrei de algo... Algo que Noah dissera. — Mas... *não era* a casa deles.

Daniel inclinou a cabeça.

— Do que é que você está falando?

— Noah foi lá antes do Horizontes — expliquei. — Antes de... — Mostrei os pulsos. Daniel se retraiu como se eu o tivesse golpeado.

— Até Laurelton? Sério?

Assenti.

— Para tentar achar os pais de Jude, ver se sabiam de alguma coisa, quando a gente pensava que ele estava me caçando. Mas não estavam lá — contei. — Os pais de Jude. As pessoas que abriram a porta disseram que moravam lá havia 18 anos. Noah achou que eu tivesse dado o endereço errado.

— Certo. — Stella ergueu um dedo. — Se as pessoas que você achou que fossem os pais dele não eram coisa nenhuma na verdade — disse —, quem eram?

— Meu Deus, quando foi que essa história começou? — Jamie parecia nervoso.

— Jude e Claire se mudaram para Laurelton um ano antes de morrerem — falei. — Claire estava no meu ano, mas Jude...

— Estava no meu — completou Daniel.

— Você o conhecia? — indagou Stella.

— Não muito bem — respondeu meu irmão, desconfortável. — Devia. Talvez se tivesse conhecido Jude melhor, poderia...

— Não — cortei, com rapidez. — Mesmo você não teria adivinhado.

— Mas aí *o quê*? — perguntou Jamie. — A gente viu páginas de registros de gravidezes interrompidas. Você acha que ela é mãe dele?

Pensei em todas as interações que tivera com a mulher, vasculhando as lembranças em busca de uma pista, uma insinuação, qualquer coisa. Todas as ocasiões em que falei com ela, porém, comportava-se impassivelmente. Clínica.

Salvo pela última vez, de qualquer forma.

— Lowe não é um nome tão incomum assim — ponderou Jamie.

Todos olhamos para ele.

— Vai que é coincidência? — sugeriu timidamente.

Inclinei-me.

— Você não está falando sério.

— Sei lá! — admitiu. — Vai ver, os três são parentes, mas não mãe e filhos. A gente mal viu cinco minutos da gravação ainda.

Tinha razão.

— Vamos fazer uma maratona com eles, então — concedi.

— Tem centenas de DVDs — disse Stella.

Jamie massageou a testa.

— E não é exatamente *O Senhor dos Anéis*.

— Bem, a gente também não é exatamente a porra da Sociedade do Anel — rebati. — A menos que alguém aqui consiga pensar em um jeito de cortar caminho, você devia apertar o play de uma vez.

— Espere. — Daniel levantou-se. Desapareceu na cozinha e retornou com cinco cadernos de espiral que devia ter comprado na mercearia. Jogou um para cada.

— Não tem caneta? — indaguei.

Jogou uma caixa de canetas para mim, e nós cinco começamos os trabalhos.

Às 5 horas da manhã, mal tínhamos arranhado a superfície de "Dra. Kells: o início". Fizemos uma pausa para dormir — ou cochilar, a bem da verdade, uma vez que Daniel fixou o horário de 10 horas para recomeçarmos. Tínhamos receio de dividir a tarefa; e se um de nós notasse algo que o restante não percebeu? Assim, assistimos a tudo juntos, Stella e Daniel examinando por alto arquivos que pareciam corresponder aos meses e horas em que Kells fazia as entrevistas, embora não fossem adequadamente identificados ou datados. A sequência 18213 era um código, e tínhamos que usá-la a fim de encontrar os documentos que queríamos. Jamie era extraordinariamente bom naquilo, então ficou encarregado de decifrar os códigos. Daniel e Stella caçavam os arquivos nas pilhas e os levavam para mim, para que lesse. Foi isto que descobrimos:

A Dra. Kells era portadora do gene G1821. Nunca o manifestou, no entanto. Era algo que podia acontecer, aparentemente, um pequeno e interessante fato sobre o qual Daniel falou à exaustão. A manifestação era como câncer, mais ou menos. Há um gene envolvido, mas existem gatilhos ambientais, portanto, ainda que alguém tenha o marcador da anomalia, pode ainda se salvar caso nada ative o gene.

O que nos leva à segunda coisa que descobrimos, embora meio que já soubéssemos: Kells era obcecada com a ideia de encontrar uma forma de corrigir "a anomalia", culpando-a pela infertilidade. Enquanto assistíamos às entrevistas, ouvimos a mulher mencionar ter trabalhado com um homem — um farmacologista, palpitou Daniel —, a fim de desenvolver medicamentos diferentes que contra-atacassem os efeitos do gene, desligando-os, tendo o portador manifestado ou não. Mas nada funcionara... Nela, ao menos. Assim, quis ver se as substâncias funcionariam em outras pessoas. Não pôde desviar dos obstáculos que a impediam de obter a permissão para fazer os testes em mulheres que tentavam engravidar e podiam ser portadoras também. Casais passando por processos de tratamento de infertilidade tendiam a ser ricos, o que significava que o governo se importava com eles.

Ninguém se importava com órfãos, no entanto, de modo que a doutora tornou-se mãe adotiva. Depois que me dei conta do que estava procurando, comecei a encontrar registros para A. e B. Lowe, C. e D. Lowe, E. e F. Lowe, e G. e H. Lowe. Todos gêmeos idênticos. Todos meninos. Todos mortos.

E tinham estado todos sob seus cuidados. Morreram em idades distintas, com sintomas distintos, mas todos culminando em uma febre e "morte por causas naturais", de acordo com os relatórios dos legistas em cada uma das fichas. Sentia dor no coração ao olhar suas fotografias: Abraham aos oito meses de idade, mordendo um estegossauro de plástico verde que segurava com as duas mãozinhas; Benjamin, que vivera um ano a mais que o irmão, agachado nas duas pernas gorduchas enquanto empurrava um caminhão de bombeiros de brinquedo; Christopher, morto aos 2 anos, sem blusa na fotografia enquanto mostrava a língua para a câmera; David, seu irmão gêmeo, com 3 anos de idade ao morrer, vestindo um terno diminuto, cercado por patos em um parque; Ethan, aos 4 quando foi colocado para adoção, e que morreu meio ano depois; e seu irmão, Frederik, com 5 anos de idade ao falecer, um ano a menos na fotografia tirada com Ethan, seus bracinhos ao redor dos ombros um do outro; Garret, de 6 anos, escarrapachado sobre o lombo de um pônei peludo e aparência entediada, com o irmão gêmeo, Henry, que segurava as rédeas e que quase chegou aos 7. O segundo morreu no dia do sétimo aniversário.

Depois, a imagem de um menino de 8 anos com um sorriso que ocupava o rosto todo e sem um dos dentes da frente, sardas salpicadas pelo nariz e uma covinha na bochecha enquanto sorria sob um boné dos Patriots, largo demais para ele, que caía sem jeito da cabeça loura quase branca.

Experimento nove: Jude Lowe.

# 41

JUDE E CLAIRE LOWE, PAR DE NÚMERO CINCO. GÊMEOS FRATERNOS. "Induzidos artificialmente aos 8 anos de idade", segundo suas fichas, as *verdadeiras*, o que significava que foi naquela época que aplicaram neles qualquer que tivesse sido a versão do medicamento em que Kells trabalhava na época para causar os sintomas do G1821.

— Espere um segundo — disse Jamie, levantando a cabeça. — O que é que aconteceu com o I. Lowe?

— Não tem nenhum I.

Ele estalou os dedos.

— Exatamente.

Stella deu de ombros.

— Vai ver ela não gostava de nenhum nome masculino começando com *I*?

— Tipo "Ignatius" — sugeriu Daniel.

— Ou "Ira" — comentei.

— O que levanta outra questão — disse Jamie, e mordeu a unha do polegar. — Esses não eram os nomes verdadeiros das crianças. Não podem ter sido. Os nomes deveriam estar nas certidões de nascimento.

— Não vejo nenhuma aqui nos arquivos — falei. Apenas certidões de óbito. — Mas os relatórios médicos usam os codinomes ou sei lá o quê.

— Então Kells deve ter dado outros nomes a eles... Mas como é que se faz uma criança de 6 ou 7 anos aceitar um nome novo?

— E mentir para médicos e enfermeiras? — acrescentei. Pensei nos documentos que folheara, mas nenhum nome de hospital se destacava. — Me dê isso aí — pedi para Jamie, que me entregou um de seus papéis. F. Lowe. Frederick. — Esses registros são do Mount Tom Hospital. Alguém digite no Google.

Daniel obedeceu.

— Não existe. — Fez uma pausa. — Será que esses documentos são reais?

— Acho que são — disse Stella. — Quero dizer, por que é que fabricariam todo um histórico médico? Especialmente se não estão nem usando o nome de verdade da pessoa.

Um pensamento se materializou em minha cabeça.

— É outra camada de proteção — declarei. — Os nomes foram mudados, os lugares e as datas... Nada disso é real. Se fosse, seria muito fácil achar as crianças e descobrir o que aconteceu com elas. Mas acho que Stella tem razão... o que está *escrito* aí é verdade. Os sintomas, tratamentos, consequências. Digo, *vimos* os arquivos. As fichas *verdadeiras*, com os nomes reais das crianças, devem estar em algum lugar, mas sem saber quais são, ninguém nunca os acharia.

Daniel assentiu lentamente.

— Então, nada disso pode ser usado como prova — falou em voz baixa. — Kells era uma pessoa real, com identidade real, e, quando se tem uma identidade, não é fácil negar. Se alguém investigasse a história *dela* e encontrasse esses documentos, como fizemos, e tentasse denunciar essas coisas, como *eu* queria fazer, ia parecer que tudo não passa de registros fictícios de crianças fictícias que nunca existiram.

— Esperto — disse Jamie.

Muito.

— Mas como é que deixaram Kells adotar tantas crianças? Especialmente considerando que sempre morriam com ela? — indagou Stella.

— Da mesma forma que ela possuía os recursos para nos encontrar — falei. — E para fazer experiências com a gente e toda aquela pesquisa...

— Além disso — acrescentou Jamie —, acontece muita merda o tempo todo com as crianças nos lares adotivos.

Olhei para a imagem congelada de Kells na tela e apertei play.

— J. acordou dois dias depois da indução reclamando que estava passando mal. O termômetro acusou febre de 37,6°C. Estou esperançosa de que seja apenas um resfriado normal, ou uma gripe, uma vez que os outros apresentaram temperaturas acima de 38,3°C quando expiraram.

— Expiraram? Caramba, quanta frieza — exclamou Jamie.

— Claire parece bem, de qualquer forma — continuou Kells, a aparência perfeitamente calma, sem um pingo de preocupação.

— Acelere isso aí — pediu Jamie, e obedeci.

Depois, Kells parecia tensa e preocupada.

— J. desenvolveu a febre. Os mesmos sintomas dos outros, em grande parte, mas com algumas diferenças essenciais. Parece desorientado. Peguei-o falando na terceira pessoa, para si mesmo e ocasionalmente para mim. Pediu para ver Claire, mas não quero assustá-la. Preciso que permaneça receptiva e disposta a passar por testes futuros, particularmente se Jude expirar como os demais.

Parei o DVD.

— Claire estava no meu ano — comentei para ninguém.

— E Jude, no meu — disse Daniel.

Stella pegou uma pilha de papéis da mesa.

— Mas aqui diz que são gêmeos fraternos. Par cinco.

Assenti.

— Para que mentir? — indaguei.

Apertei o play, mas a Dra. Kells mudara de assunto na entrevista, ou gravação, o que quer que fosse, para discutir as propriedades do Amylethe. Daniel e Stella continuaram a assistir enquanto eu e Jamie pegávamos os DVDs com meses e datas que correspondiam aos eventos médicos na ficha de Jude. Quando a gravação terminou, colocamos a seguinte para rodar.

Kells estava sentada à pequena mesa no cômodo verde e branco, praticamente radiante.

— Meu nome é Deborah Susan Kells — apresentou-se. — Hoje é segunda-feira, dia 5 de março, dois meses depois da indução, ao que parece bem-sucedida, do sujeito de pesquisa J.L. de acordo com o protocolo Lenaurd.

Nós quatro nos entreolhamos.

— Depois da série de injeções, ele começou a se desenvolver em uma velocidade magnífica — prosseguiu ela, inclinando-se para a frente. — Muito além de tudo o que eu podia esperar.

Continuou falando, sobre os avanços de Jude, sua evolução, físico e outros aspectos. Estava desenvolvendo muitos "dons", para usar as palavras de Kells, e ela estava orgulhosa dele, orgulhosa do que tinha feito a ele. Também estava, porém, vivenciando mudanças. Sutis, a princípio. E depois não mais. Quando fez 10 anos de idade, ela começou a se preocupar:

— Está mal-humorado, depressivo... Até agressivo. Notei o desenvolvimento de características sexuais secundárias: engrossamento da voz, início de aparecimento de pelos no rosto e no peito. Parece estar passando pela puberdade, apesar da idade. Requisitei uma avaliação e intervenção, e voltarei com os resultados no próximo mês. — Desligou a câmera.

Colocamos o DVD seguinte, absortos.

— O psiquiatra deu o diagnóstico de transtorno de conduta — revelou, claramente abalada. — E o comportamento do sujeito de pesquisa J continua a se deteriorar. Tornou-se antissocial e extremamente agressivo. Claire relatou que flagrou o irmão arrancando penas de um filhote de pardal que caiu do ninho. Temos administrado Amylethe a fim de tentar conter os... efeitos colaterais... da manifestação.

— É por isso — concluiu Daniel, em voz baixa.

— É por isso o quê?

— Que mentiram sobre a idade. Se começou a entrar na puberdade aos 10 anos, ia parecer velho demais para se passar por um garoto de 17 anos. — Daniel pegou um punhado de papéis e falou enquanto os lia. — Ela testou todos os tipos de remédios nele, não só os antipsicóticos típicos... Hormônios, coisas experimentais também. — Depois nos olhou. — É por isso que vocês parecem mais velhos do que são. Tinha alguma coisa falando de amadurecimento rápido no *Novas teorias*. Começou aos 18 anos nos sujeitos de pesquisa e continuou até os 21.

— Só que ninguém aqui tem 18 anos — disse Stella, alto.

Jamie parecia cético.

— E as pessoas sempre acham que sou mais novo — comentou. — Vai ver é que nem aquela coisa dos hormônios de crescimento no leite fazerem a pessoa entrar na puberdade mais cedo?

Queria que Noah estivesse lá para ouvi-lo.

— Ela me deu Amylethe também — contei a Daniel, lembrando as palavras de Kells no Horizontes. — Disse que ia me fazer me sentir melhor.

Daniel olhou para mim.

— Funcionou? Você está se sentindo melhor?

Sentia-me, sim, mas não era por conta dos medicamentos, ou dos implantes. Como poderia explicar tudo pelo que passei apenas para chegar até ali? Sobre como tinha me sentido doente e fora de mim todos os dias desde que acordei no Horizontes, até ter tirado aquelas coisas de dentro de mim?

— Não — respondi. — Não acho que tenha funcionado.

— E seu, hum... Poder?

Jamie se encolheu.

— Parece tão tosco quando você fala assim.

Não respondi à pergunta de meu irmão, pois a verdade era que não sabia se ainda funcionava ou não. Não tinha tentado usá-lo, não desde...

— Espere aqui — pedi, e joguei o cobertor para longe. Subi a escada pulando dois degraus de cada vez e abri a porta do quarto em que dormiria pelo período que passássemos ali. Encontrei o que estava buscando sobre uma cadeira no canto.

Procurei dentro da pequena mala cinza até os encontrar. Os implantes, as cápsulas ou o que fossem, que estavam dentro de mim até Stella os tirar. Fechei os dedos ao redor deles e os levei lá para baixo. Daniel examinou uma cápsula sob a luz.

— Estavam dentro de você?

— É.

— Onde?

— No meu estômago, acho.

— Não podem ter estado no seu estômago, ou você teria morrido tentando extraí-los.

— Certo — falei. — Estavam 42 graus ao sul de minha fíbia direita e do sétimo metatarso.

— Você não tem fíbia nenhuma. Não existe esse osso.

Mostrei o dedo a meu irmão.

— Não precisa ficar estressadinha — disse Daniel, melindroso. — Ok, então estavam aí dentro quando você saiu do Horizontes, certo?

— Isso.

— E sua habilidade não funciona desde que você saiu, certo?

— Correto.

— Você tentou?

Pensei a respeito do Sr. Ernst. Do que tinha feito a ele depois do que tinha tentado fazer comigo e Stella.

— Tentei. — E tinha mesmo.

— O que é que aconteceu? — inquiriu Daniel. — Quem foi que você tentou... — Sua voz se perdeu. — Quem te machucou?

Jamie quase começou literalmente a assoviar e girar os polegares. Stella olhava para o chão.

— Não foi nada — falei, falsamente calma. — Ficou tudo bem no fim.

Daniel me devolveu os implantes e olhou para a papelada caótica.

— Certo. Sabemos que a anomalia é engatilhada pelo medo e estresse. Então, e se sempre que seu sistema nervoso fosse inundado por adrenalina, ou cortisol, essas coisas reagissem, impedindo a manifestação de sua habilidade? Tipo um sistema contra falhas para te deixar mais segura, melhor, na eventualidade de sair do Horizontes.

Não tinham, porém, me deixado mais segura, pensei. Minha mente conjurou a imagem do Sr. Ernst, o que fiz a ele, e pisquei, torcendo para que se dissipasse.

Daniel escolheu as palavras com cuidado.

— Mas você *estava* mais segura de verdade, se for considerar que não podia *acidentalmente*... machucar ninguém. Não podia se proteger, mas ficou mais seguro para as outras pessoas estarem por perto.

Perguntei-me se seria verdade.

— De qualquer forma, a Dra. Kells se pretendia uma cientista, uma pesquisadora. Tinha planos de te mandar de volta para casa, não tinha?

— Foi o que ela falou.

— Então esses implantes têm que ter sido parte do plano dela — concluiu meu irmão. — Achou que teria tempo para ajustar os efeitos, descobrir como neutralizar a anomalia, isso tudo antes de vocês fugirem.

Antes de eu tê-la matado. O argumento de Daniel, porém, era razoável. Tudo o que Kells fizera conosco, comigo, tinha sido em busca de uma cura. Se você não for bem-sucedido de primeira, tente, tente outra vez. E quando não foi bem-sucedida, e Jude me deixou sair, decidiu me abater como um animal antes que pudesse escapar e machucar alguém.

Enquanto assistíamos às entrevistas, demo-nos conta de que Daniel tinha razão. Jude piorou, independentemente do que Kells fazia para tentar consertá-lo. Tentou esconder sua perturbação enquanto o menino crescia, ficava mais perigoso, mas os medicamentos que aplicava nele nem sempre mitigavam seu comportamento agressivo. Por vezes, não parecia saber quem era: foi diagnosticado com transtorno de personalidades múltiplas, e, quando "outra pessoa" tomava conta, Claire era a única que podia alcançar o irmão, o *verdadeiro*, para fazê-lo voltar, o que Daniel supôs que fosse o motivo pelo qual Kells a adotou, apesar do gênero.

Ouvir e ver Kells falar sobre Jude fez os pelos de minha pele se arrepiarem. Era perceptível que ela estava perdendo o controle, mas não admitia. Jude era sua história de sucesso depois de anos e anos de fracassos. Não conseguia aceitar que, ao tentar curar a anomalia, tinha, na verdade, causado algo pior. Seu único sucesso verdadeiro tinha sido conseguir manter Claire e Jude vivos depois da indução. Claire continuava completamente normal, na verdade, apesar dos esforços de Kells a fim de torná-la diferente. Kells supôs que Claire não era portadora. Se tivesse sido, poderia ter estimulado a mutação da maneira como tinha feito com Jude.

— Isso explica por que Jude sobreviveu depois do sanatório, e Claire, não — disse Daniel. E depois, quase para si mesmo: — Mas e as mãos dele?

As mãos de Jude. As que supostamente não teria mais, depois que a porta do quarto do paciente em Tamerlane fechara-se nele, separando-o de mim, e seus pulsos das mãos.

— Não faz nenhum *sentido* — murmurou Daniel.

— Não faz? — Stella olhou de Daniel para mim e de mim para Jamie. — Jude tem capacidade de cura.

— Noah também tinha — disse Jamie. Lancei-lhe um olhar. — Tem. Noah também *tem*.

A razão pela qual *tinha* que ter sobrevivido.

— E é por isso que Noah ainda está vivo em algum lugar — argumentei.

— Mas Jude não consegue se curar sem machucar outra pessoa — lembrou Stella. — Quando a porta fechou em cima dele no sanatório, você não seria afetada porque é... diferente.

— Ai, meu Deus — exclamou Daniel.

— O quê? — Olhei para ele.

— Rachel e Claire — disse Daniel. — Eram normais, não portadoras. Estavam lá em Tamerlane com você e Jude. Jude conseguiu se curar por causa *delas*. Foi *ele* quem as matou, não...

Eu. Não eu.

Engoli em seco. Não havia como comprovar de fato o que acontecera, ou quem era mais responsável. Desejei que o lugar desabasse. Desejei que Jude morresse. O prédio desabou, e ele *não* morreu, mas, se Rachel e Claire tinham perdido a vida por conta da habilidade de Jude, porque seu corpo precisara se regenerar, ainda assim isso não teria acontecido se não tivesse sido eu a feri-lo. Quem tinha a responsabilidade? Ele ou eu? Importava?

— Uma pergunta — disse Stella, interrompendo o período de silêncio. — Tem uma coisa que não entendo. Talvez um de vocês possa me ajudar. Por que as garotas não? Por que Kells só adotava meninos até Claire? Quero dizer, se sou portadora, se Mara é, e nós duas manifestamos, então por quê...

Daniel a cortou:

— Por que os gêmeos eram na maioria meninos?

Stella assentiu.

— Tinha alguma coisa no *Novas teorias* a respeito do cromossomo Y e um fator de cura — lembrou ele, levantando-se para procurar o livro. — A maioria das habilidades era de subtipos diferentes que podiam se ligar tanto ao cromossomo X quanto ao Y, mas não essa. Tinha que ser um Y.

Pensei a respeito das crianças em quem Kells fizera experiências. Oito menininhos, outrora saudáveis e agora mortos. Estava tentando consertar um problema, dissera, consertar a anomalia, para criar alguém que pudesse curar-se e, por extensão, curar os outros — e ela também.

Estava tentando criar Noah, mas terminou com Jude em vez disso.

# 42

CONTEI A TODOS O QUE ESTAVA PENSANDO. FICARAM EM SILÊNcio, mas sabiam que eu estava certa. *Eu* sabia que estava certa. Tentando desenvolver uma cura para o que estava fazendo as pessoas adoecerem, apenas os deixara mais doentes. Se estivesse viva, ainda estaria tentando.

E enquanto assistíamos aos DVDs, e a noite se adensava, descobrimos que depois de ter identificado minha avó como portadora (por meios jamais especificados), começou a vigiar minha família. Tudo tinha sido arranjado, planejado — mandar Jude e Claire para Rhode Island, matriculá-los na mesma escola que eu para que pudessem se aproximar de mim —, tudo. Daniel chegou até a encontrar registros que mostravam os pagamentos que uma subsidiária da Horizontes Ltda. fizera ao número 1281 em Live Oak Court, o endereço que eu pensara ser de Jude. Quem quer que Noah tivesse conhecido lá não eram os pais de Jude, mas *eram* mentirosos.

— Ela não pode ter feito tudo sozinha — ponderou Daniel. — Sabemos que ela não... Ela estava fazendo essas gravações para alguém, usando como base pesquisas que não eram dela. Alguém a estava apoiando, financiando, possibilitando tudo.

— Lukumi — sugeri.

— A gente acha — acrescentou Jamie.

Daniel esfregou os olhos como uma criança.

— Isso é muito, muito maior que só a gente — argumentou ele. — Quero dizer, vejam os arquivos. São milhões, talvez bilhões de páginas lá. E o que Kells disse antes, sobre ter identificado o gene em nossa avó? Tem outros portadores por aí. Que nem você — disse, olhando para mim. — Mas o que não faz sentido, se isso for mesmo verdade, é como é que ninguém mais descobriu vocês até agora?

Ninguém sabia a resposta àquela pergunta tão bem quanto eu. Falei:

— Porque, se contamos a verdade, as pessoas simplesmente acham que somos malucos.

— Ok, nesse ponto você tem razão, Mara. Tudo leva a Lukumi — disse Daniel. — É o único nome que não para de aparecer.

— Na verdade, esse não é nem o nome de verdade dele — respondi.

— Ahn, o quê? — Stella estava lendo algo, mas ergueu a cabeça.

—Noah e eu o procuramos — expliquei. — Voltamos a Little Havana, fizemos toda a pesquisa necessária no Google. "Lukumi" é o nome de algum caso de *santería* que chegou ao Supremo Tribunal.

Jamie assentiu.

— Claro que é. Não dificulta nem um pouquinho as coisas assim.

— Seja quem for — começou Daniel — é o único que pode realmente provar que você é inocente.

Bem, não exatamente inocente.

— É a única pessoa que sabe a respeito de você.

A única ainda viva.

— O que significa que se eu fosse dado a apostas, ia apostar que ele sabe de Noah também.

Também estava apostando nisso.

Assistimos às gravações e lemos papéis e trabalhamos a noite inteira, passando um pente fino em tudo o que trouxemos dos arquivos. Registros de propriedade, a escritura da casa de meus pais, o certificado de admissão na Ordem dos Advogados do homem que indicara meu pai para o caso Lassiter, documentos médicos das décadas de 1960 e 1990, imagens de cicatrizes dentro da garganta de Jamie ("Mas que diabos?", exclamara ele). No entanto, ainda havia muitos pedaços do quebra-cabeça faltando.

Meus pensamentos eram como fiapos soltos, desfiados e emaranhados. A exaustão não ajudava. Apoiei a cabeça nas mãos, fitando a papelada diante de mim. As palavras se misturavam em uma massa incompreensível enquanto lutava para permanecer desperta e perdia a batalha.

# 43

**ANTES**

*Cambridge, Inglaterra*

MAIS DE UM SÉCULO TINHA SE PASSADO DESDE QUE FUGI DE Londres com o professor, e, ainda assim, ele continuava a me tratar como uma criança.

Aquela noite estava particularmente emburrado. O clima estava lúgubre como de costume, e seu escritório, frio, úmido e destruído. Esquentou-se com uma garrafa de uísque, seu veneno de preferência, e escrevia furiosamente em um dos livros. Papéis rasgados e livros velhos estavam espalhados pelo piso de madeira arranhado. Observei-o em silêncio.

Algo chamara sua atenção recentemente e o mantinha concentrado de uma maneira que jamais vira antes. Uma mudança vindoura, foi como chamou. Achou que pudesse ter encontrado uma maneira de ativá-la. Recusava-se, porém, a compartilhar seus pensamentos comigo.

Cuidara de mim durante as febres que tinha à medida que meu Dom florescia dentro de mim, que meu corpo mudava a fim de acomodá-lo. Forçou-me a comer quando a comida tinha perdido todo o gosto. Ele me deu alento durante os terrores noturnos e me flagrou, e impediu, na primeira vez que tentei me ferir.

Já não precisava mais dele para isso: não precisava havia muitos, muitos anos. Tinha me desfeito do casco da menina que fugira de Londres na escuridão, aquela que uma noite chorou sobre o corpo do marido. Era forte, ousada e podia perfeitamente me controlar. Se quisesse.

Não queria mais.

Cansei-me de fingir que era outra pessoa só para deixar os outros ao meu redor seguros. Queria ser quem era de verdade. O professor me conhecia como ninguém, e essa era a razão pela qual eu queria estar com ele. Ainda assim, não importava como abordasse o assunto, ele sempre o rechaçava. Rechaçava *a mim*. Sequer me dizia seu nome.

O som de vidro estilhaçado me fez voltar a prestar atenção. O professor estava sentado empertigado à mesa, fitando o vazio.

Não. Não era o vazio. Segui seu olhar até um retrato pintado seu, pendurado na parede em frente. Tinha sido presente de um aluno, me contou, e, embora não dissesse qual, tinha minhas suspeitas — o estilo era familiar e particular. A pintura brilhava com os restos da bebida, fazendo com que pele e cabelos parecessem molhados. O cheiro quente e temperado do uísque derramado misturava-se ao dos livros antigos.

— O que foi? — indaguei, com suavidade.

Não respondeu, então me coloquei entre a escrivaninha e o retrato. Olhava através de mim, como se fosse invisível.

Hoje, porém, eu seria vista. Seria tocada.

Contornei a mesa, até chegar à cadeira.

— Qual é seu nome? — perguntei, sem qualquer gentileza. — Diga-me.

Sorriu um pouco. Já lhe fazia aquela pergunta havia muito, muito tempo. Cada vez que questionava, recebia uma resposta diferente.

Desta vez, naquela noite, no entanto, pegou um pedaço de papel, um mapa dilacerado. Meu coração se acelerou. Escreveu algo em uma língua que eu jamais aprendera a ler e me mostrou.

Passei o dedo pela palavra.

— Estou apaixonada por você — falei.

— Eu a criei — respondeu, sem encontrar meus olhos.

— Não fui criada por você. Sarah Shaw me criou...

— Até completar 18 anos. Depois disso, a levei, ensinei...

Aproximei-me dele, pousei a mão em sua face. Ele se retraiu. Não me movi.

— Sei que cuidou de mim quando era jovem. Sei que se sente responsável por mim. Mas não é meu pai, e não sou mais jovem.

— É errado. — A voz era inexpressiva e vazia.

Sentei-me em seu colo.

— Não parece errado — falei. O único som que havia era nossa respiração e o sibilo de um cinto sendo puxado da calça. Beijei-o abaixo do maxilar. Sua respiração saiu tremida, e o beijei nos lábios, apenas uma vez.

Bastou.

O professor tinha partido quando acordei na manhã seguinte. Dei à luz uma filha nove meses mais tarde. Não voltei a vê-lo por 21 anos.

*Laurelton, Rhode Island*
*21 anos depois*

O professor bateu à porta do chalé no dia em que Indira se formava pela Universidade Brown. Não queria abrir a porta para ele, mas sabia que não tinha escolha. Não parecia ter envelhecido um dia desde a última vez em que o vira. Tampouco eu parecia.

— Eu o encontrei — declarou, os olhos acesos com empolgação infantil que era incompatível com o terno escuro e sombrio que vestia. Parecia um agente funerário.

— O que está fazendo aqui?

— Encontrei o escolhido.

— Por favor, vá embora — falei, inalterada.

— Mara...

— Não ouse dizer meu nome. Você não tem mais o direito de me dizer coisa alguma.

Fechou os olhos.

— Posso entrar? — pediu.

— Não.

— Por favor.

Queria fechar a porta, mas o conhecia bem o suficiente para saber que não partiria mesmo se o fizesse. Ficaria lá, dormiria lá, surgiria em todos os lugares aonde eu fosse, até ter ouvido a mensagem que ele queria que escutasse.

— Você me deixou — falei, enquanto permitia sua entrada. Não tinha que facilitar.

O olhar do professor caiu.

— Vi o que aconteceria a ela se permanecesse lá — respondeu. — Foi para sua proteção e a dela.

— Muito conveniente, não? Você pode se desculpar de qualquer coisa dessa maneira, não é? Dizendo que não poderia ser de outro modo, que não tinha escolha. Então por que está aqui? O que quer de mim? Quero que saia antes que Indi o veja.

— Existe uma menina. Preciso que se aproxime dela. É passional, de inteligência prodigiosa, mas cética. — As palavras saíam apressadas: jamais o vira tão animado. — Não vai me ouvir. Você é a única capaz de persuadi-la a fazer o necessário para ter a criança.

— Por que faria isso?

— Porque sua filha está grávida.

Pisquei, atordoada.

— O quê?

— Ela não quis lhe contar antes de se formar. Vai se casar com o namorado. Achou que você desaprovaria.

Sentei-me, apoiei os cotovelos nos joelhos, a cabeça nas mãos.

— É recessivo, Mara... A criança pode ser uma...

Levantei o rosto depressa.

— Você viu algo? — perguntei.

— O destino da criança está entrelaçado demais ao meu, não consigo distinguir os fios. Mas sei que precisamos do menino que Naomi terá. Precisamos de um Herói. Para o caso da criança de Indira ser uma...

Sombra. Como eu. Não precisava dizê-lo.

— Sua habilidade vai minguar quando o filho de Indira começar a manifestar. Mas se o menino da garota, Naomi, nascer, existe uma chance... Se você morrer pelas mãos dele, pode ser capaz de revertê-lo. Pôr um fim ao ciclo.

— Pode ser.

— Não há garantias — afirmou. — Sabe disso.

— E a garota? O que acontecerá a ela?

— Ela faz a escolha. Consente. Morre.

Era um risco. Um risco que correria por minha filha. Viajei para Londres no dia seguinte com o professor.

# 44

— Ele está aqui! — gritou Daniel. — Está em Nova York!

Ergui a cabeça do tampo da mesa da cozinha, me encolhendo pela dor no pescoço tenso. Tinha caído no sono?

— Que horas são? — indaguei, a voz rouca.

— Hora de acordar — disse meu irmão alegremente. Usava calças jeans e camiseta arrumadinhas, parado ao lado de Stella. Também estava irritantemente acordada e com roupas novas.

— Pensei em te acordar para ir para a cama — explicou ela, e depois bebeu um gole de seu suco de laranja. — Mas Daniel pediu para não acordá-la.

— Você estava com uma cara digna de pena — acrescentou ele.

Não conseguia reunir forças para pensar em uma resposta igualmente irritante, mas não precisei, pois Jamie surgiu na cozinha, esfregando o sono dos olhos.

— Quem é que está em Nova York? — indagou.

— Lukumi! O nome que for! Vai dar uma palestra em Columbia. — Daniel girou o laptop para me mostrar um anúncio online do departamento de Literatura Comparada de Columbia, e leu em voz alta enquanto eu o fazia silenciosamente: *A Sobrevivente: Arquétipos Junguia-*

*nos na Cultura Pop, palestra apresentada pelo Dr. A. Lukumi, mestre, PhD. Contate a secretaria para verificar a disponibilidade de ingressos.*

Jamie ficou parado na frente da geladeira. Disse, então:

— Já terminou de falar?

Daniel semicerrou os olhos.

— Já.

— Alguém pode me dizer por que é que não tem cream cheese nesta casa?

Daniel o ignorou.

— É hoje — disse. — Vou sair às 4.

Olhei para o relógio. Era dali a duas horas. Senti uma descarga de energia e me levantei. Tinha tempo para me trocar, talvez até tomar banho. Não perderia aquela oportunidade.

— O que é que você está fazendo? — indagou meu irmão.

— Vou tratar de ficar menos nojenta — falei. — E depois vou sair com você, claro.

Daniel balançou a cabeça.

— É o que ele está esperando que você faça. Sabe quem você é, Mara... Estava em seu quarto de hospital, na plataforma do trem. Está te seguindo, não é?

— É...

— Então vai saber se você aparecer.

— Vai saber quem *você* é também — retruquei. — Você não estava prestando atenção, não? Ele está chamando a gente. Sabe de *tudo*, sobre *todo mundo*, sobre nossa família inteira. Com certeza conhece sua cara.

— Talvez, mas não tenho planos de ser visto. E se for, e daí? Estou fazendo visitas às faculdades, afinal de conta. É natural que esteja...

— Assistindo a uma palestra? — Jamie resfolegou. — Não descreveria isso como "natural".

— Natural para Daniel — falei, enquanto pegava um bagel da sacola sobre o balcão. — Tem manteiga de amendoim aí? — perguntei a Jamie.

Ele fez uma careta.

— Manteiga de amendoim no bagel?

— É?

— Quem é você, Mara Dyer?

Ignorei.

— Então qual é o grande plano, exatamente? — indaguei a meu irmão, antes de dar uma mordida um pouco grande demais no bagel com manteiga de amendoim. — Vai atacar o cara lá no palanque?

— Vou assistir à palestra e depois segui-lo. Quero saber onde está hospedado, onde mora, tudo sobre ele.

— E depois? Depois de completar sua missão Scooby-Doo?

— Depois vou forçá-lo a me dizer como te consertar.

Parei o que estava fazendo, pega de surpresa por suas palavras. Tinha querido isso, um dia. Que me consertassem. Salvassem. Implorara a Noah que o fizesse. Não podia, respondeu ele, porque eu não estava quebrada.

Virei-me para Stella, cujo silêncio ao longo de toda a conversa era perceptível.

— Stella? O que você acha?

— Quero encontrar esse cara — respondeu, com firmeza. — Quero que me conserte também.

Hum. De volta a Daniel:

— Como é que você acha que vai conseguir obrigar Lukumi a fazer qualquer coisa? Ele está com todas as cartas na manga.

— Se for ele mesmo quem está por trás dessa história, então fez de tudo para manter a identidade em segredo. Vamos ameaçar jogar a cara dele, o nome dele...

— O nome falso dele — corrigi.

— Em todos os lugares — continuou meu irmão. — Vamos levar tudo isso a público. — Abriu o braço, indicando o balcão no meio da cozinha, onde pilhas de documentos e cadernos subiam no ar. — O que aconteceu com você, o que te fizeram, a responsabilidade dele... Aí não vai mais poder esconder. Preciso tirar uma foto dele no palco e cruzar com outra. Não consegui encontrar nenhuma na internet.

— Tem aquela do escritório do McCarthy — lembrou Jamie, pegando o celular.

Daniel pareceu confuso.

— Me deixe ver?

Jamie lhe entregou o telefone.

— Espere, esse aí é ele? — indagou Daniel. — Me parece familiar.

Arrepios correram meus braços.

— Não consigo lembrar de onde, mas tenho a sensação de que já o vi antes.

*Talvez tenha visto mesmo*, quase falei em voz alta.

Daniel sacudiu a cabeça como se tentasse clarear a mente.

— Não importa — falou meu irmão. — O que importa é que a gente tem que seguir esse cara, descobrir o máximo de informações a respeito de quem é de verdade: o nome verdadeiro, a identidade verdadeira, para conseguirmos conectá-lo a tudo isso, para você poder ter uma vida normal — disse para mim.

Na verdade, quase *tudo* o que tinha dito era para mim. *Por* mim. Era *eu* quem mais precisava de Lukumi naquela cozinha. Era a única que não era inocente.

— Por que você acha que ele está se escondendo? De quê? — perguntou Jamie, baixinho, mas ninguém respondeu. Nenhum de nós podia adivinhar.

— A gente vai precisar de um advogado — avisou meu irmão, a cabeça inclinada para o lado. — Você sabe disso, não sabe?

Não tinha pensado a respeito, mas ele *tinha* razão.

— As coisas que você... — Parou antes de continuar. — As coisas que aconteceram com você, e o que aconteceu lá no Horizontes... Precisamos falar às claras, lidar com elas, nos certificar de que podemos provar que você foi torturada, que era tudo legítima defesa...

Nem sempre. Mas mordi a língua.

— E aí, depois que ele falar como consertar vocês, a gente revela tudo para o mundo de qualquer forma.

— Pare de falar isso — pediu Jamie.

Todos nos viramos para ele.

— Pare de falar que a gente tem que ser consertado. Gosto de quem sou. Não sei se preciso consertar nada. Não estou quebrado. — Saiu da cozinha.

Daniel apoiou os cotovelos sobre a mesa e esfregou o rosto.

— Você sabe o que eu estava querendo dizer, não sabe, Mara?

Sabia. Mas Jamie vocalizara o que eu não tinha conseguido expressar com palavras até aquele momento, o que a leve pontada de vergonha me impedia de dizer em voz alta.

Tampouco eu achava que precisava de conserto. Também gostava de quem estava me tornando.

# 45

Para dissipar a tensão, Daniel sugeriu fazermos uma pausa antes da palestra. Estávamos cansados, mal-humorados e confusos, e também presos naquela casa por tempo demais. Daniel queria continuar a ler, no entanto, então ficou, deixando a mim, Stella e Jamie livres para cuidarmos de nossos próprios assuntos. O que para Jamie significava comprar comida.

Sem carro, e respeitando nosso combinado de não pedir *delivery*, acabamos obrigados a pegar o metrô até um mercado Whole Foods (Jamie fez questão), o que significava carregar sacolas de compras no caminho de volta. A plataforma parecia estranhamente vazia, salvo por dois garotos um pouco mauricinhos urinando em um monte que parecia feito de retalhos. Stella e eu debatíamos os méritos artísticos do grafite (minha opinião: arte; a dela: vandalismo), mas interrompi um momento para informar sonoramente aos meninos que seu comportamento era nojento. Não rebateram. Nem mesmo quando Jamie os repreendeu. Foi só naquele instante que me dei conta de que o monte era, na verdade, uma pessoa.

Jamie foi o primeiro a falar:

— Mas que porra vocês pensam que estão fazendo? — Já marchava em sua direção.

Eu estava logo atrás dele, e Stella por último. Podíamos ver a pessoa, uma mulher, encolhida conta a parede, com sua pequena e patética coleção de coisas espalhadas ao redor, como lixo. Era mais velha, e o rosto estava sujo, mas estava acordada. Parte de mim torcia para estar inconsciente, para que nunca tivesse que saber o que estavam fazendo com ela, mas uma olhada em seu rosto me disse que sabia. E sentia vergonha.

Tremi de raiva, no mesmo instante em que um dos babacas abriu um sorriso comedor de bosta para Jamie e disse:

— Quando se sente vontade, não tem como...

Não chegou a terminar a frase, pois lhe dei um soco no rosto cheio de sardas. O outro, Lourinho, ergueu o braço para me acertar, mas Jamie gritou:

— Pare! — Naquela voz. Ambos ficaram paralisados, completamente, mas ainda conseguiam escutar. Com certeza conseguiam.

Minhas mãos cerraram-se em punhos com tanta força que as unhas furaram a carne.

— Ela é uma pessoa — falei. — Como é que vocês podem fazer isso com alguém?

— Responde — mandou Jamie. — E fale a verdade, cacete.

— Os sem-teto são uma praga — disse Sardento, depois engoliu com dificuldade, como se pudesse assim engolir as palavras outra vez. Lourinho apenas sorriu. Não tinha vergonha alguma.

Stella ajoelhou-se perto da mulher, e a ouvi perguntar se tinha fome. Dei um passo na direção dos idiotas, que estavam mais longe da mulher, e mais perto da plataforma.

— Ela é mais gente que vocês — vociferei. Podia escutá-la soluçando. — Stella, ajude a moça?

Não olhei para ver se tinha assentido, mas presumi que tivesse, pois escutei o farfalhar de plástico amassado enquanto a mulher se sentava.

— Damos alguma coisa para ela comer? — perguntou Jamie.

Stella olhou para as sacolas e assentiu. Ofereceu o braço a ela.

— Qual é seu nome?

— Maria — respondeu.

Ajudou-a a se levantar e disse:

— Gente, vamos?

— Não — respondi lentamente, fitando os meninos. — Acho que vou ficar.

— Mara. — Stella chamou meu nome com os dentes cerrados. — Vem.

Jamie chegou-se a mim.

— Também vou ficar, na verdade.

Sardento explodiu em uma risada. Disse:

— Não estão querendo insinuar que vão castigar a gente, né?

Pouco sabia ele. Lancei um olhar à Stella.

— Precisa de alguma coisa?

— Não — falou, arrastando a palavra.

Encarei Sardento e Lourinho enquanto me dirigia a ela:

— Então vá. Agora.

Não foi. Em vez disso, desvencilhou o braço que estava dado com o de Maria.

— O que vocês vão fazer com eles?

— Estou bem interessado em ver Mara lançar a Maldição Cruciatus nesses bundões, na verdade — respondeu Jamie.

Os meninos bufaram, segurando o riso de desdém.

— Está mais para Avada Kedavra — falei.

Stella revezou o olhar entre nós.

— Vocês não estão falando sério.

— Eles merecem — respondi em tom baixo.

Lourinho deu uma risadinha.

— Duas meninas e uma criança? — Olhou para Jamie de cima a baixo. — Quantos anos você tem?

— O suficiente para acabar com vocês.

O Sardento se dobrou de rir.

— Vou arrancar os olhos de vocês só para ver como ficam em minhas mãos — falei para ele, a ameaça não surtindo qualquer efeito.

O que não tinha problema. Não tinham que acreditar em mim ainda.

— Você não está mesmo pensando... Não vai... — começou Stella, mas, pelo seu tom de voz, sabia que tinha dúvidas.

Dei de ombros.

— Seria justo.

Stella virou-se para o amigo:

— Jamie.

Não respondeu.

— Obrigar os dois a ficar sentados e depois fazer xixi *neles* — argumentou Stella. — *Isso* seria justo.

Jamie meneou a cabeça.

— Olhe, se você fizesse xixi em mim...

— Eu nunca faria isso, Jamie. — Tinha relaxado um pouco. Achou que Jamie estivesse brincando. Talvez estivesse.

— Agradeço, mas digamos que você fizesse. De acordo com Kant, eu poderia fazer xixi em você. Isso é justiça retributiva.

Jamie virou-se para os meninos, que estavam imóveis, presumivelmente porque ele mandara. Observavam-nos desconfiados.

— Fazer xixi em um sem-teto, isso é diferente. É pior. Existem níveis de ruindade, e isso está perto do topo.

Estava mesmo. Não sentia tanta raiva havia muito tempo, e havia tanto prazer nela. Meus nervos estavam elétricos. Novas sinapses corriam a toda. Sentia-me diferente, e me perguntei se minha aparência demonstrava. Virei o pescoço para olhar meu reflexo em um azulejo espelhado, e esperei que dissesse algo, me dissesse o que fazer como antes. Mas estava calado. Hum.

Enquanto isso, Jamie continuava a explicar a Stella por que os babacas mereciam mais do que aquilo que ela sugerira:

— Tem um diferencial de poder — argumentou ele. — Estão tirando vantagem de alguém fraco, o que é horrível, nojento e imoral, e qualquer um que faça algo assim precisa de uma lição. Fazer xixi neles não é suficiente.

Não. Não era. Uma brisa quente soprou pelo túnel, me dando uma ideia.

— Tem um trem vindo aí — avisei a Jamie.

Seus olhos encontraram os meus. Tinha entendido.

— Escutem com atenção — ordenou aos meninos, e eles escutaram, pois não tinham escolha. — Pulem da plataforma. Não toquem no trilho eletrificado, mas fiquem parados lá embaixo.

Os olhos de Stella se arregalaram.

— Não — exclamou, fitando Jamie. — *Não.*

Ele a ignorou, e os meninos seguiram para a linha amarela, que os advertia com enormes letras maiúsculas para manter distância. Pularam da beira da plataforma para os trilhos, evitando o ponto que Jamie dissera. Dois ratos passaram por cima de um saco de batatas chips e de uma fita roxa antes de desaparecerem dentro do túnel.

— Sigam os ratos — mandou Jamie, apontando para os roedores. — Entrem no túnel.

— Você não pode fazer isso — suplicou Stella. — Jamie. *Jamie.*

Respondi por ele:

— O que eles fizeram foi errado.

— Mas eles não merecem *isso.*

— Como é que você sabe? — indaguei. — O que eles estão pensando?

Stella ficou muito quieta. Observei-a se concentrar, vi o rosto mudar, se escurecer ao ouvir as palavras nas mentes dos meninos.

— Não importa o que estão pensando — falou baixo, e, pelo tom da voz, eu sabia que não tinha gostado do que escutou. — Pensamentos são só pensamentos.

Agora que tinha perguntado, entretanto, queria muito saber.

— Jamie, você pode fazê-los falar o que estão pensando em voz alta?

— Posso tentar — respondeu, e foi até a beirada. — Vamos ouvir, babacas. Me contem todos os pensamentos passando por essas cabecinhas.

Outra brisa quente agitou os cabelos deles, e Sardento olhou por sobre o ombro antes de gritar para Jamie:

— *Vá se foder!*

Lourinho acrescentou uma palavra impublicável.

Observei a expressão de Jamie se endurecer.

— Ah, não parem agora — disse suavemente. — Contem para mim como estão se sentindo de verdade.

— Sua raça é de parasitas — continuou o Lourinho. — Preguiçosos, inúteis e imprestáveis. Deviam ser meus *escravos.*

O rosto de Stella estava branco. Sua voz tremia quando voltou a falar:

— São só dois ignorantes, Jamie. Ignorantes e estúpidos. — Jamie ficou quieto. — Matá-los vai te machucar mais que a eles — continuou. — E as famílias dos dois?

Senti o trem do metrô vindouro fazer o chão tremer sob meus pés. Stella disse algo ao amigo, mas não prestei atenção. Eu olhava para a mulher, Maria.

— Pare — disse ela baixinho, tão baixo que não tinha certeza de haver mesmo escutado. Depois repetiu. — Deixe os dois subirem — pediu a Jamie.

Foi naquele momento que a máscara caiu. Ele ainda estava com raiva, mas era um tipo diferente de raiva. Fria. Resignada. Sabia o que diria antes mesmo de dizer.

— Saiam daí. Subam. — Parecia enjoado quando o fez. — Ela é uma pessoa melhor que vocês dois.

Era mesmo, e Jamie também. Mas eu, não.

Meu amigo jamais os deixaria morrer, eu sabia. Queria apenas assustá-los. Eu queria matá-los. O tipo de crueldade daqueles dois não era ilegal, mas *era* venenoso. Fariam coisa pior, um dia, e machucariam pessoas, pessoas que não mereciam. Queria impedi-los antes que tivessem aquela chance. Perguntei-me se seria realmente capaz disso.

E, enquanto pensava, Sardento estendeu a mão para Lourinho a fim de ajudá-lo a subir. O trem se aproximava; já podia ver o farol a distância. Mas Lourinho já teria saído dos trilhos quando chegasse. Eu não tinha certeza do que desejar, do que pensar, e aquilo apenas me deixou mais irada. Não podiam simplesmente sair dali. Não permitiria.

Ouvi Sardento praguejar. Olhava para o amigo, cujo rosto se contorcia de dor. O nariz sangrava.

— Mas que porra! — gritou Sardento, enquanto o sangue escorria por sobre os lábios do Lourinho. Ele olhou para cima com olhos ensandecidos, fora de foco, apertando o nariz a fim de parar o fluxo.

Stella me olhou cheia de horror.

— Mara. — Jamie também me fitava. Sabiam.

Quando o Sardento finalmente conseguiu puxar o amigo, tombou no chão. Também começara a sangrar.

Stella puxou o braço de Jamie.

— Jamie, diz para ela... Mande parar. Mande parar!

Maria tampou a boca, e seu aspecto era de quem estava prestes a passar mal.

O trem chegou à estação, trazendo uma horda de pessoas com ele. Um aglomerado se formou ao redor dos dois meninos, e senti uma ponta de surpresa ao ver Maria nele. Tinha se desvencilhado de Stella, de nós, e gesticulava para alguma autoridade, tentando ajudar os mesmos garotos que a tinham escolhido como vítima. Fiquei comovida com aquilo. Decidi deixá-los viver.

Por enquanto.

# 46

JAMIE ESTAVA PRATICAMENTE DESLOCANDO MEU BRAÇO ENQUANto me puxava para subir as escadas. Meu coração martelava no peito. Quando finalmente chegamos ao lado de fora, fechei os olhos e inspirei fundo. Precisava me acalmar. Foi aí que me dei conta de algo.

— A gente tem que voltar — falei.

Ele balançou a cabeça com veemência.

— Não, Mara.

— Esquecemos a comida lá.

Olhou para mim como se fosse louca. Chamou um táxi, me jogou dentro e chegou a realmente pagar a corrida com dinheiro que tirara de sabe lá onde. De volta ao Upper West Side, abriu a porta da casa da tia, e entramos no instante em que Stella subia as escadas. Seu rosto estava marcado por lágrimas e pálido. Desceu um degrau, em direção a nós.

— Como é que você pôde fazer aquilo? — perguntou a mim.

Não precisava ser mais específica. Sabia o que queria dizer.

— Eles mereceram — respondi.

Desceu calmamente o resto do caminho e parou ao pé da escada, me encarando. Não esperava o tapa até senti-lo no rosto.

— Porra! Meu Deus, Stella, qual é seu *problema*? — indaguei.

— Qual é o *seu* problema?

— O mundo ficaria melhor sem eles — falei, tocando a bochecha.

— Você não tem como saber disso — rebateu ela. — As pessoas mudam.

Balancei a cabeça lentamente.

— Não. Não mudam, não. Somos o que somos.

— Por que a gritaria? — indagou Daniel ao descer a escada. Revezava o olhar entre mim e Stella. — O que aconteceu?

— Aconteceu um... incidente — respondeu Jamie.

— Você não se sente nem um pouco culpada, não é? — gritou Stella, as mãos cerradas na lateral do corpo.

— Por ter assustado aqueles dois?

— Por tê-los torturado — corrigiu.

Não. Não me sentia culpada. Estava cansada de ter vergonha das coisas que pensava e queria.

— Evoluí — falei.

O maxilar de Stella se trincou, e ela passou por meu irmão na escada, batendo em seu ombro ao subir. Depois, no meio do caminho, virou-se para nós três e disse:

— Pensei que a gente era melhor que isso. Achei que fôssemos os mocinhos da história.

Todos ficamos em silêncio, até que Jamie disse em tom baixo:

— Ninguém aqui nunca falou que era mocinho.

Daniel franziu o cenho.

— *Eu* sou — interveio.

*Mas você não é um de nós*, pensei.

Meu irmão seguiu Stella, provavelmente para descobrir o que tinha de fato acontecido naquela tarde. Não tinha total certeza do que ela diria, mas estava cem por cento certa de que não queria ouvir. E tampouco pensar em Daniel ouvindo.

Sentei-me na sala de estar, tirei os sapatos com os pés e olhei meu reflexo na televisão de tela plana. Meu rosto estava inexpressivo como um prato vazio. Vislumbrei movimento atrás de mim e me virei. Jamie estava recostado contra o batente da porta. Não falou.

— Você também está com raiva de mim? — Minha voz soava como morta.

— Com raiva de você? — Parecia surpreso com a pergunta. — Não — respondeu, enfim. — Não estou com raiva de você.

Continuava parado lá, no entanto, olhando para mim de uma maneira que não sabia como descrever, mas de que não gostava.

— Então o quê?

— Estou com medo de você — respondeu, e saiu do cômodo.

# 47

JAMAIS ME ESQUECEREI DA APARÊNCIA DE STELLA NAQUELA TARde, parada ao fim da escada com suas coisas.

Os cabelos caíam em ondas sem vida sobre os ombros, e os olhos — havia algo de errado com eles. Já a vira preocupada, assustada e horrorizada, mas não estava nada disso naquele dia.

Nós quatro tínhamos planejado sair para a palestra, mas, quando desci a escada atrás de meu irmão e vi os olhos vermelhos de Stella, sabia que não seríamos quatro, no fim das contas.

— Estou indo — anunciou. Fungou, mas havia aço em sua voz, não lágrimas.

— A gente também — disse Daniel. — Vem com...

— Não, estou indo *embora* — cortou ela.

Daniel pareceu atordoado por um segundo. Falou:

— Mas a gente está tão perto...

— Não estamos, não — rebateu ela, com aspereza. — Só que eu não conseguia enxergar até agora. — Meu irmão fez menção de falar outra vez, mas Stella não deixou. — Você não estava lá. Não viu... — Parou e me olhou de relance. — É tarde demais para conseguir o que eu tinha esperanças de conseguir, fosse o que fosse. — Mordeu o lábio e, sem olhar para ele, chamou o nome de Jamie.

Não esperava aquilo.

— Você também? — Minha voz tremia.

Os olhos de Jamie pulavam de mim para Stella, e, depois do que pareceu uma eternidade, disse:

— Quero entender essa merda toda mais que qualquer um, mas talvez... Mara...

— Mara está doente — interrompeu Daniel, e não o corrigi, mesmo que discordasse. — Precisamos que vocês a ajudem. Nos ajudem.

Jamie não respondeu. Ficou parado enquanto Stella o esperava à porta.

Não conseguia acreditar. Não queria acreditar.

— Se cuidem — disse Stella, em tom tão baixo que quase não a escutei. A raiva tinha se esvaído, e parecia cansada ao dizer a meu irmão: — Foi um prazer conhecê-lo.

— Igualmente — respondeu ele. — Para onde você vai?

Deu de ombros e sorriu com tristeza.

— Para casa.

Não queria vê-los partir. Passei por Daniel, que não me impediu, e me refugiei no escritório, fechando a porta. Quase.

— Ela não está agindo como ela mesma. — Ouvi meu irmão dizer.

— Isso é um eufemismo — respondeu Jamie.

Continuava lá.

Depois disse:

— Ela está ficando assustadora de verdade, cara.

— Eu sei — concordou Daniel.

— Não acho que você saiba, não. Aquilo lá foi de uma frieza do caramba.

— Olhe, o que a gente tem que fazer é encontrar o responsável pelo que está acontecendo com ela. Esse é um problema que tem solução, mas precisamos de você para chegar lá.

Para qualquer outra pessoa, a voz de meu irmão soaria provavelmente exasperada. Condescendente, até. Eu, porém, conseguia ouvir nervosismo nela.

— Acho que temos que pelo menos considerar a possibilidade de... — Jamie parou e inspirou fundo. — Qual é o plano B?

Daniel demorou o que pareceu uma eternidade para responder:

— Não tem plano B.

* * *

Jamie acabou ficando, afinal. Marchamos até Columbia em trio e em silêncio. A partida de Stella deixara todos incomodados, embora ninguém admitisse. Jamie ficou particularmente abalado. Desde a fuga do Horizontes, nunca tínhamos nos separado. Era parte de sua estratégia: pessoas morrem quando o grupo se separa. Eu, porém, não parava de me perguntar se ele não se arrependia de não ter se separado e ido com ela.

Fora isso, não sentia absolutamente mais nada. Procurei às cegas dentro de mim mesma por alguma reação ao que acontecera no metrô, e nada encontrei. Não, não era bem nada. Antes de me cortar, antes de Stella extrair os implantes, poderia pensar, desejar e querer qualquer coisa, e nada aconteceria. A Dra. Kells certificara-se disso.

Mas depois? Naquele momento?

Era eu mesma outra vez. Pensar algo *podia* torná-lo verdade. Querer algo *podia* torná-lo realidade. E não me arrependia mais. Desperdiçara tanto tempo desejando ser diferente, desejando poder mudar as coisas, mudar a mim mesma. Dada esta chance, teria me desfeito daquele meu casulo e me transformado em uma menina diferente. Teria adotado um nome como Clara ou Mary, dócil, gentil, sorridente e simpática. Antes, achava que seria mais fácil virar outra pessoa do que ser quem estava me tornando, mas já não achava mais. A garota que queria aquilo morrera com Rachel, soterrada sob o sanatório que fiz desabar. E me dava conta naquele instante, pela primeira vez, que não sentia sua falta.

Não me importava com o fato de ser diferente. Não precisava entender por quê. Não precisava de uma cura nem mesmo de respostas, embora estivéssemos próximos de as conseguir. Havia apenas uma coisa de que precisava.

Sabia que Noah não estava morto, porque não era algo que simplesmente sentiria — era algo que *saberia*. Então colocaria tudo e todos de cabeça para baixo até encontrá-lo, e começaria por Abel Lukumi.

Daniel me deu o braço enquanto descíamos as escadas escorregadias por conta da chuva para chegar à estação de metrô. Quando não se tem mais ninguém, a família continua lá.

O perfume inconfundível do metrô — uma mistura de café, suor humano, cigarro e peixe — nos recebeu quando passamos os cartões pelas roletas. Eram 16h30, e a plataforma estava apinhada de gente: um adolescente tímido com um *case* de violoncelo que parecia poder derrubá-lo a qualquer instante, uma menina de cabelos louros platinados, trançados na cabeça como se fossem uma coroa, vestindo calças de couro envernizado. Um pássaro de aspecto perdido pulava perto da cabine de informações ou o que quer que fosse, ciscando os restos de um sanduíche imundo. Assim que o notei, fui varrida por uma onda de tristeza avassaladora e indefinível. Parei onde estava, involuntariamente puxando Daniel para trás.

— O que foi?

Não tinha como responder, pois eu mesma não sabia o que era. Apontei para o pequeno quiosque, e meu irmão assentiu, desvencilhando-se de mim. Comprei um sanduíche e joguei-o no chão para o passarinho.

Uma brisa abafada anunciou a chegada de um trem, e nos enfiamos atrás da menina de tranças, na frente de um homem com dreadlocks chegando à cintura, que segurava a mão de uma menininha que não parava de gritar: "Sou o Homem-Aranha!" Um empresário com uma marca de nascença roxa no rosto estava sentado com a perna espremida contra uma coluna, comendo nozes carameladas de um saco gorduroso.

Jamie permaneceu calado enquanto passávamos em alta velocidade pelas veias da cidade, até que um espaço grande o suficiente para nós três se abriu e nos encaixamos nele. A menina-Homem-Aranha ainda anunciava sua identidade ao mundo quando Jamie falou:

— E se alguém cheio de piolho estivesse no metrô?

Um casal de pré-adolescentes, ostentando manchas de acne iguais nos rostos e que, meio segundo antes, estava se beijando, olhou para ele com nojo.

— Ahn, o quê? — indagou Daniel

— E se tivesse uma criança com piolho no vagão? E você estivesse sentado ao lado dela e pegasse.

— Que nojo — falei.

Jamie passou a mão pela cabeça raspada.

— Aposto que acontece.

— Pare! — Puxei sua mão. Apenas o pensamento bastava para me deixar com coceira.

— Não se preocupe, Mara — disse ele, enquanto chacoalhava minha cabeça. — Seu cabelo está um brilho só.

Caímos no riso ao mesmo tempo. Alívio não era uma palavra grande o suficiente para expressar como me sentia. Jamie ainda era meu amigo. Eu podia estar diferente agora, mas ainda precisava de tantos quanto pudesse angariar.

Mais leve, deixei os pensamentos vagarem enquanto olhava meu reflexo entrar e sair da janela escura do vagão que ficava à frente. Estava obediente e mudo, e senti-me estranhamente em paz. Estava prestes a adormecer quando as luzes tremeluziram e o trem chiou até parar de súbito. A próxima parada era a nossa, mas nunca chegamos lá.

# 48

— OI, GENTE — ANUNCIOU UMA VOZINHA BAIXA saída do alto-falante. — Parece que estamos enfrentando algum tipo de interrupção no serviço. — Começou a dizer algo mais, porém as palavras dissolveram-se em estática antes de conseguirmos escutar. — Vamos recomeçar a andar assim que possível.

Nova-iorquinos como um grupo são bastante imperturbáveis, e a torre de Babel em nosso vagão não era exceção. Uma senhora asiática segurava a mão de um menininho adorável de casaco azul-claro, que dirigia-se a ela calmamente em inglês, embora a mulher lhe respondesse em outra língua, talvez chinês? Perto deles, a mãe de duas crianças cujo aspecto era de exaustão tentava impedir que os filhos se soltassem e corressem em direções opostas depois de sua sacola de supermercado ter caído no chão. As maçãs rolaram pelo vagão como bolas de bilhar. Mas ninguém gritou. Ninguém entrou em pânico. Não antes de as luzes se apagarem.

Houve silêncio em um primeiro momento, depois barulho. Pessoas falando, uma criança chorando. Não estava completamente escuro — as luzes de emergência estavam acesas nos carros adjacentes, apenas no nosso, não

— Essas coisas acontecem o tempo todo — comentou Jamie. Seu rosto estava tingido de um brilho fraco e fantasmagórico. — Vão dar um jeito.

Uma explosão de estática sobressaltou Daniel: senti-o pular perto de meu ombro. O telefone de alguém soltou um alerta com a chegada de uma mensagem de texto. E uma estranha chamou meu nome:

— Mara Dyer?

A dona da voz era uma moça de 20 e poucos anos, com alargadores na orelha, um piercing de argola no nariz e uma juba de cabelos selvagens e encaracolados. Segurava em uma das mãos um livro com a imagem de uma árvore verde e cheia de folhas, o título escondido, e um celular na outra.

— Quem é Mara Dyer?

Senti os olhos de Daniel e Jamie perfurarem minhas faces. O ar parado parecia fazer pressão sobre mim, tornando os pensamentos mais lentos.

— Ahn, eu? — falei, antes de Jamie me calar.

Todos no metrô observaram enquanto Cachinhos caminhava até mim e me entregava o telefone.

— Tem alguém te mandando uma mensagem.

— Não te conheço — observei, constatando o óbvio.

— E eu não te conheço. Mas a pessoa que está me mandando o SMS não parece estar ligando para isso. — Gesticulou com o celular. — Pode ver por si mesma.

Tentei, mas me dei conta de que os braços estavam contidos sob os apertos férreos de meu irmão e Jamie.

— Isso é coisa ruim — disse Daniel. — Coisa ruim.

Desvencilhei-me e peguei o telefone.

*ESTOU COM O QUE VOCÊ QUER.*

Abaixo do texto havia uma foto de Noah. Não conseguia ver onde estava ou o que fazia; era apenas um close-up do rosto. Mas era Noah. E havia um jornal perto dele com a data de hoje.

— Pode me devolver o celular agora? — indagou Cachinhos. Ignorei.

— Pergunte quem é — sugeriu Jamie.

— Como se ele fosse responder — retrucou Daniel.

— Como é que você sabe que é "ele"?

Daniel revirou os olhos.

— É "ele", sim.

*Quem é?*, enviei. Segundos depois, o celular da garota soltou um bipe.

*ISSO IMPORTA? ABRA A PORTA ENTRE OS VAGÕES E SAIA. DEIXE SEU IRMÃO E AMIGO PARA TRÁS PARA NÃO SE MACHUCAREM.*

— É uma armadilha — disseram Daniel e Jamie simultaneamente.

— Ei — chamou Cachinhos, claramente irritada. — Meu celular, por favor?

Jamie olhou para ela e disse:

— Esse não é seu celular. — A testa da menina se enrugou, e os olhos ficaram anuviados. — Você deixou o seu cair nos trilhos.

— Deixei cair? — A voz tremia enquanto olhava de Jamie para o telefone em minhas mãos repetidas vezes.

— É. Pode ir embora agora. — Acenou para ela. — Vaza.

Quando saiu de perto, levantei-me.

— Ah, pare com isso, Mara — pediu Jamie.

Daniel meneava a cabeça quando disse:

— Daqui você não sai.

— Claro que vou sair. — Mais estática foi emitida do alto-falante, mas nada de luzes ou movimento. Daniel e Jamie tinham razão. Obviamente. E eu não estava com capacidade mental para processar a imagem como qualquer outra coisa que não a prova à qual precisava me agarrar de que Noah estava, de fato, vivo. Tinha que garantir que permaneceria assim. Tinha que garantir que Daniel e Jamie também permanecessem.

— Irmã, eu te amo e faria qualquer coisa por você, mas realmente não quero me arrastar pelas entranhas do sistema de trânsito nova-iorquino atrás de você. Por favor, não me obrigue a fazer isso.

— Não só não vou te obrigar — falei, enquanto colocava a mão na maçaneta da porta que conectava os vagões —, como também não vou deixar você vir.

— Não vai me impedir — rebateu ele.

Jamie se curvou. Se tivesse cabelos, os estaria puxando.

— Que droga, Mara. A gente já passou por isso antes.

Abri a porta e dei um passo para a escuridão.

— Verdade — concordei. — E fiquei bem antes.

— Acho que isso depende de sua definição de "bem".

— Olhe — falei para Daniel e Jamie —, o que é que tem de mais aterrorizante para vocês dentro desses túneis? Ratos? Os sem-teto?

— Uma mente do mal determinada a te matar? — sugeriu meu amigo.

— Errado. A coisa mais aterrorizante nesses túneis sou eu. — Fechei a porta e pulei para os trilhos.

O celular da menina zumbiu em minha mão.

*CAMINHE EM DIREÇÃO AO FIM DO TREM ATÉ TÊ-LO PASSADO. ENTRE NA TERCEIRA REENTRÂNCIA COM PORTA.*

As paredes curvas pareciam continuar eternamente, mas comecei a andar, seguindo um riacho em miniatura entre os trilhos, que estava sufocado de tanto lixo. O ar agitava papéis colados nas paredes pichadas e de aspecto úmido. Meu pulso começou a se acelerar ao me aproximar do fim do trem, mas não por medo. Acreditava no que dissera a meu irmão e a meu amigo. Acreditava em mim mesma. Encontraria Noah e puniria o responsável por tirá-lo de mim.

Passei a primeira reentrância e depois a segunda. Antes de chegar à terceira, porém, ouvi meu nome gritado a distância atrás de mim.

— Mara? — A voz de Daniel ecoou no túnel. Pânico me arrebatou.

— Donde estás, Mara Dyer? — Era a voz de Jamie desta vez.

— Isso é uma contração ou um advérbio, não é sinônimo de "onde". — Ouvi meu irmão corrigi-lo. — Só estou dizendo.

— Voltem! — gritei automaticamente, depois praguejei. Não por ter revelado onde estava para meu correspondente misterioso, mas para meu irmão. Marco Polo costumava ser sua brincadeira preferida.

Ele gritou:

— Sem chance! Sou seu irmão mais velho. É meu trabalho te proteger.

Foi então que uma sombra se descolou da parede, criando a silhueta de alguém que eu conhecia, da pessoa que esperava desde que vira a primeira mensagem. Desde o momento em que ouvi a menina no metrô chamar meu nome, na realidade.

— Não machuque os dois — pedi a Jude, e falei sério. — Por favor.

— Não queria machucar — respondeu, e me acertou um soco no rosto.

# 49

**ANTES**

*Cambridge, Inglaterra*

NÃO HOUVE BATIDA ANTES DE A PORTA DO PROFESSOR SE ABRIR, lançando um raio de luz fraca e cinzenta para dentro do cômodo.

Uma jovem estava à soleira, mas não entrou. Estava metade encoberta em sombras, porém não precisava vê-la para saber quem era.

O professor levou um copo de líquido cor de âmbar aos lábios e bebericou enquanto escrevia no caderno.

— Entre, Naomi.

Naomi Tate apressou-se em entrar, trazendo os aromas de chuva e nervosismo consigo. Fechou a porta com força, fazendo as persianas se agitarem, e algumas folhas presas em seu casaco se espalharam sobre o piso de madeira arranhado.

— Um pouco cedo para beber, não, professor? — indagou casualmente, enquanto tirava o agasalho.

— Talvez um pouco tarde. — Continuou a escrever sem levantar a cabeça.

Os cabelos da moça estavam úmidos e indomáveis, e prendeu o que conseguiu em um coque bagunçado na nuca enquanto se aproximava da escrivaninha. Fios louros e finos enrolavam-se ao redor da testa e têmporas, emoldurando seu rosto.

Aquela face. Com maçãs do rosto altas e um longo nariz elegante, Naomi era bela de uma maneira rara e peculiar, que exige atenção. Já a conhecia havia um ano e, ainda assim, não conseguia me acostumar totalmente a olhá-la.

Havia, porém, algo diferente a respeito dela aquele dia. Agitei-me na poltrona de couro gasto em que sempre me sentava, minha ilha em meio ao caos que era o escritório de Cambridge do professor, e farejei o ar. Os aromas no cômodo eram todos bem conhecidos: papel velho misturando-se a couro e mofo; coentro e almíscar que eram do professor, narciso-de-inverno e cedro de Naomi. E algo mais, algo...

— O que é que posso fazer por você, Sra. Shaw? — indagou. Deu outro gole lento do uísque.

Sra. *Shaw*. Era a Sra. Shaw agora. Sempre me esquecia. Tinha se casado com o neto de Elliot, que eu vira pela última vez aos 8 anos de idade, jogando livros e brinquedos pelo quarto, pois não conseguia encontrar o que queria. Não conhecia seu marido bem, mas minha impressão era de que David Shaw não era terrivelmente diferente do avô.

Naomi recusou-se a responder; não lutaria por sua atenção. Ela o faria lutar pela sua. Eu amava isso a seu respeito.

Depois de vários segundos, o professor finalmente abandonou o caderno e olhou para a jovem. Os lábios se alargaram em um sorriso.

— Você está grávida — disse, enfim.

Uma inspiração forte. A minha.

— De quanto tempo?

Não escutara o professor levantar-se da mesa, mas estava de pé quando falou:

— Não muito. — Aproximou-se da jovem com passos lentos e graciosos. — Coisa de duas semanas?

Naomi não respondeu, mas assentiu. Esfregou um caroço na mesa antiga com o dedo; estava nervosa, mas isso não a impedia de sorrir insanamente.

Soltei a respiração, que não tinha me dado conta de que estivera segurando.

— É cedo demais — falei ao professor. — Ela pode não estar...

— Estou — interrompeu ela, em um tom que não deixava espaço para discussão. — Estou.

O professor passou a mão pelo queixo e pela boca. Disse em seguida:

— Posso? — Indicou a barriga lisa. Naomi assentiu.

Chegou-se a ela, até estar próximo o bastante para tocá-la. Reparei na maneira como os músculos da jovem se retesavam com apreensão, a maneira como os olhos azuis esverdeados caíram ao chão enquanto ele levava a mão até ela. Quando colocou a palma lentamente sobre o ventre, Naomi se retraiu. Um movimento mínimo, que tentou disfarçar. Se o deixou chateado, o professor não demonstrou.

— Quinze, três — disse ele, e retirou a mão. Naomi relaxou. — O que significa para você?

As bochechas dela coraram, e começou a esfregar o dedo na mesa salpicada de pintinhas outra vez.

— O dia em que fiquei grávida, acho. Em 15 de março.

— David já sabe? — perguntei rapidamente.

Balançou a cabeça.

— Ainda não — respondeu, e engoliu em seco. Olhou para o professor. — Queria te contar primeiro.

— Obrigado. — Inclinou a cabeça. Debruçou-se por sobre a escrivaninha e começou a escrever. — Por enquanto, preferiria que não dissesse a ele. Pode fazer isso, Naomi?

— Claro — garantiu ela, revirando os olhos.

— Você terá um menino, sabe.

Todos os traços da irritação inicial se dissiparam. Um sorriso fez o canto de sua boca subir.

— Um menino — repetiu, como se proferisse as palavras pela primeira vez. — Você o viu?

O homem hesitou por um instante, depois disse:

— Sim.

— Me conte tudo — pediu, o rosto aceso com empolgação.

— Não sei tudo — disse ele —, mas sei que tem seu sorriso.

As mãos correram a barriga até o ventre.

— Não consigo acreditar que isso está mesmo acontecendo.

— Está acontecendo. — O professor tinha contado com isso, contado com ela, e eu também. — O menino está destinado à grandeza. Por sua causa, vai mudar o mundo.

E por causa dele, Naomi morreria. Era um sacrifício que estava disposta a fazer. Não custava coisa alguma ao professor; mas fui eu quem precisou convencê-la. Precisava de sua criança também, e sua morte era fácil de aceitar quando Naomi não passava de uma abstração, uma estranha. Agora, porém, eu a conhecia, e a culpa me perseguia. Tinha me aproximado dela, a persuadido, sabendo que não havia linha do tempo em que teria aquele filho e sobreviveria, e, ao longo dos meses, o espectro de sua morte vindoura me assombrou. Sonhei com a jovem enforcada em uma das vigas de um estábulo, os pés descalços, o corpo balançando depois de a tensão na corda quebrar sua coluna. Sonhei que um estilhaço de vidro perfurava seu peito em um acidente de carro, e que morria sufocada no próprio sangue. Sonhei com seu assassinato, afogamento, com ela sendo soterrada viva sob um prédio desabado. Não sabia quando aconteceria, mas sabia que o dia chegaria.

Antes do casamento, não pude deixar de adverti-la outra vez. Seria uma mártir para aquela criança, falei.

*Todas as dádivas têm seu preço*, respondeu.

Podia ver o começo daquele preço ali, naquele dia. Não havia qualquer emoção de uma nova mãe em sua expressão, nenhum deslumbramento ou admiração, nem mesmo amor. Em vez disso, parecia uma criança a quem haviam dito que partiria em uma grande aventura em pouco tempo, e ela não podia esperar para começar.

Quase dava pulinhos de empolgação.

— Queria não ter que esperar nove meses para conhecê-lo — disse.

— Ele nascerá em boa hora. Seja paciente.

— Quando devo contar a David?

— Vou lhe dizer da próxima vez que nos encontrarmos.

— E quando vai ser isso?

— Na próxima quinta. Você, Mara e eu nos encontraremos no laboratório, e vamos ver como tudo está progredindo. Combinado assim?

— Se você diz.

— Ótimo. Então nos veremos lá. Bom dia, Sra. Shaw — disse ele, enquanto Naomi se virava para partir. — E parabéns.

Ela olhou para trás sem se virar.

— Não me chame de Sra. Shaw — acrescentou ela, com petulância. — Fico me sentindo uma múmia.

A insinuação de um sorriso tocou a boca do professor, e a porta se fechou atrás dela.

— Essa gravidez será difícil para ela — declarou ele, encarando a porta.

— A criança vai viver, não vai?

— Sim. Claro.

Fiz uma pausa. Em seguida perguntei:

— E Naomi?

— Não morrerá ao dar à luz.

Mas não tinha sido isso que perguntara, e nós dois sabíamos.

# 50

ABRI OS OLHOS PARA A ESCURIDÃO. NÃO VIA NADA, MAS ME sentia como uma coisinha pequena, sozinha em um espaço amplo e cavernoso. E alto — tinha a sensação de estar no alto, o que me fez ter vontade de me encolher, trazer braços e pernas para junto do corpo. Tentei, mas não consegui. Ambos estavam amarrados. Mas não tinha medo; sentia-me ausente de mim, distante. Em vez de assustada e aterrorizada, apenas me sentia analítica e calculista.

Até lembrar-me de meu irmão, chamando por mim no escuro.

Conseguia ver apenas o que existia acima e nas laterais de minha cabeça, e, ainda assim, não muito bem. Estava em algum tipo de armazém; havia uma fonte de luz em algum lugar, mas não conseguia encontrá-la. Pisquei uma e outra vez. Um teto de concreto frágil e marcado materializou-se acima de mim, emoldurado por claraboias embaçadas de tanta imundície. E à esquerda e à direita estavam as sombras de centenas, talvez milhares, de pessoas.

Não. Não eram pessoas. Manequins. Ou partes deles, ao menos. Um exército de troncos sem cabeça, empertigados como se em alerta, estendendo-se até perder de vista. Mãos e braços de resina encardidos, torsos de pano e olhos plásticos estavam amontoados e espalhados pelo chão.

Mas Daniel não estava lá, não que eu pudesse ver. Sabia que não estava só, mas talvez tivesse sido apenas eu quem Jude levara. Orei a um Deus em que não acreditava pedindo que estivesse certa.

— Você está se perguntando onde estamos — disse uma voz.

Uma voz estranhamente familiar, retumbante e dominadora, ainda que jamais a tivesse ouvido antes. Meus ouvidos zumbiam, a cabeça estava anuviada, e tudo, inclusive meus pensamentos, parecia distorcido.

— Está se perguntando por que estamos aqui.

Ouvi o som de passos lentos e determinados, mas não avistei ninguém em um primeiro momento. Depois, bem devagar, meus olhos identificaram movimento. Uma figura movia-se entre os corpos, tão alto e esguio quanto os bonecos. Distingui os contornos de um terno preto entre eles, e, à medida que os passos se aproximavam, os contornos transformaram-se em uma pessoa.

Tinha os olhos azuis acinzentados de Noah, mas não era ele. E logo atrás vinha Jude.

— Receio que jamais tenhamos sido formalmente apresentados — disse o homem. Os cantos dos olhos se enrugavam quando sorria, a ligeira curva de sua boca enfatizando as covas na parte inferior da bochecha sob as maçãs do rosto bem definidas. — Meu nome é David Shaw.

Minha língua estava pesada na boca, e os pensamentos dissolveram-se antes de conseguirem alcançá-la. Tinha ouvido falar no pai de Noah, mas jamais o vira, e então, lá estava ele. Estava ali, e eu tinha sido *levada* para aquele lugar por ele.

Por *ele*.

Ficou lá me olhando com amabilidade, simpatia, como se Jude, meu torturador, não estivesse ao seu lado. Como se não tivesse sido ele o orquestrador de meu tormento, usando o Horizontes, Wayne e Kells como instrumentos.

Imbecilizada pelo choque ou remédios, tudo de que me sentia capaz era fitar o homem e Jude, que mal se parecia com a criatura de que me recordava. Tinha evaporado no ar aquela convicção imperturbável que ostentava na doca, quando me forçou a cortar meus próprios pulsos. Não via qualquer resquício da raiva que mostrara no jardim do Horizontes, quando torturou meus amigos, Noah e a mim. Sussurrava para si mesmo. Murmurava. Eu não conseguia entender as palavras.

— Está com medo — disse David Shaw para mim.

Não estava. Não mais.

— Sinto muito de verdade por isso. Queria que as coisas pudessem ser diferentes.

Seriam. Não o mataria como fiz com as outras pessoas. Eu o torturaria, da mesma forma como tinha feito comigo.

Não precisava que me dissesse por que o tinha feito. Não me importava. Só uma coisa tinha importância para mim, mas a boca não formaria as palavras até David Shaw dar sua permissão. Reconheci a sensação. Estava sob o efeito do Anemosyne, o medicamento de preferência de Kells.

— Noah sabe? — Minha voz estava arranhada e rouca, e não tive certeza de que ele me ouvira até as sobrancelhas se levantarem com surpresa.

— Está querendo saber se ele a traiu? — Os olhos de David se estreitaram um pouco. — Quanta confiança nele. — A frase foi pontuada pelo ruído ressonante de metal no metal e de passos que se aproximavam. — Falando no diabo — disse, e Noah surgiu atrás dele.

# 51

## NOAH

FICO PARADO ATRÁS DE MEU PAI, SEM EXPRESSÃO, NOTANDO VAgamente a presença do exército de plástico e fibra de vidro de manequins sem braços e cabeça que nos cercam. Parecem se enrijecer com minha chegada, retesarem-se com os passos altos demais. Tão sinistros. Um belo toque.

Andar é um esforço, assim como pensar, infelizmente. Minha visão está estranhamente reduzida; parece que estamos em um grande armazém, provavelmente condenado, de decrepitude padrão; o gesso está descamando das paredes encardidas, outrora brancas; as claraboias estão grossas pela sujeira, etc. Reparo em uma placa logo do lado de fora de uma das janelas, estampando as palavras ARMAZÉM: À PROVA DE FOGO, exceto pelo fato de que alguém as modificara, apagando algumas letras de modo a transformar o título em ARMA ZEN: A PROVA DE FOGO. Mara acharia graça.

Pensar em seu nome perfura algo em meu cérebro, rouba a risada de minha garganta. Então a vejo.

Mas não é Mara — ou ao menos não é a Mara de que me lembro. Aquela de dedos rápidos e manchados, lábios que não conseguiam se decidir entre xingar ou sorrir, olhos que não me revelavam coisa alguma sobre si mesma e tudo sobre mim.

A última vez que a vi, estava presa contra o corpo de Jude, que segurava uma lâmina contra seu pescoço. Ou não, não foi essa a última vez. Uma imagem rápida e pouco nítida se acendeu em minha mente por uma fração de segundo: ela pressionando Jude contra a parede, quase o fazendo atravessá-la, com *suas* mãos na garganta *dele*, enterrando os dedos na carne nua. E me lembrei do que tinha precedido a cena. Mara começara como vítima e depois se tornou algoz.

Não éramos apenas nós, os adolescentes fodidos, naquela última noite no Horizontes, contudo. Algo inodoro invadiu o ar, fez com que cintilasse e ondulasse. Lembrei-me de minha voz quando a chamei, a maneira como competia com o som do sangue correndo sob minha pele, o som de minha respiração entrecortada ribombando nas orelhas, antes de meu mundo ficar escuro.

Deus sabe quantos minutos, horas, dias, passei na escuridão depois disso, sendo acordado e forçado a comer por alguém, ou alguéns, de rostos borrados, vazios, e mãos enluvadas, apenas para ser engolido e voltar para o estado inconsciente à medida que uma língua escura e molhada me empurrava para o fundo de sua garganta. Não me recordava de praticamente nada até hoje, quando o rosto de meu pai surgiu à porta.

— Está seguro agora — disse ele, e, milagres dos milagres, me trouxe para o mundo outra vez. Fiquei extasiado por um momento quando vi o céu, até me dar conta de que era da cor de leite estragado. Papai parecia estar falando comigo, tranquilizando-me a respeito de algo, mas tive problemas em traduzir as palavras. Tentei encontrar alguma ponta de gratidão por ele, alguma satisfação em minha liberdade, mas não senti coisa alguma, absolutamente nada.

Até ele mencionar o nome dela.

Ele a encontrara da mesma maneira que eu, disse. Precisava de ajuda que somente eu poderia dar, e será que eu podia acompanhá-lo, por favor?

Iria a qualquer lugar, com qualquer um, para ver a garota que amava mais uma vez. Óbvio.

A menina que vejo diante de mim não se parece exatamente com ela. Está diferente de uma maneira que não sei expressar, de uma maneira que vai além da magreza, sua nova silhueta. Se estivesse nua sob a camiseta de cor preta esmaecida que veste (uma das minhas — a bainha está meio descosturada), suas costelas estariam expostas, a coluna, projetando-se para fora, as clavículas seriam capazes de cortar vidro. Mas não parece doente, não do modo como começara a ficar antes do Horizontes. Rubor floresce em suas bochechas, e os olhos estão acesos com uma emoção que não sei descrever. E há algo mais, mais que a mudança nas feições e no corpo. Olhar para ela é como entrar no lar que um dia foi seu e descobri-lo redecorado por novos donos desconhecidos. Está amarrada, de bruços, e Jude, aquele horror absoluto que passa por ser humano, paira sobre ela, mas a garota não se assemelha em nada a uma donzela em perigo. Parece mais um dragão, em vez disso. Fico mudo e incapaz de pensar com a sensação de que não conheço coisa alguma a respeito daquela pessoa, até ela chamar meu nome.

O som de sua voz descongela minha mente e meu sangue; este pulsa quente nas veias. Ignoro a presença de Jude; ela e eu podemos trucidá-lo mais tarde. Meus pés me levam até a garota, me ajoelho e estendo a mão para ela. Algo me impede — não é Jude. Não é meu pai. Minha mão forma um punho e pende na lateral do corpo, e uma voz estranha e pouco familiar sussurra dentro de mim: *não.*

Olho para Mara em busca de uma resposta para a pergunta que não fiz. Em vez disso, ela diz:

— Você está aqui. — Mas o que ouço em seu tom é: *onde você estava?*

Meu coração se partiria se não estivesse repleto de alegria. A voz continua a mesma. É meu lar.

Papai polui o ar com a sua, entretanto.

— Disseram a Mara que o Horizontes tinha desabado.

Olhei para cima, confuso.

— Por quê?

— Para protegê-lo — responde ele, virado para mim.

— Do quê, exatamente?

— Dela.

Mara fica em silêncio por um momento e pisca com os cílios escuros que emolduram os olhos arregalados. Pareceriam inocentes a qualquer um.

— Eu nunca o machucaria.

Papai a olha impassível.

— Já machucou — rebate.

# 52

MAS NOAH NÃO ESTAVA MACHUCADO. ESTAVA VIVO. INTEIRO. *Comigo.*

Quase sufoquei com minha própria respiração quando o vi, e, quando o ouvi falar, pensei que fosse me dissolver. Se estivesse de pé, teria caído de joelhos.

Vestia calças jeans de cor intensa e uma camiseta de aspecto novo demais para ser dele, e as duas peças pendiam frouxas de sua silhueta já esguia. Ajoelhou-se ao lado da mesa e examinou minhas mãos.

— Tem alguma coisa aí para cortar isso? — perguntou ao pai. Pisquei, confusa, quando o homem pegou algo de uma maleta de nylon ao seu lado. Meu pescoço doeu com o esforço de tentar ver o que era.

Uma faca.

— Sim — balbuciou Jude. — Sim.

Qualquer que tivesse sido o alento que senti pela reaparição oportuna de Noah se dissipou. Algo estava acontecendo ali, mas eu não entendia *o quê*.

Tampouco Noah, era claro. Cortou as amarras de fita plástica de meus pulsos, tornozelos, sem protestos de David ou Jude. O que estavam tramando? O que *era* aquilo?

Meus braços e pernas estavam trêmulos e fracos, e sabia que não seria capaz de ficar de pé ou correr. Podia me sentar, porém. Noah me ajudou.

— O que é que aconteceu com você? — indagou ele, enquanto as mãos agarravam meus ombros, encostando-me contra a parede.

Ri. Não pude evitar; borbulhou e irrompeu pela garganta afora. Como poderia começar a responder àquela pergunta?

Noah desviou o rosto, o maxilar tenso.

— Quem foi que fez isso com ela? — Seu olhar focou-se em Jude. A voz era inexpressiva quando perguntou ao pai: — Por que é que ele está aqui?

David retirou um envelope de papel pardo da maleta.

— Eu lhe disse que precisava que a ajudasse — respondeu, e quis cuspir em seu rosto. — É por conta disto.

Espalhou várias folhas de papel. Não, não eram folhas. Retratos. Fotografias. Coloridas. Gráficas.

— Wayne Flowers, 47 anos. Mara cortou sua garganta e levou o olho como suvenir.

O rosto de Noah estava impassível, os olhos, sem expressão.

— Deborah Susan Kells, 42 anos, morreu depois de receber diversas punhaladas, infligidas por Mara com nada além de um bisturi. Robert Ernst, 53 anos, pai de dois filhos. Mara o golpeou com o bisturi também. Seu corpo mal pôde ser identificado pela polícia quando foi encontrado, apodrecendo em uma parada em Keys.

Noah não se virou para mim buscando confirmação, mas pegou o retrato da Dra. Kells sobre a mesa. Olhou para o pai.

— Você a conheceu? — perguntou ele. — Sabe o que ela fez com Mara? Comigo?

Foi naquele momento que me dei conta do pouco que Noah sabia. Tive medo.

— Sei — respondeu David.

*Porque foi ele quem a contratou*, quis dizer. Queria conseguir me levantar, agarrar a camiseta de Noah, fazê-lo ouvir, entender. Os remédios, no entanto, os remédios de David garantiam que não pudesse.

— Você sabe sobre... mim? — indagou Noah, com frieza.

— Sua mãe escondeu pelo tempo que pôde, mas descobri quando morreu. Foi por isso que ela e eu fomos escolhidos.

— Para?

— Para sermos seus pais.

David fechou os olhos, e, quando os abriu, fúria silenciosa se instalara em seu rosto.

— O homem que você chama de Lukumi, que conheci como Lenaurd, manipulou sua mãe, a recrutou, depois a apresentou a mim de modo que *procriássemos*. Você foi *planejado*, Noah. *Arquitetado.*

O garoto praticamente irradiava frustração.

— Para quê?

— Para ser o herói — respondeu David, olhando para ele como se fosse seu maior motivo de decepção. — Para matar o dragão. Mas você se apaixonou por ele em vez disso.

# 53

## NOAH

TERIA MEU PAI ENLOUQUECIDO DEPOIS DA MORTE DE MAMÃE? Enlouquecido pela decepção perpétua que experimentava com o filho, talvez? É possível que eu nunca venha a descobrir.

— Fiquei sabendo que fizeram grandes avanços na eletroconvulsoterapia no século passado — digo a ele. Faz ouvidos moucos para meu gracejo.

— Tudo o que sempre quis para você, Noah... Tudo o que a maioria dos pais quer para seus filhos... É que fosse saudável, normal. Mas sou em parte responsável por jamais ter sido seu caso — revela. — Sua mãe e eu, ambos somos portadores, ambos não manifestados, do gene original, o que torna você anormal.

Quase ri alto ao ouvir a palavra.

— Certo. Ótimo. Há quanto tempo você sabe disso?

— Sua mãe deixou papéis, cartas — diz meu pai, simplesmente. — Não acreditei até você completar 8 anos de idade.

Vasculhei a memória em busca de uma pista e não encontrei.

— Você conseguiu escalar a cômoda enquanto a babá estava no banheiro, e se jogou de cima dela. Abriu a cabeça. Fiquei aterrorizado.

Um sorriso breve, indeciso, surge em seu rosto marcado, e, naquele instante, uma imagem de meu antigo quarto materializa-se em minha mente, pé-direito alto com detalhes em madeira escura. O piso tinha desenhos. Subi na cômoda alta a fim de poder observar melhor, e, quando o fiz, o chão pareceu tomar outra dimensão, recuar, como se eu pudesse pular para dentro dele. Por isso tentei.

— Corri com você até o hospital, mas, quando chegamos, o ferimento tinha quase se fechado. Chamei um médico particular para atendê-lo, pedi tomografias, ressonâncias magnéticas, exames de sangue... Os resultados não indicaram nada. Você estava perfeitamente saudável — revela meu pai, com um sorriso amargo. — A não ser pelo fato de que continuava a se envolver em acidentes. Não, não eram *acidentes...* Eram incidentes, você mesmo se feria — acrescenta, com crueldade.

Quero tanto socá-lo.

— A perna fraturada aos 9 anos.

Quando pulei do telhado de nossa casa de veraneio, na esperança de conseguir voar.

— A mordida de cobra na viagem para a Austrália aos 10 anos.

Quando descobri a serpente sob o montinho de folhas e decidi que tinha que segurá-la.

— A mão quebrada aos 12.

Depois de uma briga com meu pai, quando soquei a parede.

— As queimaduras aos 13.

Quando coloquei fogo no jardim que mamãe fizera anos antes, o qual ele amava mais que a mim.

— E a primeira vez que você se cortou, quando tinha 15 anos.

Quando decidi que bastava.

— E, no meio disso tudo, tivemos os problemas com o fumo, bebida, drogas... Exercícios de desprezo pela vida que sua mãe e eu lhe demos.

Um refrão que já ouvira tantas, tantas vezes antes. Tédio.

— Psicólogos e psiquiatras insistiam no fato de que você estava traumatizado pelo assassinato de sua mãe. Aos 5 anos de idade, era velho demais para esquecer...

Verdadeiro.

— Mas jovem demais para falar a respeito.

Falso. Ninguém tentou.

— Então, descontou no mudo, em mim e em si mesmo. Sua mãe sacrificou a própria vida para ter você, e você não parou de cuspir em sua memória.

Felizmente, faltava aos olhos de papai aquele brilho maníaco de contador de histórias, mas ainda assim. Não acho que jamais o tenha visto tão furioso. É estranhamente fascinante.

Esta pode ser a conversa mais longa que já tivemos.

Faz uma pausa para se recompor e tira um lenço do bolso. Deus do Céu. Dá batidinhas com ele no canto da boca.

— Não conseguia olhar para as coisas de sua mãe depois que morreu. Mal conseguia olhar para você, que se parecia tanto com ela. Mas, com o tempo, consegui me forçar. Ela havia escrito a respeito do que fizera, do que você era, do que se tornaria. Não é de se espantar que os psiquiatras e médicos fossem inúteis. — Sacode a cabeça com nojo. — Não podiam nem começar a compreender sua aflição. Por isso contratei Deborah Kells.

Percebo, à medida que papai confessa seu envolvimento na trama que arruinou a vida da garota que amo, e a minha própria por conseguinte, que deveria sentir um profundo sentimento de traição. Raiva justificada, talvez. Choque, nojo, ira — qualquer um desses seria perfeitamente normal.

A parte de ter contratado Kells para fazer experiências com os outros e Mara, de ter deixado Jude atormentar a garota que amo, torturá-la — *naquilo* eu podia acreditar de verdade, apesar do aspecto monstruoso e psicopata que demonstrava. Se houvesse qualquer vantagem que pudesse tirar disso, meu pai mergulharia fundo. Era algo que fazia sentido. E a parte de Lukumi é um toque interessante, admito.

Mas a história do dragão, essa besteira de herói? Loucura total. Papai surtou.

No entanto, parece *normal*. Especialmente ao lado de Jude, que está tendo espasmos, tremeliques, possivelmente babando um pouco, não consigo dizer ao certo.

Papai confirma minha avaliação a cada palavra que diz:

— Deborah tinha teorias a respeito de como encontrar outras pessoas como você, e teorias a respeito de como curá-los. Mandei-a gravar seu progresso mensalmente e me mandar os vídeos para poder acompanhar, mas nada neles prometia ajudá-lo. Não antes de Kells encontrar Mara.

Sinto repulsa ao ouvir o nome dela naquela boca.

— Ela não tinha certeza de que Mara seria a garota certa — prosseguiu. — Em Providence, Deborah chegou a pensar que poderia ser o irmão mais velho, na verdade. Mas, depois de alguma festinha de aniversário, sua filha adotiva a convenceu de que era Mara. O sanatório foi escolhido como o palco para a encenação, na esperança de que o medo de passar a noite lá pudesse ser o estopim para o começo da manifestação de Mara. E foi.

Absorvo lentamente as peças se encaixarem em tudo o que está dizendo. Está se referindo a Claire, a irmã de Jude. Refere-se ao sanatório, o lugar onde Jude quase estuprou Mara. Está me contando como foi pensado, planejado, e minha perplexidade mistura-se a desprezo e ódio. Não sei como ainda permaneço de pé.

— Mara acabou me ensinando tanto sobre você quanto você me ensinou sobre ela. Talvez até mais. Não tinha ideia de como sua habilidade funcionava. Como ouvia as coisas, o que via. Mas era arrogância — afirma ele. — Se existe um meio de parar a anomalia, não o encontramos. Você pode ser a chave para isso, Noah, mas jamais saberemos enquanto ela continuar viva. Você não consegue ficar longe, e ela não pode evitar o que é.

Mal consigo esperar para ouvir a resposta:

— E o que ela é?

— A cada geração, alguém na linhagem afetada desenvolve uma habilidade que se assemelha a um arquétipo...

Puta merda. É hora de dar o fora.

Papai ri, como se fosse capaz de ouvir meus pensamentos.

— Meu filho, o cético. Também fui um dia. Mas, me diga, você nunca se perguntou por que ela não consegue desejar que nada bom aconteça?

As palavras apagam os comentários sarcásticos que estavam na ponta de minha língua e os substituem por uma lembrança. Tinha me questionado a respeito exatamente disso. E escrevi no diário que mantinha para Mara.

*Minha teoria: que Mara pode manipular eventos do modo como posso manipular células. Não tenho ideia de como nós dois conseguimos fazer quaisquer dessas coisas, mas não importa.*

*Tento fazer com que ela visualize algo benigno, mas Mara encara e se concentra, embora seu som não mude. Será que sua habilidade está ligada ao desejo? Será que não quer nada de bom?*

— Ela é a personificação do arquétipo da Sombra: destrutiva, perigosa para si e para os outros. Representa a pulsão de morte de Freud.

— Que dramático. — Olho para Mara, mas ela não encontra meu olhar.

— Mara *pode* desejar o que quiser — continua meu pai —, e seus desejos tornam-se realidade. Mas a natureza de sua aflição é que jamais será capaz de criar qualquer coisa boa.

Mesmo que o que diz seja verdadeiro, estou pouco me fodendo. Desde o começo, na verdade, não dou a mínima. Observo Mara, porém, enquanto ele profere aquelas palavras sem sentido: "portadora", "anomalia", "manifestação", etc. O que significam não me interessa, mas estou curioso a respeito do que significam para ela. Não enxerguei uma centelha de ódio ou medo nos olhos de Mara; se tivesse visto, já teríamos partido. No lugar disso, vejo algo diferente. Compreensão.

— Por mais relutante que esteja, Noah, você é a encarnação do Herói. Não precisa de aprendizado algum para se tornar bom em qualquer coisa. Simplesmente *é* o melhor em tudo. Seus telômeros não param de se multiplicar. Se não for morto, pode ser que realmente viva para sempre. Você tem todas as dádivas, Noah.

Não as quero.

— Mas, quando a manifestação de Mara tiver se completado, se estiver próximo, você será impotente. Vulnerável. Fraco. Ela não pode evitar o que faz com você. É sua fraqueza, assim como você é a dela.

# 54

NÃO TINHA ME PREOCUPADO DE FATO ATÉ OUVIR AQUELAS palavras. O pai de Noah não iria matá-lo. Muito provavelmente não podia me matar, ou já não estaria mais viva. Assim, apenas me recostei, me divertindo enquanto Noah arrogantemente menosprezava e dispensava os avisos austeros do pai, suas predições terríveis. Continuava o mesmo garoto que eu amava. Não podia estar se importando menos. Mas então:

*Ela é sua fraqueza.*

*Contraindicação: Mara Amitra Dyer.*

*Como você é a dela.*

*Contraindicação: Noah Elliot Simon Shaw.*

— Quando ela tiver se desenvolvido totalmente, você estará correndo riscos todos os dias que passar com Mara. Suas células não vão se regenerar. Os telômeros não vão se multiplicar. Se ela for além dos próprios limites... se estiver sentindo dor, ou medo ou sob grande estresse, e você estiver perto? Não será capaz de se curar. A habilidade dela é dominante; neutraliza a sua. E foi essa a razão pela qual me certifiquei de que a notícia de sua morte chegasse a ela. Sua propensão à autoflagelação, um efeito colateral do gene que o torna diferente, faz com que Mara seja irresistível para você. Não é sua culpa, mas estar com ela não é sua escolha. — David Shaw me lançou um olhar, uma mistura de pena e desdém. — Ele não a amaria se você não fosse o que é.

Lembrei-me do dia em que beijei Noah durante uma tempestade, de quando vi seus lábios ficarem azuis. Lembrei-me de tê-lo encarado, usando um vestido da cor da meia-noite em uma praia silenciosa depois ter lido algo que não devia e pensado que tinha entendido o que queria dizer.

*"Não serei o que você quer que eu seja."*

*"E o que acha que é isso?"*

*"Sua arma de autodestruição."*

Noah dissera que eu não era, que não poderia ser, e quis tanto acreditar. Mas ouvir aquelas palavras da boca de seu pai me cortou com sua verdade, me deixando em carne viva.

— Não quero estar aqui — continuou o pai de Noah. — Não importa o que você pensa de mim, eu amava sua mãe. Ela era minha vida. Minha razão para existir. E prometi que o manteria em segurança. Posso ter falhado com ela de todas as outras maneiras, mas não posso falhar nisso. Olhe para Jude — disse, gesticulando para ele. — Um projeto de Deborah, um que não valeu o investimento.

Se Jude se incomodava por estarem falando dele como se fosse um objeto, como se não estivesse lá, não transpareceu. A expressão estava inalterada, os olhos, vazios.

— Ele é imprevisível e instável, apesar dos esforços de Deborah para controlá-lo. Pode-se dizer que foi o responsável pela morte da mãe adotiva, uma vez que foi ele quem soltou Mara.

— Foi um erro — disse Jude, em uma voz firme, estranha.

David o fitou com cautela.

— Sim. Foi. — Depois voltou sua atenção para mim. — O que está acontecendo com Jude vai acontecer com você também, Mara. Você tem alucinações. Reage à dor de modo violento. Mostra sinais de transtorno dissociativo de identidade. Já está no caminho.

Talvez já tivesse chegado lá.

— Conheci sua avó, há muito tempo — continuou David. — Não bem, não bem o suficiente, mas ela assombrava minha mulher sob o disfarce de uma amiga, uma confidente. Era imprevisível. Era instável. Era uma mentirosa, como você, e uma assassina, como você. Guiou minha esposa para a morte, assim como você guiará meu filho para a dele.

Noah interrompeu o pai:

— Você acha que me importo se ficar impotente? É isso que *quero.*

— Para poder finalmente se matar?

Prendi o fôlego, esperando a resposta de Noah. Não veio.

— Você está doente, Noah. As consequências de sua aflição podem destruí-lo, da mesma maneira como destruíram outras crianças doentes, e darei a vida antes de deixar que isso aconteça — afirmou David.

Talvez eu pudesse lhe dar uma ajuda com isso.

— Quanto mais o tempo passa, mais forte ela fica, até a manifestação completar seu ciclo, e não posso prever quando isso vai acontecer. — Virou-se para mim. — Depois daquela comoção que você causou no metrô, vi que deve estar perto.

Então ele sabia a respeito daquilo. Hum.

— Não podemos esperar mais — disse o pai a Noah. — Você entende o que estou dizendo? Tem uma bomba na contagem regressiva dentro dela, esperando para explodir. Com um pensamento, apenas *um* pensamento errado, ela pode acabar com milhões de vidas. — Deu um passo cauteloso à frente. — Se você não parar isso, sua mãe terá morrido por nada. Você terá existido por *nada.* — A voz de David falhava. — Eu amava sua mãe, e ela morreu para salvá-lo, para que você pudesse ser a resposta para as doenças, para o envelhecimento, possivelmente até para a morte. Não me importava com nada disso... Tudo o que queria era ela. Mas não me deram escolha. No entanto, vou dar uma a você.

David Shaw inspirou fundo, trêmulo, recuperando o prumo. Em seguida, pegou a maleta e a abriu. Retirou uma arma e uma seringa de dentro dela, e as pousou sobre a mesa na minha frente, ao lado da faca.

Jude não estava lá para me machucar, e Noah não estava lá para me salvar. Sabia disso agora.

— Não sabia como você e ela iam preferir fazê-lo — explicou David.

— Fazer *o quê*? — gritou Noah.

Esperei até o eco ter se dissipado antes de responder pelo pai dele:

— Me matar.

Uma gargalhada obscena pipocou da garganta de Noah.

— Se acha que existe alguma coisa no mundo que pode me obrigar a fazer isso — disse ao pai —, você não tem a menor ideia de quem sou.

— Não preciso saber quem você é. Sei quem ela é.

David tirou algo mais da maleta. Um laptop. Digitou algo e ajeitou o computador sobre uma caixa de papelão vazia de modo que eu pudesse ver.

Meu irmão estava deitado em uma cama, em um quarto, ligado a milhares de máquinas. Jamie estava sentado em uma cadeira perto dele. Estava amarrado a ela e consciente. Meu irmão, não.

# 55

## NOAH

— ISSO É ARMAÇÃO — FALO. TENTO FAZER MINHA VOZ soar como quem tem certeza, e fracasso.

— Não, não é — retruca meu pai. — Uma variante de um veneno que vai fazê-lo entrar em choque foi administrada em Daniel, e depois seus órgãos vão falhar em uma hora ou duas, a menos que lhe deem o antídoto. Está sendo monitorado muito atentamente agora, mas preciso fazer a ligação para garantir que injetem o remédio assim que Mara morrer.

— Mara? — chama Jamie, semicerrando os olhos pela tela. Há uma sombra de hematoma na lateral esquerda de seu rosto.

— Jamie — sussurra ela. Depois: — Jamie, Daniel está...

— Está vivo — responde o menino. — Deram uma porrada ou coisa do tipo na gente no túnel do metrô, e acordamos aqui. Mas ele não está bem. — Olha de relance para o irmão de Mara, contraindo-se pelo esforço do movimento. — Ele... Ele estava espumando pela boca antes. Umas pessoas entraram aqui e começaram a entubar e injetar coisas nele. Vi tudo. Tentei fazer com que me escutassem, mas... — Balança a cabeça. — Era como se não me ouvissem. Como se tivessem apertado a tecla mute para mim.

Mara permanece em silêncio. Eu costumava ser capaz de ler seus pensamentos como se tivessem escritos no rosto, mas, agora, nada.

— Onde é que vocês estão? — pergunta. Garota esperta.

Jamie vira a cabeça para o teto.

— Quarto sem graça genérico, para variar. Acordei com um capuz na cabeça. Não sei. — Seu cenho se franze, e o garoto tenta inclinar-se para a frente na cadeira. — Espere... Que porra é essa... *Jude* está aí contigo? E Noah?

Jude não responde. Eu respondo.

— Vamos encontrar vocês — garanto.

Jamie olha para Daniel, cujos lábios estão pálidos e rachados. Tem uma cânula sob o nariz do irmão de Mara e cateteres presos aos dois pulsos. É neste momento que Jamie diz:

— Seja lá o que estiverem mandando vocês fazerem, façam.

Meu pai me observa. Jude me observa. Jamie me observa. Mara, não.

Observa o irmão. Seus olhos não se desviam dele, mesmo quando estendo a mão para pegar a arma.

# 56

NÃO CONSEGUIA TIRAR OS OLHOS DA IMAGEM DE MEU IRMÃO, por isso não notei imediatamente quando Noah apontou a arma para o pai.

— Você pode me matar — disse ele. As palavras trouxeram meus olhos para cima. — Com certeza é uma opção.

— Com certeza — repetiu Noah. A arma me parecia familiar, como uma que já empunhara antes.

— Já esperava morrer por sua causa um dia. Não teria me revelado se não esperasse. Embora tenha sempre suposto que seria ela quem o faria. — Sorriu ligeiramente e encontrou meu olhar. Não olhou para o revólver uma única vez.

— Talvez eu poupe Mara do trabalho — disse Noah.

— Bem, então devo avisar que estará acabando com quatro vidas com uma bala.

— Qual é a matemática?

— Minha morte não vai impedir a de Mara. Se você não assumir a responsabilidade e der um fim nela, então Jude irá. — Procurou os olhos daquele garoto perturbado. — Por Claire, não é?

— Por Claire — repetiu Jude roboticamente.

David soltou um suspiro.

— Se um portador original é morto por qualquer pessoa que não seja seu contraponto, a anomalia se manifesta outra vez na linhagem afetada. Neste caso, Joseph Dyer; ele também é portador. E, no fim, poderá ou matar a si mesmo, ou ser morto por outra pessoa. É esse o padrão dos afligidos.

Fez uma pausa.

— E é claro que Daniel morreria — prosseguiu David Shaw —, porque eu não conseguiria fazer a ligação para salvar a vida dele. Com isso, são quatro.

Noah estava mudo, e eu, aturdida.

— E devo provavelmente mencionar que, se você errar, e eu não morrer instantaneamente, isso pode ativar a habilidade de Jude, que parece torná-lo bastante... imprevisível. Sinceramente, não sei o que ele pode fazer se isso acontecer. Noah, por favor, me escute. — O pai encontrou o olhar de Noah de cabeça erguida, sem recuar. — Não importa se isso vai acontecer hoje, amanhã ou qualquer outro dia, como os arquétipos que representam, vocês dois vão desempenhar seus papéis querendo ou não. Não têm escolha.

— Todo mundo sempre tem escolha — retrucou Noah, e puxou a trava de segurança.

David virou os olhos azuis-acinzentados para mim.

— Você está disposta a deixá-lo apostar com a vida de Daniel?

Tirei meu olhar dos dois e me virei para o laptop. Para meu irmão na cama, para Jamie na cadeira.

— Não — pedi a Noah. — Por favor.

— Você não é assassino, Noah — disse o pai. — A única pessoa que já quis machucar é você mesmo.

Noah deu uma pequena risadinha.

— Você está certo — concordou, e virou a arma para o próprio corpo.

# 57

## NOAH

PRESSIONO O REVÓLVER CONTRA A TÊMPORA. LITERALMENTE, mal posso esperar para fazê-lo.

Eu e papai ficamos nesta porcaria de cabo de guerra, puxa daqui, puxa dali. Sinto completo desprezo pelo homem diante de mim, que não se parece e não tem nada a ver comigo, e é nojento aos meus olhos. Ainda assim, ao mesmo tempo, tenho esse senso de obediência reverencial sem sentido de uma criança pelo pai. Quero que me admire, que se orgulhe de mim. Que me ache merecedor. É verdadeiramente patético.

Mara está sentada à mesa, as pernas um pouco afastadas, o corpo tremendo de leve, por conta dos medicamentos ou algo mais, não sei. Tem alguma coisa a seu respeito, um vigor físico contido, que encerra uma ameaça implícita, como uma naja no segundo anterior ao bote. Tem o aspecto de um tigre, um animal selvagem preso e encurralado. Quero libertá-la, e acho que é desta forma. Talvez assim seja capaz de salvar seu irmão.

— Prefiro morrer por ela a viver sem ela — digo a meu pai.

Um sorriso contorce seu rosto.

— Você simplesmente adora se fazer de mártir, não é? Pode mentir para ela, mas para mim, não. Você o faria para se poupar de vê-la morrer, do peso da culpa que as mortes dela e do irmão lhe impingiriam. Não vamos fazer teatro.

— Ah, não estou fazendo.

— Ótimo. Então permita-me dizer, com tanta clareza e precisão quanto são possíveis, o que você estará fazendo quando puxar o gatilho. Vai soltar uma Sombra no mundo. O rastro que vai segui-la será de doença e morte, aonde quer que vá, e começará hoje, com o irmão. Ela vai queimar como um incêndio incontrolável a família, todos que ama, não deixando nada para trás senão escuridão e cinzas. E você estará negando ao mundo a resposta para males que atormentam crianças e adultos. Mas, se escolher viver, pode salvar milhões. Bilhões, talvez. Pode começar uma nova era para a humanidade. E tudo o que irá lhe custar é uma vida.

A vida de Mara. O preço é alto demais.

Foda-se. Pressiono o cano com mais força contra o crânio. O metal está quente sob o toque de minha pele, e a pressão é vergonhosamente satisfatória.

— Vá em frente se é tão egoísta assim — desafia meu pai.

— Não se *atreva* — sibila Mara, mas mal a escuto.

— Se eu for mesmo, é porque você me deixou assim — rebato.

— Falou como um verdadeiro moleque mimado. — O nojo é evidente na voz dele. — Não, Noah, acho que a desculpa da infância de merda já deu tudo o que tinha que dar. Você não quer que os outros parem de protegê-lo como se fosse uma criança? Porque tem 17 anos? Então assuma a responsabilidade pelos próprios atos. Responda por suas escolhas. Já passou mais do que da porra da hora de crescer, filho.

— Não sou seu filho — digo, e me encolho imediatamente depois. Mas que coisa pueril de se dizer. Estúpida.

Papai responde:

— Queria que fosse verdade.

As palavras quebram algo dentro de mim que sequer sabia que existia.

— Se você não fosse meu filho, minha esposa ainda estaria viva. Sua mãe acreditava em você. Estou feliz por ela não estar aqui para ver isso.

Minha mente se recusa a aceitar suas palavras, por isso se concentra em Mara. Estava muito quieta; estranhamente quieta. Não diz nada em sua defesa, então falo por ela:

— Se tem alguém responsável pelas coisas que Mara fez, é você.

— Sabe que isso não é verdade, Noah. O primeiro dono daquele seu cachorro? Não tive nada a ver com isso. Tampouco tive com a história daquela professora, que pagou com a vida pelo fato de Mara estar simplesmente tendo um dia ruim.

Deus, por que ela não se pronuncia?

— Ela não sabia o que estava fazendo.

— Ah, ela teria matado o dono de seu cachorro de qualquer forma. Pergunte a ela. Vai te responder.

— Eu também teria — argumento, e falo sério.

Meu pai volta a sorrir, as rugas se formando nos cantos dos olhos.

— Mas você não pode matar ninguém, Noah. Nem a si mesmo.

— E a família dela? — pergunto, odiando o desespero em minha voz. — Eles não merecem isso.

— Não. Não merecem. São pessoas boas que acabaram com um problema ruim nas mãos.

Mara inspira com força.

— Não se pode escolher os filhos. Ninguém sabe disso melhor que eu. Mas você pode ajudar a família dela. E tantas outras pessoas, aliás.

— Eu a amo. — Papai acha que estou falando com ele, mas olho para Mara quando o digo. Há derrota em seus olhos.

— Você a ama da maneira como amaria um cavalo que ninguém mais, além de você, pode montar. Como aquela égua árabe que comprei há alguns anos. Pensei que fosse dar boas crias, mas nem mesmo os garanhões chegavam perto dela. Você lembra o que aconteceu?

Queria não lembrar.

— Uma noite, Ruth não conseguia encontrar você. Já passava de sua hora de dormir, que você raramente respeitava. Procuramos por toda a parte e não achamos, até chegarmos ao estábulo. A baia da égua estava aberta. Você a tinha montado sem cela, aos 9 anos de idade. Nós o encontramos caído ao lado dela, perto do portão dos fundos. Ela tinha te jogado no chão quando tentou pular sobre o portão, e você abriu a cabeça. Sobreviveu sem sequelas, graças ao que é. A égua quebrou três patas e teve que ser sacrificada. Lembra?

— Pare — pede Mara.

— Nunca ouvi um animal gritar daquele jeito. Foi uma morte terrível. E não foi culpa dela. Foi sua.

— *Pare!* — O som da voz dela é assustador. — Noah — diz, perfeitamente calma. — Abaixe a arma.

Eu a ignoro, claro, e meu pai também, que continua a falar:

— Mara é o que é. Não é segura para os outros, mas é perfeitamente capaz de amar e por isso ama a família e precisa que você os salve dela. Ela lhe daria uma razão para fazê-lo um dia. Ela sabe disso. Você sabe. O mínimo que pode fazer é salvar o irmão mais novo antes que isso aconteça. — Os olhos de meu pai se estreitaram. — Mas começo a enxergar a futilidade em esperar que você seja valente e altruísta o bastante para fazer qualquer coisa para outra pessoa, uma vez que seja nessa sua vida curta. Parte de mim gostaria de poder deixar os dois ir embora, só para ver você voltar de joelhos até mim algum dia, implorando que eu a cure, quando finalmente enxergar do que ela é capaz. Quando tiver que começar a enterrar os cadáveres você mesmo.

Dá um passo em minha direção, mas não chega perto o suficiente para ter importância.

— Achei que você estava pronto para ser o homem que sua mãe esperava que se tornasse, mas vejo que não passa de uma criança, que queimaria todas as dádivas que recebeu porque não pode ter a que quer.

— Abaixe. — O tom de Mara mudou. Está implorando agora. Desesperada. Minha mão não se move.

— A seringa tem pentobarbital, que vai fazer o coração de Mara parar. A faca é o método que você sempre... preferiu. E a arma que está apontando para a cabeça só tem uma bala.

Tem tanta certeza de que não o farei. Nem se importa se vou ou não.

— Por favor — pede Mara. — *Por favor.*

Mal a escuto. Tudo em que consigo pensar é que não passo de uma ferramenta aos olhos de meu pai. Mas uma ferramenta não funciona se estiver quebrada.

Puxo o gatilho

# 58

## ANTES

*Londres, Inglaterra*

O PROFESSOR ATENDEU NO PRIMEIRO TOQUE.

— Venha para cá *agora* — falei. — David não para de ameaçar que vai chamar uma ambulância.

— Não deixe. Se houver qualquer mudança, não posso mais prever o resultado. A ambulância pode sofrer um acidente antes de a criança nascer. Pode morrer ainda no ventre.

— Ela está sangrando — avisei. Minhas roupas estavam úmidas da garoa da noite, e abracei o corpo para afastar o frio. — Muito.

— Ela vai sobreviver. — A calma do professor era de enlouquecer. Sempre fora. — Ele virá quando estiver pronto.

Foi o que Naomi disse.

— Escute, me sentiria um pouco mais confortável se tivesse ajuda? A menos que você esteja ocupado com algo mais importante que o futuro em potencial da raça humana, ou seja lá com que porra você está interferindo agora.

O professor recusava-se a ser provocado.

— Ela vive. Ele vive. Tem que ser assim, Mara.

Antes que eu pudesse argumentar, porém, ouvi Naomi gritar.

— Venha — ordenei. — Venha agora. — Desliguei o telefone e corri de volta para o quarto.

Naomi estava quieta na cama, recostada em diversas almofadas. Fiapos dos cabelos louros estavam colados à testa e às bochechas pálidas. Olhou-me com olhos embaçados, mas conseguiu dar um sorriso irônico.

— Acho que minha bolsa finalmente estourou.

Olhei para baixo. Uma mancha vermelha desabrochava sob ela.

— Vou chamar a ambulância agora — disse David, a expressão uma mistura de ira e terror. Tinha querido chamá-la desde o início. Queria a esposa no hospital, um ambiente controlado. Protegido. Correu para a porta e me lançou um olhar sombrio sem se virar. — Fique com ela.

Como se fosse deixá-la agora, depois de tudo. É claro, porém, que David não *sabia* de tudo. Mal sabia *qualquer* coisa.

— Isso. — Ela fez uma pausa para respirar. — É uma droga. — Jogou a cabeça exausta para trás, apoiando-a na almofada. — Como é que ninguém veio me dizer que droga seria isso?

— Acho que eu disse, na verdade — lembrei.

— Parece que ele está tentando sair a dentadas.

Consegui abrir um sorriso diminuto.

— Você é tão estranha.

— Sou fascinante. Há uma diferença. — Respirou, trêmula, e abriu os olhos. O humor tinha desaparecido deles. — Estou com medo de verdade, Mara.

— Eu sei. Mas o professor viu isso tudo — tranquilizei-a em tom baixo, um que David não ouviria. — Sei que parece que não vai conseguir, mas vai. Acredito em você. — As palavras eram amargas em minha boca. Sentia-me uma fazendeira levando um animal para o abate, segurando um doce para tentá-lo a seguir para a morte. Que Naomi soubesse o que estava fazendo, que tivesse escolhido aquilo, não me deixava menos culpada.

A campainha ecoou pela casa naquele instante, e esperei e temi que tivesse sido a ambulância que chegara. Não era. Era o professor.

Seguiu David até o quarto, levando uma maleta médica que reconheci de meio século antes. Instalou-se ao lado da cama.

— Posso? — perguntou, gesticulando para os lençóis. Sequer um "olá". Filho da mãe.

— Faz isso parar — sussurrou Naomi, enquanto era examinada.

— Não vai demorar muito mais, minha menina. Você está se saindo bem.

— E o sangue? — indagou David com raiva, tentando mascarar o medo. Não funcionou.

O professor não olhou para cima.

— A placenta pode ter se descolado.

David estava em ebulição.

— Pode ter? — rebateu.

O homem o ignorou.

— Mas as contrações já estão fortes o suficiente, de forma que mesmo que houvesse tempo para levá-la ao hospital, eu não aconselharia. Mas, Mara — disse, voltando-se para mim. — Quando o bebê chegar, quero que fique pronta para ligar para a ambulância se for preciso.

— Ele vai morrer? — indagou Naomi entre fôlegos.

— Não vai.

— Eu vou?

O professor sorriu.

— Não hoje.

Poderia matá-lo. Às vezes, desejava que o tivesse feito.

— Só me promete que ele vai ficar bem — pediu Naomi, entre dentes.

O professor atendeu:

— Prometo.

— Jure.

— Eu juro.

Naomi se contorceu nos lençóis encharcados de suor e sangue, e gritou. O rosto de David estava cinza. Parecia tão jovem. Meu coração estava apertado por ele.

— Garota valente — disse o professor para a jovem. — Você sabe como funciona. Quero que comece a fazer força.

— Porra. Isso dói.

— Não foi diferente para mim — falei, odiando o som de minha própria voz, odiando o sorriso falso. — Nem para as milhões de mulheres antes de nós.

David pareceu chocado por um instante.

— Você tem filhos?

*Tenho um neto*, quase falei, o que o teria deixado ainda mais chocado. Mal tinham se passado poucos minutos quando o professor disse:

— Ele está pronto, Naomi. Você está?

Assentiu.

— Muito bem, então. Dê toda a força que tem.

Deu. Eu segurava uma de suas mãos, e David segurava a outra.

— Ótimo — elogiou o professor. — Ele está quase... Está aqui.

Naomi deixou um som escapar, algo entre um suspiro e um gemido, e tombou sobre as almofadas. O rosto de David estava acinzentado, mas seus olhos eram cheios de fascinação.

— Quero segurá-lo — pediu Naomi, fraca. E um segundo depois: — Jogue ele para cá.

— É um... É menino? — indagou David.

— Sim — confirmou o professor no quarto estranhamente silencioso.

— Por que é que não está chorando? — perguntou o pai, e depois viu o bebê. Estava azul. — Ah, meu Deus — sussurrou.

— O quê? — inquiriu Naomi, com um medo selvagem nos olhos. — O que foi?

O professor trabalhou com agilidade. Estava com medo também, mas ninguém jamais seria capaz de notá-lo exceto por mim. Segurei a mão de Naomi enquanto ela perguntava:

— Ele está... Ele está...?

O cordão umbilical estava enrolado no pescoço do menino, mas o professor o cortou, e, um segundo depois, a cor do bebê mudou de azul para rosa. Ainda estava mudo, mas o professor já não parecia alarmado.

— Isso — disse o professor, com satisfação. — Bom garoto. Ele está bem — explicou, tranquilizando Naomi.

— Por que é que ele não chora? — indagou David, com receio.

O professor o limpou com uma toalha, parecendo relaxado.

— Que razão tem para chorar?

— Achei que isso fosse normal? Que os bebês choram quando nascem — explicou David.

— Alguns choram, sim — respondeu o homem, e entregou a criança a Naomi, que o observava com arrebatamento.

— Ele está um horror — disse ela, com um sorriso nos lábios enquanto o aninhava nos braços. Os olhos do bebê estavam abertos e espantosamente alertas. — Meu heroizinho.

Era uma jovem forte, feroz, até, mas, naquele momento, parecia completamente apaziguada.

David, porém, continuava inquieto.

— Tem alguma coisa errada com ele? — Olhava para a criança com desconfiança.

— Não — negou o professor. — Está tudo certo.

— Qual vai ser o nome dele? — perguntei a Naomi.

Olhou para o bebê, depois para David.

— Noah — decidiu ela, as sobrancelhas erguidas como se desafiasse o marido a contradizê-la. Sabiamente, não o fez.

Fitei a pequena concha da orelha do recém-nascido, a pele macia e perfeita nas bochechas, os dedinhos mínimos na mão que um dia daria cabo de minha vida, e falei:

— Boa escolha.

# 59

SEQUER TIVE TEMPO DE GRITAR ANTES DE NOTAR QUE NOAH continuava de pé. A arma tinha emperrado ou algo assim. Não sabia e não me importava.

Noah encarava o nada. Parecia oco, inexpressivo, aturdido, imóvel. A arma ainda estava encostada contra a cabeça. Seu pai sequer reagiu.

Teria que ser eu a dar um jeito naquela situação. Era a única que podia. Chamei o nome de Noah, e ele me fitou como se tivesse me dirigido a ele pela primeira vez na história, como se não tivesse a menor ideia de quem eu era.

— Me dê a arma.

Não deu. Mas abaixou a mão e falou como se estivéssemos sozinhos:

— Vamos procurar seu irmão. — Pegou minha mão com a que tinha livre.

— Não dá tempo — respondi, com calma.

— A gente pode torturar meu pai até ele contar. — Achei que vislumbrara David revirando os olhos com nojo. Claramente não se sentia ameaçado.

— Ahn, gente? — A voz de Jamie. Nós dois piscamos, confusos, até nos lembrarmos do laptop. Jamie assistira a tudo. — Por mais que eu fosse adorar ver isso, acho... acho que vocês deviam correr — disse, diplomaticamente. Eu sabia, no entanto, em que estava pensando.

Noah agiu como se não o tivesse escutado.

— A gente devia começar a procurar. — Puxou meu braço, que pendia flácido. Meus dedos eram peso morto nos seus. Não o seguiria. Não havia por quê. E partes de minhas pernas continuavam anestesiadas de qualquer forma. Não chegaria muito longe, mesmo se David e Jude me deixassem ir.

— Não consigo andar — falei.

— Então te carrego.

Noah ainda não entendia.

— Jamais conseguiremos achar Daniel antes... antes... — Não consegui dizer a palavra.

— Não se a gente não tentar.

Forcei-me a lembrar que, para Noah, a estadia no Horizontes parecia ontem. Não sabia o que tinha acontecido desde então.

Acordei amarrada a uma mesa como se fosse um animal, mas não era um. Tinha feito coisas... Coisas de que me arrependia e coisas de que não me arrependia. Era velha demais para culpar a juventude. Minha família sempre fora boa demais comigo para que pudesse incriminá-los. Tinha feito minhas escolhas sozinha. Algumas foram erradas, mas eram minhas. Eu as assumia. Ninguém mais.

O pai de Noah sabia que jamais seria capaz de convencê-lo a me matar. Aquela encenação era toda para mim, de maneira que *eu* pudesse provar para Noah por que devia morrer. Ninguém podia fazê-lo por mim.

Não queria morrer, mas talvez devesse. Talvez o mundo *se tornasse* um lugar melhor se eu morresse.

— Não — disse Noah, em resposta à pergunta que não tinha feito em voz alta. Perguntei-me um momento se poderia ler meus pensamentos, mas me dei conta de que não precisava; podia ler meu rosto.

— Não posso deixar Daniel morrer — falei, lutando em vão para me manter calma. — Não posso deixar que o que aconteceu comigo aconteça com Joseph. Os dois não fizeram nada, *nada* de errado. Eu fiz tudo.

— Não tudo.

— Você não *estava* aqui. — Pude notar que minhas palavras o feriam. — Não viu... — Inclinei a cabeça na direção das fotografias da Dra. Kells, de Wayne e do Sr. Ernst. — Seu pai não está mentindo. Fui eu que fiz essas coisas. Todas elas.

— Tenho certeza de que eles mereceram — garantiu Noah, um pequeno sorriso puxando a curva da boca para cima. Não pude sorrir de volta.

David Shaw era doente e horrível, mas tinha razão a meu respeito. Nada de bom jamais viria de mim. Nunca veio. Daniel, Joseph, por outro lado... Eram diferentes. Fariam coisas boas. *Eram* bons. E eu podia salvá-los.

Tudo o que precisava fazer era dar minha vida por eles. Minha vida em troca da de meu irmão. Valeria a pena. Impossível não valer.

Partir de Miami com Jamie e Stella tinha me parecido um adeus. Tinha parecido, porque *era* adeus. Algo dentro de mim sempre soubera.

Apoiei-me nos cotovelos a fim de levantar — meus pés ainda estavam dormentes —, e estendi a mão para pegar a de Noah, a que ainda segurava a arma. Tinha emperrado uma vez, para Noah, mas sabia que não aconteceria para mim.

Um arrepio correu o corpo dele quando minha pele encontrou a sua. Seu aspecto era de quem estava prestes a passar mal.

— Por favor — sussurrei. — Por favor.

— Você não sabe o que está me pedindo.

— Sei, sim. Chegue mais perto.

Segurava a arma sem firmeza, por isso suspendi o cano por ele e a pressionei contra a testa. Tínhamos sido derrotados, e eu estava decidida.

— Ande — pedi, com suavidade.

Era tortura para ele, e odiava ser eu a torturadora. Odiava que tivesse que ser ele, que tivesse que assistir a minha morte e viver com a culpa pelo resto da vida. Odiava que, justamente quando minhas esperanças de reencontrá-lo tinham sido recompensadas, fosse forçada a jogá-las ao fogo, e eu junto a elas. Odiava ter que deixar minha família. Odiava ter que deixá-lo.

— Mara — sussurrou. O dedo estava no gatilho. Tremia

— Estou implorando. Não quero ser essa pessoa. — Não era verdade, mas não importava. O que importava era que precisava que Noah escutasse. — É minha escolha. Me ajude.

As sobrancelhas se juntaram, e, por uma fração de segundo, pensei que me obedeceria.

— Não *posso*. — Deixou o braço pender mole, o rosto contorcido por nojo. Imediatamente depois, ergueu o braço outra vez, mas não para mim. Atirou em um manequim.

Acabaram as balas. Olhei para David; não havia surpresa em sua expressão, nenhum choque. Estivera esperando aquilo.

— Vamos dar um jeito nisso — continuou Noah, a voz firme, forte, resoluta. — Vou chamar a polícia. Vamos encontrar Daniel. Vou curá-lo. Você vai melhorar...

— *Pare!* — Minhas palavras bateram contra as paredes da fábrica. Pareciam ecoar pela eternidade adentro. — Isso aqui não é uma coisa que você pode simplesmente consertar. — E eu não poderia correr o risco de deixá-lo tentar.

— Você sempre pensa o pior de si mesma — disse ele, com uma ponta de amargura.

— E você sempre pensa o melhor. — Era verdade, o que me fez sorrir. — Você não consegue me ver objetivamente porque me ama. Mas fiz coisas. O que é que me torna diferente dele? — Virei os olhos de relance para Jude, que baixou os seus para o chão. Se não o conhecesse bem, diria que parecia culpado.

Jude era mais doente, mais maluco e mais cruel que eu, mas amava a irmã, sua única família. Deborah e David tinham usado aquele amor como meio de controlá-lo. Eu não o perdoava por tudo o que fez; jamais perdoaria. Entendia, porém.

— Não importa o que você fez. Só importa o motivo — retrucou Noah. — Ele usa a habilidade que tem para machucar as pessoas. Você usa a sua para protegê-las.

*Nem sempre*, pensei e disse em voz alta.

— O vilão é o herói da própria história — respondi. — Ninguém pensa em si mesmo como uma pessoa má. Todo mundo tem razões para fazer o que faz. Jude e eu não somos tão diferentes quanto você pensa.

Aquelas palavras causaram algum efeito nele, acenderam uma centelha. Parecia vivo, realmente vivo, pela primeira vez desde que retornara. As mãos tocaram meu rosto enquanto dizia:

— Nunca mais fale isso. Mentiram para você. Te manipularam. Torturaram. Não é sua culpa.

Estremeci, se foi pelo que ele disse ou pelo contato, eu não sabia.

— Não é sua culpa, Mara. Diz.

— Noah — chamou David. Havia uma nota de urgência em seu tom, e comecei a entrar em pânico.

— O tempo está *acabando*, Noah.

— Diz, e eu... eu te dou a injeção.

— O quê? — Não tinha certeza se ouvi certo.

— Não consigo fazer isso com a... a faca. Vou enxergar o momento para sempre — disse ele. A voz soava diferente. Como se algo tivesse se quebrado lá dentro. Queria alisar a linha de preocupação entre suas sobrancelhas, tomar seu rosto nas mãos, beijá-lo, ajudar a melhorar o que estava sentindo. Era eu, no entanto, quem o magoava.

Engoli a tristeza, por ele, por mim.

— Vai parecer que estou só dormindo. — Olhei de relance para o laptop.

Os olhos de Jamie estavam arregalados de horror. Os de meu irmão, fechados. Compreendi que jamais os veria se abrissem outra vez, e foi naquele momento que comecei a chorar.

— Jamie — chamei, recuperando o fôlego. — Diz para meu irmão... Diz para ele que o amo.

Assentiu em silêncio. Lágrimas escorriam pelo rosto.

— Diz que sinto muito.

— Mara — falou meu amigo.

— Diz para ele que é meu herói. E, Jamie?

Fungou.

— Oi?

— Faz ele se esquecer de tudo o que sabe sobre mim. Faz ele esquecer tudo isso. Você pode fazer isso?

— Não sei.

— Pode tentar?

O queixo dele tremeu.

— Meu Deus, você é tão mandona.

Uma risada escapou de minha boca.

— Vou tentar — garantiu ele. — Você sabe que vou.

— Você é um bom amigo.

— Eu sei — respondeu Jamie. — Você também não é tão ruim assim.

— Sou, sim.

— Mara — disse David. — Você deve se apressar.

Não falou de maneira ríspida.

Odiava aquele homem, mas era um tipo de ódio frio, distante. Eu o veria no inferno, um dia, e o puniria lá. Naquele instante, porém, queria apenas amar Noah. Queria partir deste mundo sentindo isso.

Fitei o garoto que amava, aquele que tinha me salvado, todos os dias. Estava tão magoado. Não sabia o que dizer a ele, mas ele parecia saber do que eu precisava.

Tirou-me da mesa e me carregou, da maneira como um recém-casado carregaria sua noiva. Andamos um pouco, mas não fomos para longe; precisava conseguir ver meu irmão. Não estava pronta para deixá-lo.

David e Jude nos deram espaço. Sabiam que não iríamos a lugar algum. Não havia aonde ir.

Noah me colocou sobre o colo semiajoelhado. Colocou uma das mãos sobre minha barriga, e a outra sobre meu peito. Minha bochecha macia estava colada contra a sua, mais áspera, a boca pressionando meu ombro. Um dia, aqueles lábios em minha pele teriam me feito esquecer de mim mesma. Podia rir e fazer piada e brincar de faz de conta com ele, e sua voz abafaria os pensamentos dentro de mim, os que ninguém deveria ouvir. Não podia, porém, mudar quem eu era. Ninguém podia. Ainda era veneno, e nem mesmo Noah podia me fazer esquecer.

O queixo tremia quando disse o que Noah precisava ouvir.

— Não é... Não é minha culpa — sussurrei.

— Mais uma vez.

— Não é minha culpa — menti, mais alto.

Noah tirou a tampa da seringa, o rosto sem cor, e estiquei o braço.

Acho que foi naquele instante que soube, de verdade, que não haveria equipe da SWAT alguma irrompendo no lugar a fim de nos salvar.

Nenhuma batalha épica aconteceria em algum tipo de clímax cinematográfico. Não haveria gritos nem explosões. Éramos apenas nós. Duas pessoas e uma escolha.

— Não vou nem sentir — falei, tentando imaginar todas as conversas que jamais teríamos. Era daquilo de que mais sentiria falta, percebi. Apenas poder lhe contar algo. Havia tanto ainda a ser dito.

— Eu te amo — sussurrei contra seu pescoço. Noah me abraçou com mais força, sem dizê-lo de volta: eu sabia que não podia falar. Depois, sem aviso, senti uma espetada no braço, que se aprofundou, tornando-se uma picada ardente. Consegui abrir um sorriso estúpido enquanto Noah injetava o conteúdo da seringa nas veias. — Obrigada — falei, quando terminou.

Fez pressão com o dedo sobre o furo. Prendia o fôlego, represando um soluço mudo. Era tão valente.

— Se Daniel ainda... — O peito parecia constrito, e abri a boca, tentando tomar mais ar. — Se ainda estiver doente quando eu... E seu pai não...

— Farei isso — afirmou Noah, rouco. Sua aparência era tão intensa e bela. Sentiria falta daquele rosto.

— Encontre meu irmão — pedi. Minhas palavras se arrastaram, e as pálpebras se fecharam. A respiração era muito curta. — Conserte o que tem de errado com ele — falei com o último fôlego, e o mundo ficou escuro.

# 60

**ANTES**

*Laurelton, Rhode Island*

*Naomi deu à luz um menino cheio de saúde naquele dia. Você tinha acabado de nascer.*

*Quando sua mãe estava grávida de Daniel, passei noites incontáveis me perguntando se seria um dos Afligidos, como eu. Mas, horas depois do nascimento dele, o professor declarou que seria inofensivo e saudável. No segundo em que a vi, soube que não seria tão abençoada.*

*O professor me contou a respeito da criança dos Shaw, no que se transformaria, mas não suas consequências — que você também se tornaria algo.*

*Descobri o que acontecera de verdade naquela noite em que acreditava que tinha seduzido o professor.*

*Ele sabia o que estava para acontecer. Sabia que sua mãe nasceria e que você também, um dia. Eu pensava que era sua companheira, mas não passava de uma ferramenta.*

*Joguei minha fúria sobre ele por ter permitido que acontecesse. Pelo que um dia aconteceria a você. Mentiu, alegou que não poderia tê-lo mudado. Disse: "Ela não pode se tornar qualquer outra coisa senão o que é."*

*Tem razão a respeito disso.*

*Você fará a diferença neste mundo, criança, querendo ou não. A maioria das pessoas é como grãos de areia, o impacto de suas vidas carregado pelas ondas dos anos. Não causam danos duradouros, tampouco benefícios duradouros.*

*Você não é como a maioria.*

*Você é como o fogo; vai queimar onde quer que vá. Se contida, encaminhada, pode criar luz, mas também sempre irá lançar uma sombra. Pode escolher acabar com a vida ou escolher presenteá-la, mas punição se seguirá a cada recompensa. Se seu fogo não for controlado, vai queimar e corroer vidas e a história. Quanto mais próxima ficar de alguém, mais essa pessoa correrá o risco de cair sob sua sombra, ou de ser consumida por seu fogo. Terá que fingir ser quem não é. Deve se encouraçar bastante de modo a não deixar ninguém vê-la ou tocá-la. Não é sua culpa. Não foi nada que tenha feito. Não pode mudar quem é, assim como não se pode transformar olhos azuis em negros. A única coisa que pode fazer é aceitar. Se lutar contra si mesma, vai perder, e batalhas deixam marcas. Mas você sobreviverá a elas. Sobrevivi a muitas. Vai fazer coisas boas que lhe trarão arrependimento, e coisas ruins que não trarão, mas deve seguir em frente, pelo bem de minha filha, senão pelo seu próprio. Ela já a ama tanto.*

*Quero que saiba que desejaria uma vida diferente para você, e para minha amada filha, que jamais saberá de nada disso se eu puder evitar. Às vezes, me pergunto se, caso tivesse escolhido um nome diferente para mim, poderia ter me tornado uma pessoa diferente? Poderia ter me transformado em outra pessoa? Houve dias em que me sentia como se tivesse um dragão adormecido dentro de mim, exalando veneno a cada expiração. Flertei com o suicídio mais vezes do que consigo contar. Mas sei por que jamais o teria cometido. Estava poupando esse dia para você.*

*Há uma chance, por menor que seja, de que, caso eu morra antes de você manifestar, o ciclo de minha linhagem termine com meu sacrifício. Não sei qual seria a probabilidade, mas estou disposta a arriscar por minha filha; não posso mudar o passado, mas posso escolher meu futuro.*

*Deveria avisar, entretanto, que o professor a encontrará um dia, uma vez que seu destino está entrelaçado com o do menino. Pode lhe pedir que o ajude, que se junte a ele, que faça a diferença. Ele mexe no destino como uma criança em uma casca de ferida em cicatrização, e talvez lhe ofereça a mesma oportunidade. Mas saiba disto: ele tem mais conhecimento do que qualquer outra pessoa viva, mas isso não lhe trouxe felicidade. Tampouco trouxe a mim. Conheci muitas pessoas ao longo de muitas vidas, e os ignorantes sempre me pareceram os mais contentes.*

*Mas você deve decidir por si mesma. Se usar isto, ele saberá qual foi sua escolha.*

*Não sei onde deixar isto para que você encontre, quando estiver pronta, sem que sua mãe veja. Se compartilhasse a Aflição do professor, talvez tivesse alguma ideia. Mas farei a melhor opção que puder com o conhecimento que tenho e vou torcer.*

Empunhando carta e boneca uma em cada mão, entrei na cozinha à procura de uma faca. Cortei a boneca da Irmã do ventre ao queixo e escondi a carta lá dentro. Voltei a enchê-la com o estofo e comecei a costurar antes de me recordar do colar. Levei-o até a boneca na mão cerrada e o empurrei para seu interior com um dedo. Dei os pontos para fechá-la.

Sim. Estava feito. Esperaria três dias e depois partiria do mundo da maneira como entrei nele: só.

# 61

## NOAH

SEGURO MARA NOS BRAÇOS TRÊMULOS ENQUANTO SEU PULSO DEsacelera até tornar-se nada. Meu pai sequer espera que ela morra antes de emporcalhar o ar com palavras.

— Você fez a coisa certa, Noah. Estou orgulhoso de você.

Desde que consigo me lembrar, tenho problemas com as emoções. As outras pessoas ficam assustadas, ou nervosas, ou tímidas, ou empolgadas, ou felizes, ou tristes. Parece que tenho apenas dois estados: impassível ou vazio.

Não sinto nenhum dos dois agora.

A dor de perdê-la é física. Todo o oxigênio inspirado tem gosto de veneno. Cada batida do coração parece um martelo no peito. Como é que ela pode ter esperado que eu suportasse isto?

— Vou cuidar do irmão dela — anuncia meu pai, enquanto digita algo no celular. — Da família inteira. Jamais ficarão sabendo de nada. — Leva o aparelho ao ouvido, e ouço um toque ecoar em algum lugar no edifício.

*Dentro do edifício.*

Daniel estivera aqui o tempo todo.

É um golpe duplo, um que mal consigo processar enquanto fito o corpo antinaturalmente inerte. Passei noites demais com ela para ser capaz de fingir, até mesmo para mim, que está apenas dormindo.

— Noah?

A voz de Jamie corta a estática em meu cérebro. Olho para o laptop.

O rosto marcado por lágrimas está ansioso, amedrontado.

— Tem alguma coisa acontecendo — diz ele. — As máquinas estão fazendo barulhos estranhos.

Papai coloca a mão sobre meu ombro. Não consigo juntar energia o suficiente para dizer que não me toque.

— Vou até lá descobrir o que está acontecendo — garante. — Ele vai ficar bem, Noah. Prometo.

Como se suas promessas significassem algo para mim. Mas, se estiver errado, vou fazê-lo sofrer todos os dias que restarem de sua vida inútil e sem sentido.

Encarrega Jude de me vigiar — para me impedir de fazer uma loucura? —, e, quando ele concorda, meu pai me deixa para sufocar em minha dor sozinho. Ou quase. Estou ciente da presença de Jude, da maneira como os olhos fitavam com voracidade a faca que meu pai idiota esqueceu aqui. Sei que vai pegá-la. Não tenho certeza do que fará em seguida, mas tenho certeza de que não me importo.

— O que é que está esperando? — pergunto.

Ele se vira para se certificar de que papai já foi e, em seguida, como previsto, pega a arma. Jude me encara, os olhos cheios não de ódio, mas esperança.

Aberração.

— Ande logo, então. Vem.

— Solte ela — responde ele. — E vou.

Solto. Ele vem.

# 62

LUZ MANCHAVA O INTERIOR DE MINHAS PÁLPEBRAS DE VERMELHO. Levantei o tronco como se tivessem enterrado uma seringa com adrenalina direto em meu coração.

Lembrava-me de mãos que não eram minhas costurando a barriga de uma boneca onde tinham escondido uma carta. Lembrava-me do que a missiva dizia. Lembrava-me de mortes que não desejei, famílias que não eram minhas, árvores e animais, navios e poeira, penas e corações.

Lembrava-me de tudo. Cada sensação, cada cheiro, toque, visão. Transbordava com os ecos das lembranças de minha avó, seu conhecimento, minha herança. Subiam pela garganta, e eu estava explodindo com a necessidade urgente de contar tudo a Noah. Mas não foi seu rosto que vi quando abri os olhos.

Jude sorria, exibindo as duas covinhas, parecendo uma criança no Natal. Tinha uma seringa na mão.

— Sabia que voltaria quando manifestasse. A doutora apostou que voltaria, quando tivesse acabado de mudar.

Não me importava o suficiente para perguntar do que estava falando, para refletir a respeito do que suas palavras significavam ou quão bizarras soavam. Tinha apenas uma pergunta, mas meu coração sabia a resposta antes de meus olhos poderem me dar a confirmação.

Virei-me para ver o corpo de Noah estendido diante de mim. A faca ainda projetava-se do peito.

# 63

## NOAH

OUÇO AQUELA VOZ ANTES DE VER O ROSTO.

— Você não vai morrer — garante Mara. O tom peculiar tem um quê diferente agora. De raiva. Desespero. É péssima mentirosa. Sempre foi, ao menos em comparação a mim.

Consigo abrir os olhos. Observo os seus viajarem por meu corpo, e me delicio com o peso dos dedos sobre meu peito. Parece tão determinada, tão furiosa.

Por algum motivo, penso na primeira vez em que a vi, se acabando de chutar uma máquina que se recusava a liberar o doce que comprara. Antes daquele dia, todas as horas de minha vida tinham sido exatamente como as que as precederam. Incansavelmente fastidiosas. Dolorosamente monótonas. Mas então ela saiu de meu pesadelo em pleno dia para entrar em minha vida, um completo mistério desde o primeiro segundo. Sua presença era um problema que precisava solucionar, um problema que finalmente me interessava. E depois, de algum modo, ela me fez me interessar por mim mesmo.

Mara começou como uma pergunta que eu tinha que responder, mas, quanto mais a conhecia, menos sentia que conhecia de verdade. Era constantemente surpreendente, infinitamente complexa. Indesvendável. Imprevisível. Jamais conhecera uma pessoa tão fascinante na vida, e nem todo o tempo do mundo seria o bastante para chegar a conhecê-la.

Agora quero esse tempo. Minha mente se fecha ao redor das lembranças que tenho dela, o toque de suas mãos em meus cabelos, a face em meu peito, a voz em meu ouvido, sua respiração em minha boca. É tão clássico. Passei a maior parte da vida desejando morrer, e, agora que está acontecendo, não quero mais. Consigo abrir um pequeno sorriso irônico. Cuidado com o que deseja, acho.

# 64

Não há nada como segurar o corpo da pessoa que se ama sabendo que as pulsações daquele coração estão contadas.

Noah ainda respirava, mas apenas superficialmente. Os olhos não se abriram quando chamei seu nome. Aninhei-o nos braços e virei os olhos cheios de ódio para Jude.

— Por quê? — Mal reconheci o som de minha própria voz.

— Eu precisava ativar você. A doutora mandou. Disse que se manifestasse, poderia me matar. E é o que quero. É a única forma de eu conseguir morrer. Sabia que se o matasse, você ficaria com raiva o bastante para fazer isso.

Eu, porém, não sentia raiva. Sentia-me vazia.

— Mara? — chamou a voz de Jamie. O laptop ainda estava aberto sobre a caixa. Virei o pescoço para olhar. — Meu Deus — exclamou ele. – Achei que você tinha morrido.

— Daniel está... Meu irmão...

— Levaram Daniel — respondeu. — Os filhos da puta o levaram e me deixaram aqui.

— Ele está...

— Estava vivo, sim. Colocaram alguma coisa no soro. Mara, estou aqui... Em algum lugar do prédio. Vem me buscar?

Olhei para baixo, para o rosto de Noah. O pulso tremelicava na garganta. Encarei a faca em seu peito. Talvez... Se a tirasse...

Não sabia o que fazer. Não sabia.

— Anda, antes de ele voltar — disse Jude.

— Quem? — O pai de Noah? Não me importava com ele. Teria o que merecia. Eu me certificaria disso.

— O outro que existe dentro de mim — explicou Jude, fazendo uma onda de asco percorrer meu corpo. — A doutora estava trabalhando em alguma coisa, uma cura. Tomei uma injeção, mas ela só afasta o outro por um tempo pequeno. Você tem que fazer isso, Mara. Por favor. Ninguém mais pode. Não podia fazer antes da manifestação, mas, agora, agora já está completa. Você voltou. Se curou. Você pode fazer isso agora. Por favor.

Jude me pedia para matá-lo. E eu mataria. Não podia continuar vivendo, não depois do que fizera. O que dizia, porém, a maneira como dizia, puxou o fio de uma lembrança.

Lembrei-me dele parado no jardim do Horizontes que servira de palco para a tortura, dizendo que eu precisava sentir medo, medo o suficiente para trazer Claire de volta. O que era impossível.

O momento em que pensei nisso foi o mesmo em que Noah parou de respirar.

Assisti enquanto o pulso morria na garganta e um fôlego, o último, escapava dos lábios como um suspiro.

— Ai, Deus — sussurrei. Uma lágrima caiu, depois outra. Olhei para a faca com a visão embaçada.

Jamie chamou:

— Mara, você está ouvindo isso?

Não ouvia coisa alguma. Não via coisa alguma. Não sentia qualquer outra coisa que não fosse Noah. Puxei a faca de seu peito, torcendo, desesperadamente, que não fosse tarde demais, que, de alguma forma, ele pudesse se curar, que se *curasse*, a despeito de tudo que o pai dissera, a despeito das palavras da vidente.

"*Você o amará até a ruína.*"

Pensei em todas as escolhas que nos levaram até ali, como cada um podia ter seguido um caminho diferente. Como Noah poderia jamais ter me conhecido. Como estaria inteiro, perfeito e vivo naquele instante se não tivesse.

— Sirenes — disse Jamie, com esperança na voz. — Ele está... Noah...

Era tarde demais, entretanto. A vida que quase tive expirou em meus braços.

— Morreu — falei, segurando o corpo e a faca que o tinha matado.

— Por favor — implorou Jude outra vez. — Por favor, por favor.

Fitei a arma nas mãos, a lâmina molhada com o sangue quente de Noah. Havia tanto; no peito, sob seu corpo... Até nos cabelos.

Não tinha sido a faca que o assassinara. Foi Jude.

Talvez, porém, eu pudesse trazê-lo de volta.

Deixei a voz suplicante de Jude desaparecer junto à de Jamie, as sirenes, todo o resto. Fechei os olhos e visualizei.

Noah, vivo, amarrando meus cadarços na frente de casa antes de me dar carona até a escola.

Noah, vivo, olhando o desenho que fiz dele, dobrando e guardando o papel no bolso.

Noah, vivo, olhando para mim com os cabelos desgrenhados e olhos sonolentos, os braços me envolvendo, nós dois deitados em minha cama.

Abri os olhos.

Noah continuava morto.

Estava fazendo algo errado. Vasculhei a memória, a que era minha e a que não era, buscando desesperadamente um meio de consertar a situação. O pai de Noah e a Dra. Kells deram a Jude uma habilidade, mas não tinham sido capazes de controlá-lo. Tentaram me roubar a minha, e perdi a capacidade de me controlar. Até aquele momento.

Limpei o sangue de Noah da lâmina, fitei o fragmento de meu reflexo nela, torcendo para que falasse comigo. Estava muda, no entanto.

Jude implorava, tremendo. Eu entendia que queria que o matasse para seu próprio bem, de modo que jamais tivesse que voltar a se transformar naquela coisa que era. Mas não me importava. Queria que sofresse. *Deveria* sofrer todos os dias pelo que fizera. Era *isso* que merecia.

Sabia, porém, que não faria isso a ele.

O corpo de Noah estava quente em minhas mãos. Seu peso tomava conta de meu colo. Não queria pensar em Jude. Entretanto, a menos que eu desejasse sua morte, ele não sairia dali.

Por isso pensei no coração corrompido parando, os nervos insensíveis secando, os pulmões inúteis afogando-se em fluidos. Pensei nisso e muito mais, mas ele permanecia vivo. Estava com o corpo dobrado para a frente. Achei que tivesse vislumbrado uma gota de sangue escorrer do nariz, mas não tinha certeza.

— Por favor — murmurou outra vez. — Por favor.

Podia matá-lo sem tocar nele, mas não sabia quando finalmente morreria de fato. Era sempre a parte que não conseguia prever, não conseguia controlar. Ou, se conseguia, não sabia ainda como.

Então falei:

— Vem cá.

Jude me encarou. Algo odioso e furtivo brilhou por trás dos olhos. Como pude não perceber todos aqueles meses? Como pude olhar para a cabeça loura e as covinhas e não ver a casca vazia, o nada que era? Como pude deixar que se aproximasse o bastante de mim para me machucar?

Não interessa. Não cometeria o mesmo erro.

Doía fisicamente encostar a cabeça de Noah no chão, esvaziar meus braços do peso e ficar de pé para confrontar seu assassino. Jude se ajoelhava, mas lutava para conseguir fazer o movimento. Estava em guerra consigo mesmo; os músculos estavam tensos, e as veias eram visíveis na testa e no pescoço.

Talvez devesse ter usado aquela oportunidade para obrigá-lo a enumerar seus pecados antes de morrer, arrancar à força alguma grande confissão de arrependimento daqueles lábios, fazê-lo assumir toda a dor pela qual era responsável. Aquilo, porém, me dava a impressão de ser mais do que ele merecia. Jude não era muito diferente de um animal, na verdade, de modo que, no fim das contas, eu o abati como um. Abri sua garganta com um golpe da faca, e ele caiu de lado. Observei enquanto sangrava até a morte.

Estava vagamente consciente de corpos, corpos vivos, irrompendo no cômodo, gritando enquanto luzes vermelhas e azuis entravam pelos vidros turvos de sujeira nas janelas. Olhei de relance para o laptop e vi a polícia entrar no quarto onde Jamie estava sendo mantido. Notei movimento pela visão periférica.

— Largue a arma — gritou uma voz feminina.

Não tinha me dado conta de que ainda segurava a faca. Abri a mão. A lâmina tilintou contra o chão poeirento.

— Coloque os braços acima da cabeça e vire devagar.

Obedeci. Cerca de uma dúzia de policiais de Nova York misturavam-se aos manequins, empunhando revólveres, apontando-os para mim.

Fitei o corpo de Jude e o de Noah. Depois voltei o olhar para cima, para a policial. Fiquei imaginando o que teria visto quando me olhou. Uma menina de luto? Uma assassina?

Percebi que não me importava. Dissera a Noah que não ia morrer. Minhas últimas palavras para ele foram mentiras. Era uma mentirosa. Ele morreu, e, embora eu tenha tentado, não o trouxe de volta.

Não estava mais chorando. No lugar do choro, havia apenas o soluço que não saía, a ardência das lágrimas que não rolavam, a dor na garganta que pedia para se transformar em um grito. Chorar teria sido um alívio, mas eu não estava cheia de tristeza. Estava cheia de ira.

Ira porque ele tinha morrido por nada, por uma idiotice, enquanto todos os demais continuavam a viver. Se as pessoas ficassem sabendo do que acontecera, seus rostos se tornariam máscaras de horror por um instante, mas depois não passaria de mais uma história para elas. Seguiriam em frente, vivendo, rindo, e eu ficaria sozinha com minha dor.

— Ele tentou matá-la — gritava Jamie pelos alto-falantes de má qualidade do laptop, enquanto um policial o desamarrava. Chamou a atenção de um que estava no cômodo comigo, mas os demais pares de olhos não titubearam.

Se tivessem me conhecido, se soubessem de tudo por que passei, o que tinha perdido, poderiam ter dito que sentiam muito, que sentiam pela minha perda. Talvez tivessem até sido sinceros. Sob aquilo tudo, porém, estaria alívio — pela morte não ter se abatido sobre eles.

Tudo o que queria no mundo era ver Noah vivo. Era isso que merecia. Pensar alguma coisa, porém, não a torna realidade. Desejar algo não faz com que seja verdade.

Exceto quando quem deseja sou eu. Era esse, supostamente, meu dom. Minha aflição.

Fechei os olhos, apertei as pálpebras com força. Vi escritos dentro da mente, em uma letra que não era minha.

*Pode escolher acabar com a vida ou escolher presenteá-la, mas punição se seguirá a cada recompensa.*

Punição. Recompensa.

Queria dar vida a Noah. Recompensá-lo com ela. Não viria, porém, de graça. Nada vem. Se quisesse algo, teria que dar outra coisa em troca.

Queria Noah. O que daria por ele?

*Quem* daria em troca dele, era essa a pergunta que precisava fazer.

*"As pessoas com quem nos importamos sempre valem mais para nós que as pessoas com quem não nos importamos. Não importa o que finjam."*

Tinham sido palavras de Noah um dia. Eram minhas agora. Quem eu não daria em troca? Não daria minha família. Eles, jamais.

Existiam, porém, outras pessoas. O mundo estava cheio delas. Quantas teriam de ser punidas para que eu pudesse recompensar? Qual era o valor da vida de Noah?

Seu pai, David, tinha que ser punido pelo que fizera, sem dúvida. Um milhão dele, no entanto, não equivaleriam a um Noah. Não valia nada. Menos que nada.

Nem todas as pessoas eram assim, porém. Olhei ao redor, para os homens e mulheres que ocupavam o espaço, correndo para o perigo a fim de salvar a vida de alguém. Eram pessoas boas. Valentes. Altruístas. Heróis de verdade.

Usaria um deles para ter Noah de volta?

Usaria todos eles para tê-lo de volta?

Tinha me despido de todas as ilusões, acerca daquilo e de mim mesma. Soube, sem sequer ter que pensar, que a resposta era sim.

# 65

Sabia o que aconteceria em seguida. Ao aproximar-se, a mulher disse:

— Está segurando alguma coisa que pode me machucar?

Faça as perguntas erradas e receberá as respostas erradas. Balancei a cabeça no momento em que estendeu as mãos para me algemar.

— O que é que aconteceu aqui?

Não respondi. Como poderia?

Além disso, tinha o direito de permanecer calada, assim, foi o que fiz.

Os paramédicos tinham chegado e montavam macas, procuravam sinais vitais nos corpos, como se valesse de algo.

A policial inclinou a cabeça e indagou:

— Está tudo bem?

A pergunta era quase engraçada. Balancei a cabeça.

— Acho que ela está em estado de choque — informou a um dos paramédicos. — Dê uma olhada rápida nela, e depois a levamos para o hospital.

— Tem outro aqui — anunciou uma voz. Segui-a e vi Jamie, escoltado por dois homens.

— Contei para eles — disse Jamie em voz alta, alta demais, enquanto passava. — Sobre o seu ex-maluco.

Garoto esperto.

— Seu ex-namorado? — indagou a policial. — Qual dos dois?

Olhei para Jude.

— Aquele é seu namorado? — Acenou com a cabeça para Noah, para o corpo dele, enquanto era colocado em uma maca sem urgência. Assenti, anestesiada, muda. Iriam levá-lo embora. Não sabia como conseguiria suportar.

— Acho que sei o que aconteceu aqui — disse a mulher em voz baixa para outra policial que se juntara a ela. — Vamos descobrir quem são os pais quando chegarmos ao hospital. — Pousou a mão em meu cotovelo enquanto levavam o corpo de Noah embora. Meus braços e pernas pareciam chumbo. Não conseguia me mover. Mal conseguia enxergar. A visão estava embaçada pelas lágrimas. Pisquei furiosamente, mas continuavam a jorrar.

A mulher me puxou para a saída no instante em que um dos paramédicos pegava uma lona para cobrir o rosto de Noah. Vi-o piscar.

Cabeça coberta, rodas chiando. Noah já tinha quase ido embora quando finalmente consegui dizer:

— Espere.

Não me ouviram a primeira vez, por isso gritei da segunda.

A movimentação cessou. O médico que cobrira o rosto deve ter visto algo em minha expressão, pois olhou de mim para Noah e levantou a lona.

— Cacete — murmurou. — Ele está respirando.

Um segundo antes, o ar estava morto, praticamente silente, mas logo começou a vibrar com frenesi. Paramédicos se amontoavam ao redor de Noah, bloqueando minha visão. Vislumbrei uma máscara de oxigênio sendo encaixada sobre seu rosto enquanto mais que um par de mãos me puxavam para longe dele. Vi os olhos se abrirem, e, sob a máscara transparente, achei que vi a insinuação daquele meio-sorriso que amava e de que sentira tantas saudades.

Já vira muitas coisas desde que tudo aquilo começou, no entanto. E nem todas tinham sido reais.

Quando passou por mim, porém, Noah tirou a mão da maca. Sua pele roçou a minha. Eletrizou-a.

Estava vivo. Era real.

# 66

UMA MÁQUINA BIPAVA À ESQUERDA DA CAMA DE HOSPITAL DE Noah, enquanto outra sibilava à direita. Podia vê-las e ouvi-las ao passar pela porta aberta com minha escolta. Dois policiais montavam guarda, e, quando perceberam que eu tentava espiar, um deles aproximou-se mais da entrada. A detetive Howard — era esse o nome da policial — me levou até uma sala de interrogação improvisada. Número 1213, notei.

— O médico disse que seu namorado está se recuperando extraordinariamente bem. Surpreendentemente bem — acrescentou. — Aquela ferida no peito dele... Parecia bem grave, como se a aorta tivesse sido perfurada, até. Os paramédicos pensaram que estava morto... Não cometem esse tipo de erro normalmente.

Ela me encarou, esperando que eu falasse, mas o que poderia dizer? Que tinha desejado que revivesse, por isso reviveu?

Que maluquice de se pensar.

— Seu amigo... Jamal, certo? Me contou o que aconteceu com você. Deu o número da casa de seus pais, ligamos para sua mãe e deixamos uma mensagem de voz. Esperamos que chegue logo.

Improvável.

— Mas queria ouvir de você o que aconteceu, em suas palavras, antes de ela chegar, se você puder.

Podia, mas não iria. Era filha de um advogado, afinal. Inclinei a cabeça para a frente, velando o rosto com os cabelos. Era filha de uma psicóloga também. Sabia o que tinha que fazer.

— Vocês estavam em algum tipo de... O quê? Centro de tratamento juntos?

Podia-se dizer que sim. Encarei a mesa e pisquei como se não tivesse escutado.

— Isto deve ser muito difícil para você — falou com gentileza, tentando uma tática diferente.

Mordi o lábio, com força, para não rir. Ela achou que tentava não chorar, e pousou a mão sobre meu ombro como se para oferecer um alento.

— Se foi legítima defesa, você não fez nada de errado.

Pouco sabia ela.

— Só mais algumas perguntas e os médicos vão falar com você, ok?

Nenhuma resposta.

— Alguém denunciou um homicídio naquele armazém abandonado. Tem ideia de quem pode ter sido?

Tinha minhas suspeitas; David Shaw estava no topo da lista. Acreditava que eu estava morta, claro, e alguém teria que responder por meu assassinato, não teria? Colocaria a culpa em Jude, podia apostar.

— E o hospital recolheu e recebeu um menino não muito mais velho que você, que estava relativamente perto do lugar, meia hora antes de chegarmos lá. Tem alguma ideia de quem seja *ele*?

*Daniel.*

Meu coração se agarrou à ideia, mas não podia perguntar. Não podia dizer coisa alguma. Olhei para a janela. Estávamos no décimo segundo andar, a cidade de Nova York se estendia sob nós. Parecia um mundo de brinquedo lá do alto, com pedaços que eu poderia mover, brincar ou quebrar.

A porta rangeu ao se abrir, e um médico gesticulou da soleira para Howard.

— O psicólogo está vindo — disse em tom baixo. — Mas tem alguém aqui querendo vê-la.

Havia alguém atrás dela, mas eu não conseguia ver quem.

— Você é a mãe? — indagou a detetive.

A mulher que entrou, no entanto, não era minha mãe. Era jovem, na casa dos 20 anos, e usava óculos com armação tartaruga no rosto pálido, redondo e sardento. Vestia jeans skinny e tênis tipo All Star, e, juro por minha vida, que não fazia ideia de quem era.

Ofereceu a mão à detetive.

— Sou Rochelle Hoffman. A advogada.

# 67

Era a prima de Jamie, logo descobri. Ele a tinha chamado assim que se livrou da escolta policial. Em seguida lhes deu o número da moça, dizendo que era o dos meus pais. Acreditaram nele, claro. Não tinham escolha.

Quando fiquei finalmente a sós com ela, cortei o teatro da menina catatônica e lhe disse que queria falar com Jamie. Ela possibilitou o encontro, provavelmente com a ajuda das habilidades do primo, e nos deixou sozinhos. Ele pegou uma cadeira e sentou-se virado de frente para o encosto.

— Então. A parada é a seguinte.

Eu mal podia esperar que me informasse de tudo.

— Daniel também está no hospital. — Abri a boca para perguntar dele, mas Jamie acrescentou rapidamente: — Está tudo bem. A gente vai ter que entrar de fininho com minha lábia de Língua de Serpente depois de escurecer ou coisa assim, encenar uma fuga para ele e Noah. Quem sabe não aproveitamos a hora da troca de turno, quando a equipe mudar.

— E nós dois?

— Bem, você seria suspeita de assassinato se eu não tivesse ardorosa e dolorosamente, prejudicando imensamente minha saúde mental e física, persuadido a polícia de que não era.

— Te agradeço muito.

— É bom mesmo.

— Isso quer dizer que a gente pode simplesmente sair?

— Tipo isso. Rochelle está cuidando de tudo.

— O que é que sua prima disse para a gente fazer? Sobre tudo?

— Bem... — Arrastou a palavra vagarosamente. — Eu meio que descrevi a situação hipoteticamente.

— Explique.

— Tipo assim: "Digamos que exista esse bilionário que estava financiando umas experiências genéticas totalmente ferradas em adolescentes..."

— Certo...

— Digamos que esses adolescentes tenham superpoderes...

— Aham...

— Digamos que um deles acabe matando pessoas com a mente às vezes, e com as mãos também. Hipoteticamente falando.

Enterrei o rosto nas mãos.

— Digamos que existam provas físicas ligando a pessoa a algumas das mortes...

Kells. Wayne. Ernst.

— Meu Deus, Jamie.

— E que outras provas tenham sido plantadas para parecer que ela é culpada de assassinatos que não cometeu.

Phoebe. Tara.

— Ah, e só para deixar as coisas mais divertidas e interessantes, digamos que todos os adolescentes têm históricos documentados de doenças mentais. Quais são, em sua opinião, nossas chances se enfrentássemos o bilionário na justiça?

— Você mencionou as coisas que a gente tem? As gravações? Os documentos?

— Aham.

— Vou arriscar e dizer que a resposta dela não foi muito incentivadora.

— Um absurdo, não é? Ela falou, hipoteticamente, claro, que os documentos não seriam reconhecidos. Problemas de cadeia de custódia, não são admissíveis, blá-blá-blá. Eu sei lá, tenho cara de advogado?

Inspirei lentamente, tentando permanecer calma.

— Até deixei de fora as partes em que você e Noah morrem e voltam à vida, mas, por algum motivo, minha prima continua achando que estou de sacanagem com a cara dela. Ficou até um pouco ofendida, na verdade. Mas é confiável. E esperta. Com a inteligência dela e meu poder incrível, a gente consegue sair daqui quando quiser.

— Boa notícia.

— P.S., você estava certa sobre Noah. Admito isso.

— Sobre o quê? Ele estar vivo?

— É, mas também sobre ele. Tipo, no geral.

— Não estou sacando.

— Quando a gente se conheceu, achei que ele só ia te usar.

— Isso não é surpresa para ninguém, Jamie.

— Será que você pode calar a boca um segundo para eu poder admitir meu erro? — Limpou a garganta. — Como estava dizendo. Ele não pode te usar. Você é tipo a dona dele. Devia ter viso o jeito como ele ficou te olhando quando estava fora do ar.

Abri um pequeno sorriso.

— Que jeito?

— Como se você fosse o oceano, e ele estivesse desesperado para conseguir se afogar.

Suas palavras arrancaram o sorriso de meu rosto. Noah tinha se afogado. Com minha ajuda.

Sacudi a cabeça como se quisesse clarear a mente. Jamie deve ter pensado que eu estava discordando, porque continuou:

— Você não entende o que faz com ele. É tipo a fadinha maníaca dos sonhos dele ou sei lá o quê. — Jamie refletiu um segundo. — Na verdade, está mais para o demônio psicótico dos pesadelos dele, mas dane-se. Você entendeu.

Recusei-me a brindá-lo com uma resposta.

— Falando em pesadelos e demônios, aliás — disse, graciosamente mudando de assunto —, morrer e voltar à vida? Foi um truque maneiro. Como fez aquilo?

— Jude disse que é porque a manifestação está finalmente completa ou alguma coisa assim. Aí me curei.

— Sei. E Noah?

Fiquei quieta.

— Ele parecia bem morto quando você estava sentada se balançando para a frente e para trás, segurando o corpo aparentemente inerte dele, tenho que dizer.

— Tem? Tem mesmo que dizer?

— Por que é que tenho a sensação de que você não está se abrindo totalmente, Mara?

— Você está imaginando coisas. Está sob muito estresse.

Parecia que estava prestes a me dar uma pancada quando bateram à porta. Rochelle colocou a cabeça para dentro da sala e acenou para que a seguíssemos até o corredor.

— Está me devendo uma, priminho — disse a Jamie, enquanto ultrapassávamos a detetive Howard e algumas enfermeiras.

— Você me ama e sabe disso.

— Sorte sua eu amar.

Passamos em frente à porta fechada do quarto de Noah no caminho para o elevador. Os policiais ainda estavam postados lá, guardando-o. Reconheci um deles; tinha estado na fábrica abandonada. O mesmo que se distraiu com os gritos de Jamie pelo computador.

Meu amigo parou de andar.

— Tudo bem? — indagou ele ao policial. Parei para escutar.

— Tudo — respondeu o homem devagar. — Por quê?

Jamie apontou para o próprio nariz.

— Tem... alguma coisa aí.

O homem franziu o cenho e fungou, depois esfregou o nariz. Os dedos voltaram vermelhos. Deixaram uma mancha de sangue acima do lábio.

Assentiu para Jamie.

— Obrigado.

Continuamos o caminho até a saída. Quando nos aproximamos do elevador, porém, algo chamou minha atenção.

Um bisturi descansava em um carrinho perto da porta de um quarto. Olhei em volta para ver se alguém me observava.

Ninguém.

Furtivamente o coloquei no bolso e segui Jamie e Rochelle para dentro do elevador. O policial limpava o nariz com um lenço ensanguentado quando as portas se fecharam.

# 68

## NOAH

Mara nos espera enquanto Jamie tira a mim e Daniel do hospital à noite. Está atrás de um poste de luz em uma calçada vazia, muito bela de uma péssima maneira.

— Metrô? — sugere Jamie.

Daniel ergue a mão.

— Táxi. Definitivamente.

Um minuto depois, um carro para em cima do meio-fio. O motorista vira-se quando entramos.

— Para onde?

Mara sorri para mim.

— Para onde a gente quiser.

Quase imediatamente depois que Jamie abre a porta da casa da tia, ele corre para o banheiro enquanto Daniel desmaia no sofá da sala.

Olho em volta.

— Lugar maneiro — elogio, enquanto Mara me leva para dentro.

— Lá em cima ou aqui embaixo? — pergunta ela.

— Cama — respondo. Seu sorriso se alarga ao me guiar escada acima. Sigo-a até um quarto e tombamos juntos nos braços um do outro.

* * *

Acordo na manhã seguinte. Mara está ao meu lado, morta, braços e pernas emaranhados nos lençóis.

Não. Não está morta. Adormecida.

O pânico, no entanto, permanece comigo. Tiro o braço preso sob ela enquanto a culpa sobe pela garganta. É tão densa que eu poderia engasgar.

Tem um banheiro aqui, graças a Deus, e fujo para dentro dele, trancando a porta. Olho para o reflexo no espelho do armário de remédios, para meus olhos vazios, o rosto sem expressão. Desaparecem e vejo outras imagens. As veias azul-claras no braço de Mara antes de furá-lo com a agulha. As pálpebras fechadas, imóveis além do que seria natural.

Quero me desfazer em mil pedaços de modo que ninguém consiga colar de volta. Em vez disso, tiro a camiseta, sabendo, temendo o que verei.

Há pontos no peito, como esperado, e a ferida está quase completamente curada, como temia.

Pego uma tesoura do armário e corto os pontos, perguntando-me sem muita curiosidade se deixará cicatriz. Espero que sim.

— Toc, toc. — É a voz de Daniel, abafada, acompanhada de batidas à porta do quarto. Saio do banheiro no momento em que pergunta: — Todo mundo decente aí?

Mara abre os olhos cheia de cansaço, olhando para mim da cama. Os cabelos estão um caos selvagem e embaraçado. Quero encher as mãos com eles.

— Quem é? — indaga ela.

— Seu irmão — respondo.

Fica de pé em um segundo e se joga para fora da cama, batendo com o dedo do pé no processo, xingando criativamente como resultado. Abre a porta com violência e o ataca com um abraço. Daniel dá um passo vacilante para trás, mas seus braços a envolvem com força equivalente.

— Me desculpe — diz ela, a voz abafada. — Mil vezes.

Ele se afasta e segura os ombros da irmã.

— Não foi sua culpa.

*Ela nunca vai acreditar nisso*, quase digo. Mas não é meu momento.

Daniel olha para mim, como se soubesse o que estou pensando.

— Noah. Obrigado.

As palavras me deixam enjoado.

— Por ter salvado a mim e a minha irmã — conclui ele.

Só que não fui eu quem o salvou, tampouco sua irmã. Se não fosse por mim, Daniel jamais teria corrido qualquer risco. Seu pai jamais teria se mudado com a família para a Flórida. Mara jamais teria estado no sanatório. Jude jamais a teria machucado; sequer teriam se conhecido. Tudo o que lhes aconteceu havia sido porque meu pai *arquitetou* daquele modo. Penso nas vezes em que prometi manter Mara e seus familiares a salvo, quando na verdade, aquele tempo todo, ela estava em perigo por minha causa. Apenas pensar a respeito me faz querer apontar uma arma para a boca e engolir uma bala.

Não posso dizer nada disso para Daniel, obviamente, por medo de soar como um bebê chorão.

— Então é aqui que é a festa — diz Jamie ao entrar no quarto. — Adivinhe só?

Mara ergue a sobrancelha.

— Tem carta para a gente.

Lança algo para mim, e o pego no ar, me retraindo ligeiramente. Meu nome completo está escrito no envelope de cor creme, sem outros endereços. Jamie entrega um a Mara também.

— De? — pergunta ela.

— Lukumi. Lenaurd. Quem quer que seja o camarada. Tem um para Stella também, mas... — Levanta as mãos como se dissesse: *o que é que se pode fazer, não é?*

— Como é que você sabe que são dele? — indagou Daniel.

Jamie mostra um envelope de papel pardo maior que segura na outra mão.

— Estava endereçado aos "Residentes Temporários do nº 313, West End Avenue". É a gente — acrescenta, desnecessariamente.

Mara faz um bico.

— Você abriu sem mim? — perguntou.

— Achei que podia estar transando.

— Você teria ouvido.

A provocação dos dois é íntima de certa forma. Não fico exatamente com ciúmes, mas me sinto um estranho assistindo enquanto os dois brincam um com o outro. De fora. Os violinos já podem começar a tocar.

— Vai saber, vocês podiam demorar horas — continua Jamie. — Eu é que não ia ficar esperando.

Certo, basta.

— Por favor, resista à tentação de ser mala — peço. — O que é que tem neles?

— Não sei. — Jamie dá de ombros. — Era para eu esperar para ler o meu até vocês estarem com os seus. Pronto, já estão com eles. — Jamie rasga o papel com um floreio dramático. Mara começa a abrir o dela.

Daniel faz uma carranca.

— Estou me sentindo tão excluído — comenta ele.

— Levante as mãos para o céu — diz a irmã, com seriedade atípica.

— Pode ficar com o meu se quiser — ofereço. Mara me olha estranhamente. — O quê? Não me interessa o que tem aí.

Estreita os olhos.

— Posso ler, então?

Entrego a ela. Abre com cuidado e começa a ler, mas para imediatamente. Não sei dizer se está assustada, zangada ou chateada; sua expressão não deixa transparecer coisa alguma. Impassível.

Meu Deus. Ela é como eu.

Estende a carta para mim.

— É para você.

— Sim, eu sei. Estou tentando, em vão, parece, comunicar que não quero ler.

— Pegue — sugere, com suavidade. — Por favor.

Caramba. Sinto os olhos de Daniel pularem de mim para ela repetidas vezes.

— Eu vou... Fazer alguma coisa para comer — anuncia ele, recuando devagar para sair do quarto. — Desçam se estiverem com fome, ok?

Jamie faz um aceno de mão sem olhar para cima. Mara responde que sim.

Finalmente, pego a carta da mão dela com relutância. Devo-lhe ao menos isso.

Tem outro envelope dentro dele, endereçado a ninguém. Lacrado. Desdobro o papel e começo a ler.

*Noah,*
*No envelope fechado há uma carta de sua mãe. Consegui encontrá-la antes de seu pai. Deixou-a em uma antiga caixa de joias que nunca usava, com seu colar, que agora você usa. Se deixar de usá-lo, saberei qual foi sua decisão.*
*A.L.*

Quero ser forte o bastante para não ler, mas não sou. Claro que não sou.

*Noah, meu filho,*

Já estou praticamente chorando. Meu Deus.

*A maioria dos pais, quando lhes perguntam por que querem ter filhos, diz que os querem criar para serem felizes. Para serem saudáveis. Para serem queridos. Para serem amados.*

*Não foi por isso que quis tê-lo. Quero mais para você.*

*Quero que derrube ditaduras. Que acabe com a fome no mundo. Que salve as baleias. Que certifique-se de que seus bisnetos saberão o que são gorilas, não porque os viram atrás de um muro, brincando com brinquedos de cachorro em um zoológico, mas porque seguiram seus rastros nas montanhas de Uganda, com abelhas zumbindo nos olhos e sanguessugas nas meias. Quando crescer, você verá crianças com as barrigas cheias de parasitas em vez de comida. Vai se sentar para comer e descobrir que animais em perigo de extinção estão no cardápio. A felicidade vai lhe escapar das mãos, e não terá descanso — você terá que lutar todos os dias, pois há tanta injustiça e horror para batalhar no mundo.*

*Mas, se não lutar, vai ficar indolente e descontente sob o disfarce de estar procurando paz. Vai arranjar dinheiro para conseguir brinquedos, mas, mesmo os maiores, nunca serão grandes o bastante. Você vai encher sua mente de lixo, porque a verdade é feia demais para ser confrontada. E talvez, se você fosse outra criança, filho de outra pessoa, isso não fosse ruim. Mas não é. É meu filho. É forte o suficiente, esperto o suficiente e está destinado à grandeza. Pode mudar o mundo. Então lhe deixo com estas palavras:*

*Não procure paz. Procure paixão. Encontre algo pelo que morreria mais do que algo pelo que quer viver. Se forem filhos, então lute não só pelos seus próprios, mas pelos órfãos que não têm mais ninguém. Se for a medicina, então não busque simplesmente a cura do câncer, mas a da AIDS também. Lute por aqueles que não podem lutar por si. Fale por eles. Grite por eles. Viva e morra por eles. Sua vida não será sempre feliz, mas terá sentido.*

*Eu te amo. Acredito em você. Mais do que você jamais saberá.*

*P.S.: Quando você encontrar alguém com quem lutar, dê isto a ela ou ele.*

# 69

VI NOAH SAIR DO QUARTO ENQUANTO LIA AS CARTAS. NÃO O impedi. Merecia privacidade. Devia-lhe isso.

Abro a minha. Quando começo a ler, visualizo o professor em seu escritório, minha mente enchendo-se de detalhes de lembranças que não eram minhas.

*Mara,*
*Quando a vi pela primeira vez em Miami, não sabia quem era. Esperava que um Agraciado entrasse na botânica aquele dia, mas você? Foi uma surpresa e tanto.*

*Você vem se perguntando quem sou e o que quero de você, mas devia estar se perguntando quem você é. Tinha esperanças de que se descobrisse sozinha; conhecimento adquirido através dos próprios meios significa que só você é o responsável por ele, ninguém mais. O que se sabe determina o que se faz, e não posso me dar ao luxo de mudar você. Levei séculos para aprender isso, mas não tenho poder sobre coisa alguma.*

*Você tem, porém, e deve usá-lo. Sua vontade livrou o mundo de pessoas sem as quais ele está melhor, e de outras que não machucaram ninguém, nem mesmo você. Não serei condescendente e não vou absolvê-la de sua responsabilidade — somos responsáveis por tudo o que fazemos e o que não fazemos. Mas direi que você pertence a uma linhagem de pessoas que enfrentaram os mesmos desafios.*

*Evêmero afirmou que os deuses de mitos antigos não passavam de pessoas com habilidades mais destacadas que a maioria, divinizadas por aqueles a sua volta. Depois veio Jung, e nós, os Agraciados, tornamo-nos arquétipos. Homens comuns transformaram-se em deuses; mulheres normais, em monstros. Não somos nenhuma dessas coisas. Somos simplesmente pessoas, abençoadas e amaldiçoadas.*

*Nossas habilidades não poderiam ser explicadas pela ciência. Mas essas habilidades não vêm sem preço. Machucamo-nos. Ignoramos a sabedoria. Lançamo-nos para o perigo. Tentamos e cometemos suicídio. Nós próprios somos nossos maiores inimigos. Ao longo da maior parte da história, não soubemos o que havia de errado conosco, ou de certo — por que alguns de nós manifestavam dolorosamente, e outros, sem consequências; por que alguns eram ignorantes de suas origens, enquanto outros reviviam momentos pelos quais jamais passaram pessoalmente. Levei mais de uma vida para tentar responder essas e muitas outras perguntas, e não tenho certeza de se minhas respostas causaram mais mal do que bem. Sem meu trabalho, o garoto que você chama de Jude jamais teria sido maculado. Mas o garoto que ama, Noah, jamais teria nascido.*

*Creio que todos temos a responsabilidade de deixar o mundo melhor do que o encontramos. Meu Dom em particular me permite esboçar uma visão deste mundo melhor — mas minha maldição é que me faltam as ferramentas para construí-lo. Tentei e fracassei em alterar o curso da história eu mesmo, e aprendi que meu Dom é inútil sozinho. Assim, encontrei outros para me ajudarem, sua avó entre eles.*

*Noah estava destinado à grandeza, até você nascer. Torci para que a forma como nasceu impedisse que o ciclo se perpetuasse — o embate eterno entre o Herói e a Sombra, as maldições imbuídas aos Tricksters, Mães, Mulheres e Homens Sábios. Esperava que, com meu conhecimento, eu pudesse dar fim a nossa loucura. Nunca se é velho demais para ser suscetível ao orgulho. O universo exige equilíbrio, e, três meses depois de Noah ter sido concebido, você também o foi.*

*O Dom de Noah é que poderia viver para sempre e ajudar outros a viverem também, mas sua maldição é que só deseja morrer. A você,*

*Mara, foi dado o Dom de proteger aqueles que ama, mas apenas de uma forma que os machuca e machuca os outros. Você pode recompensar com vida, mas precisa punir para conseguir fazê-lo.*

*Já foi dito que deve existir um vilão para cada herói, um demônio para cada anjo, um monstro para cada deus. A despeito do que somos, não acredito nisso. Vi os vilões agirem heroicamente, e homens intitulados de heróis agirem com vilania. A habilidade de curar não torna ninguém bom, tampouco a habilidade de matar torna alguém mau. Cure as pessoas erradas, e você se transforma em vilão. Mate as pessoas certas, e você se transforma em herói. São nossas escolhas que nos definem, não nossas habilidades.*

*Você sabe por que, mesmo ainda hoje, as mulheres são aconselhadas a gritar "fogo" em vez de "estupro"? Porque a verdade fundamental a respeito da humanidade é que a maior parte das pessoas preferiria desviar os olhos.*

*Quaisquer que sejam suas falhas — e você tem muitas, Mara, desafios que ninguém mais vai enfrentar —, você jamais desviou os olhos. Quando o mal lhe sorri, você sorri de volta.*

*O pingente que sua avó lhe deixou representa dois símbolos da justiça: a pena e a espada. Aqueles entre nós que escolhem fazer a diferença no mundo adotaram-no como maneira de reconhecerem-se uns aos outros. Sua avó usava. A mãe de Noah usava. Qualquer que seja sua decisão, não será o fim para você, mas um novo começo. Eu a incentivo a refletir com cuidado; não precisa decidir hoje. Mas saiba que é uma escolha irrevogável e que pode levar a uma vida solitária.*

*O que quer que escolha, com o passar do tempo, sua força e sua convicção crescerão, e, longe de você, as de Noah também. O que espero para ele, o que a mãe esperava para ele, é que ajude a criar um mundo melhor. Sem você, ele pode.*

*Assim, mesmo já sabendo qual será sua escolha, não posso deixar de implorar uma última vez. Você amará Noah Shaw até a ruína, a menos que o deixe ir. Se é fado ou acaso, coincidência ou destino, vi a morte dele acontecer de mil maneiras em mil sonhos ao longo de mil noites, e a única que pode impedir é você.*

*Se escolher usar o pingente de sua avó, saberei qual foi sua decisão. Mas, não importa qual seja, nos encontraremos outra vez.*
*A.L.*

Olhei para cima assim que terminei de ler. Jamie me encarava.

— O que é que dizia na sua?

*O que espero para ele, o que a mãe esperava para ele, é que ajude a criar um mundo melhor. Sem você, ele pode.*

— Várias coisas — respondi lentamente. — Sobre mim. E a sua?

— Também. Coisas. — Fez uma pausa. — Você acredita nele?

*Sem você, ele pode.*

— Não sei — menti. Minha mente estava tumultuada com palavras que não tinha escrito, pensamentos que não pensei, lembranças do que jamais vivi, e não podia desembaraçá-los ainda. — Você acredita?

— Quero acreditar — respondeu o menino. Abaixou a cabeça e fechou o colar ao redor do pescoço antes que eu pudesse dizer outra palavra. Abriu um meio-sorriso e deu de ombros. — As aberrações serão as donas do mundo.

# 70

Esperei exatamente uma hora antes de sair à caça de Noah. Queria lhe dar espaço, mas também queria contar a ele sobre o que li. O que lembrava. Queria perguntar o que achava que deveríamos fazer.

Sabia o que *eu* achava que deveria fazer, mas precisava encontrar coragem para isso.

Não era mais a garota que Noah conheceu. Não era sequer a garota que fui antes do período no Horizontes. Tinha sido reconstruída pelo que me acontecera, pelas coisas que fizera. Tornei-me uma nova pessoa; sinto algo e ajo de acordo. Quero algo e o tomo para mim. Talvez não tivesse mudado aos olhos de Noah, mas *tinha* mudado. Ele tinha visto imagens, ouvido palavras, todas detalhando meus crimes, mas não me viu enquanto os cometia. Parte de mim estava feliz por isso. Há coisas que as pessoas que você ama jamais devem vê-lo fazendo.

E eu o amava. Quaisquer que fossem as partes de mim que arderam e se desfizeram por conta do que passei, do que tinha feito, aquela não tinha sido uma delas.

Noah, no entanto, era como o coelho de *The Velveteen Rabbit*. Eu o amaria até os bigodes caírem, amaria até ficar acinzentado, até perder a forma. Eu o amaria até a morte. E ele permitiria. De bom grado.

Encontrei-o escondido em outro quarto de hóspedes. Estava com a mala de lona, a que Stella resgatara do Horizontes depois de sairmos do necrotério. Terminara de ler a carta da mãe, mas não fora me procurar. Fiquei imaginando o que ela teria dito a ele, mas não conseguia perguntar.

Fiquei à soleira, sem ser convidada.

— Posso entrar? — Ele lia algo e assentiu por cima do livro.

— O que é que você está lendo? — indaguei, e sentei-me na cama. O que quer que fosse, já estava quase no fim.

— *Memórias e confissões íntimas de um pecador justificado.*

Meu livro. Devia tê-lo levado consigo para o Horizontes. Eu sequer o percebera na mala.

— Gostou?

— Não.

— Não?

— O editor não diz se o protagonista era louco, ou se era perseguido pelo demônio. Não solucionou nada. — Noah deixou o livro no criado-mudo. Cheguei mais perto, até sentir seu calor.

Estávamos exaustos na noite anterior e desmaiamos sem conversar, e, quando acordei à tarde, Daniel e Jamie tinham entrado com as cartas de Lukumi. Tínhamos que falar sobre o que acontecera no dia anterior, naquela noite, e sobre o que aconteceria no dia seguinte, mas as palavras que precisava lhe dizer não saíam. Tudo em que queria pensar era o presente. Na noite que estava chegando.

Não tinha certeza de que realmente acreditava na morte de Noah, mas tampouco tinha certeza de que acreditava no fato de ainda estar vivo. Ainda não conseguia me adaptar a sua realidade. A pele sob os olhos estava escura, e as bochechas estavam ásperas com a barba por fazer. A luz minguante da tarde, que entrava pela janela atrás da cama, iluminava seus cabelos, dourando os fios. Não queria parar de fitá-lo. Desejei não ter que parar.

*Talvez não tenha que ser já*, pensei. Havia tanto a ser dito, mas talvez não tivesse que dizê-lo naquele momento. Noah estava vivo. *Bem ali.* Nenhum de nós parecia em perigo mortal. Estávamos sentados um ao lado do outro em uma cama. Queria tocá-lo, mas minhas mãos continuaram enroladas nos lençóis.

— Deixei você morrer — disse Noah casualmente. — Caso você esteja se perguntando.

Não estava.

— Porque implorei que você fizesse isso — respondi.

Hesitou antes de perguntar:

— Você quer morrer?

— Não. — Era verdade. Teria morrido, pelos meus irmãos, mas não tinha aquele desejo. — *Você* quer morrer?

Sabia a resposta, mas fiz a pergunta de qualquer forma, pois ele tinha feito antes. Talvez quisesse conversar a respeito. Talvez precisássemos ter aquela conversa.

— Quero — respondeu.

— Me diz por quê.

— Não tenho as palavras para expressar.

Sua voz era suave, o rosto imperscrutável, mas sabia que mascarava como estava se sentindo imprestável, como pensava que era ferrado, problemático e errado. Como se sentia responsável por todos, por mim, e como o destruía pensar que não tinha me salvado.

Não sabia o que lhe dizer, por isso perguntei:

— Está pensando no seu pai?

Trincou o maxilar; era o único sinal de que tinha me ouvido. Depois do que me pareceu uma eternidade, falou:

— Nunca mais volto para lá.

— Para Miami?

— Onde ele estiver, vou passar bem longe. Está morto para mim.

Perguntei-me se seria realmente verdade. Esperava, egoisticamente, que fosse.

Lembrei a maneira como o pai falara com ele. David Shaw era culpado por muitos crimes, e a maneira como tinha tratado o filho era um deles. Eu me certificaria de que sofresse por tudo um dia. Seria punido, de alguma forma, da maneira como merecia, antes que pudesse machucar mais alguém.

Uma olhada para Noah, porém, me disse que não era hora de mencioná-lo.

— E sua irmã? — indaguei. — E Ruth?

Fitou a parede à frente com a expressão inalterada.

— Vou pensar em alguma coisa, acho.

— O que é que você vai fazer se não for para casa?

Não respondeu coisa alguma, apenas deu de ombros. Tinha uma sensação ruim a respeito do rumo que a conversa estava tomando, e mudei de assunto por medo.

— O que é que você achou da carta? — indaguei, mas ele não respondeu, dizendo apenas:

— Estou cansado.

Tinha se fechado. Não podia culpá-lo: tivera menos tempo para processar tudo do que o restante de nós, e, de certa forma, tinha ainda mais a processar.

Costumávamos passar por esse processo juntos. Antes do que acontecera no dia anterior. Antes do Horizontes.

Era como se a vida que tínhamos vivido até então estivesse em alguma linha do tempo alternativa. Faltava algo em nós dois, e, quando nos conhecemos, encontramos o que era um no outro. Mas, depois, tudo ficou diferente. Escorregamos para fora da linha do tempo, e aquela vida estava perdida para nós. Éramos estranhos um para o outro. Não havia sequer 30 centímetros de distância entre nós, mas pareciam mais de mil quilômetros.

Noah levantou-se, ergueu as cobertas e as manteve suspensas até eu me arrastar para dentro delas. Esperava senti-lo deslizando para dentro da cama atrás de mim, sentir seus braços envolverem meu peito, minha cintura, sentir as pernas se enlaçarem nas minhas. Mas não fez isso. Apenas me ajeitou na cama com delicadeza.

— Fique — pedi.

Hesitou um momento, mas se deitou ao meu lado em seguida.

— Sonhei com você quando ainda estava desaparecido — falei.

Aquele sorriso reapareceu em seus lábios, apenas por um momento.

— Foi bom?

— Foi — menti. — Foi bom, sim.

Fechou os olhos, mas não fechei os meus.

— Noah?

— Mara? — perguntou, sem abri-los.

— Posso te fazer uma pergunta?

— Qualquer coisa.

— Qualquer coisa?

— Não tem nada que eu não te contaria. Nenhum segredo — garantiu. Os olhos se abriram, e ele me olhou enfim. — Espero que saiba disso.

Não sabia. Jamais fizera a pergunta que estava prestes a fazer, porque não sentia que precisava ouvir a resposta. Mas precisava agora.

— Você me ama?

Uma pausa antes de Noah falar. Mudou de posição e pousou a mão em minha face.

— Loucamente — respondeu, e senti a verdade na pressão de seu toque.

Quando retirou a mão, porém, o sentimento foi junto.

— Você me ama? — perguntou.

*Desesperadamente*, pensei.

— Loucamente — respondi.

Inclinou-se sobre mim, os cílios longos fazendo sombras nas bochechas, e beijou minha testa. As palavras "preciso de você" deixaram minha boca assim que os lábios tocaram minha pele.

Nunca dissera aquilo antes e jamais imaginei que diria naquele momento, mesmo — ou especialmente — para ele. Era verdade, porém, e queria que soubesse, não importava o que acontecesse depois. Ninguém mais teria ou poderia ter feito o que Noah fizera por mim. O que ainda fazia por mim.

— Sou seu — respondeu.

Então por que o sentia tão distante?

# 71

## NOAH

HÁ ALGO DE DIVINO EM VER AS PALAVRAS ESMAECIDAS DE MInha mãe encarnadas na garota ao meu lado. Mesmo dormindo, parece uma deusa letal, uma rainha de ferro. Mara pode ser qualquer coisa menos tranquila — mesmo no repouso, é uma nuvem cinzenta sedosa, acesa com a promessa de raios. Não encontrarei paz com ela. Não poderia existir paixão maior, no entanto.

Dorme com a bochecha sobre meu peito enquanto meus dedos correm seus ombros sob os lençóis. Imagino asas irrompendo de sua pele e se desdobrando ao nosso redor, envolvendo-me em escuridão aveludada antes de fechar os olhos.

Tenho um sono cheio de sobressaltos, porém, como se tivesse sonhado que não parava de cair. Acordo lembrando fragmentos de sonhos: Mara curvando-se para cheirar uma flor, observando-a morrer sob sua respiração. Andando descalça na neve e observando-a tornar-se vermelha sob os pés.

O sono dela parece sossegado, a respiração profunda e regular. Tranquila. Como é possível que todos estivessem tão errados a nosso respeito? É impossível pensar que ela possa me enfraquecer. Ao seu lado, sinto-me invencível.

Não sei que dia é hoje, nem que horas são; deixei o hospital com a sensação de que poderia dormir para sempre, mas agora estou inquieto, então deixo Mara na cama. Desço a escada. Jamie e Daniel não estão à vista. Fora da janela, está tudo escuro, embora o céu tenha uma nuance acinzentada. Devem estar dormindo ainda.

Vago pela casa e acabo em um espaço que parece ter sido um apartamento convertido em estúdio de música. Tem uma bateria, um teclado, algumas guitarras largadas, bem como um piano na extremidade oposta do cômodo, perto das portas que dão para o jardim. Quero tocar, mas não consigo pensar em música alguma.

— Tem algum instrumento que você não saiba tocar?

Mara está ao pé da escada. Bloqueando a saída, noto.

— O triângulo — respondo.

Dá um sorriso.

— Precisamos conversar.

— Precisamos? — pergunto. *Fui pego*, penso.

Tem algo na mão. Acho que é minha carta, a de minha mãe, e fico tenso, até me dar conta de que é a que ela mesma recebeu.

— Não quero saber — digo, e sou sincero.

Ela a empurra para mim de qualquer forma.

— Lê — pede. — Por favor.

Sei no segundo em que começo a leitura o que estará escrito nela e o que vai acontecer quando terminar, e, com cada palavra, sinto o corpo ficar mole e me desassocio dele. Vamos ter a mesma briga novamente, mas, desta vez e pela primeira, sinto que mereço perder.

Olho para cima quando termino.

— O que você quer que eu diga? — pergunto.

— Ouviu o que seu pai falou sobre nós.

— Não sou surdo.

— E leu o que o professor disse.

Estreito os olhos.

— O professor?

Ela pisca e balança aquela cabeça escura e cacheada quase como se fosse um sonho.

— Quis dizer Lukumi.

Entrego-lhe a carta outra vez.

— Não sou analfabeto. — Quero provocá-la, atiçá-la, distraí-la de modo que não diga o que estou esperando que diga em seguida.

Chama meu nome. Soa como um adeus.

Quero rasgar a carta, arrancar de seu cérebro as palavras que meu pai falou e as que Lukumi escreveu. Em vez disso, levanto-me do banco e abro as portas para o jardim. Chuvisca lá fora. Não me importo.

Estaria certa ao me deixar, depois de tudo. Mas sou um covarde e não consigo suportar ouvi-lo. Ela me segue quando saio, claro.

— Vou te amar até a ruína — declara ela, e fecho os olhos. — Entendo o que isso significa agora.

— Não significa nada — retruco estupidamente, pois não consigo pensar em mais nada.

— Minha habilidade neutraliza a sua. Comigo, você fica...

— Impotente, fraco etc. Eu sei.

Fica quieta um momento. Então prossegue:

— É verdade, Noah. Que você vai morrer se continuarmos juntos.

Não respondo.

— Você já morreu uma vez — prossegue Mara.

*Você também.*

— E, no entanto, cá estou eu.

— Preciso que fique protegido.

— Do quê? — pergunto.

Morde a isca.

— De mim.

Eu a encaro, armado de meu argumento. Não tenho defesa pelo que permiti que lhe acontecesse, pelo que lhe fiz, por isso, como o bom babaca que sou, parto para o ataque:

— Você está dizendo que quer me proteger de você?

— É.

— Da mesma forma que meu pai estava tentando me proteger?

Uma sombra passa por seu rosto.

— Vá se foder — rebate.

Uma onda de empolgação corre minha espinha dorsal. Ela nunca falou isso para mim antes.

— Ótimo — digo, e dou um passo em sua direção. — Fique com raiva. É melhor que te ouvir falando com essa voz dos infernos sobre o que é melhor para mim, como se eu fosse uma criança. Como se eu não tivesse escolha. — Devia estar gritando. Queria. A voz que sai de minha boca, no entanto, é morta e inexpressiva. — Como é que você tem coragem de me tratar assim? — pergunto, sentindo que tenho uma vantagem. — Que nem ele?

Contrai as narinas.

— Você não faz ideia das coisas por que passei.

— Me conta.

Não conta, porém, então continuo falando:

— Tenho uma escolha. Posso me afastar de você na hora que quiser — minto.

— Pode? — indaga ela. — Pode mesmo?

É neste momento que sei que perdi.

— Seu pai disse...

— Nunca comece uma frase com "seu pai disse". Ele é um nada.

Mara ignora.

— Disse que você não consegue não me querer. É como um efeito colateral. Não sou uma escolha para você. Sou uma... uma compulsão.

Dou de ombros, como se o pensamento não me machucasse da mesma maneira como a machuca. Não quero acreditar naquilo. Não posso acreditar.

— Não acredito que alguém possa evitar amar quem ama — argumento.

— E se você pudesse?

— Não ia querer.

Ela para, incerta. Pergunta:

— Você arriscaria se fosse eu?

Já arrisquei.

— Confio em você o suficiente para te deixar fazer suas escolhas sozinha. Não as faria por você.

— Não acredito em você — declara, simplesmente.

— Você continua ouvindo e acreditando que vou morrer se ficarmos juntos. Mas quando? Sua vidente te contou essa parte?

Fica em silêncio.

— Talvez eu morra, talvez não, mas, se acontecer, não vai ser por causa do destino. É porque todo mundo morre um dia. A gente só tem uma vida, Mara. Você pode viver para sempre, e eu posso morrer amanhã, mas agora estamos os dois aqui. E quero passar o tempo que tenho com você.

Ela me olha, e sei que vai dizer algo cruel.

— Não quis ontem à noite.

— Errado. Eu queria. Mas, considerando-se que te dei uma injeção letal menos de 24 horas antes, achei que você poderia não estar muito a fim.

Um sorriso se insinua em seus lábios. Chego mais perto.

— Não sei como te fazer entender como mexe comigo — digo, de qualquer forma. — Só pensar em te beijar é o bastante. Sentir sua língua na minha. Seu gosto. Os sons que faz. Tudo. Quis tanto você, por tanto tempo, mas da maneira como se quer coisas que nunca, nunca vamos ter. Como se, não importa o que eu fizesse, você sempre estaria fora do alcance. Mas quando você me beija? É como se eu pegasse fogo.

A respiração de Mara fica presa na garganta, mas não tenho exatamente certeza do porquê. Seu rosto é imperscrutável.

— Quero tocar cada parte de você — continuo, pois, se parar agora, está acabado. — Quero te tocar agora — digo, e cubro o resto da distância entre nós. Enrolo um cacho de seus cabelos no dedo e dou um puxão leve. Ela estremece. — Talvez não tenha tido escolha no começo porque não entendia o que estava escolhendo. Mas agora sei. Eu *sei*. Você é o que a felicidade significa para mim. E preferiria possuir o dia de hoje com você a ter a eternidade com qualquer outra pessoa.

Posso ver que ela quer acreditar, e rezo para que acredite, pois não creio que possa suportar sua perda. Não posso deixá-la partir. Ainda não. Tomo seu rosto nas mãos.

— A gente faz isso enquanto puder, e, quando não der mais, vou lembrar como é sentir o toque de sua boca em mim, o gosto de sua língua, o peso de suas mãos nas minhas e vou ficar feliz — sussurro contra sua pele. — Se você me escolher.

# 72

**A**S ESCOLHAS QUE VOCÊ FAZ MUDAM VOCÊ.

As palavras surgem em minha mente, sem serem chamadas. Tinha escolhido Noah antes e queria escolher novamente agora que sabíamos quem e o que éramos. Não me importava se aquilo me mudaria. Mas me importava a forma como poderiam mudá-lo.

— Você me faz mais feliz do que mereço — falei pesadamente. Seu toque, cheiro, tudo nele me distraía.

Noah sorriu.

— Então por que parece tão triste?

*O que espero para ele, o que a mãe esperava para ele, é que ajude a criar um mundo melhor. Sem você, ele pode.*

— Não tenho o direito de te querer — falei, incapaz de esconder minha amargura.

— Você tem todo o direito. A escolha é sua. É nossa. Não temos que ser o que eles querem.

Mas éramos.

— Podemos viver a vida que *nós* quisermos.

Podíamos?

Noah tirou o colar e o estendeu com a palma aberta. Tinha feito sua escolha. Fechei os olhos e tentei me lembrar do rosto de sua mãe, das palavras de minha avó, mas era inútil. Tudo o que via era ele.

Balancei a cabeça.

— Tentei tanto não te amar.

— Bem, você é um fracasso, sinto muito ter que dizer. — Beijou uma de minhas bochechas.

— Não, não sente.

— Não. Não sinto. — Beijou a outra.

— Sabe, quando te conheci, pensei que você tinha tudo. Uma vida perfeita.

— Hum. — Meu pescoço.

— Achei que você era perfeito também.

Parou, ficou imóvel.

— E agora acha o quê?

Não respondi de início.

— Você não tinha o que pensei que tivesse — falei, finalmente. — Acho que parte de você deve ter sabido desde sempre como sua vida era realmente frágil se estava disposto a arriscá-la por mim.

Sacudiu a cabeça.

— Você não entende o que me dá — respondeu Noah.

Queria que ele dissesse. Precisava que dissesse.

— Me diz — pedi.

— É como se fosse um espelho, que me mostra quem quero ser, em vez de quem sou.

Fechei os olhos.

— Quando olho para mim mesmo, não vejo nada — continuou. — Quando você me olha? Você vê tudo. — Senti seus dedos em meus cabelos, pescoço. — Preciso ser a pessoa que sou quando estou com você.

— Você é essa pessoa o tempo todo.

A expressão de Noah estava atipicamente aberta. Franca. Falava com sinceridade. Acreditava naquilo.

— Vai ver às vezes só conseguimos ver a verdade sobre nós mesmos se alguém mostra para onde olhar — respondeu ele.

Não precisava de Noah para ver a verdade sobre mim — eu a encontrara sozinha. Ele precisava de mim, no entanto, para ver a verdade sobre si mesmo.

— Vai ver somos codependentes — continuou. — Vai ver somos totalmente fodidos. Vai ver sou um idiota, e você é um problema, e fosse mesmo melhor que nós dois ficássemos separados.

— Vai ver?

Ignorou-me.

— Não me importo. Você se importa?

A lista de tudo o que ele perderia comigo era mais comprida que a do que eu poderia lhe oferecer. Mas não. Não me importava.

Noah vira minhas cicatrizes e meus pedaços quebrados, me vira suja e flácida, coberta de sangue e estampando o sorriso de outra pessoa no rosto. Não se encolheu, retraiu ou escondeu. Sabia quem eu era e sabia o que faria a *ele* um dia também. E continuava ali. Seria uma tola deixando-o ir, e eu era muitas coisas — mentirosa, criminosa, assassina —, mas tola, não.

É possível ser visto e não amado, ou amado e não visto. E Noah me amava e via. Mais que isso, me escolhera. Não poderia lhe dar a eternidade, ainda que merecesse. Não podia mantê-lo protegido, ainda que quisesse. Podia, porém, lhe dar aquele dia. Aquela noite. E tentaria lhe dar os amanhãs, todos eles, pelo tempo que conseguisse. Não era o bastante para mim, mas era para ele.

Inclinei a cabeça e perguntei:

— O que é que você faria se te beijasse agora?

Fingiu refletir a respeito por um período irritantemente longo de tempo antes de responder:

— Te beijaria de volta.

Estava sobrevivendo de migalhas havia tanto tempo — pensando nele, me lembrando de nós dois. E naquele momento, com ele ali próximo e desejoso, me dei conta de que estava faminta.

Envolvi seu pescoço e o beijei delicadamente. Suas mãos roçaram a bainha de minha blusa, e, quando senti sua pele na minha, foi como uma tempestade sob as pontas daqueles dedos, as nuvens rolando, o trovão ribombando. Ao mesmo tempo era demais e não o bastante, e arqueei o corpo contra ele e o beijei com mais força, violentamente.

É de se pensar que não existe coisa pior no mundo que querer alguém e não ter, mas existe. Pode-se querer alguém, tê-lo e o querer mais. Mais ainda. Sempre. Não se satisfazer jamais.

Distanciamo-nos para respirar, as testas ainda em contato. Não disse que me amava. Não precisava. Podia senti-lo na maneira como pressionava minha palma contra seu pescoço. Seus olhos estavam fechados, e meu coração virou do avesso. Precisava de mim também.

O que acontecera seria para sempre parte de nós, mas tínhamos sobrevivido. Ainda continuávamos lá. A cortina se fecharia para nós algum dia, mas eu lutaria para permanecer daquele jeito pelo tempo que conseguisse. Por enquanto éramos apenas nós, juntos, e não havia nada em nosso caminho.

Ainda assim, ouvia as palavras de David se repetindo dentro de minha cabeça, em sua própria voz, enquanto guiava Noah para dentro da casa outra vez e pela escada acima.

*Ele não a amaria se você não fosse o que é.*

Mas sou o que sou. E ele ama.

# 73

## NOAH

SEI O QUE POSSO FAZER A UMA GAROTA COM UMA PALAVRA, UM olhar, um toque. E quero fazer tudo isso com ela.

## MARA

PRESSIONEI OS LÁBIOS CONTRA SUA GARGANTA, E ELE SUSPENdeu meu queixo, virando meu rosto para o lado. Sussurrou perversidades ao pé de minha orelha.

Sorri e desabotoei sua camisa.

## NOAH

Eu a beijo suavemente, duas vezes. Em seguida, levanta a cabeça, abaixa, e sua boca se fecha sobre meu coração. Enquanto beija minha pele incendiada, um choque me faz estremecer.

Mara é a pessoa que eu nunca soube que estava esperando, e, enquanto me quiser, jamais a deixarei ir.

## MARA

TIREI SUA CAMISA DOS OMBROS, E ELE PUXOU A MINHA POR SOBRE a cabeça. Nós dois nos despimos de tudo até pele encontrar pele.

E Noah me mostrou por que tinha a reputação que tinha.

Estremeci com a ardência deliciosa de sua boca enquanto plantava beijos até o umbigo, com o sorriso de raposa enquanto me tingia de sensações. Cores delicadas, suaves, oníricas a princípio — ocre, chocolate e rosa com sua língua. Fiquei sem fôlego e precisava... precisava...

— Mais rápido — supliquei.

— Devagar — respondeu.

## NOAH

Fico extasiado com seus sons crescentes, doídos, expansivos enquanto delineio cada beijo torturante. Seus músculos ficam tensos e tremem enquanto agarra os lençóis, e olho para cima, precisando ver seu rosto.

Está descontrolada. E jamais vi algo tão escandalosamente belo na vida.

Mas em seguida engancha as mãos nos meus cabelos e puxa.

## MARA

AO PUXÁ-LO PARA CIMA CONTRA MIM, PARA DENTRO DE MIM, vejo um ponto escarlate.

— Tudo bem? — indagou ele, a voz gentil de uma maneira que jamais tinha ouvido.

Suspirei "sim" quando a cor se suavizou e dissipou. Puxei-o mais para perto.

## NOAH

SUBO AS MÃOS POR SUAS COSTAS, SEUS TORNOZELOS SE FECHAM ao redor de minha cintura e ela me leva para dentro com aqueles olhos insondáveis, sem fim. Estamos conectados: mãos, pernas, braços, bocas, corpos, almas. Jamais experimentara isto.

Mara me beija, e tenho açúcar na língua e champanhe no sangue; quero me afogar em seu gosto, cheiro e som. Seu corpo é eletricidade; ela é a onda que estive caçando, mas que nunca alcancei até agora.

## MARA

MORDENDO. PUXANDO. PROVOCANDO. SABOREANDO. SUAS pinceladas eram lentas, complexas, à medida que mesclavam, traçavam, me enrubesciam até me tornarem algo radiante. As cores brilhavam e reluziam, transformando-se em algo forte e ofuscante.

# NOAH

CADA TOQUE COMPÕE UM COMPASSO NOVO, JAMAIS OUVIDO; ESTOU hipnotizado pela textura e timbre das notas dela enquanto produzem trinados e viram e batem e resvalam. Os lençóis são nosso mundo, e neles ela é finita e infinita, bela e sublime, presa em meus braços e livre, sem limites ao mesmo tempo.

Movo-me, e sua escala musical se alonga, estica, rapsódica e deslumbrantemente violeta à medida que os olhos escurecem e ameaçam se fechar.

— Fique comigo! — Quase rosno, tentando engolir meu desespero, o medo de que ela deslize para fora de meu alcance. Não quero parar de olhá-la daqui, nunca. — Fique.

As pálpebras tremem e se abrem — ainda está aqui, ainda é ela.

— Preciso ouvir você — suplica naquela voz, e não posso recusar, nada, não agora, nem nunca. As palavras que vêm não são suficientes para isto. Para ela. Falo em uma língua que desconhece.

*Je t'aime. Aujourd'hui. Ce soir. Demain. Pour toujours. Si je vivais mille ans, je t'appartiendrais pour tous. Si je vivais mille vies, je te ferais mienne dans chacune d'elles.*

Eu te amo. Hoje. Esta noite. Amanhã. Para sempre. Se vivesse mil anos, pertenceria a você por todos eles. Se vivesse mil vidas, ia querer fazê-la minha em cada uma.

## MARA

O MUNDO SEPARA-SE EM APENAS O SOM DE NÓS DOIS EN-quanto nos estendemos à beira dele.

As cores brilharam, queimaram. Ocre, escarlate e dourado, e engoli meu nome de sua boca, e ele beijou o seu de meus lábios, e fiquei incandescente ao resvalar para...

## NOAH

ÊXTASE.

O eco de seu prazer atinge meu sangue e me leva com ela
Mara está livre de cordas, livre de limites, livre em meus braços
Finalmente.

# MARA

Depois, me deito contra ele. As batidas de nossos corações estão sincronizadas, e me enlaço ao redor dele como musgo em um galho. Estava mole em seus braços, e ele era tão sólido, quente e *real* contra minha face. Meu sorriso não desaparecia, mas as cores começaram a fazê-lo. De violeta a azul cobalto, depois anis, depois preto.

## NOAH

NÃO EXISTE SILÊNCIO, MAS O TIMBRE DELA MUDA. NOTAS GRAciosas, doces e melancólicas, se arrastando, deslizando, caindo. Sei o que significam.

— Fique — suspiro para os cabelos úmidos e cacheados como se fosse a única palavra que conheço. — Fique comigo.

Mas seus olhos tremelicam e se fecham.

Não posso fechar os meus. Mara adormece ao som de "Hallelujah".

# epílogo

A ALVORADA ENTRA SORRATEIRA POR ENTRE AS CORTINAS, manchando minhas pálpebras fechadas de vermelho. Pisco uma, duas vezes na quase escuridão, depois me espreguiço. Inspiro o cheiro de xampu de Noah e sorrio ao estender a mão para puxá-lo mais para perto. Meus dedos fecham-se ao redor de um pedaço de papel, porém, não de seus cabelos.

Levanto o tronco usando os cotovelos como apoio e bocejo, procurando pistas de Noah pelo quarto. Quando não encontro, acendo a luz da lâmpada da mesa de cabeceira. Sua mala continua aqui, e as roupas estão guardadas lá dentro — não jogadas ao redor como as minhas. Devíamos partir de Nova York hoje, e parece que já arrumou tudo. Não tinha nada de incomum nisso. Não acordar com ele ao meu lado, no entanto, tinha.

Mordo o lábio inferior, lembrando-me de sua boca nele na noite passada, e jogo os lençóis para o lado a fim de procurar minhas roupas. O recado cai no chão ao meu lado. Eu o pego.

*Não conseguia dormir, fui dar uma corrida. Volto já. Prepare-se.*
*Beijos*
*N*

Um sorriso se espalha por meus lábios, tão largo que chega a doer. Estou subjugada pelo amor que sinto por ele, por esse garoto que sabe exatamente o que sou, quem sou, e me ama ainda assim, apesar disso. Por conta disso. Mal podia esperar que voltasse para que pudesse lhe dizer. Mostrar. Uma semana se passara, mas poderia ter sido um ano — jamais me satisfaria.

E não preciso. Temos todo o tempo do mundo.

Olho para o relógio — 9h30 —, tomo um banho e me visto antes de descer para a cozinha. Meu irmão bate portas de armários, sonoramente, a fim de anunciar sua presença; um artefato de proteção contra qualquer demonstração pública de afeto, sem dúvidas. Felizmente para Daniel, eu mesma estava tão envergonhada por nossa colonização da casa quanto ele — mais até, provavelmente. Infelizmente para nós dois, Noah não se importava. Só Deus sabe o que meu irmão não teria ouvido.

Um rubor violento sobe em minhas faces, e tento em vão escondê-lo com os cabelos.

— Bom dia! — gorjeio. Sou tão óbvia. — Tem café? — Vasculho a despensa, fazendo eu mesma uma sinfonia de barulhos desnecessária.

— Na chaleira... pela qual você acabou de passar.

Certo.

— É! Valeu! — Pego uma xícara do armário.

Daniel me lança um olhar.

— Tudo bem?

— Tudo! E com você?

— Estou lentamente me adaptando a uma nova realidade, que inclui adolescentes com superpoderes e entidades que tentam controlá-los. Já arrumou as coisas?

Não.

— Uhum.

— O carro vai chegar para pegar a gente às 4.

— Eu sei.

Em seguida, diz em voz alta o que estou pensando:

— Vai ser estranho para você lá em casa, não vai?

Faço que sim com a cabeça.

— Mas você vai voltar logo? Continua sendo esse o plano?

Continuava. Uma vez que tivéssemos retornado às respectivas casas, Jamie apresentaria nossa proposta de pular o terceiro ano e entrar direto para a faculdade. Era uma possibilidade real prevista pelas universidades americanas e nos daria a chance de sair da Flórida com mais rapidez e menos pontas soltas do que qualquer outra estratégia em que pudemos pensar. E precisávamos sair. Nenhum de nós podia se imaginar terminando o terceiro ano do ensino médio. Seria difícil o bastante fazer aquele teatrinho para nossos pais, encenar para eles, mas sabia que precisava das férias de verão. Joseph perderia o contato com não apenas um, mas dois irmãos no outono — seria um golpe para ele. Queria que passasse um tempo conosco. Comigo.

Daniel toma um gole de suco de laranja e desliza os braços para dentro das mangas de uma camiseta de botão.

— Vou encontrar o meu amigo Josh lá na Julliard antes de a gente ir. Não esquece, o carro chega às 4 da tarde.

— Não vou esquecer.

— Ah, outra coisa. — Daniel gira nos calcanhares e segue para o armário do hall. — Você precisa começar a estudar se vai mesmo fazer as provas em junho. — Estende a mão para pegar algo na prateleira mais alta, onde há pilhas de jogos de tabuleiro guardadas. Desabam até o chão. — Não foi assim que planejei. — Começamos a pegar as peças de jogos: Risk, Banco Imobiliário, Scrabble. — Ah. Olá.

Ergo a cabeça para ver meu irmão com uma chapa de madeira no formato de coração na mão: uma prancheta. De um tabuleiro de Ouija. Olho em volta e o encontro, logo atrás dele, caído entre Sorry! e o Jogo da Vida. Meu irmão me fita através do pequeno círculo de plástico no centro.

— Quer brincar?

Eu o olho feio, sentindo arrepios ainda assim.

— Brincadeira, brincadeira. — Deixa a peça cair outra vez dentro de sua caixa. — Era isso que queria te dar, na verdade. — Procura pelos jogos e ergue um livro. — *Mil palavras obscuras para o vestibular.*

Reviro os olhos.

— O que é que seria de mim sem você? — retruco.

— Você não vai precisar descobrir.

Pergunto-me se Daniel sabe que farei tudo o possível, qualquer coisa, para me certificar de que aquilo continue sendo verdade.

— Estamos fazendo uma sessão espírita pós-café da manhã, é? — Viro-me ao ouvir a voz de Jamie. Fita o tabuleiro de Ouija dobrado. Sem muita simpatia.

— Foi um acidente — explica Daniel, e joga o livro para mim. Guardo o volume em minha nova bolsa carteiro enquanto meu irmão retorna os jogos para seu lugar no armário. — Vejo vocês mais tarde — despede-se com um aceno. — O carro chega às 4, J.

Olho para Jamie assim que a porta se fecha.

— J?

Ele ergue o queixo.

— A gente ficou amigo rápido. Enquanto você e Noah... *se ocupavam.*

Recuo em direção à porta, ajeitando a alça da bolsa sobre o ombro. Corando também.

— Vou dar uma caminhada.

— Você? Uma caminhada? Desde quando precisa de comida, luz do sol, ar fresco? — Jamie olha em volta dramaticamente. — Ah. Noah não está. Isso explica tudo.

— Cale a boca.

— Vem. Vamos achar o cara juntos — diz Jamie, e oferece o braço, que aceito. Caminhamos sem rumo por um curto período antes de seguirmos para o parque. Não deixo de notar o pingente ao redor do seu pescoço; durante a semana anterior tinha desenvolvido a mania de segurá-lo enquanto fala. O meu descansa dentro do bolso ao lado do de Noah. Não tinha tomado minha decisão ainda.

— Então, a respeito de que universidade vou mentir para seus pais? — indaga Jamie, batendo em meu ombro com o seu próprio.

— Não sei ainda. — Passamos por um carrinho vendendo nozes assadas; o aroma se mistura com os cheiros de poeira e metal de uma obra que acontece na rua. — Mas gosto de Nova York.

— Idem. Estava pensando em Columbia, ou na Universidade de Nova York, quem sabe. Não tenho certeza de se vou conseguir entrar, mas sou negro, gay e judeu, então peguei todos os três folhetos.

Dou um sorrisinho e vislumbro nossos reflexos no vidro escuro de uma janela de escritório. Há bem pouco tempo, teria provavelmente morrido de rir com qualquer coisa que Jamie dissesse. Tudo pelo que passamos, no entanto, nos jogou uma década para a frente no tempo, no mínimo. Quem não nos conhece acharia que ainda parecíamos adolescentes, e, se essas pessoas vissem fotografias de nós Antes e Depois, talvez sequer pudessem notar a diferença. Eu posso, no entanto. Nossos sorrisos para as câmeras são de exaustão agora, nossos risos para piadas tornaram-se um pouco amargos. É isso que nos separa das multidões Deles. Tivemos uma vida mais difícil. Estávamos mais alerta, espertos. Mas ríamos mesmo assim. Ríamos, pois não havia mais nada a se fazer exceto desistir.

E eu jamais desistiria. Fiz coisas terríveis de que me arrependo, e coisas terríveis de que não me arrependo. Não preciso, porém, de conserto. Não preciso ser salva. Tenho apenas que seguir em frente.

Atravessamos a rua para chegar ao parque, e flores caem como neve enquanto caminhamos sob as árvores. O céu está azul e sem nuvens — um dia de primavera perfeito. É como um sonho, leve e belo e feliz, do tipo que jamais tenho.

— Que surpresa encontrar vocês aqui — diz Noah. Está logo atrás de nós, vestindo jeans justos e escuros, e uma camiseta de cor preta, um pouco esmaecida. Os cabelos estão despreocupadamente bagunçados e visivelmente limpos. Carrega uma sacola na mão, que balança ligeiramente em seus dedos.

Fito-o com olhos desconfiados.

— Há quanto tempo você está seguindo a gente?

— Há uma eternidade.

Levo um dedo aos lábios.

— Que engraçado — digo —, você não está com cara de quem estava correndo.

Jamie bate palmas.

— Essa é minha deixa! — Ele me dá um beijo no rosto. — Vou lá dar tchau para minha ilustre prima, sua ilustre advogada.

— Diz que mandei um oi.

— Pode deixar

— Eu também — acrescenta Noah, mas Jamie já começou a andar. Levanta a mão para lhe mostrar o dedo do meio por sobre o ombro. A boca de Noah se alarga em um sorriso.

— Então, onde é que você estava? — pergunto.

Esconde mais a sacola atrás das costas.

— Ah, prostitutas, cocaína, o de sempre.

— Por que será que te amo?

— Porque trago presentes — responde ele, e tira algo da sacola com um floreio. Um caderno para desenho.

Meu coração frio se derrete um pouco.

— Noah.

— O velho era um pouco mórbido — explica, o canto da boca subindo em um sorriso. — Achei que um novo começo podia vir a calhar.

Subo nas pontas dos dedos a fim de beijá-lo.

— Espere — murmura contra meus lábios. — Você não viu a melhor parte.

— Tem outra parte? — indago, enquanto ele pega minha mão e me puxa em direção a um banco. Coloca o caderno sob o braço e me empurra para baixo pelos ombros para me obrigar a sentar.

— Feche os olhos — pede, e obedeço. Ouço-o virar as páginas. — Pronto. Pode abrir.

Olho para um desenho, se é que se poderia chamar assim. De que, porém, não tenho ideia.

— Achei que ia ser uma boa batizá-lo para você, então te desenhei.

— Ah! — Ai, droga. — É... Bem único, Noah. Obrigada.

Morde o lábio.

— Hum...

— Mas espere aí. — Viro-o na horizontal. — Por que é que tenho um rabo?

Ele inclina a cabeça para ver.

— Não é rabo nada, é seu braço.

— Por que é que está saindo da minha bunda?

Fecha o caderno.

— Se comporte — diz.

— Ou então você vai fazer o que, me dar uns tapas?

Inclina-se para mim. Sua boca faz contato com minha orelha, seu maxilar áspero, contra minha face, e diz:

— Isso seria um prêmio, amada. Não uma punição.

Meu coração já está correndo. É sempre a mesma coisa.

— Falando nisso — digo, com suavidade. — Senti sua falta hoje de manhã.

— Vou ter que encontrar uma maneira de te recompensar. Já fez as malas?

— Ainda tem tempo — respondo, pois não estou pronta para partir.

Noah sabe em que estou pensando. Entrelaça os dedos nos meus.

— A gente vai voltar — assegura.

Voltaríamos. Podia sentir que sim. Deito-me perto de Noah, a cabeça em seu colo, os pés no apoio de braço. As pessoas costuram seus caminhos ao nosso redor, mas a sensação que tenho é de que estamos sozinhos em um oceano de corações que pulsam e pulmões que respiram. Vejo fumaça subir de um bueiro do outro lado da rua, e quase consigo ver palavras formando-se no ar: *sejam bem-vindos ao lar.* Podíamos ser anônimos aqui. Apenas um casal normal, jovem, apaixonado e de mãos dadas em Nova York.

Debruço-me e tiro um livro da bolsa enquanto Noah brinca com meus cabelos. É o livro de treino para o vestibular. Errei. Guardo-o outra vez e finalmente encontro aquele que procurava — um romance, recém-saído da livraria, a respeito de adolescentes superpoderosos. Chame de pesquisa.

— Que livro é?

Mostro a capa para Noah e abro na última página.

— Espere aí... Você está... Mara Dyer, você está lendo o final primeiro?

— Estou.

— Você é fascinante.

— Sou esquisita — retruco, sem olhar para cima. — Tem uma diferença.

— Mas sério, como é que nunca fiquei sabendo disso a seu respeito? Muda tudo.

Olho-o com seriedade e fecho o livro sonoramente.

— Ah, não pare só por minha causa.

— Vou, sim. Vou parar só por sua causa.

— Desculpe.

— Se desculpa coisa nenhuma.

— É, não mesmo. Além do mais, a gente provavelmente devia estar lendo...

Meu pescoço estala quando Noah se debruça para vasculhar minha bolsa. Tira o outro livro de lá e fala:

— Isto. Compra de Daniel?

— Como é que você adivinhou?

— Bem, então vou te testar.

— Noah...

— Não, não, eu insisto. — Folheia as páginas. — Certo, a primeira palavra: quintessência.

— Não quero jogar esse jogo.

Ele ignora.

— *Nom de plume.*

— Essa não é obscura.

— Nem uma palavra de verdade, não é? Está mais para uma expressão. Quem foi que escreveu isso, aliás?

— Quem se importa? — Tiro o livro de suas mãos e o jogo dentro da bolsa, pegando um caderno. E fones de ouvido.

— O que você vai fazer?

Inspiro fundo.

— Vou fugir para me juntar ao circo — rebato. — O que parece que vou fazer?

— O circo nunca te aceitaria. Você não é flexível o bastante. A gente vai ter que dar um jeito nisso.

Dou-lhe um tapa. Forte.

— Vai desenhar?

— Não.

— Que pena. Ia te pedir para fazer comigo como uma de suas francesinhas.

— Você citou a frase errado.

— É mesmo? — Finge estar pensativo. — Lapso freudiano, acho. Então, o que é que você *vai* fazer, afinal?

— Resolvi que preciso de um hobby novo.

— Escrever?

— É o que estou tentando — digo, irritada.

— Suas memórias?

Mais cedo na semana, tinha assinado um contrato de honorários advocatícios com Rochelle. Ela é advogada criminalista, e eu sou uma criminosa — fazemos um par perfeito. Achávamos que Jamie seria capaz de contornar a maior parte dos problemas em matéria de exposição em relação ao que nos acontecera, mas, na verdade, eu queria abrir o jogo e colocar tudo às claras para o mundo. Rochelle me advertiu contra a ideia, como qualquer bom profissional faria, citando a falta de provas, a possibilidade de outros processos em resposta; todos argumentos sólidos. Não podia, porém, fazer de conta que este ano não tinha acontecido. As pessoas precisavam saber de tudo. Eu tinha que compartilhar.

Foi ideia de Daniel publicar nossa história como ficção que não era realmente ficção. Prometi a Rochelle que mudaria nomes, omitiria datas e adotaria um pseudônimo. Ela ficou desconfiada, mas sabia que não poderia me impedir, então concordou em ajudar em vez disso.

Daniel achou tudo hilariante. *Tipo uma metanarrativa! Meu Deus, isso é um absurdo de bom.* Jamie não ficou impressionado. Noah, como de costume, achou graça na ideia e até disse que ajudaria.

— É meio que estar escondido bem debaixo do nariz de todo mundo — comentou, quando lhe contei o que tinha em mente. — Gostei.

— Vou precisar de sua ajuda — pedi. — Tem um monte de coisa de que não lembro.

— Vou preenchendo as lacunas para você.

— Mas tem que falar a verdade.

— Quando foi que você já me viu mentindo?

— Você está mesmo me perguntando isso?

— Assim você magoa meus sentimentos. Nunca fui outra coisa senão extremamente honesto. Dolorosamente confiável. Você não confia em mim, não?

— Confio — respondi sinceramente. — Confio, sim.

Resta apenas escrever. Não pode ser tão difícil, pode?

Noah enrola uma mecha de meus cabelos no dedo e puxa, no instante em que estou para colocar os fones.

— Ninguém vai acreditar, você sabe, não é?

Sei, mas não me importo. Se tínhamos aprendido algo de concreto até agora, tinha sido isto: não estávamos sozinhos. Existem outros como nós por aí. Pessoas que acham que são apenas estranhos, ou diferentes, ou problemáticos, ou deprimidos, ou doentes. Pode ser que sejam. Pode ser, porém, que sejam algo além. Podem se tornar um de nós. E devem ficar sabendo antes que seja tarde.

— A verdade deve ser dita, ainda que ninguém acredite — afirmo. Viro a cabeça para olhar para Noah. — As pessoas que não acreditarem podem amar, ou odiar, ou não dar a mínima e simplesmente esquecer o que leram. Mas talvez alguém como a gente leia e aí vai saber que não está sozinho. Ou talvez alguém que não é igual a nós leia e acredite, e fique sabendo a respeito das pessoas como nós.

Noah me dá corda, como sempre.

— Então, que tipo de história vai ser?

Boa pergunta. Não é terror, ainda que partes dela sejam aterrorizantes. Não é ficção científica, pois a ciência e a história são reais.

Encaro Noah, sorrindo para mim com a cabeça em seu colo, as mãos em meus cabelos, e penso nele, em Jamie, em meus irmãos e pais. Pessoas que fariam tudo a seu alcance a fim de me ajudar, ainda que nem sempre me entendessem. Pessoas pelas quais eu faria qualquer coisa, não importa quem tivesse de ferir ou qual fosse o preço. Olho novamente para a página em branco e, no mesmo momento, sei a resposta.

Esta é uma história de amor. Tortuosa e caótica. Cheia de falhas e ferrada. Mas é nossa. Somos nós. Não sei como vai terminar, mas sei como vai começar. Pego a caneta e me ponho a escrever.

*Meu nome não é Mara Dyer, mas meu advogado disse que eu precisava escolher alguma coisa.*

# agradecimentos

NÃO É FÁCIL AGRADECER A CADA UMA DAS PESSOAS QUE ESTENDEU a mão e ajudou a apoiar e criar um livro, que dirá três. Esta trilogia levou cinco anos para ser completada, e há mais pessoas que me ajudaram a escrevê-la do que poderia enunciar. Além disso, provavelmente agradeci a muitas delas nos livros passados, então serei breve e semidoce.

Em primeiro lugar, minha gratidão vai a meu editor, Christian Trimmer — tenho tanta sorte por ter sua mente brilhante ao meu lado —, e ao de Mara. E a todos aqueles na Simon & Schuster que fizeram este livro tornar-se realidade, danem-se os prazos e agenda, não tenho como agradecer o bastante.

Ao meu agente, Barry Goldblatt — você me ajudou a fazer as escolhas certas quando estava tentada a fazer as erradas. Este livro é muito melhor por conta disso, e estou muito mais satisfeita com ele.

Meus agradecimentos eternos a minha família, pela paciência/tolerância que tiveram comigo enquanto a história tomava forma. Não foi fácil, sei disso, mas sou muito grata a vocês.

Há duas pessoas sem as quais não poderia ter escrito este terceiro volume, e sei disso porque tentei. Várias vezes. Sem você, Lev, este livro não seria completo, nem verdadeiro. Por sua causa, é os dois. E sem você, Kat, eu ainda o estaria escrevendo. Para sempre. Vocês dois me salvaram, uma e outra vez. Jamais serei capaz de retribuir.

E, finalmente, obrigada àqueles que inspiraram elementos desta história. Tentei fazer jus a todos. Vocês merecem.

Este livro foi composto na tipologia Janson Text LT Std,
em corpo 11/15,15, e impresso em papel offwhite,
no Sistema Cameron da Divisão Gráfica
da Distribuidora Record.